서울 1964년 겨울

책임 편집 김형중

1968년 광주에서 태어나 전남대학교 영문과를 졸업하고 같은 학교 대학원 국문과에서 박사학위를 받았다. 2000년 문학동네 신인상 평론 부문에 당선되어 문단에 나왔다. 비평집으로『켄타우로스의 비평』『변장한 유토피아』『단 한 권의 책』『살아 있는 시체들의 밤』『후르비네크의 혀』, 그 외 지은 책으로『소설과 정신분석』『평론가K는 광주에서만 살았다』가 있다. 소천비평문학상, 팔봉비평문학상을 수상하였다. 현재 조선대학교 국문과 교수로 재직 중이다.

문지작가선 2 | 중단편선
서울 1964년 겨울

초판 1쇄 발행 2019년 9월 20일
초판 7쇄 발행 2024년 9월 27일
지은이 김승옥
책임 편집 김형중
펴낸이 이광호
주간 이근혜
편집 조은혜 이민희 박선우 김필균
펴낸곳 ㈜문학과지성사
등록번호 제1993-000098호
주소 04034 서울 마포구 잔다리로7길 18(서교동 377-20)
전화 02)338-7224
팩스 02)323-4180(편집) 02)338-7221(영업)
전자우편 moonji@moonji.com
홈페이지 www.moonji.com

ⓒ 김승옥, 2019. Printed in Seoul, Korea

ISBN 978-89-320-3567-3 03810

이 도서의 국립중앙도서관 출판예정도서목록(CIP)은 서지정보유통지원시스템 홈페이지 (http://seoji.nl.go.kr)와 국가자료공동목록시스템(http://www.nl.go.kr/kolisnet)에서 이용하실 수 있습니다. (CIP제어번호: CIP2019035072)

문지작가선 2

서울 1964년 겨울

김승옥 중단편선

문학과지성사

일러두기

1. 표제작은 1965년 『사상계』에 발표할 당시 「서울·1964년 겨울」로 표기되었으나, 이후 「서울, 1964년 겨울」 「서울 1964년 겨울」로 혼용되어왔다. 이 책에서는 저자 와의 협의를 통해 「서울 1964년 겨울」로 표기한다.

2. 이 책의 맞춤법은 국립국어원의 '한글 맞춤법'에 따르는 것을 원칙으로 하되, 띄 어쓰기의 경우 문학과지성사 내부 규정을 따랐다. 단, 작품의 분위기에 영향을 준 다고 판단되는 구어체의 표현, 의성어·의태어 등은 작가의 집필 의도를 살려 그 대로 두었다.

생명연습

"저 학생 아나?"

나는 한韓 교수님이 눈짓으로 가리키는 곳을 돌아보았다.

"인사는 없지만 무슨 과 앤지는 알고 있죠."

다방 문을 이제 막 열고 들어선 학생에게 여전히 시선을 주며 나는 대답했다. 감색 대학 교복을 입고 그는 어울리지 않게 등산모를 쓰고 있다. 나와 같은 대학 졸업반인데, 이름은 모르지만 그의 용모라면 대학 안에서도 알려져 있다.

"설마 나병 환자는 아니지?"

한 교수님은 몸을 탁자 저편에서 내 앞으로 꺾어 기울이며 무슨 못 할 소리라도 해서 미안하다는 듯이 웃으셨다.

"아아뇨."

고개를 바로 돌리며 나도 웃으며 대답했다. 교수님께는 어린 애다운 데가 있다. 50이 넘은 분이 그렇다면 장점이다.

"내가 잘못 봤나? 어째 눈썹이 전연 없는 것 같아."

"밀어버렸지요. 면도로 싹 밀어버렸어요. 눈썹뿐만 아니라 머리털도 시원스럽게요."

"아니 왜?"

교수님은 바야흐로 눈이 휘둥그레진다. 그러다가 쑥스러운 질문이었다는 듯이 또 하얀 이를 가지런히 내보이며 웃으시는 것이다.

"극기?"

스스로 대답해버렸다는 듯이 교수님은 아까 자세로 돌아갔다. 뒤가 개운치 않으신 모양이었다. 그러다가 역시 그런 표정을 하고 있는 나를 보시더니 싱긋 웃음을 보내주시는 것이었다. 나는 다시 마음이 환해지는 듯했다.

"요즘 학생들 간에 유행이랍니다. 우습죠?"

나의 이런 물음에 그러나 교수님은 고개를 가로젓고 계셨다. 미소는 여전히 띠셨으나.

"안 우스우세요?"

"자넨 우습나?"

"네, 우스운걸요."

나는 우습다. 어머니와 누나와 그리고 형도 함께 살고 있었을 때이니까, 국민학교 6학년 때, 사변이 있던 그다음 해 이른 봄이었다. 전쟁 중이긴 했지만, 우리가 살고 있던 여수는 전선에서는 퍽 먼 국토 최남단의 항구여선지 인민군이 남겨놓고 간 자취도 비교적 빨리 지워져가고 있었다. 피난 갔던 사람들도 거의 다 돌아와서, 폭격 맞은 집터에 판잣집을 세우고 될 수 있는 대로 동란 발발 전의 생업을 다시 계속하려고 애쓰고 있었다. 그러나 쉬운 일은 아니었다. 윗녘에서 사태 져 내려온 피난민들로 거리는 떠들썩했고 게다가 먼 섬으로 피난시켜놓은 일급 선박들은 얼른 돌아와 활동할 생각을 아직 못 내고 있었을 때였으니까. 사람들은 대부분 구호물자를 배급해주는 교회엘 부지런히 다니고 있었다. 딱히 그것 때문만은 아니었지만, 나와 그리고 남녀공학인 야간상업중학 3학년에 다니고 있던 누나는 부두가 바로 눈앞에 보이는 교회엘 다니고 있었다.

여수에서는 가장 큰 교회였다. 그 교회 마당에서 내려다보이는 광장 너머에 부두가 있고 부두 저편으로는 거문도로 가는 바다가 항상 차디차게 흔들리고 있는 것이었다. 나와 누나는 나란히 서서 금속처럼 차게 빛나는 해면을 바라보며 한참씩 서 있곤 했는데 그럴 때야 비로소 나는 어린 가슴에 찾아오는 평안을 느끼는 것이었다. 그러다가 보면 어느새 누나의 가느다란 손가락을 꼬옥 쥐고 있곤 했다. 교회 안의 발 시린 마룻바닥에 꿇어앉는 것보다는 교회 마당가에 서 있는 그것이 좋아서 나와 누나는 교회엘 다니고 있었다고 해도 좋았을 것이다. 그러나 교회에서 내주는 구호물자가 하나의 목적이었던 것을 굳이 숨기지도 않아야겠다.

그 이른 봄 어느 날 교회에서는 대부흥회가 있었다. 죄가 많아서 하나님께서 전쟁을 주신 이 나라에 부흥회는 얼마든지 있어도 좋다는 듯이 부흥회가 유행하던 그 무렵이긴 했지만 이번 부흥회에는 재미난 데가 있었다. 이번 부흥회를 주관하러 오신 전도사는 나이 스물인가 되던 어느 해에 손수 자신의 생식기를 잘라버리신 분이라는 것이었다. 그 이유는 오직 하나님이 그렇게 하라고 시켜서라는 것이었다.

부흥회의 첫날 밤이었다. 독특한 선전 때문인지 부흥회는 대성황이었다.

장소는 제빙 공장이 폭격을 맞아 된 빈터였는데 서너 걸음 저쪽은 파도가 밀려와서 찰싹이는 소리를 내고 물러가는 부두였다. 그 파도 소리를 들으며 고촉高燭의 전등이 대낮처럼 어둠을 씻어주고 있었다. 호흡이 급한 찬송가 소리와 수많은 사람이 발산하는 열이 이른 봄밤의 한기를 못 느끼게 해서 좋았다. 나와 누나는 손을 잡고 사람들 틈을 비집고 들어가서 강단의 바로 앞에 자리를 잡고 앉았다.

해가 지면서부터는 몸이 달 정도로 기다리던 부흥회였다. 누나는 망측한 전도사라고 욕을 실컷 퍼부어놓고 나서는 나를 껴안고 깔깔대며 웃어대는 품이 나보다 더 기다려지는 모양이었다. 형도 이것만은 흥미 있는 일이라는 듯이 다락방에서 덜커덩 소리를 내며 몸을 뒤척이고 있었다. 어머니도 침울한 표정으로 굳어져버린 얼굴에나마 진기한 것을 보았을 때 생기는 미소를 살짝 보여주시던 것이 나와 누나는 여간 기쁜 것이 아니었다. 아아, 어머니는 진기한 것을 보면 웃으시는구나, 하고 나는 생각했다.

문제의 전도사는 얼굴이 약간 창백하달 뿐 보통 사람과 다름이 없었다. 창백하다고는 해도 집에 있는 형에게 비하면 아주 건강체였으니 대단히 평범한 사람이라고밖에는 말할 수 없을 지경이었다. 키는 나지막하고 눈이 가늘어서 날카로웠다. 서른 대여섯쯤 보이는 얼굴엔 주름도 별로 없는 듯했다. 하얀 와이셔 츠를 입고 검정 넥타이를 가슴에 드리우고 있었다. 검정색 양복 을 입었는데 윗도리는 찬송가 소리가 열광적으로 높아갈 때 벗 어버렸다.

저 사람이, 도대체 저 사람이 손수 칼로 자기의 생식기를 잘 라내버렸을까, 하고 나뿐만 아니라 어른들도 못 믿겠다는 눈치 였다. 차라리 그 전도사 곁에 서 있는 키가 유난히 크고 얼굴이 홀쭉하게 생긴 미국 사람이 그랬다면 나는 믿었을지도 몰랐다. 그편이 훨씬 그럴듯해 보였으니까. 그날 밤 나는 자꾸, 지금 생 식기가 없는 사람은 저 미국 사람이다,라는 착각에 여러 번 빠 져들곤 했다. 그러다가 보니 그 전도사가 왜 그런 짓을 해버렸 는지조차 어느덧 까먹게 되어서 누나에게 다시 물어보고 나서 야 깨닫곤 했다. 하나님을 위해서 아니 성령을 받고 그랬다는 것이 아닌가. 내게도 성령이 찾아오는 어느 순간이 있어 나 스 스로의 목이라도 잘라버려야 할 경우가 있을는지도 모를 일이 라는 생각이 문득 들었다. 그러자 소름이 돋기 시작했다. 땀과 노래와 노래 박자에 맞추어 치는 손뼉 소리가 미친 듯이 날뛰다 가 가끔 딱 그치고 갑자기 고요한 침묵의 시간이 생기곤 했는데 그런 때엔 나는 나지막이 들려오는 파도의 찰싹거리는 소리가 못 견디게 그리웠고 오늘 밤 여기에 온 것이 그리고 앞자리를 차지한 것이 어찌나 후회되던지 자꾸 혀만 깨물었다.

그 악몽과 같은 부흥회의 밤이 지나자 나는 살아나는 듯했다. 그날 밤처럼 땀을 흠씬 흘려본 때가 그전엔 없었을 것이다. 그 후로도, 사랑하는 형제여,라고 부르짖던 전도사의 쉰 목소리가 귓가에 되살아올 때면 나는 등에 땀이 주르륵 흘러내림을 느꼈던 것이다.

흘낏 곁눈으로 보니 그 눈썹 없는 친구는 어느새 의자를 하나 차지하고 앉아 있었다. 알루미늄처럼 하얀 표정이었다.

"옛날에 전도사가 한 분 계셨어요."

나는 느닷없는 사설을 늘어놓으려 하고 있었다.

"응?"

교수님은 무슨 얘기냐는 듯이 고개만 빼어 내 편으로 내미셨다.

"저어 수년 전에 전도사가 한 분 있었는데요……"

나는 말소리를 낮추어가지고

"자기 섹스를 잘라버린 훌륭한 분이었답니다."

"허허허."

교수님은 어처구니없다는 듯이 웃으셨다.

"왜? 그것도 극기?"

"선생님 방금 분명히 웃으셨죠?"

"원 자네두……"

교수님은 내가 귀여운 모양이었다. 나도 한 교수님이 정답다.

교수님은 다시 웃으시는 것이었지만 무슨 근심이 있는 사람이 마지못해 웃는 듯한 웃음이었다. 그러고 보니 오늘 교수님은 무언지 허둥지둥하고 계시는 빛이었다. 아까 교문에서 마침 만

나서, 선생님 차 한잔 제가 사겠습니다, 했을 때도 무척 당황하신 표정이더니 금방 무슨 구원이라도 받은 듯이 나를 따라, 아니, 오히려 내 앞장을 서서 이 다방으로 들어온 것만 보아도 그랬다.

나는 엘리자베스조朝의 비극 작가들에 대한 연구논문을 지난 여름방학 때부터 시작해서 최근에야 완성해놓았기 때문에 그동안에 참고서를 몇 권 빌려 봤다는 이유에서뿐만 아니라 나를 아들처럼 사랑해주시는 한 교수님께 논문을 과 주임교수께 제출하기 전에 우선 보이고 싶어서 이 다방으로 모신 것인데, 교수님의 이런 쓸쓸한 얼굴 앞에 원고지 뭉치를 내밀기가 아무래도 죄송스러워서 오늘은 포기하기로 해버렸던 것이다.

"선생님, 극기라는 말이 맘에 드시는 모양이죠?"

"들지…… 글쎄…… 안 그렇기도 하고……"

또 웃으신다. 저렇게 자꾸 웃으시는 분이 아니신데.

키가 크지 않은 사람에게서만 볼 수 있는 근엄하다고까지 할 정도의 침착성을 교수님도 가지고 계시는 것이었으나 그것이 촌스럽지 않고 도리어 세련을 수식하고 있는 것은 이분이 외국 바람을 쐬신 덕택이라고들 한다. 그런데 오늘은 어쩐지 그것이 모두 허물어져가고 있는 듯한 느낌이었다. 어쩐지 야비하게, 그래서 어쩐지 두렵게 보이는 것이었다. 그러자 교수님도 나의 그런 기분을 엿보신 모양이었다. 무어라고 화제를 바꾸고 싶으신 모양이어서 나는 얼른 생각나는 대로 뉴스를 꺼냈다.

"참, 사회학과 박 교수님 사모님께서 신병으로 돌아가셨다죠?"

"……"

그러자 교수님은 입이 얼어붙은 듯한 표정을 하시고 무서울
정도로 의심에 찬 시선을 내게 보여주셨다.

"장례식이 내일이라던데요?"

"응."

신음하듯 대답하시더니 방금 전의 표정을 재빨리 무너뜨리려
고 교수님은,

"교수 가족 동태에 대해서도 주의가 대단하군."

하고 웃으시며 비꼬아주시는 것이었다. 나는 얼굴이 뜨거워져
서 엉겁결에,

"할 얘기가 없어서요."

라고 말해버렸다. 영문은 알 수 없지만 죄라도 지은 기분이었다.
교수님은 웃으시며 딴 얘기를 꺼내주셨다.

"지금도 오吳 선생 만나나?"

"네, 가끔 만나죠."

오 선생이란 만화가로서 주로 Y라는 일간신문에 연재만화를
그리고 있는 분인데 대학 교내 신문 편집을 하고 있던 나는 신
문 관계 일로 그분을 만나야 할 기회가 있었다. 한번 만나자 어
쩐지 좋아져버려서 쩔쩔매었다.

겨우 서른둘밖에 안 된 나이에 비하면 얼굴에는 수많은 그늘
이 겹에 겹을 쌓고 있었다. 언젠가 내가 좋아하는 한 교수님과
내가 좋아하는 오 선생을 서로 소개시켜드렸더니 두 분 다 즐거

운 모양으로 악수를 한참 동안이나 하고 서 계셨다. 그다음 번에 오 선생을 만났을 때, 그 교수님 아주 좋으신 분이더군, 하며 말수 적은 성미에서도 한마디 잊지 않았다.

"그분 요즘 그리는 만화는 퍽 어려워졌더군."

"벌써 10여 년 만화만 그렸으니 소재가 고갈할 때도 되었지요."

"아니야. 그런 의미에서가 아니라 단순한 유머를 벗어나고 있다는 말이야."

"자기 세계를 갖고 있는 분이죠."

"맞았어, 바로 그거야. 자기 세계를, 그래, 그분도 자기 세계를 가지고 있지."

늦가을 햇살이 유리창 밖에서 하늘거리고 있었다. 레지가 다가와서 유리창을 배경으로 하고 꾸부리고 서서 빈 찻잔을 거두더니 살며시 비켜서듯 돌아갔다. 레지의 허리를 굽힌 실루엣이 아직도 남아서 아물거리는 듯했다.

'자기 세계'라면 그것을 가지고 있는 사람을 몇 명 나는 알고 있는 셈이다. '자기 세계'라면 분명히 남의 세계와는 다른 것으로서 마치 함락시킬 수 없는 성곽과도 같은 것이 아닌가 생각한다. 그 성곽에서 대기는 연초록빛에 함뿍 물들어 아른대고 그 사이로 장미꽃이 만발한 정원이 있으리라고 나는 상상을 불러일으켜보는 것이지만 웬일인지 내가 알고 있는 사람들 중에서 '자기 세계'를 가졌다고 하는 이들은 모두가 그 성곽에서도 특히 지하실을 차지하고 사는 모양이었다. 그 지하실에는 곰팡이와 거미줄이 쉴 새 없이 자라나고 있었는데 그것이 내게는 모두 그들이 가진 귀한 재산처럼 생각된다.

요즘은 '하더라'체를 쓰기 좋아하는 영수라는 내 친구만 해도 그렇다. '마도로스 수첩에는 이별도 많더라'라느니 '동대문 근처엔 영자도 많더라'라는 시시한 유행가 구절이나 틈틈이 흥얼대고 있는 듯하지만 실은 대단히 진지한 태도로 여자들을 하나하나 정복해나가고 있었다. 잘생긴 얼굴은 아니지만 눈이나 입 가장자리에 매력이 있었다. 초급대학을 그나마 중퇴하고 지금은 군대엘 갈까 자살을 할까 망설이고 있는 그이긴 하지만 꾸준히 시도 써 모으고 가끔 옷도 새걸로 사 입고 하였다. 나하고는 여수에서 국민학교 다닐 때 제일 친한 사이로 지냈다.

우리 가족은 내가 국민학교도 졸업했으니,라는 이유를 내세우긴 했지만 기실은 형의 죽음에 반 미쳐버리신 어머니가 서둘러서 환도가 있을 때 서울로 이사했는데, 그 후로도 방학만 되면 나는 여수엘 내려가서 그와 바닷가를 헤매었던 것이다. 지금 동대문 근처에서 싸구려 하숙엘 들어 있다. 항구는 사람의 성격에 어떤 염색을 해주는 것이 아닌가고 나는 그를 볼 때마다 생각하는데, 그건 마치 어렸을 때 형을 보듯 하기 때문일 것이다. 그는 여자를 정복하는 데 무어랄까 천재가 있는 모양이었다. 그는 그러한 자기의 천재에 의지하여 한 세계를 형성하려고 애쓰고 있다고 할 것이다. 시를 쓰기 위해서라기보다는 차라리 시를 쓴다는 대의명분이 그의 정복 행위를 부축해주고 있을 뿐이었다.

자줏빛 스웨터를 입고 학교로 나를 찾아와서는,

"련민憐憫! 련민!"

하며 혀를 끌끌 차는 날이라면 으레 또 하나의 인생을 좌절시켜 주고 온 날인 것이다.

"련민! 련민! 아 련민뿐이여."

"강 선생께서 하시는 사업은 착착 성공 중이시라."

내가 이렇게 축하를 아뢰면,

"그녀도 울고 나도 울었더라."

라고 담배를 꺼내며 대단히 만족하다는 듯이 대답을 하는 것이었다.

그러한 그도 단 한 번은 대실패를 한 적이 있다. 여자에게 최음제를 사용했더라는 것이다. 그런 일이 있기 전 어느 땐가 다음과 같은 수필까지 써서 내게 보여준 적이 있는 그로서는 정말 일대 절망일 수밖에 없었을 것이다.

'요힘빈! 총각들은 최음제의 위력을 과도히 신앙한다. 그래서 그 약품이 총각들 간에서는 사랑의 매개 물질로 간주되어 있는 법도 있다. 피강간被强姦 뒤에 으레 있는 처녀의 눈물도 그들에게는 공식적인 식순의 일구一句에 불과하다. 참 못마땅한 일이다. 도덕자연하는 나의 이러한 언사가 도리어 못마땅하다고 할는지 모른다. 좋다. 우리들 총각들 간에는 도덕자연하는 것도 위악의 품목에 참석할 수 있으니 나의 위악적인 이런 언사가 나를 우리의 본부 '다방 지하실'의 야단스러운 청춘 속으로 못 들이밀 바 못 되노라. 에헴, 이런 논리가 나의 머리 위에 비트의 월계관을 올려놓고 박수했다 운운.'

그 실패 이후로는,

　"살기가 더 싫어졌다."

라고 중얼거리고 있었다.

　"련민! 련민!"

　두음법칙 따위가 어감의 감손減損을 가져온다면 그건 정말 슬
픈 일이 아닐 수 없다고 하면서 그는 기어이 '연민'을 '련민'으
로 발음하며 쓸쓸해하였는데 그 '련민'의 음영陰影도 최음제 사
건 이후엔 퍽 많이 변해 있었다. 어쨌든 내가 보기에 그는 자기
의 성城이 아니라면 최소한도 자기의 지하실은 지니고 사는 유
복한 사람임이 분명하다.

　이건 여담이지만, 한 교수님의 딸도 무엇인가를 만들어가고
있는 듯해서 나는 나 자신을 돌아보고 적이 불안해진 적이 있
다. 여고 2학년이라면 대부분이 센티멘털리스트라고는 해도 그
애에게는 당해낼 수 없는 생기조차 곁들여 있었던 것이다.

　"세상에서 가장 귀여운 게 뭘까?"

　지난 5월 어느 일요일, 한 교수님 댁엘 놀러 갔을 때였다. 햇
볕이 여간 좋은 게 아니어서 나와 그 애와 사모님은 등의자를
마당가에 내놓고 앉아 한담을 하고 있다가 발끝으로 흙을 톡톡
차며 등의자를 뒤로 젖혔다 앞으로 숙였다 하고 있는 그 애가
하도 귀여워서 탄식하듯 내가 입 밖에 낸 말이었는데,

　"여신의 멘스?"

라고 그 애는 가볍게 퉁겨버리는 것이었다.

　"응?"

나는 얼떨떨해져버려서 코 먹은 소리로 반문했더니,

"아닐까?"

그 애는 숙인 얼굴에서 눈만을 살짝 치켜떠보며 부정 의문법으로 또 한 번 쥐어박았다.

"호오, 여신에게도 멘스가 다 있을까?"

사모님께서 마침 이렇게 대답을 하심으로써 그 얘긴 그 정도로 그쳐서 나는 화끈 단 얼굴을 감출 수가 있었지만 이건 못 당하겠는데, 하고 생각했던 것이다.

"선생님께서는 자기 세계가 있으십니까?"

대답이 없더라도 무안하지 않으려고 나는 짐짓 앙케트를 흉내 낸 장난조로 교수님께 물었다. 교수님은 담배를 꺼내 입가에 무시며,

"자네 보기엔 어때?"

하고 되물으셨다. 나는 성냥을 그어 대어드리며, 교수님의 목소리를 본떠서,

"글쎄요, 있는 것도 같고…… 없는 것도 같고……"

했다.

"허허허허."

교수님은 담배를 한 모금 천천히 빨고 나시더니,

"있지."

라고 말씀하시고 빙긋 웃으셨다.

"있긴요?"

내가 억지를 쓰는 체했더니,

"이래 봬도 나의 세계는 옥스퍼드제製인데……"

"글쎄요, 성벽이 워낙 높아서 보여야죠."

"흐응."

확실히 교수님께는 어려운 구석이 있다. "외국에서 공부하고 오는 사람들은 다소간에 냉혈동물이 되어 돌아오는 법이지"라고 말씀하시며 당신도 극도의 냉혈동물이었다고 말하시지만 젊었을 적엔 몰라도 지금 봐서는 그런 것 같지는 않았다.

외국이라면 대개 서구를 가리키는 것이니 아마 그네들의 합리주의와 개인주의가 몸에 배어 그럴 것이라고 변호를 해주시면서 한편으로는 "아아, 성숙한 처녀처럼 믿음직한 그대 지식인이여"라고 말해놓고 웃으시고는 "그러나 나처럼 탈선할 가능성이 많지" 하고 자조를 하시곤 했다. 외국서 학위를 받고 온 교수들은 강의노트를 얻어오는 대신 모든 것을 거기에 지불해버리고 온다는 것이었다. 감상을 다시 길러야 하고 다시 인사를 배워야 하고 다시 웃음을 가져야 한다고 싱거운 조로 말하시고는 곧잘 나더러 "자네도 외국 갔다 오면 별수 없지" 하시다가는 이내 "참, 자네 같은 사람은 아예 외국에도 갈 수가 없어" 하며 놀려주시는 것인데, 그 이유를 나는 알 수가 없다.

하나의 세계가 형성되는 과정이 한마디로 얼마나 기막히다는 것을 나는 잘 알고 있다. 그 과정 속에는 번득이는 철편鐵片이 있고 눈뜰 수 없는 현기증이 있고 끈덕진 살의가 있고 그리고 마음을 쥐어짜는 회오悔悟와 사랑도 있는 것이다. 이렇게 말하면 봄바람처럼 모호한 표현이 아니냐고 할 것이나 나로서는 그 이상 자세히는 모르겠다.

역시 여수에서 살 때다. 그즈음 형은 어머니를 죽이자고 끈끈한 음성으로 나와 누나를 꾀고 있었다.

피난지에서 돌아와보니 그렇지 않아도 변변치 않던 집이 거의 완전히 허물어져 있었다. 폭격이나 당해서 그렇다면 이웃에 창피하지는 않겠다고 누나는 부끄러워하고 있었다. 집은 한길이 가까운 산비탈에 있었다. 어머니도 누나와 같은 생각에서였던지는 모르나 인부를 두 명 사서 한낮 걸려서 깨끗이 처치해버리고 다음 날은 그 자리에 판잣집을 세우기 시작했다. 사흘 걸려서 된 집은 내 맘에 꼭 들었다. 온돌방 하나와 판자를 깐 방 하나 그리고 판자를 깐 방에는 다락방을 만들어 형이 썼다.

다락방 밑의 판잣방에 담요를 깔고 우리 식구가 거처했고, 온돌방은 어머니처럼 생선이나 조개 따위의 해물을 새벽에 열리는 경매시장에서 양동이에 받아가지고 첫 기차를 타고 순천이나 구례 방면의 장이 서는 고장을 찾아가서 팔고는 막차로 돌아와서 다음 날 새벽을 기다리는 것이 생활인 생선장수 아주머니들의 하숙방으로 내주고 있었다. 우리 집 외에도 근처에 그런 하숙을 치고 밥을 먹는 집이 몇 더 있었는데 경매시장이 있는 부두와 기차역에 각각 다니기가 좋은 장소여서 집집마다 예닐곱 명씩 단골이 있었다. 우리 집에서는 누나가 부엌일을 맡고 부엌일뿐만 아니라 매일매일 치러 받는 하숙 셈이라든지 잔살림살이는 모두 맡아 하고 있었다. 낮에는 빨래도 하고 김치도 담그고 하느라고 겨우겨우 야간상업중학엘 다녔는데 공부는 늘

일등이었다. 세책점賃冊店에서 소설을 빌려다가 틈틈이 보는데 혼자 있는 시간이 많아서 그런지 상상력이 대단했다. 곧잘 작문을 지어두었다가 나와 단둘이 있게 되는 시간이 생기면 조용한 음성으로 내게 읽어주곤 했다. 그것이 누나의 나에 대한 최대의 애정 표시였다. 나도 학교가 파하면 집안일을 도와주었다. 특히 뒤꼍의 돼지를 길러내는 게 큰 임무였다. 수놈으로서 중돼지를 넘어서고 있었다.

어머니는 마흔 살이라고는 해도 젊은 티가 남아 있었다. 아버지가 돌아가신 지 벌써 10년이 됐는데 그 뒤로 도맡아 하신 고생이 어머니의 살결을 거칠게 해버린 것이어서 고생만 하지 않았더라면 스물이고 서른이고 마흔이고 그대로 남아 있을 단정한 용모였다. 그것 때문에 어머니의 장사는 덕을 보기도 하고 손을 보기도 했다. 예컨대 순천 같은 도시로 장사를 갔다 오는 날엔 빈 양동이를 들고 돌아오시지만 다른 읍 같은 곳에서는 장날에 가면 손님들이 슬슬 피해버리고 악마 같은 얼굴을 한 아주머니들에게나 가서 물건을 산다는 것이었다. 어머니는 별로 말이 없는 분이었다. 기쁠 때엔 물론 웃으시지만 통 말은 안 했다. 보통 형에게 얻어맞을 때 그러는 것인데, 억울한 일을 당하시면 눈에 파랗게 불이 켜진다. 동녘이 훤할 때 바다를 향해서라기보다는 차라리 육지를 향해서 깜박이는 등댓불의 그 희미하나마 금방 눈에 띄는 빛과 같은 것이었다. 그러나 여전히 말은 없다.

형은 종일 다락방에만 박혀 있다가 오후 4시나 되면 인적이 드문 해변으로 나갔다가 두어 시간 후에 돌아와서 다시 다락방으로 올라간다. 밥은 마루방에서 나와 누나와 함께 셋이서 먹는 것이지만 밥만 먹으면 그냥 다락방으로 올라갔다. 사닥다리를 삐걱거리며 올라가는 것을 보고 있노라면, 아아 형은 하늘로 가는구나,라는 말이 저절로 입에서 나왔다. 다락방은 이 세상에 있지 않았다. 그건 하늘에 있었다.

그곳은 지옥이었고 형은 지옥을 지키는 마귀였다. 마귀는 그곳에서 끊임없이 무엇을 계획하고 계획은 전쟁이었고 전쟁은 승리처럼 보이나 실은 패배인 결과로서 끝났고 지쳐 피를 토해냈고, 마귀의 상대자는 물론 어머니였고 어머니는 눈에 불을 켠 채 이겼고 이겼으나 복종했다. 형은 그 다락방에서 벌레처럼 끊임없이 부스럭거리는 소리를 내고 있었다.

형은 스물두 살이었다. 사변 전에 폐가 아주 나빠져서 중학교를 도중에 그만두었다. 하다못해 유행가 가수라도 되겠다고 새벽과 저녁으로 바닷가를 헤매며 소리를 지르고 있더니 그런 지경을 당해버린 것이었다. 나는 국민학교 2학년 때 학교 담임선생님이 새벽에 일찍 일어나는 것이 건강에 좋다고 해서 그런 말을 들은 다음 날 형의 발자국을 밟고 해변으로 따라 나간 적이 있었다. 바닷물은 빠지고 있었고 바위들은 금방이라도 벌떡 일어서서 나를 둘러싸고 기분 나쁘게 웃어댈 듯이 시커멓게 웅크리고 잠들어 있었다. 나는 오돌오돌 떨면서 움직이기가 귀찮아, 물기가 담뿍 밴 모래 위에 쭈그리고 앉았다. 그때 바다 저편에서 들려오듯이 아득한 형의 노래가 들려온 것이었다. 바닷속으로 바닷속으로 비스듬히 가라앉아가는 듯한 환상 속에서 나는 형의 폐병을 예감했을 것이었다. 아니다, 그 이상의 것을 ── 형을, 동시에 어머니를, 알았을 것이었다.

"나갈까?"

하고 교수님은 내게 물으셨다.

"들어온 지 얼마 되지도 않았는데요. 저어, 바쁘십니까?"

"아아니 뭐…… 술이라도 마시고 싶어지는군."

"네? 정말 드시겠어요? 저, 제가 좋은 데를 한 집 아는데요."

"흐응, 술이란 좋은 거지?"

교수님은 별로 마시고 싶지도 않으신데 괜히 한번 그래 보신 모양이다.

나는 짜증이 났다.

"나가실까요?"

나는 벌떡 일어서면서 거의 강제적인 어조로 말했는데 교수님은 별로 불쾌히 여기지도 않고 조용히 자리에서 일어나셨다. 감색 바탕에 검정 사각 무늬가 배치되어 있는 교수님의 넥타이가 유난히 눈에 들어왔다.

찻값을 치르고 나오자 교수님은 벌써 밖에 나와서 잎이 지고 있는 플라타너스 곁에 서 계셨다. 저녁 햇살이 번져가고 있는 가을 하늘을 쳐다보고 계셨는데 윤곽이 뚜렷한 얼굴에는 소녀같은 애수가 깃들어 있었다. 보는 사람에게 못마땅하다는 생각을 조금도 일으키지 않게 진실한 표정이었다.

"정말 술이라도 드시죠?"

"그만두지."

"……"

교수님과 나는 걷고 있었다.

무슨 생각에서였던지 교수님은 문득,

"옛날얘기 하나 들어보겠나?"

하고 말하시고 웃으셨다.

"네, 해주세요."

나는 필요 이상으로 좋아하는 빛을 보여드렸다.

'정순은 한마디로 총명한 여자였다. 자기의 운명을 만들어 낼 수 있는 것은 반드시 자기만이 아니라는 걸 적어도 알고 있었다. 설령 그것이 당시 인습의 강요로 얻은 사고방식이라 할지라도 곁에서 보기에 아슬아슬하다거나 하는 느낌은 전연 가질 수 없도록 무어랄까 확신을 가지고 있는 듯했다. 사랑을 한다고 해도 리얼하다고나 표현해야 할 것으로 한 교수보다는 적극적으로 애타 하고 보다 적극적으로 울고 그러다가, 어느 날엔가는 자기편에서 절교장을 보냈다가도 그다음 날 새벽 동이 훤해지기 바쁘게 부석부석한 눈으로 한 교수의 하숙으로 달려와 방긋 웃으며, 저 지독한 거짓말쟁이예요, 하고 무릎을 꿇고 앉아 사죄를 하기도 하는 하여간 가슴이 타도록 한 교수를 사랑하는 것이었지만, 그러나 한편으로는 배암과 같은 이기심을 발휘하여, 대학 졸업 후 런던 유학을 꾀하고 있는 한 교수에게 그 계획을 포기하라고 희생을 강력히 요구해오기도 하는 것이었다. 동갑이었다. 도쿄 유학을 온 학우들 간에 '국화, 단但, 남성'이란 별명을 가진 한 교수에겐 정순과의 사랑이 무척 풀기 힘든 선택 문제로, 하나의 시련으로 하나의 굴레로 압박해왔다. 졸업 날짜가 가까워올수록 더욱 그랬다. 그때의 일기장을 펴보면 이렇게 적혀 있다고 한다. '대학 졸업 후 정순과의 결혼이냐 젊은 혼을 영국의 안개 낀 대학가에서 기를 것이냐. 둘 다 보배로운 일이 아닌가. 둘 다 한꺼번에 만족시킬 수 있다면 얼마나 기꺼운 일이냐. 그러나 정순은 나의 모든 학업이 끝날 때까지는 아마 기다릴 수 없으리라는 것이었다. 과년하다고 도쿄 유학도 겨우 용인해주고 있는 고국의 부모들이 딸의 졸업 후에는 절대로 가만두지는 않을 것이라는 것이다. 자기가 일본 여성이라면 서른 살이 문제가 아니라 마흔까지라도 기다릴 수 있겠지만 불행히도 자기의 부모는 이해심 적은 조선 사람이라는 것이다. 그래도 내가 기다리라고 하면 목숨을 걸고 기다리겠지만 늙다리가 되어서는 자기편에서 차마 결혼을 승낙 못 할 것 같다는 것이다. 결혼을 해놓고 서양 유학을 간다고 해도 그것은 내가 자신이 없다. 결국 둘 다 망치는 일이 될 것만 같아서다. 오직 하나 분명한 것은, 나는 정순을 지극히 사랑한다는 것뿐이다. 아아, 신이여 보살피소서.' 그러다가 마침내 결론을 얻었다. 졸업을 1년 앞둔 어느 봄날이었다. 도쿄의 하늘은 흩날리는 사쿠라 꽃잎으로 아슴해지고 사람의 심경들도 마냥 혼미해지기만 하는 봄날의 꽃바람이 부는 밤이었다. 정순의 육체를 범해버리기로 한 것이었다. 말똥말똥한 의식의 지휘 아래, 한 번, 두 번, 세 번, 네 번…… 수술대 위에 뉜 환자가 모르핀에 취할 때까지 수를 세듯 한 번, 두 번, 세 번, 네 번, 다섯 번. 그러자 예상했던 대로 한 교수의 사랑은 식어질 수 있었다. 다음 해 사쿠라가 질 무렵엔, 마카오 경유 배표를 쥐고도 손가락 하나 떨지 않고 서 있을 수 있었다. 벌써 30여 년 전 얘기다.'

"흐흥, 그런데…… 그 여자가 어제저녁 죽었다네."

"네?"

"장사는 내일 치르구…… 오늘 저녁에 입관을 한다나?"

"네? 그럼 사회학과 박 교수님의……"

한 교수님은 쓸쓸히 웃으셨다. 가을 햇살이 내 에나멜 구두 콧등에서 오물거리고 있었다.

형이 나와 누나에게 어머니를 죽이자는 말을 처음 끄집어냈을 때도 내 발가락 사이로 초가을 햇살이 히히덕거리며 빠져나가고 있었다. 굵은 모래가 펼쳐진 해변에서였다. 납득? 아마 그랬을 것이다. 기침을 해가며 나직나직 말하는 형의 백짓빛 얼굴에서 나는 그를 미워할 아무런 건덕지도 찾아볼 수 없을 지경이었으니까. 왜냐하면 그런 말을 하는 형을 미워해야 한다면 어머니도 똑같이 미워해야 할 것이었는데 실상 나는 둘 다 미워하고 있지 않았다. 둘 다 사랑하고 있었다. 내가 설령 모두 미워하고 있었다고 하더라도 그것은 나의 그들에 대한 끝없는 사랑의 감정에서일 수밖에 없었다. 그러나 손쉽게, 사랑한다고 해서 내가 초가을 햇살이 눈부신 해변에서 들은, 지옥으로부터 나의 가슴에 육중하게 울려오는 저 끔찍한 음모를 납득할 수는 없었을 것이다. 차라리 수년 전 어느 새벽에 발자국을 밟고 따라가서 소라 껍데기 같은 나의 마음속에 잊지 않으리라 담아두던 노랫소리의 빛깔로 하여 형의 이런 계획은 당연하다고 주억거릴 수 있었다고 하는 편이 나았다.

형을 따라 새벽에 해변엘 나간 적이 있던 그 무렵 어느 날 저녁때였다.

어머니는 마흔이 넘어 보이는 사내를 하나 데리고 집으로 왔다. 어머니가 생선장수를 시작하기 전으로, 바느질로써 용돈을 벌었고 남아 있던 살림살이를 하나씩 하나씩 팔아서 살고 있었을 때였다. 사내는 갯바람에 그을어서 약간 야윈 듯한 얼굴에 눈이 쌍꺼풀져 있었다. 모든 것이 자신만만하다는 듯한 태도를 가진 그 사내는 그날 저녁에 어머니와 함께 밤을 지내고 다음 날 새벽 일찍이 돌아갔다. 그날 나와 누나는 공포에 차서 덜덜 떨며 한숨도 자지 못하고 말았다.

중학교에 다니던 형도 엎치락뒤치락하며 밤을 그대로 새우고 있는 눈치였다. 다음 날 형은 학교엘 가지 않았다. 그것이 아버지의 사망 후에 어머니가 맞아들인 최초의 사내였다. 일본을 상대로 하는 밀수선의 선장이라는 건 그 사내가 그날 밤 이후로도 몇 차례, 몇 차례라고는 하나 시일로 따지면 거의 1년 동안 우리 집에 드나들 때 자연히 알게 되었다. 왜 어머니가 사내를 집 안으로 끌어들였는지 그리고 우리에게 아무런 인사도 시키지 않았고 말도 못 건네게 하였는지 그때는 아무래도 이해할 수가 없었다. 풍족하진 못했지만 돈이 없다고 짜증을 부리거나 불만을 가진 사람은 집 안에 아무도 없었다. 그렇다고 사내를 우리들에게 아버지처럼 행세시키려 드는 눈치도 아주 없었다.

사내가 다녀간 다음 날에는 어머니는 형에게 무척 미안하다는 태도를 지어 보였다. 형으로 말하자면, 처음엔 어리둥절했던 모양이다. 무엇을 어떻게 하겠다는 결심은 전연 서려 있지 않은 분노를 자기의 침묵과 눈동자에 담고 있었으나 그뿐 아무런 짓도 하고 있지 않았다. 그러나 자기의 행동에 어떤 결심을 갖다 붙일 수 없었던 것은 오로지 자기의 나이를 잘 알고 있기 때문이었던 모양이다. 두번째의 사내는 세관 관리였다. 털보였다. 눈이 역시 쌍꺼풀져 있었다. 술고래인 모양으로 늘 몸에서 술냄새가 나고 있었다. 세번째 사내는 헌병문관憲兵文官이었다. 어머니보다 젊은 듯했다. 안색이 창백하였으나 눈이 부리부리한 사람으로 우리들에게는 항상 적의 어린 시선을 쏴주고 있었다.

이때 형은 학교를 그만둔 뒤였다. 그 무렵 형의 약값으로 돈이 많이 들어서 살림이 상당히 쪼들리고 있었는데 그것이 미안해서였던지 아니면 이제는 충분히 나이가 들었다고 생각해서였던지, 세번째의 사내가 처음으로 다녀간 다음 날 형은 드디어 어머니를 때리고 만 것이었다. 그리고 어머니의 눈에 처음으로 불이, 희미하나 금방 알아볼 수 있는 파란불이 켜지기 시작한 것이었다. 그리고 그 불빛 속에서 영원한 복종과 야릇한 환희와 그러나 약간의 억울함을 나와 누나는 본 것이었다. 그러한 빛깔을 한 불이 켜지면 누나는 안타까워서 동동 뛰었다. 그러나 나는 이미 포기해버리고 있었으므로 누나를 달랠 수 있는 여유조차 갖고 있었다.

어머니는 형에게 연애를 권했다. 형은 학교를 그만둔 뒤로는 썩어가는 폐에 눈물 어린 호소를 해가면서 문학으로 방향을 바꾸고 있었으므로 어머니는 그런 평계를 내세우고, 연애는 네 문학 공부에 어떤 자극이 될지도 모른다고 권했으나 형은 홍, 하고 웃어버렸다.

한 사람이 배반했다고 해서 자기까지 배반해버릴 수는 없었던 모양인가. 더구나 배반한 사람이 어떤 의사이전意思以前의 절대적인 지시 아래에서는 어찌할 수가 없다는 사실을 알고 있었기 때문인가. 피난지에서 어머니가 한번 좋은 처녀가 있는데 결혼할래, 하고 물었더니, 아무리 전쟁 중이라도 어머니가 미쳐버린다는 건 슬픈 일이에요,라는 대답을 하고 나서, 어머니를 똑바로 쳐다보면서 싸늘한 웃음을 지었다. 어머니는 얼른 고개를 숙임으로써 그 시선을 피했지만 떨구는 어머니의 눈 속에는 그 파란불이 켜져 있었던 것이 기억된다. 피난지에서 돌아와서부터 어머니가 사내를 집 안으로 데리고 오는 일은 없었다. 그러나 모든 것이 형에게는 마찬가지였다. 형이 무엇인가를 기어이 하고야 말리라고 예기하고 있던 나는 그렇기 때문에 다락방에서 끊임없이 부스럭거리며 살고 있는 형을 공포에 찬 눈으로 주시하고 있었다. 누나도 마찬가지였다. 누나와 나는 유일한 동맹이었다. 내가 어린 날을 그래도 행복하게 보낼 수 있었던 것은 오직 누나가 있었기 때문이었다.

형이 어두운 다락방에서 우리에게 숨기며 쉬지 않고 무엇인가를 만들어가고 있듯이 나와 누나도 형과 어머니에게서 몇 가지 비밀을 만들어놓고 우리의 평안과 생명을 그 비밀왕국 안에서 찾고 있었다.

누나가 밤늦게 학교에서 돌아오면 나는 기다리고 있다가 다락방에 있는 사람에게 들키지 않도록 조심하며 밖으로 나간다. 누나도 석유 남폿불의 심지를 줄여놓고 나서 역시 살그머니 빠져나온다. 나와 누나는 발소리를 죽이며 어두운 숲 그늘을 밟고 산비탈을 올라간다. 해풍이 끊임없이 솔솔 불어오고 있다. 소금기에 전 잎사귀들은 사그락대고 있다. 뱃고동 소리가 부우웅 울려오고 우리가 산비탈을 올라감에 따라서 부두 쪽에서 들려오는 웅웅거리는 소리가 조금씩 크게 들린다. 내려다보면 항도의 크고 작은 불빛들이 눈짓을 보내주고 있다. 드디어 철조망이 나선다. 칙칙한 색으로 숲이 살랑대고 있는 철조망 저편에는 석조 저택이 우울하게 서 있다. 몇 개의 창에서 불빛이 새어 나오고 있다. 현관에도 불이 켜져 있다. 우리는 철조망 이편에서 납작 엎드려 기다리고 있다. 엎드려서 우리는 흙내음과 풀내음을 들이마시며, 뜨거워져가는 숨소리를 느끼며 잔뜩 긴장하여 기다리고 있다.

이윽고 현관문이 밖으로 빛을 쏟아내면서 열리고 애란인인 선교사가 비척비척 걸어 나온다. 깡마르고 키가 크다. 불빛 아래서는 번쩍이는 안경을 쓰고 있다. 유령처럼 그는 이쪽으로 천천히 걸어온다. 어떤 때는 고개를 숙이고 걸어오기도 한다. 사그락대는 나뭇잎 소리들이 이 밤의 정적을 더 돋우고 있을 때 그가 이편으로 걸어오는 발소리는 무한히 신비스럽게 느껴진다. 이윽고 왔다. 우리가 엎드려서 힘을 눈에다 모으고 있는 철조망

저켠에는 몇 그루의 측백나무가 어둠에 싸여 있고 그 측백나무 아래에는 벤치가 하나 있다. 그는 드디어 거기에 앉는다. 털썩 주저앉는다. 나는 누나의 한 손을 꼭 쥐고 있다. 손에는 어느덧 땀이 흐르고 있다.

선교사는 멀리 아래로 보이는 시가지의 불빛들을 꿈꾸듯이 보고 있다. 바람에 실려 오는 소금기를 냄새 맡는 듯이 그는 코를 두어 번 킁킁거려본다. 드디어 바지 단추를 끄른다.

홍청대는 항구의 여름밤과는 상관없이 바위처럼 고독한 자세 하나가 우리의 눈앞에서 그의 기나긴 방황을 시작하고 있다. 그렇게도 뛰어넘기 힘든 조건이었던가. 일요일에 교회에서만 선교사를 대하는 신도들에게는 도대체 상상될 수 없는 그래서 무수한 면을 가진, 아아 사람은 다면체였던 것이다. 바람은 소리 없이 불어오고 잎들조차 이제는 숨을 죽이고 이슬방울들이 불빛에 번쩍이면서 이 무더운 밤이 해주는 얘기에 귀를 기울일 때 나의 등에도 누나의 등에도 어느새 공포의 식은땀이 흐르고 있었다.

이윽고 끝났다. 그는 어둠 속에서 한숨처럼 긴 숨을 몇 번 쉬고 느릿느릿 일어나서 바지를 추켜 입고 힘없이 비척거리며, 온 길을 되돌아간다. 그제야 우리들은 쥐었던 손을 놓고 일어선다. 이마에서는 땀이 흐르고 있다. 우리는 기진맥진하여 불빛들이 사는 비탈 아래로 내려온다.

우리의 왕국에서 우리는 그렇게도 항상 땀이 흐르고 기진맥진하였다. 그러나 한 오라기의 죄도 거기에는 섞여 있지 않은 것이었다. 오히려 거기에서 우리는 평안했고 거기에서 우리는 생명을 생각하고 있었다. 낮에 우리는 가끔 그 선교사가 자동차를 타고 지나다니는 것을 본 적이 있지만 전연 딴사람처럼 명랑해 보였다. 명랑하게 달려가는 자동차의 뒤에서 우리는 늘 미소를 가질 수 있었다. 다시 한번 말하거니와 우리가 꾸며놓은 왕국에는 항상 끈끈한 소금기가 있고 사그락대는 나뭇잎이 있고 머리칼을 나부끼는 바람이 있고 때때로 따가운 빛을 쏟는 태양이 떴다. 아니, 이러한 것들이 있었다기보다는 우리들이 그것을 의식하려고 애쓰고 있었다고 하는 게 옳겠다. 그러한 왕국에서는 누구나 정당하게 살고 누구나 정당하게 죽어간다. 피하려고 애쓸 패륜도 아예 없고 그것의 온상을 만들어주는 고독도 없는 것이며 전쟁은 더구나 있을 필요가 없다. 누나와 나는 얼마나 안타깝게 어느 화사한 왕국의 신기루를 찾아 헤매었던 것일까!

햇빛이 눈부시게 빛나는 해변에서 형이 어머니를 죽이자고 했을 때 나는 훌쩍훌쩍 울어버리고 말았지만 그것은 형의 말에 반대해서라기보다는 오히려 형에게 얼마든지 동감할 수가 있었기 때문일 것이다. 형은 그 말을 함으로써 스스로 성자의 지위에 올랐다고 생각했을 것이다. 누나도 사실 어머니에게 불만이 없는 것은 아니었다. 그렇다고 그 불만이 형을 위해서 있는 것은 아니었다. 누나는 가장 영리하였다. 그 눈부신 해변에서 누나는 한마디 말도 하지 않고 한 개의 표정도 바꾸어 짓지 않았지만 그것은 누나의 아름다운 노력일 뿐이었다. 누나는 영리하였다. 형은 어머니의 거의 문란하다고나 해야 할 남자관계를 굳이 내세우며 우리를 설복시키려고 애쓰고 있었지만(그것은 우리를 철부지로 여기고 있었기 때문일 것이다. 철부지에게는 본능적인 의협심이 행위의 충동이 되는 걸로 형은 생각했을 것이다) 사실 나도 그따위는 아무것도 아니라고 생각했다. 형의 의도는 그 너머에 있는 것이었으니까 ─ 누나는 귓등으로 흘려버릴 정도로 모든 것을 알고 있었다.

모든 오해를, 옳다, 모든 오해를 누나는 알고 있었다. 그러나 영원히 풀어버릴 수 없는 오해라는 것도 알고 있었다. 무서운 결과를 무릅쓰지 않고서는 누나는 결코 그 오해를 풀어줄 수가 없다는 것도 알고 있었다. 아아, 이렇게 얘기해서는 안 되겠다. 이것은 너무나 막연한 표현들이다. 한마디로 말하고 싶다. 어머니는 영혼을 사러 다니는 마녀와 같다고 형은 경계하고 있었고, 한편 형은 빈틈을 쉬지 않고 노리는 어떤 악한 세력이라고 어머니는 생각하고 있었다. 이러한 생각들은, 나와 누나의 직관 속에서 보면, 분명히 아버지의 사망 후에 비롯된 것이었고 비록 은근한 것이었다고는 하나 얼마나 끈덕진 것이었던지 이것의 어떤 해결 없이는 새로운 생활 ─ 새롭다고 한들, 남들은 별생각 없이 예사로 사는 그런 생활을 할 수는 도저히 없는 것이었다.

형과 어머니는 주고받는 시선 속에서 우습도록 차디찬 오해를 나누고 있었다. 그뿐이다. 그뿐이다. 둘 다 오해를 하고 있던 것뿐이다. 상상의 바다를 설정해놓고 그곳을 굳이 피하려고 하는 뱃사람들처럼 어머니와 형도 간단하게 살아갈 수는 없었던 것인가.

누나가 마지막까지 눈물겨운 노력을 포기하지 않았던 것을 나는 알고 있다. 모래가 따가운 해변에서 돌아와서 일주일인가 지난 날 밤이었다. 누나는 그날 저녁 학교를 쉬고 노트에 부지런히 글을 짓고 있었다. 열여섯 살짜리 계집애로서는 그 이상 더 어떻게 할 수 없는 노력이었다. 나는 남포에 석유를 붓고 누나가 쓸 연필을 깎아놓았다. 그러고 나서 누나 곁에 엎드려서 근심스럽게 누나의 노력을 바라보고 있었다. 작문은 이런 것이었다.

"내 어머니의 '남자관계'를 내가 어렸을 때는 막연한 어떤 심리에 사로잡혀 미워하고 심지어 내 어머니는 '갈보'라고까지 욕을 했고 그리고 나의 기억에도 아버지와 놀던 세세한 일은 거의 남아 있지 않을 정도로 오래전에 돌아가신 아버지를 애타게 그리워했고 그 아버지를 잊어버리고 다른 남자와 '놀아나는' 어머니를 더욱 미워하게 됐고 그래서 혹시 그런 남자가 집에 오기라도 하면 나는 일부러 방문을 탁 닫기도 하고 큰 장독으로 돌을 가져가서 차마 독을 쾅 깨어버리지는 못하고 땅땅 두들겨보고 그러다가 그 독아지 속에서 울려오는 무거운 소리를 귀 기울여 들으며 어머니에 관한 일은 잊어버리기로 하곤 하였다. 이제 와서 생각하면 그처럼도 어머니를 못 이해하고 있었다니, 하는 후회만이 앞선다. 어머니가 사귀던 몇 남자들의 얼굴을 나는 똑똑히 외우고 있다. 그들은 차례차례 어머니를 거쳐 갔는데 이상하게도 그 남자들의 용모에는 공통된 점이 많았다. 눈이 쌍꺼풀이라든지 콧날이 오똑하고 얼굴색이 비교적 창백하다든지, 하여간 나의 기억 속에 그들의 얼굴은 서로 비슷했다. 그리고 좀더 거슬러 올라가면 그것은 놀랍게도 아버지의 얼굴과 거의 일치되는 것이다. 어머니는 사귀고 있는 남자를 우연한 기회에 보게 되었을 것이다. 그러고는 옛날 당신의 한창 젊음을 바쳐 사랑하던, 그리고 그보다도 더 큰 아버지의 사랑을 받던 날을 생각할 것이다. 아아, 어머니는 얼마나 아버지를 찾아 헤매었던 것일까. 내 어린 시절의 기억 속에 불쾌감을 모질도록 일으키던 어머니의 '남자관계'는 곧 내가 사랑하는 그리고 어머니가 사랑하는 아버지를 찾아 헤매던 일이기도 했던 것이다."

물론 이 작문은 거의 완전한 허구였다. 그러나 최후의 노력이었다. 누나는 그 작문을 들고 다락방으로 올라갔다. 나는 기도하듯이 손을 모으고 다락방으로, 지옥으로 올라가고 있는 한 사도의 순결한 모습을 바라보고 있었다. 지루하도록 오랫동안 그 사도는 내려오지 않았다. 이윽고 다락의 층계를 밟고 사도는 피로한 모습을 하고 내려왔다.

절망. 형은 발광하는 듯한 몸짓으로 픽 웃더라는 것이다. 그리고 누나에게 이런 뜻의 말을 하더라는 것이다. 어머니의 '남자관계'를 너는 그렇게 해석해도 무방하다. 그러나 실은 그것에서 그치는 것은 아니다. 그것은 일종의 극기일 뿐이다. 극기일 뿐이다. 극기일 뿐이다……

"옛날 일을 그래서 지금은 후회하세요?"

"후회하냐고?"

교수님은 무슨 소리냐는 듯이 눈을 둥그렇게 뜨셨다. 그러자 그러한 당신의 표정이 서운하셨던지 입술을 주름지게 모아 쑥 내민 채 애처롭게 웃으셨다.

또 형은 억울하다는 듯한 표정으로 이렇게 말하더라는 것이다. 어머니의 나에 대한 운명적인 요구에 나는 어떻게 대처해야 할지 모르겠다(나와 누나에게는 이 말처럼 미운 것이 없었다). 솔직히 말하마. 남들에게는 지극히 평범하고 세속적인 관계일 수밖에 없는 것이 내게는 왜 이렇게 험악한 벽으로 생각되는지, 나는 참 불행한 놈이다. 절망. 풀 수 없는 오해들. 다스릴 수 없는 기만들. 그렇다고 장난꾸러기 같은 미래를 빤히 내다보면서도 눈감아버릴 수는 없는 것이다. 절망. 절망. 누나와 나는 그다음 날 저녁, 등대가 있는 낭떠러지에서 밤 파도가 으르릉대는 해변으로 형을 떠밀었다. 우리는 결국 형 쪽을 택한 것이었다. 미친 듯이 뛰어서 돌아오는 우리의 귓전에서 갯바람이 윙윙댔다. 얼마든지 형을, 어머니를 그리고 우리들을 저주해도 모자랐다. 집으로 돌아와서 불을 켜자 비로소 야릇한 평안을 맛볼 수 있었다.

그리고 얼마 있지 않아서였다. 판자문을 삐걱거리며 열고 물에 흠씬 젖은 형이 살아서 돌아온 것이다. 우리의 눈동자는 확대된 채 얼어붙어버렸다. 형은 단 한마디, 흐흥 귀여운 것들, 해놓고 다락방으로 삐걱거리며 올라갔다. 그리고 사흘 있다가, 등대가 있는 그 낭떠러지에서 스스로 몸을 던져 죽은 것이었다. 나와 누나의 눈에는 감사의 눈물이 번쩍이고 있었다. 그러나 어머니의 오해에는 어떻게 손대볼 도리 없이 우리는 성장하고 만

것이었다.

만화로써 일가를 이룬 오 선생 같은 분도, 좀 이상한 얘기지만 일을 하다가 문득 윤리의 위기 같은 걸 느낄 때가 있다,라고 내게 말씀하시는 때가 있다. 윤리의 위기라는 거창한 말을 쓰고 있지만, 내가 보기엔 작은 실패담이라고나 할 수밖에 없는 일인데, 당사자에겐 퍽 심각한 문제인 모양이다. 이야기인즉, 하얀 켄트지를 펴놓고 먼저 연필로 만화 초를 뜬다. 그리고 나면 펜에 먹물을 찍어 연필 자국을 덮어 그리는데, 직선을 그려야 할 경우에 어쩐지 손이 떨려서 그만 자를 갖다 대고 그려버릴 때가 가끔 있다는 것이다. 그렇게 해서 다 그리고 난 뒤에 작품을 보고 있노라면 어쩐지 자꾸 그 직선 부분에만 눈이 가고, 죄의식이 꿈틀거린다는 것이다. 그리고 독자들이 이렇게 외치는 소리가 들리는 듯하다고 한다. 그건 당신의 선이 아니다. 그것은 직선이라는 의사밖에는 가지고 있지 않는 자[尺]의 선이다. 당신은 우리를 속이려 하는구나,라고.

형 같은 경우는 아예 비길 수 없이 으리으리하게 확립된 질서 속에서 오 선생은 살고 있는 것이지만 긍정이라든지 부정이라든지 하는 따위의 의미를 일체 떠난 순종의 성곽 속에도 밤과 낮이 있는 모양이었다.

"오늘 저녁 입관하시는 데 가보시겠군요?"

나는 고개를 돌려서 물었다. 교수님은 난처한 웃음을 띠셨다.

"내가 올까?"

"네?"

"정순의 죽은 얼굴을 보고 내가 울까?"

"물론 안 우시겠죠."

"……"

"……"

"그렇다면 갈 필요가 없을 것 같군."

옳은 말씀이다. 이제 와서 눈물을 뿌린다고 해서 성벽이 쉽사리 무너져날 것 같지도 않은 것이다.

"슬프세요?"

내가 웃으며 물었더니,

"글쎄, 지금 생각 중이야."

라고 대답하셨다.

나는 할 수 없이 또 한 번 웃고 말았다.

(1962)

역사力士

서울에서 하숙을 하고 있는 사람들은 그 수도 꽤 많지만 경우도 가지가지인 모양이다. 그 사람들이 자기가 들어 있는 하숙집에서 보고 듣고 느낀 것을 모두 얘기한다면 신기하고 놀랍고 재미있는 얘기가 헤아릴 수 없이 많겠는데, 여기 옮겨놓는 얘기도 아마 그런 것들 중의 하나라고나 할까. 내가 언젠가 어느 공원의 벤치에 앉았다가 우연히 말을 주고받게 된, 머리털이 텁수룩한 한 젊은이에게서 들은 것으로서 허풍도 좀 섞인 듯하고 그리고 얘기의 본론과 결론이 어긋나 있는 듯하기도 하지만 그런대로 뭐랄까 상징적인 데도 있는 것 같아서 여기에 들은 그대로를 옮겨보는 것이다.

　내가 눈을 떴을 때 내 코는 벽에 거의 닿을 듯 말 듯했다. 낮잠을 자는 동안 나는 벽에 얼굴을 바싹 대고 있었던 모양이다. 벽은 하얀 회로 발라져 있었고 지나치게 깨끗했다. 내 방은 이렇지 않은데, 하고 나는 어리둥절했다. 남의 집에서 잠이 든 것이었을까, 혹은 '의식을 회복하고 보니 병원이더라'라는 경우 속에 있는 것일까, 하고 나는 생각했다.

기억, 특히 어렸을 때의 기억이지만 친척 집에 놀러 갔다가 자고 오지 않으면 안 되게 된 날 밤은 유난히 곧잘 한밤중에 잠이 깨는 것이고 말뚱말뚱한 눈으로 천장을 올려다보고 있노라면, 그 집 밖의 가등街燈에 켜진 불빛이 창으로 스며들어와 천장의 무늬들을 희미하게 떠올리는 것이었는데, 그러면 아, 여긴 남의 집이다,고 깨닫게 되고 우리 집 천장의 무늬를 누운 채 손가락으로 허공에 그려보며 지금 그 무늬 밑에서 잠들어 있을 집안 식구들 생각에 잠을 이루지 못하고 있다가 동이 트자마자 살그머니 그 친척 집을 빠져나와서 집으로 달려와버리던 적이 많았다. 그러나 그건 한밤중의 일이었지만 지금은 대낮이다. 그리고 그건 옛날, 어렸을 때의 일이었지만 지금은 청년이다. 그리고 그건 내 의식 속에서는 이미 추방돼버린 고향에서의 일이었지만 지금 여기는 서울이다.

나는 천천히 고개를 돌려 천장을 올려다보았다. 천장은 아무런 무늬도 없는 갈색 베니어로 되어 있었다. 무늬가 있다면 파문波紋을 닮은 나뭇결이 겨우 알아볼 수 있을 정도인 것이다. 더구나 천장이 꽤 높았다. 나의 방은 이렇지 않은 것이다. 일어서면 머리를 숙여야 할 정도로 천장이 낮고 거기엔 육각형의 무늬 있는 도배지가 발려 있는데 그것은 처음엔 푸른색이었던 모양이지만 지금은 빗물이 새어서 만들어진 얼룩 등으로 누렇게 변색되어 있다. 더구나 내 방의 천장은 지금 내가 누워서 보고 있는 천장처럼 팽팽하지도 않고 가운데 부분이 축 늘어져서 포물선을 이루고 있는 것이다. 빈민가의 집들에서만 볼 수 있는 천장. 그렇다, 나의 방은 동대문 곁에 있는 창신동 빈민가에 있는 것이다. 지구가 부서졌다가 다시 생겨난다 해도 그 나의 방은 지금의 이 방처럼 깨끗하지가 못하다. 나는 얼른 고개를 돌려서 좀 전에 내가 코를 대고 낮잠을 자던 하얀 벽을 살펴보았다. 이 것이 내 방이라면, 신문지로 도배된 벽에 볼펜 글씨의 이런 낙서가 분명히 있을 터이다 —— '창신동에 사는 사람들은 모두 개 새끼들이외다'.

나는 그 낙서가 언제부터 거기에 있었는지 모르지만 나처럼 전에 이 방에 하숙을 들어 있던 사람이, 밖에 비라도 오는 어느 날, 할 일 없이 누웠다가 누운 그 자세대로 손만을 들어서 적어 놓은 것이라는 상상을 할 수는 있었다. 왜냐하면, 그 방이 (그 방의 밖에서 들려오는 소음까지 포함해서) 그 방 속에 있는 사람들에게 주는 절망감이라든가 그리고 무엇보다도 자기는 이 넓은 세계 속에서 더럽기 짝이 없는 이 방만을 겨우 차지할 수밖에 없느냐는 자기혐오에서 그 방 속에 든 사람은 누구나 그런 낙서를 하지 않고서는 배겨나지 못했을 것이기 때문이다. 다시 말해서 그 어떤 사람이 그 낙서를 하지 않았더라면 아마 내가 했을지도 모른다는 것이다. 그래서 나는 그 30년대식의 표현을 사랑했다. 그리고 대가大家의 문장처럼 믿음직스럽다고 생각하고 있었던 것이다. 지상에 있는 헤아릴 수 없이 많은 방들 중에서 내가 나의 방을 구별해낼 수가 있다면 그 낙서로써 그럴 수밖에 없을 것이다.

나는 내가 방금 잠이 깬 방의 하얀 회가 발린 벽을 찬찬히 살펴보았다. 그러나 그 낙서는 없었다. 지나치게 깨끗했다. 그러자 나는 내가 누워 있는 방 전체를 보고 싶어져서 천천히 — 내가 몸을 돌렸을 때 나는 방 가운데서 무서운 괴물이라도 보지 않을 수 없다는 듯이 천천히 몸을 반대편으로 돌렸다. 물론 괴물 같은 건 없었다. 내가 덮고 있던 홑이불 자락이 내 몸 밑으로 깔렸을 뿐이다.

나는 방 안을 찬찬스럽게 눈으로 더듬었다. 내 오른쪽 벽의 구석진 곳에 다색茶色의 나왕으로 된 방문이 있다. 내 맞은편 벽에 기대서 책들이 좀 무질서하게 줄을 지어 서 있다. 나를 향하고 있는 책의 등에 적힌 그 책들의 표제를 나는 읽었다. 『연극개론』『비극론』『현대희극의 제문제』『현대 연극의 대사』, *History of drama* 등. 그것은 내 전공 부문의 책들, 바로 나의 책들이었다. 그리고 핀이 빠졌는지 캘린더가 벽에서 떨어져서 마치 단정치 못한 여자가 주저앉아 있는 듯한 모습으로 방바닥에 널려져 있고 왼쪽 벽 구석 가까이에 잉크병, 노트들, 펜들, 나의 세면도구, 재떨이, 담배가 몇 가치 빈 '진달래', 찌그러진 성냥통 그리고 내 기타가 역시 무질서하게 놓여 있거나 벽에 기대어져 있고 벽의 옷걸이에는 내 옷들이 걸려 있었다. 모든 것이 나의 소유였다. 그러면 이건 나의 방이다,라고 나는 생각했다. 그러나 방은, 여기저기 붙어 있어야 할 여자의 나체 사진 한 장도 없이 이렇게 깨끗하고 아담할 리가 없는 것이다.

더구나 밖에서는 아무 소리도 들려오지 않는 것이다. 나는 방바닥에 풀어놓은 팔목시계를 보았다. 4시였다.

오후 4시라면, 방에서 멀지 않은 시장에서 장사치 여자들이 떠들어대는 소리, 집 안에서 나는 수돗물 흐르는 소리, 옆방에서 무슨 내용인지는 모르나 들려오는 웅웅거림, 창밖으로 지나가는 자동차의 덜커덕거리는 궤음軌音과 경적의 날카로운 소리가 들려와야 하는 것이다. 거대한 기계가 돌아가고 그 기계에 수많은 새들이 치여 죽어가는 경우를 상상할 때, 그런 경우에 곁에 서 있는 사람이 들을 수 있는 소리를 나는 듣고 있어야 하는 것이다. 그런데 조용하다. 아무 소리도 없는 것이 이상하다. 마치 여름날 숲속에 들어앉아 있는 것처럼 조용하다니.

그러자 방 밖에서 마루를 가볍게 걷는 소리가 나고 잠시 후에 피아노 소리가 쾅 울려왔다. 바로 방문의 밖인 듯싶었다.

피아노 소리라니, 이 빈민굴에. 아, 그러자 나는 생각났다. 4시. 피아노 소리. 이 병원처럼 깨끗한 방. 나는 약 일주일 전에 창신동의 그 지저분한 방에서 이 깨끗한 양옥으로 하숙을 옮겼던 것이다.

들려오고 있는 곡은 「엘리제를 위하여」였다. 내가 옮겨온 뒤의 약 일주일 동안 매일 오후 4시에 피아노가 울렸고 그 곡은 「엘리제를 위하여」였다. 아마 내가 오기 전에도 4시에 피아노가 울렸고 그 곡은 「엘리제를 위하여」였을 것이다.

나는 그제야 기지개를 켜고 일어나 앉았다. 생각하면 어처구니없는 기억의 단절이었다.

물론 무엇인가를 깜빡 잊어버리는 때가 흔히 있는 법이다. 우스운 얘기지만 심지어 오줌 누는 법을 잊어버린 때도 있었다. 언젠가 어느 다방에 가서(그 다방은 어느 건물의 이층에 있었는데 나는 무슨 생각엔가 잠겨서 계단을 느릿느릿 걸어 올라갔었다) 다방 문의 밖에 있는 화장실에 들렀을 때였다. 그때 나는 긴급한 생리적 필요에도 불구하고 어떻게 소변보는가를 깜박 잊어버린 것이었다. 나는 몹시 당황했었다. 잠시 후 곧 나는 우선 바지 단추를 끌러야 한다는 습관으로 되돌아올 수 있었지만 여간해선 있을 수 없는 습관의 단절조차 경험했던 건 확실한 얘기다. 아무리 그렇지만 일주일이 방 하나와 친밀해지는 데는 충분한 시간이라고 나 역시 생각한다. 낮잠에서 깨어났을 때 내가 약 일주일 전에 이사 온 이 방에서 상당한 시간 동안 생소함을 느꼈던 것은 그 일주일이란 시간보다도 더 길게 나를 따라다니는 어떤 심리적인 원인 때문이 아니었을까?

내가 이 병원처럼 깨끗한 양옥으로 하숙을 들게 된 것은 나를 꽤 아껴주는 다정다감한 어느 친구의 호의에서 나온 권유 때문이었다.

언젠가, 밖에서는 비가 뿌리는 날, 창신동의 그 퀴퀴한 냄새가 나고 하루 종일 가야 타블로이드판 크기의 창 하나로 들어오는, 한 움큼이나 될까 말까 한 햇빛을 아껴야 하는 내 하숙방에 앉아서, 마침 돈이 떨어져서 그리고 단골 술집엔 외상의 빚이 너무 많아서 또 외상을 달라는 염치도 없고 해서 옆방의 영자에게

서 빌린 푼돈으로 술 대신 에틸알코올을 사다가 물에 타서 홀짝 홀짝 마시며 혼자 취해서 언젠가 내가 내동댕이쳐서 갈래갈래 금이 간 거울 앞에 얼굴을 갖다 대고 찡그려보았다가 웃어보았다가, 제법 눈물도 흘려보고 있는데 그 다정한 친구가 찾아왔던 것이다. 그 친구는, 내 생활이 그래 가지고는 도저히 희망 없는 것이라고, 그리고 내 생활태도에는 일부러 타락한 자의 그것을 닮으려는 점이 엿보인다고 진심으로 걱정해주며, 빈민가에서의 그렇게 무질서하고 퇴폐적인 생활과 질서가 잡히고 규칙적인 또 한쪽의 생활과의 비교도 재미있지 않겠느냐고 나를 타이르는 식으로 얘기하며, 자기 친척 중에서 퍽 가풍이 좋은 집안이 하나 있는데 거기에 자기가 나의 하숙을 부탁해보고 싶다는 것이었다. 고마운 얘기일 수밖에 없었다. 사실 나 자신도 나의 무궤도하고 부랑아 같은 생활태도를 비록 내 천성의 게으름과 가난한 자들의 특징인 금전의 낭비벽, 그리고 이제는 돌아갈 고향도 없이 죽는 날까지 이 서울에서 내 힘으로 살아가야 한다는 절망감에다가 핑계를 대고 변명해보려 했지만 아직 젊다는 이유 하나만으로써도 내 생활태도 개선의 가능은 충분하다는 점에 생각이 미치면 나도 나 자신의 기만을 인정치 않을 수 없곤 했던 참이라 그 친구의 의견을 고맙다고 할 수밖에 없었다. 그러나 그 무렵에 나는 돈에 퍽 쪼들리고 있었으므로 당장 그 친구의 의견을 좇을 수는 없게 되었었다. 버스 탈 돈마저 떨어져서 매일 방에 틀어박힌 채 희곡 습작이나 하고 있을 때였다.

그리고 오랜 후, 다행히 어느 쇼단에 촌극용 코미디 각본이 몇 편 팔리고 거기서 생긴 수입이 꽤 되었으므로 오랫동안 내심 일종의 간절한 욕망으로서 계획해오던 이주 건을 역시 그 친구의 권유를 따라서 실행한 것이 약 일주일 전인 것이었다. 그리고 매일 오후 4시가 되면 나는「엘리제를 위하여」를 듣게 되었다. 피아노는 이 집의 며느리가 치는 것이었다. 이 집의 식구 구성은 '할아버지'로 불리는 키가 작고 마른 편인 영감과 '할머니'로 불리는 역시 키가 작고 마른 편인 노파, 어느 대학에 물리학 강사로 나가는 아들과 그 부인인 '며느리', 대학 강사의 여동생인 여고생, 대학 강사의 세 살 난 딸, 그리고 식모로 되어 있었다. 할아버지는 나를 이 집으로 데려다준 친구의 큰아버지뻘이라고 했고, 말하자면 나의 생활태도를 바꾸어놓겠다는 책임을 진 분이었다.

나는 내가 이사를 온 첫날 저녁, 할아버지 앞에 불려 나가서 들은 얘기를 지금도 기억한다. 그것은 일종의 오리엔테이션이었다. 몇 가지 나의 가족 관계에 대해서 묻고 나서, 할아버지는 갑자기, 내가 6·25 때는 몇 살이었느냐고 물었다. 정확한 나이는 얼른 계산이 되지 않아서 열 살이었던가요, 하고 내가 우물쭈물 대답하자, 할아버지는 아마 그럴 거라고 하며 사변이 남겨놓고 간 것이 무엇인 줄을 모르겠군, 하고 말했다. 그래서 나는, 사변 전에 있었던 것에 대해서는 알 수가 없고, 있다고 해도 어린아이로서의 기억밖에는 가지고 있지 않으므로 무엇이 사변 후에 더 보태지고 없어진 것인지는 모르겠다고 솔직히 대답했다. 그러자 할아버지는 고개를 끄덕이고 나서 그것은 가정의 파괴라고 한마디로 얘기했다. 그렇게 말하는 투가 마치 내가 나쁜 일을 해서 책망이라도 한다는 것처럼 단호하고 험악했기 때문에 나는 정말 죄를 지은 기분이 되어 꿇어앉았던 자세를 더욱 여미었다. 그리고 오랫동안, 정말 오랫동안 나는 이사를 한다는 흥분과 긴장과 피로 속에서 하루를 보내었기 때문에 졸음이 퍼붓는 걸 참아가며 할아버지의 관觀이랄까 주의主義랄까를 들었다.

그것은, 혼미 가운데서 들은 것을 두서가 없는 대로 요약한다면 다음과 같았다. 가풍이 없는 가정은 인간들의 모임이 아니다. 가풍이란 질서 정신에 의해서 성립되어야 한다. 우리나라의 가정은 사변 때 식구들의 생사조차 서로 모를 정도로 파괴되었다. 그래서 더욱 가정의 귀중함을 알았지 않느냐. 그러니 질서 정신에 입각해서 각기 가정은 가풍을 만들어가야 한다. 그리하는 데 장애가 아주 많은 게 우리들이 처한 현실이다. 그럴수록 우리는 지나치다 할 정도로 자신들에게 엄격해야 한다. 대강 이런 것이었다.

가풍. 내게는 낯설기 짝이 없는 단어였지만 며칠 동안에 나는 그 말의 개념이 아니라 바로 그의 실체를 온몸에 느끼게 되었다. '규칙적인 생활 제일주의'가 맨 먼저 나를 휘감은 이 집의 가풍이었다.

아침 6시에 기상. (그러나 나의 경우는 자발적인 기상이 아니라 할아버지가 차를 끓여가지고 손수 들고 와서 나를 깨우고 그 차를 마시게 하고 내가 무안함에 가슴을 두근거리며 황급히 옷을 주워 입으면 아침 산보를 시키는 것이었다. 그래서 나는 수면 부족으로 좀 자유로운 낮에 늘 낮잠이었다. 그러나 그 집 식구들은 심지어 세 살 난 어린애마저도 그 규칙을 지키고 있는 모양이었다.) 아침 식사. 출근 혹은 등교. 할아버지도 어느 회사에 중역으로 나가고 있었으므로 집에 남는 건 할머니와 며느리, 어린애와 식모, 그리고 노곤한 몸을 주체하지 못하는 나뿐이었다. 그동안 나는 오전 10시경에 며느리와 할머니가 놀리는 미싱 소리를 쭉 듣게 되고, 12시경에 라디오에서 나오는 음악을 듣고, 오후 4시엔 「엘리제를 위하여」를 듣게 된다. 오후 6시 반까지는 모든 식구가 집에 와 있어야 하고, 저녁 식사. 식사가 끝나면 10여 분 동안 잡담. 그게 끝나면 모두 자기 방으로 가서 공부. 그리고 식모가 보리차가 든 주전자와 컵을 준비해서 대청마루 가운데 있는 탁자 위에 놓는 달그락 소리가 나면 그때 시간은 10시 5, 6분 전. 그 소리가 그치면 여러 방의 문이 열리고 식구들이 모두 나와서 물 한 컵씩을 마시고 '안녕히 주무십시오'를 한 차례 돌리고 잠자리로 들어간다. 세상에 이런 생활도 있었나 하고 나는 놀라지 않을 수 없었다. 식구 중 누구 한 사람 얼굴에 그늘이 있는 사람은 없었다. 나로서는 상상도 하지 못하던 세계에 온 것이었다. 동대문이 가까운 창신동 그 빈민가의 내가 들어 있었던 집의 식구들을 생각하지 않을 수 없는 이 정식正式의 생활.

내가 간혹 이 양옥 식구들의 얼굴을 생각해보려 할 때면, 물론 대하는 시간이 적었던 탓도 있겠지만 그보다는 차라리 아마 낮잠에서 깨어났을 때 내가 지금 있는 방에 대해서 생소감을 느끼던 그런 알 수 없는 이유로써 나는 이 집 식구들의 얼굴을 덮어 누르고 보다 명료하게 떠오르는 창신동 식구들의 얼굴 때문에 적지 않게 괴로워했다.

내가 들어 있던 집은 판자를 얽어서 만든 형편없이 작은 집이었지만 방은 다섯 개나 되었다. 따라서 겨우 한두 사람이 들어가 누우면 꽉 차버리는 방들이란 건 말할 필요도 없다. 그중에서도 좀 넓고 채광도 좋다는 방을 주인 식구가 차지하고 있고 그 방보다는 못하지만 나머지 세 개에 비하면 빗물도 새지 않을 정도의 방은 방세 지불이 정확한 영자라는 창녀가 들어 있었다. 그리고 유리창이 ── 그 유리창이란 게 금이 가고 종이가 오려 발라지고 더러웠지만 이 집에서는 유일한 유리창이었다 ── 달린 방에는 50쯤 나 보이는 깡마르고 절름발이인 사내가 열 살 난, 열 살이라고는 하지만 영양실조 등으로 볼이 홀쭉하고 머리만 커다랗지 몸은 대여섯 살 난 애들보다 더 작고 말라비틀어진 딸을 데리고 살고 있었다. 그리고 나머지 방들 중에서 한 방을 사십대의 막벌이 노동자 서 씨가, 그리고 한 방을 내가 차지하고 있었다.

내가 이 양옥으로 와서 그리고 이제는 진절머리가 나기 시작한 「엘리제를 위하여」를 피아노로 치고 있는 며느리에 대한 이 집 할아버지의 배려에 관하여 알게 되었을 때 맨 먼저 생각난 것이 창신동 그 판잣집의 절름발이 사내와 그의 말라비틀어진 딸이었다.

할아버지는 피아노 소리를 무척 싫어하지만 그러나 여학교 시절에 피아노 치는 걸 배워두었다는 며느리의 손가락을 굳어버리게 할 수는 없다고 생각했었다. 굳어버리게 하다니, 그건 할아버지의 교양이 도저히 허락할 수 없는 것이었던 모양이다. 그래서 며느리가 피아노를 대할 수 있는 시간도 이 양옥의 규칙적인 생활 속에 끼일 수 있었던 것이다. 여고에 다니는 딸에 대해서도 비슷한 태도가 아닌가고 나는 생각했다. 저녁 식사 후, 공부 시간이 되면 그 여고생은 자기 방으로 간다. 그리고 10시가 되면 식모가 끓여다 놓은 보리차를 마시기 위해서 대청마루로 나온다. 그동안은 공부를 하고 있는 걸로 되어 있다.

그렇지만 저 창신동의 절름발이 사내는 어떻게 그의 딸을 교육시켰던가. 나는 그 절름발이 사내가 자기의 어린 딸을 꿇어앉혀놓고 있는 것을 그 방 앞을 지날 때마다 유리창을 통해 볼 수 있었다. 내가 그 방 앞을 지나칠 때면 거의 항상 그 풍경을 볼 수 있기 때문에 그 빼빼 마른 계집애가 자기 아버지 앞에 꿇어앉아 있지 않은 시간은 언제인지 알 수 없었다. 밥을 지으러 나올 때거나 수도에서 물을 길어 몸을 한쪽으로 기울이고 비척거리며 걸어갈 때 외에는 항상 꿇어앉아 있었다고 보아야 할 것이다. 유리창이 막혀 있기 때문에 그 안에서 절름발이는 무슨 얘기를 자기 딸에게 들려주고 있는지 모르지만 그는 쉴 새 없이 입을 놀려 말을 하고 있는 것이었다. 항상 종이와 연필이 계집애 앞에 놓여 있는 걸 보아서 아마 그건 수업 시간인 모양이었다. 절름발이 곁에는 항상 긴 버드나무 회초리가 놓여 있었다. 그리고 그 회초리의 매질이 계집애의 몸 위에 퍼부어지지 않는 날을 거의 볼 수가 없었다. 절름발이는 미친 사람처럼 계집애에게 매를 내리는 것이었다. 그러면 계집애는 이제 단련이 된 듯이 그 다섯 살짜리 아이들보다 가냘픈 손으로 머리를 감싸기만 한 채 눈물 한 방울 흘리지 않고 입 한 번 벌리지 않은 채 묵묵히 자기 몸 위에 퍼부어지는 매를 견디어내고 있는 것이었다. 물론 그 어둑시근한 방 속에서 절름발이는 무엇을 가르쳤고 그의 딸은 무엇을 배우고 있었는지 그 내용을 나는 끝내 알지 못하고 말았다. 다만 나는 언젠가, 밤이 깊어서, 내가 변소에 갔을 때 설사병이 났는지 그 계집애가 변소에 앉아서 똥물을 좔좔 쏟고 있고 변소 문에 몸을 구부정하게 기대고 절름발이가 성냥을 계속해서 켜대며 근심스런 얼굴로 그의 딸을 지켜보고 있던 광경으로 미루어보아서 그 유리창이 달린 어둑신한 방에서 베풀어지는 교육이 결코 엉뚱한 것은 아니리라는 생각만을 내 멋대로 할 수 있었다.

영자라는 창녀의 얼굴도 여간 또렷하게 나의 기억 속을 차지하고 있는 게 아니었다.

내가 그 집 앞에 붙은 '하숙인 구함'이라는 종잇조각을 발견하고 주인을 만나러 들어갔을 때, 수도에서 발을 씻다가, 아줌마 하숙 구하는 사람 한 명 왔어요,라고 안에다 대고 소리를 지르던 게 바로 영자였다.

그 집에 내가 하숙을 든 뒤부터, 얼굴이 동글동글하고 눈이 가느다란 영자는 자기 나이가 열아홉이라며 나를 오빠라 불렀었다. 내가 그 집에 하숙을 정한 후 며칠 사이에 영자의 선천적인 재능에 의해서 나도 금방 친밀감을 느낄 수가 있었다. 왼손

팔목에 있는 검붉은색의 지렁이 같은 흉터를 내보이며, 이게 뭔
줄 아우 오빠? 하고 묻고 나서 한숨을 푹 쉬며, 옛날에 나 죽어
버리려구 칼로 여길 끊었다우, 그런데 죽지 않고 요 고생이야,
하며 눈물조차 살짝 비치던 영자에게 나는 담배를 얻어 피우는
등 은혜를 많이 입었었다. 영자는 내가 연극 공부를 하고 있다
는 걸 알고 나서부터는 걸핏하면, 오빠가 유명한 사람이 되면
나도 배우로 써줘, 응? 하고 어리광을 부려오곤 했었다. 언젠가
미스코리아 선발 대회가 있던 날, 신문에서 화관을 머리에 얹고
이브닝드레스를 입은 당선자들의 사진을 보고 나더니 나와 주
인아주머니더러 심사 위원이 되어달라고 하며 자기 방에 들어
가서, 아마 아껴 간직해두었던 것인 듯싶은 분홍색의 한복을 단
정하게 입고 나와서 그 집의 좁은 마당을 천천히 거닐며 한 손
을 들고, 합격예요?라고 묻다가 갑자기 웃음을 터뜨리며, 난 미
스가 아닌걸요, 네?라고 말하고 나서, 그날은 하루 종일 신경질
을 부리던 영자. 또 언젠가는 어디서 알았는지, 광화문께에 엄
청나게 잘 알아맞히는 성명철학자가 한 사람 있다는데 같이 가
보지 않겠느냐고 나를 조르는 것이었다. 그런 건 다 엉터리 수
작이라고 내가 얘기하자 절대로 그렇지 않다고 화를 내며, 지
금 가지고 있는 이름이 나쁘다고 판단되면 좋은 이름으로 고쳐
도 준다고, 그러면 아주 행복한 사람이 될 수 있다고 마치 자기
가 그 성명철학자인 것처럼 주장하는 것이었다. 여러 날을 두고
졸리던 끝에 할 수 없이 내가 그럼 같이 가보자고 나서자 영자
는 금방 시무룩해지며, 그렇지만 그 사람은 이름만 가지고도 지

금의 신분을 딱 알아맞힌다는데 여러 사람이 있는 데서 갈보라고 해버리면 좀 얘기가 곤란해지겠다고 하며 발뺌을 하는 것이었다. 나도 그럴듯하게 생각되어서, 그럼 그만두자고 해버렸지만 미련은 남았는지 그 후로도 영자는 곧잘 그 성명철학자 얘기를 꺼내곤 했었다. 내가 이 양옥으로 이사를 한다는 날도 영자는, 오빠더러 내 이름을 가지고 가서 좀 알아봐달라고 부탁하려 했더니, 하며 섭섭해하였었다.

「엘리제를 위하여」의 피아노 소리는 이제 며느리의 허밍까지 어울려서 절정에 도달하고 있었다. 며느리의 허밍이 시작되었으니 잠시 후엔 피아노 소리도 그칠 것이다. 경험으로써 나는 그걸 알고 있었다. 나는 다시 몸을 눕혔다.

'창신동에 사는 사람들은 모두 개새끼들이외다'라는 30년대식 표현의 낙서가 적혀 있던 그 방, 그리고 그 집에 살던 사람들은 이 피아노가 둥둥거리는 집에서 생각하면 너무나 먼 곳에 있는 것이었다. 그곳은 버스 하나를 타면 곧장 갈 수 있다는 평범한 가능성마저를 송두리째 말살시켜버리는 간격의 저쪽에 있었다. 일주일이란 보수를 치르고도 여전히 이 하얀 방에 대하여 서먹서먹한 느낌이 드는 것은 그 측량할 길 없는 간격을 내가 아무런 준비도 하지 못한 채 갑자기 건너뛰었기 때문이 아니었을까. 나도 아주 어렸을 적엔 이런 생활 속에서 자라나고 있었던지 어쩐지는 모르지만 내 기억이 회답하는 한 이 양옥 속의 생활은 지나치게 낯선 것이었다.

창신동 그 집의 나머지 한 사람 서 씨라는 중년 사내의 얼굴이 떠오를 때면 더욱 그러하였다.

빈민가에 저녁이 오면 공기는 더욱 탁해진다. 멀리 도시 중심부에 우뚝우뚝 솟은 빌딩들이 몸뚱이의 한편으로는 저녁 햇빛을 받고 다른 한편으로는 짙은 푸른색의 그림자를 길게 길게 눕힌다. 빈민가는 그 어두운 빌딩 그림자 속에서 숨 쉬고 있었다.

교과서의 직업 목록 속에서는 찾아볼 수 없는 가지가지의 일터에서 사람들이 땀이 말라 끈적거리는 얼굴을 손으로 부비며 돌아오고, 이 마을에 들어서면 그들의 굳어졌던 얼굴들이 풍선처럼 펴진다. 웃통을 벗은 사내들은 모여 서서 쉴 새 없이 떠들고 아이들은 자기들 집과 집의 처마를 스칠 듯이 지나가는 기동차의 뒤를 쫓아 환호를 올리며 달린다. 아낙네들은 풍로를 밖으로 내놓고 그 위에 얹은 냄비 속에 요리책에는 없는, 그들의 그때그때의 사정이 허락하는 신기한 요리 재료를 끓인다. 이 냄비와 저 냄비 속에서 끓고 있는 음식은 나라와 나라 사이의 풍토보다도 더 다르다. 마치 마귀할멈이 냄비 속에 알지 못할 재료를 넣고 마약을 끓여내듯이 그네들도 가지가지의 마약을 끓이고 있는 것이다.

빈민가의 저녁은 소란하기만 하다. 취해서 돌아온 사내는, 기부운, 하고 비명 같은 소리를 지르고 자기가 번 그날의 품삯을 내보이며 친구들을 끌고 술집으로 간다. 그러면 그 뒤로 그 사내의 아낙이 쫓아와서 사내의 손에서 돈을 빼앗아 쥐고 주먹을 휘둘러 보이며 집 안으로 사라지고 그러면 뒤에 남은 사람들은 싱글싱글 웃으며 노해서 고래고래 소리 지르는 그 사내를 달랜다. 빈민가 가까이 있는 시장에서 생선의 비린 냄새가 물씬물씬 풍겨오고 도시의 중심부에서 바람에 불려온 먼지가 내려앉고 여기저기의 노점에 가물가물 카바이드 불이 켜지는 시각이 되면 사내들은 마치 그것들을 피하기라도 하려는 듯이 자기들의 키보다 낮은 술집으로 몰려든다.

나도 그곳에 하숙을 정하고 나서부터 매일 저녁때면 술집으로 걸어갔다. 흙탕물 속의 기포처럼 그 어수선한 마을에서 술집들만은 맑고 조용했다. 물론 사내들은 떠들며 얘기하고 혹은 코피를 흘리며 싸움을 하곤 하는 것이지만 그것이 거리에서가 아니라 술집 안에서 일어나는 경우엔 왜 그렇게 맑은 것으로 보이는지 나는 알 수 없었다.

내가 단골처럼 드나든 곳은 '함흥집'이라는, 함경도에서 왔다는 노파가 경영하는 술집이었다. 긴 의자의 한쪽 끝에 자리를 잡고 주모가 따라주는 술잔을 받아 마시며 나는 술보다는 그 술집의 분위기에 마음을 빼앗기고 있었다. 사람을 사귀려는 생각은 아예 없었으므로 나는 항상 혼자 그렇게 앉아 있었다. 꽤 오랜 시간이 지나고 술도 알맞게 취했다고 생각되면 나는 셈을 하고(외상으로 하는 날이 더 많았지만) 그 바라크 밖으로 나왔다. 그리고 고개를 쳐들면, 저만치서 관광객들을 위하여 형광의 조명을 한 동대문이 그의 훤한 모습을 밤하늘에 도사려 보이고 있는 것이었다. 지금도 눈앞에 보이는 듯하다. 밤의 동대문 모습이.

그곳에 자리 잡은 지 얼마 되지 않은 어느 날 저녁, 역시 내가 긴 의자의 한쪽 끝을 차지하고 누런 술을 내려다보며 앉아 있는데 내 곁에 어떤 사람이 털썩 주저앉더니 주모에게 술을 청하고 나서 내 등을 툭 치며 말을 건네는 것이었다. 40쯤 나 보이는, 턱에 수염이 짙고 커다란 몸집에 해진 군용 작업복을 입고 있는 그 사내는, 영자가 있는 집에 새로 들어온 젊은이가 아니냐고 내게 묻는 것이었다. 그렇다고 했더니 그 사내는 퍽 사람 좋게 웃으면서 자기도 그 집에 방을 빌려 들고 있는 사람인데 인사가 그리 늦을 수가 있느냐고 하며 자기를 서 씨라고 불러달라고 했다. 같은 집에 있으면서도 그 서 씨가 아침 일찍 나가고 저녁에는 내가 늦게 들어가는 셈이었기 때문에 그때까지 나는 서 씨라는 사람이 그 집에 들어 있다는 걸 알고 있지 못했지만 그는 용케 나를 보았고 그리고 기억해두고 있었던 모양이다. 서 씨를 알게 된 것은 그렇게 해서였다. 술잔이 오고 가는 동안 나도 말이 하고 싶어져서, 고향이 어디십니까, 가족은 어디 계십니까, 무슨 일을 하고 계십니까, 하고 좀 귀찮아할 정도로 서 씨에게 물어대었다. 그러나 서 씨는 별로 귀찮아하지도 않고 고향은 함경도, 6·25 때 단신 월남, 지금은 공사장 같은 데서 힘을 팔고 있다고 고분고분 들려주었다.

그 후로 나는 거의 매일 그 서 씨와 함께 '함흥집'엘 드나들게 되었다. 그는 사귈수록 착한 사람의 전형이었다. 굵게 쌍꺼풀진 눈매는 가난한 사람답지 않게 빛나고 있어서 차라리 보는 사람에게 열등감을 줄 정도지만 그는 그 눈으로써 상대편에게 친밀감을 나타낼 줄도 알았다. 영리해 보이지는 않고 오히려 행동이며 머리 돌아가는 건 그 반대인 듯했다. 두터운 입술 사이를 비집고 나오는 듯한 그의 함경도 사람답지 않게 느린 말씨가 더욱 그것을 증명해주었다.

그는 주량이 놀라울 정도로 컸다. 그는 곧잘 자기가 버는 돈은 아마 모두 이 술집으로 들어갈 거라고 하며 그리고 그건 좋은 일이 아니겠느냐고 말하며 너털웃음을 웃곤 했다. 그의 술버릇은 대단히 좋아서 취하면 떠들어대는 건, 서 씨에겐 어린애로나밖에 보이지 않을 이쪽이었다. 술이 취해서 그와 어깨동무를 하고 — 그의 키가 아주 컸기 때문에 나는 그의 허리를 껴안은 셈이 되지만 — 비틀거리며 밖으로 나오면 그는 어두운 밤하늘을 배경으로 하고 훤한 모습으로 솟아 있는 동대문을 향하여 한눈을 찡긋거려 눈짓을 보내곤 했다.

서 씨는 밤에 보는 동대문이 좋으냐고 물으면, 아니 젊은이도 저 동대문을 좋아하느냐고 오히려 되물어왔다. 낮에는 거기서 귀신이라도 나올 것 같기 때문에 기분 나쁘지만 형광빛의 조명을 받고 있는 밤에는 참 아름다워서 좋다고 내가 대답하면, 자기는 좀 별다른 의미로 동대문을 사랑하고 있다고 말했다. 자기와 동대문은 퍽 친하다는 것이었다. 마치 어떤 살아 있는 사람과 친하듯이 친하다고 했다. 나는 그 말이 무엇을 의미하는지를 다음과 같이 하여 알게 되었다.

그날 밤도 술집에서 돌아와서 서 씨는 자기 방으로 가고 나도 내 방으로 돌아와서 옷을 입은 채 이불 위에 쓰러져 잠이 들어 있는데, 몇 시쯤 됐을까, 누가 나를 흔들어 깨우는 것이었다. 서

씨였다. 서 씨의 입에서 여전히 단 냄새는 나고 있었으나 그래
도 술은 깬 모양이었다. 나는, 지금 몇 시쯤 됐느냐고 물었더니,
자기도 잘 모르지만 아마 새벽 2시나 3시쯤 됐을 거라고 대답하
며 보여줄 게 있으니 나더러 자기를 조용히 따라오라고 말했다.
마치 보물을 캐러 가는 소년들이 비밀을 얘기하는 속삭임과 같
은 그런 말투였다. 나는 그의 그러한 기세에 눌려 오히려 내가
쉬쉬해가며 그를 따라서 밖으로 나섰다. 골목에는 가로등이 켜
져 있었다. 우리는 일부러 어두운 곳만을 골라서 몸을 숨겨가며
걸었다. 도중에 내가 지금 우리는 어디로 가고 있느냐고 물었더
니 그는 동대문이라고 대답했다. 통행금지가 되어 있는 이 시간
에, 가로등만이 거리를 지키고 있는 이 시간에 서 씨가 나와 함
께 동대문에 갈 필요는 무엇인지. 나는 의혹과 불안에 눈알을
동글동글 굴리면서도 얌전하게 그를 따라서 고양이 걸음을 하
고 있었다.

　잠시 후에 우리는, 한길 저편에, 기왓장 하나하나까지도 셀 수
있을 만큼 밝은 조명을 받고 있는 동대문이 서 있는 곳까지 와
서 골목에 몸을 숨겼다. 서 씨는 사방을 두리번거리며 살펴보고
나서 우리 외에는 아무도 없다는 걸 알아내자 나에게, 이 골목
에 가만히 숨어서 자기가 지금부터 하는 일을 구경해달라고 말
했다. 내가 숨을 죽이고 침을 꿀꺽 삼키면서 그러마고 고갯짓으
로 대답하자 그는 히쭉 한 번 웃고 나서 재빠르게 이제까지 내
가 알고 있던 사람이 아닌 전연 다른 사람처럼 날랜 몸짓으로
한길을 가로질러 달려가서 동대문 성벽 밑의 그늘에 일단 몸을

숨기고 좌우를 살피고 있었다.

　동대문의 본 건물은 집채만 한 크기의 돌로 된 축대 위에 세워져 있는 것인데 축대의 높이는 6미터 남짓 되어 보이고 그 축대에서 시작되어 역시 커다란 돌이 쌓여 이루어진 성벽이 건물을 반원형으로 둘러싸고 있다. 그 성벽을 서 씨는 마치 곡예단의 원숭이가 장대를 타고 올라가듯이 익숙하고 민첩한 솜씨로 올라갔다. 푸른 조명을 받으며 서 씨가 성벽을 기어올라가는 그 광경은 나로 하여금 신비한 나라에 와서 거대한 무대 위의 장엄한 연극을 보는 듯한 감동을 느끼게 하는 것이었다. 단 하나의 넓은 빛살이 펼쳐지고 그 빛에 의해서 풍경이 탄생하여 오만한 마음을 가진 양 흔들리지 않고 정립해 있는데 그것을 향하여 어쩌면 호소하는 듯한 어쩌면 도전하는 듯한 어쩌면 그것의 손짓에 응하는 듯한 몸짓으로 몸의 온갖 근육을 움직이며 성벽을 기어오르고 있는 그 사람은 문득 나에게 전율조차 느끼게 했다.

　이윽고 서 씨의 몸은 성벽의 저 너머로 사라져버렸다. 그리고 잠시 후에 나는 더욱 놀라운 광경을 보게 되었다. 서 씨가 성벽 위에 몸을 나타내고 그리고 성벽을 이루고 있는 커다란 금고만 한 돌덩이를 그의 한 손에 하나씩 집어서 번쩍 자기의 머리 위로 치켜올린 것이었다. 지렛대나 도르래를 사용하지 않고서는 혹은 여러 사람이 달라붙지 않고서는 들어 올릴 수 없는 무게를 가진 돌을 그는 맨손으로 들어 올린 것이었다. 그는 나에게 보라는 듯이 자기가 들고 서 있는 돌을 여러 차례 흔들어 보이고 나서 방금 그 돌들이 있던 자리를 서로 바꾸어서 그 돌들을 곱게 내려놓았다.

나는 꿈속에 있는 기분이었다. 고담古談 같은 데서 등장하는 역사力士만은 나도 인정하고 있는 셈이지만 이 한밤중에 바로 내 앞에서 푸르게 나는 조명을 온몸에 받으며 성벽을 디디고 우뚝 솟아 있는 저 사내를 나는 무엇이라고 이름 붙여야 할지 몰랐다.

역사, 서 씨는 역사다, 하고 내가 별수 없이 인정하며 감탄이라기보다는 차라리 그 귀기에 찬 광경을 본 무서움에 떨고 있는 동안에 그는 어느새 돌아왔는지 유령처럼 내 앞에서 자랑스러운 웃음을 소리 없이 웃고 있었다.

서 씨는 역사였다. 그날 밤 나는 집으로 돌아와서 이제까지 아무에게도 들려주지 않았다는 서 씨의 얘기를 들었다.

그는 중국인 남자와 한국인 여자 사이에서 난 혼혈아였다. 그의 선조들은 대대로 중국에서 이름 있는 역사들이었다. 족보를 보면 헤아릴 수 없이 많은 장수將帥가 있다고 했다. 그네들이 가졌던 힘, 그것이 그들의 존재 이유였고 유일한 유물이었던 모양이었다. 그 무형의 재산은 가보로서 후손에게 전해졌다. 그것으로써 그들은 세상을 평안하게 할 수 있었고 자신들의 영광도 차지할 수 있었다. 그러나 이 서 씨에 와서도 그 힘이 재산이 될 수는 없었다. 이제 와서 그 힘은 서 씨로 하여금 공사장에서 남보다 약간 더 많은 보수를 받게 하는 기능밖에 가질 수가 없게 된 것이다. 결국 서 씨는 그 약간 더 많은 보수를 거절하기로 했다. 남만큼만 벽돌을 날랐고 남만큼만 땅을 팠다. 선조의 영광은 그렇게 하여 보존될 수밖에 없었다. 그리고 서 씨는 아무도 나다니지 않는 한밤중을 택하고 동대문의 성벽에서 그 힘이 유지되고 있음을 명부冥府의 선조들에게 알리고 있다는 것이었다.

대낮에 서 씨가, 동대문의 바로 곁에 서서 행인들 중 누구 한 사람도 성벽을 이루고 있는 돌 한 개의 위치 변화에 관심을 보내지 않고 지나다닐 때, 옮겨진 돌을 바라보며 빙그레 웃고 있는 그의 모습을 나는 쉽게 상상할 수 있었다. 그것이 서 씨가 간직하고 있는 자기였고 내가 그와 접촉하면 할수록 빨려들어갈 수 있었던 깊이였던 모양이었다.

그 집 ― 그날 많은 얼굴들이 살던 그 집에서 나는 나 자신 속에서 꿈틀거리는 안주에의 동경을 의식하지 않을 수 없었다. 그것은 그 사람들의 헤어날 길 없는 생활 속에 내가 휩쓸려 들어가게 되는 것이 무서웠기 때문이었던 모양이다. 그러나 그곳을 뚝 떠나서 이 한결같은 곡이 한결같은 악기로 연주되는 집에 오자 그것은 견디어낼 수 없는 권태와 이 집에 대한 혐오증으로 형체를 바꾸는 것이었다. 나란 놈은 아마 알 수 없는 놈인가 보다.

피아노 소리가 그쳤다. 무의식중에 나는 방바닥에서 팔목시계를 집어 올렸다. 내가 지금 무슨 행동을 했던가를 깨닫자 나는 쓴웃음이 나왔다. 피아노가 그친 시간을 재보려고 했던 것이다. 그리고 나는 내일도 그 피아노가 그친 시간을 재서 그 시간들을 비교하며 이 집에 대한 혐오증의 이유를 강화시키려고 했던 것이다. 나는 자신에 대해서 어이가 없음을 느꼈다. 이런 느낌이 드는 것은, 그것은 조금 전에 내가 서 씨의 그 거짓 없는 행위를 회상했던 덕분이 아니었을까? 서 씨가 내게 보여준 게 있다면 다소 몽상적인 의미에서의 성실이었고 그리고 그것은 이 양옥 속의 생활을 비판하는 데도 필수적으로 고려되어야 한다는 것이 아닌가고 내게 생각되는 것이었다. 그러나 이 집으로 옮겨온 다음 날의 저녁, 식사 시간도 잡담 시간도 지나고 모든 사람들의 공부 시간이 되자 나는 홀로 내 방의 벽에 기대앉아서 기타를 퉁겨보기 시작했던 때의 일을 기억하고 있다. 불현듯이 기타를 켜고 싶어지는 때가 있는 법이다. 그것은 감정의 요구이지만 그렇다고 비난할 건 못 되지 않는가. 내가 줄을 고르며 음을 시험해보고 있는데, 다색 나왕으로 된 내 방문이 열리며 할아버지가 들어왔다. 그리고 나의 기타 켜는 시간은 오전 10시부터 한 시간 동안 할머니와 며느리가 미싱을 돌리는 시간과 같은 시각으로 배치되었던 것이다. 위대한 가풍이 내게 작용한 첫 번이었다. 그러나 그 이후 내가 내게 주어진 그 시간을 이용해본 적은 하루도 없었다. 흥이 나지 않아서였다고 하면 적당한 표현이 되겠다.

절망감이 마루 끝에도 마당 가운데서도 방마다에도 차서 감돌던 창신동의 그 집에서는 식구들에게 그들이 오래전에 잃어버렸던 형체 없는 감동 같은 것을 조금씩은 깨우치고 영혼의 안정에 얼마간은 공헌할 수 있었던 나의 기타는, 그래서 노인들이 우연한 한마디에서 갑자기 자기의 늙음을 발견하듯이 낡아빠진 모습으로 방의 구석지에 기대어져 있지 않으면 안 되게 된 것이었다.

처음에 나는 이 집에 대하여 존경심을 가졌다. 그러나 나는 이내 그것이 처음 보는 경치에 보내는 감탄과 같은 성질의 것밖에는 되지 않음을 알았다. 이해와 감정은 별개의 문제라는 것을 발견한 것도 그때였다. 이 가족의 계획성 있는 움직임, 약간의 균열쯤은 금방 땜질해버릴 수 있도록 훈련되어 있는 전진적 태도, 무엇인가 창조해내고 있다는 듯한 자부심이 만들어준 그늘 없는 표정, 문화라는 말을 쓸 수 있는 사람들이 있다면 바로 이 사람들이었다. 그리고 이것이야말로 인간이 희구하는 것이 아니었던가. 이 사람들은 매일매일 달리고 있는 것이었다. 따라서 어느 지점과의 거리를 단축시키고 있는 셈이었다. 이것이 나의 그들에 대한 이해였다.

그러나 그 어느 지점이 무한하게 먼 곳에 있을 때도 우리는 그들이 거리를 단축시키고 있다고 생각할 수 있을까? 더구나 나로 하여금 기타 켜는 시간의 제약까지를 주어가면서 말이다. 차라리 이 사람들의 태도야말로 자신들은 걷고 있다고 믿으면서 사실은 매일매일 제자리걸음을 하고 있는 바로 그것이 아닐까. 빈민가에 살던 사람들의 그 끝없는 공전 같아 뵈던 생활이 이곳보다는 오히려 더 알찬 것이 아니었을까. 이것이 나의 감정이었다. 그래서 마침내 어느 쪽인가 한 편이 틀려 있다는 생각이 나를 몹시 짓누르기 시작했다. 본질적으로는 두 쪽이 같지 않느냐는 의문이 나의 내부 한쪽에서 솟아나기도 했지만 그보다 더 강한 힘으로 나를 끌고 가는 '어느 쪽인가 한 편이 틀려 있다'라는 집념은 어디서 나온 것인지 나로서는 알 수 없었다. 그리고 마침내 그것은 발전하여, 미리 그러기로 되어 있었다는 듯이, 나는 이 양옥의 식구들 생활을 빈껍데기에 비유하고 있었다. 빈껍데기의 생활, 아니라면 적어도 방향이 틀린 생활, 습관적인 생활에 불과하다는 생각이 나를 끌고 갔다. 이 순간에 나는 꼭 무슨 행동을 해야만 할 것 같았다. 그리고 내가 한 행동이 누군가 좀 현명하고 인간을 잘 아는 사람에 의해서 심판받았으면 좋겠다고 생각했다.

꼭 무슨 행동이 필요하다는 충동이 그날 오후 내처 나를 쿡쿡 찔렀다. 나는 누운 채 천장을 올려다보았다. 무늬 없는 베니어로 된 갈색의 천장. 벽을 향하여 얼굴을 돌리면 병원의 그것처럼 깨끗한 벽.

그날 오후 식구들이 돌아올 무렵에 나는 밖으로 나섰다. 나는 지금 내가 계획하고 있는 것이 근본적으로는 이 집 식구들을 바꾸어놓으리라고는 물론 생각하지 않았다. 그러나 무엇인가 해야만 한다는 의무감에 가까운 생각이 나로 하여금 느릿느릿 걸어서 어느 약방 앞에까지 가게 했다. 벌써 날이 어두워져가고 있었기 때문에 약방 안의 진열장 안에는 불이 밝게 켜져 있었다. 그래서 거기에 진열되어 있는 약병이나 상자 들은 장난감처럼 귀여워 보였다. 나는 약방의 문턱에 서서 허리를 구부리고 진열장 안을 구경했다. 고개를 들어보니 아주머니 한 사람이 진열장의 저편에서 몸을 이쪽으로 내밀어 나를 굽어보고 있었다. 나는 아주머니를 향하여 히쭉 웃어 보이고는 이제 마치 무엇을 찾고 있는 듯한 태도로 진열장 안을 기웃거렸다. 나는 머뭇거리고 있는 것이었다. 무얼 찾느냐고 아주머니가 친절한 음성으로 물었다. 나는 여전히 고개를 숙인 채 진열장을 두리번거리면서, 홍분제 있느냐고 대답했다. 얼마나 필요하냐고 아주머니가 물었다. 나는 속으로 그 집 식구들을 헤아려보았다. 할아버지, 할머니, 대학 강사, 며느리, 여고생, 식모, 손주 딸, 모두 일곱 사람이었다. 나는 한 사람의 7회분을 달라고 했다. 그러면서 그제야 나는 고개를 똑바로 들었다. 아주머니는 필요 이상으로 엄숙한 표정을 지으면서 상점의 안쪽에 있는 진열장으로 가서 정제錠劑의 약을 하얀 종이에 싸서 가지고 나왔다.

셈을 하고 돌아서자 나는 아까와는 달리 내 기분이 싸늘해져 있음을 느꼈다. 안도와 같은 것이었다. 그리고 오랜만에 주위를 천천히 구경할 수 있는 여유를 갖게 되었다. 저녁을 맞으면서 내 주위에는 셀 수 없이 많은 양옥들이 줄을 지어 서 있었다. 집집의 창마다 밝은 불이 켜져 있고 옛날의 그 마을에서와는 달리 조용하였고 향긋한 음식 냄새가 새어 나오고 있었다. 그러자 나는 나 자신이 이 평온한, 부자유하게 평온한 마을을 해방시켜주러 온 악마라는 생각이 문득 들었고 어쩐지 그것이 나를 즐겁게 했다. 혹은 그 빈민가가 파견한 척후인지도 몰라,라고 나는 생각하며 나는 그 빈민가에 대하여 요 며칠 동안 지니고 있던 죄의식 비슷한 것이 사라져 있음을 깨달았다. 일종의 비겁한 보상 행위라고 누가 곁에서 말했다면 나는 정말 즐거워져서 고개를 끄덕이며 웃었을 것이다.

내가 집으로 돌아왔을 때 식구들은 밥상을 받아놓은 채 내가 올 때까지 기다리고 있었다.

　밤 10시 10분 전이었다. 이제 몇 분만 있으면 식모는 보리차가 든 주전자와 컵을 대청마루 가운데의 탁자 위에 올려놓을 것이다. 식구들이 나오기 전에 먼저 내가 그 음료수에 빻아놓은 가루약을 넣어야만 하는 것이었다. 나는 약봉지를 들고 내 방문에 몸을 대고 식모를 기다리고 있었다. 그리고 그때 나는 만일 내가 이 집 식구들의 음료수에 가루약을 타지 않고 지금 바로 그 빈민가로 돌아간다면 거기서 나는 무슨 행동을 할 것인가고 생각해보았다. 그러나 그것을 생각해낼 수가 없었다. 오히려 나는 내가 결코 그곳으로 돌아가지는 않으리라는 걸 잘 알고 있었다. 이 생각은 아까 저녁때 약방에 가기 전의 생각과는 좀 모순된다는 것도 깨닫고 있었다. 그렇다고, 스스로 무의미하다고 인정하고 있는 이 계획을 중지하고 싶지도 않았다. 이것은 천박한 장난? 그렇지만 나는 기도하는 것처럼 엄숙했었다.
　드디어 다른 식구들에 비해서 유난히 조용조용한 식모의 발소리가 나고 주전자의 달그락거리는 소리가 났다. 식모가 문단속을 하러 나가는 소리가 난 뒤 나는 조용히 방문을 열었다. 그리고 가루약은 성공적으로 음료수에 용해되었다.
　나는 내 방으로 돌아와서 다소 들뜬 마음으로 기다리고 있었다. 얼마 후, 나는 모두들 그 물을 마시는 것을 분명히 보았고 그들이 각기 자기 방으로 돌아가는 것을 보았다. 그리고 그들 방의 불도 꺼졌다. 그러나 그들이 과연 잠을 이루고 있을까. 나는 그들이 다시 자기들의 방에 불을 켜고 앉아서 왜 잠이 오지 않고 마음이 들뜨는가를 생각하고 있기 바랐다. 나는 조용히 문을 열고 대청마루로 나와서 의자 위에 앉았다. 나는 기다리고 있었다. 그들의 방마다 불이 켜지기를.

꽤 오랜 시간이 지났다. 아무 소식이 없었다. 그러자 나는 잠들지 못하고 몸을 이리저리 뒤척이고 있을 그들을 상상해보았다. 지금 그들은 잠든 체하고 있을 뿐인 것이다. 내가 이제라도 쾅, 하고 피아노를 울리기 시작한다면 그들은 구원이라도 받은 듯이 뛰어나오리라. 물론 이 밤중에 무슨 소란이냐고 나를 나무란다는 대의명분으로서. 나는 피아노에 생각이 닿은 것이 기뻤다. 나는 피아노 앞으로 다가갔다. 그리고 뚜껑을 열었다. 건반이 어둠 속에서 하얗게 웃고 있었다. 나의 손가락들이 건반 위에 놓였다. 이제 손에 힘만 주면 되었다. 물론 곡도 무엇도 아닌 광폭한 소리만이 이 집을 떠내려 보낼 것이다.

여기서 공원의 그 젊은이는 그의 얘기를 그치었다.

"그저 덧붙여서 한마디 한다면……" 하고 그 젊은이는 잠시 후에 얘기했다. "그날 밤 피아노가 그토록 시끄럽게 울렸음에도 불구하고 나를 피아노 앞에서 떼어내기 위해서 방문을 열고 나온 사람은 단 한 사람, 할아버지뿐이었습니다. 몇 개의 기침 소리를 들은 듯하기도 했습니다만."

피아노 앞에서 떨어져 나오면서 자기는 왜 그렇게 고독함을 느꼈고 그의 방으로 데려다주기 위하여 그의 손목을 잡고 있는 할아버지의 팔이 왜 그렇게도 억세게 느껴졌는지 알 수가 없었다고 말하고 나서 그 젊은이는 나를 빤히 쳐다보며 물었다.

"어느 쪽이 틀려 있었을까요?"

"글쎄요."

라고 나는 대답하며 생각했다. 나로서는 얼른 믿어지지 않는 얘기다. 첫째, 그런 생활이 있을 것 같지 않고, 있다고 해도 어느 쪽이 반드시 틀렸다고 말할 수도 없고, 오히려 두 쪽 다 잔혹할 뿐이라는 점에서 똑같고, 어느 쪽이 틀렸다고 해도 그것은 그 젊은이가 이질적인 사실을 한눈에 동시에 보아버리려는 데서 생긴 무리겠지,라고.

"내가 틀려 있었을까요?"

라고 그 젊은이는 다시 내게 물었다.

"글쎄요."

라고 대답하며 다시 나는 생각했다.

그러고 보니 아무도 틀려 있는 사람은 없는 듯하다. 그렇지만 이것도 자신 있는 생각은 아니고 솔직히 말하면 나도 모르겠다. 알 수 있는 것은 다만, 그 젊은이가 보았다는 두 가지 생활이 사실 내 바로 곁에 공존하고 있다고 하면 나도 좀 멍청해져버리지 않을 수 없으리라는 느낌뿐이었다.

(1964)

누이를 이해하기 위하여

축전祝電

'가하' 오빠.

부호符號라는 걸 만든 이에게 평안 있으라. 엉망진창이 된 나의 감정을 감정의 뉘앙스라는 점에서는 완전히 인연 없는 의사 전달 수단으로써 표현할 수 있는 이 신기함이여. 그렇지만 고향의 누이는 꽃봉투 속에 든 전문電文 ── '축 순산'을 읽을 게 아니냐고? 맙쇼, 어깨 한번 으쓱하면 다 통해버리는 감정 표시를 서양 영화에서 나는 좀더 먼저 배운걸.

프로필

김金 형, 우리는 취하기 위해서 세상에 태어난 게 아닐까요? 그렇지만 자칭 소설가라는 그 작자는 술에 취해서 벌게진 얼굴을 제법 심각하게 찌그려뜨려가지고, 하지만 형씨, 우리는 그리워하기 위해서 태어난 게 아닐까요? 그렇게 대답하며 이 작자는 자기의 턱에 듬성듬성 난 수염을 손으로 슬슬 쓰다듬기까지 한다.

그러나 작자에 대해서라면 내가 잘 알고 있다. 그럴 리는 없지만 만약, 만약 제게서 치기가 조금이라도 엿보인다면, 그건 제가 사랑하던 여자를 잃고 나서부터일 겁니다,라고 작자는 얘기하고 있지만 천만에, 작자가 치한이 된 것은 아주 오래전부터 — 어쩌면 태어날 때부터였다고 생각된다. 천부天賦의 성격이라고나 할까, 그런데 작자는 사랑 어쩌고 하면서 핑계를 만들지 못해 안달인 것이다.

뻔뻔스러워서 어디든지 잘 나서고, 뭐든지 자기가 빠지면 안 될 듯이 생각하고 친구들의 우정에 대해서도 마치 노예가 주인 섬기듯이 대해주기를 기대하고 그나마 우정에 대한 보수로서는 억지로 지어낸 엉터리 음담패설이다.

세상의 여자들이, 아니 모든 사람들이 모두 자기 소유인 양 불쌍해하고 — 불쌍해하는 척하고, 그래서 내가, 취하기 위해서,라고 말하면, 아니지요, 그리워하기 위해서죠,라고 엉뚱한 응수를 해오는 놈이다. 남에게 대단히 관대한 척하며 그러나 만일 상대편에서 작자를 비난하는 얘기라도 한마디 하는 경우엔 차마 정면으로 상대를 욕하지는 못하지만 내심 끙끙 앓으면서 그 사람을 영원한 적으로 돌려버리고 그렇게 하여 생긴 적이 많은 탓인지 작자는, 내게 기관총이 하나 있었으면 좋겠어, 대낮에 한길 가운데서 드르륵드르륵 해봤으면, 하고 정신박약자 같은 소리를 이따금씩 중얼대는 것이다.

술이라고는 활명수만 마셔도 취하는 놈이 친구만 만나면 마치 인사라도 하는 것처럼, 여보게 술 한잔 사, 졸라대고 그래서 정작 친구가 술집으로 작자를 데려가주면 기껏 막걸리 한 사발을 들이켜고서도 얼굴이 시뻘게져가지고, 나 변소에 좀, 그러고는 뺑소니거나 뺑소니에 실패할 경우엔 술잔 받을 기회를 만들지 않기 위해서 시시한 유행가만 계속해서, 그것도 여자 목소리에 가까운 방정맞은 목소리로 불러대는 것이다. 그러면서도 결국 작자는 한길의 저편을 걸어가는 행인들 중에서 아는 여자를 발견하기라도 하면, 여보세요, 술 한잔 사주시오, 하고 외치고 만다. 비럭질, 아니면 일종의 추파. 술 마시기보다는 자기의 존재를 알리려는 데 목적이 있는 듯하다.

성실한 데라고는 도시 찾아볼 수 없고 성실한 척해 보이려는 노력만이 일종의 고통의 표정으로서 작자의 얼굴에 나타나 있을 뿐, 그나마도 작자 자기와 흡사한 친구들 앞에서나이다. 마치 자기네들에게만 고뇌가, 작자가 곧잘 사용하기 좋아하는 고뇌가 있는 것처럼 얘기하고 정식으로 살아가고 있는 사람들이 부딪쳐서 투쟁하고 있는 고뇌에 대해서는 작자는 일부러 눈감으려고 하는 듯하다. 작자가 그 자기 유의 고뇌라는 것에 대해서 얘기할 때는, 웩, 정말 구역질이 난다.

작자는 가난하다는 게 무슨 자랑이라도 되는 것처럼, 자기 맘에 드는 여자가 있으면 좌우간 가서 붙들고는, 제겐 돈은 없지만 순정은 있습니다,고 말하며 아마 상대편의 '순정'을 구걸하는 모양인데 작자의 그런 태도란 만약 작자에게 쇠푼이라도 있었더라면, 저희 집엔 자가용도 피아노도 텔레비전도 있으니 저와 결혼해주세요,라고 틀림없이 말할 놈인 것이다. 그런가 하면 때로는 마치 백만장자의 손자나 되는 것처럼 바, 술집, 다방에서도 비싼 차로, 자기에게 아무 소용없는 피리나 풍선을 한꺼번에 열 개씩이나 사고, 버스표 파는 아주머니들께 푹푹 인심 쓰고…… 그렇게 하여 오랜만에 좀 두둑했던 호주머니를 하루 아니 불과 서너 시간 안에 다 써버리고 나서는 또, 제게는 돈은 없지만……이다. 자기가 지금 얼마나 쩨쩨한 말을 하고 있는가를 작자 자신도 잘 알고 있는 모양인지 이젠 그걸 마치 장난하듯이 마구 써먹으며 즐기고 있는 것이다. 하나에서 열까지 동정할 데라고는 한 군데도 찾을 수가 없어서 좀 가엾다고나 할까. 어지간히 살고는 싶은 것인지 급작스러운 죽음을 당할 경우에 대비해서 품속에 늘 유서를 품고 다닌다. 딴은 그 유서가 한번 보고 싶기도 하다. 거기에만은 다소 진실에 가까운 얘기가 씌어져 있을는지. 그러나 모르긴 해도 아마 그것을 보지 않는 편이 다행스러울지도 모른다. 왜냐하면 작자의 거짓말은 지나칠 정도로 능숙하니까. 약속 어기는 것쯤은 예사인 모양이다. 그리고 작자에게 있는 것이라고는 과거뿐이기 때문에 ─ 그것도 지금 여기에 그가 있다는 사실을 무시할 수가 없기 때문에 작자에게도 과거가 있나 보다고 짐작할 정도지, 그렇잖았더라면 그나마 못 믿었을 것이다 ─ 항상 과거만 얘기한다. 몇 살 때에 나는…… 이런 식으로. 가만히 듣고 앉아 있을 수밖에 별 도리 없지만, 그 얘기도 대부분이 조작이리라는 건 뻔하다. 어떠한 조작된 과거라도 그것을 몇 번 반복하면 마치 사실인 것처럼 작자에게는 생각되는 모양이다. 그런 의미에서라면 작자의 과거는 굉장히 다양했고 풍성했고 진실한 것이었고 그래서 작자의 말대로 태어나지 말든지 혹은 태어나서 곧 죽었어야 했든지, 요컨대 과거 속에서 사라져버렸어야만 행복했을 터이다. 그렇지만 조작된 과거, 더구나 진짜였던 것처럼 되어버린 과거 ── 나는 그걸 상상할 수조차 없다. 지금의 자기를 수년 후엔 또 무어라고 장식할는지. 진실하지 못하다는 점에서, 어느 것이 옳은지 모른다는 점에서, 만약 작자가 전쟁터의 군사라면 틀림없이 자진하여 이중간첩이 되었을 것이다. 어쩌면 총살형의 법령을 알면서도 할는지 모를 놈이다.

　사랑. 사랑받지도 못하고 사랑을 주기도 무서워져서 치한이되었다니, 뻔뻔스러운 얘기다. 저 고귀한 사랑이 작자와 같은 사람에 의해서 더럽혀지는 것은 아닐까. 사랑을 무슨 금전 거래로알고 있는 건 아닌지. 사랑이라고 해도 작자의 사랑은 치사하기 짝이 없다. 언젠가 나와 함께 버스를 타고 가던 작자는 우리가 손잡이를 잡고 서 있는 바로 앞 좌석에 앉은 어느 청년 하나에게 이상한 눈치를 보내더니 급기야 험상궂고, 증오하는, 금방잡아먹을 듯한 눈초리를 그 청년에게 쏘아대는 것이었다. 천만다행으로 그 청년이 작자의 그 시선을 못 느꼈기 때문에 큰일은나지 않고 우리는 버스를 내렸지만 알고 보니 그 청년과는 전연 알지 못하는 사이. 길을 가다가 이따금씩 버스칸 같은 데서작자는 누구나 한 사람을 작자의 옛 여자를 빼앗아간 남자 ──

실제의 그 남자를 작자는 모르기 때문에 ─ 로 가정해두고 혹은 어떤 여자가 옛 여자와 코가 닮았다든가 입이 닮았다든가 웃음소리가 닮았다든가 하는 것을 발견하면 작자는 그 사람들에게 그와 같은 험악한 시선을 보내는 것이었다. 사랑치고는 치사한, 치사하다기보다는 만일 천치들이 사랑을 한다면 아마 그런 식으로 할 사랑이면서 주제에 작자는, 사랑이 어쩌니, 하는 것이다. '사랑은 주는 것. 가장 아름다운 것은 슬픔이라는 감정' ─ 이러한 사랑의 ABC도 작자는 들어보지 못한 게 분명하다.

작자는 또한 거만하고 동시에 쩨쩨해서, 자기가 거리를 지나가면 길 가던 사람들이 다시 한번 돌아보아주는 인물이 됐으면, 하고 바라고 그래서 영화배우나 됐더라면 만족했겠지만 그러나 용모에는 자신이 없었던지 소설가라고 스스로 칭호를 붙여놓고 으스대기만 하는 놈이다. 소설가라야 얄팍한 소설책 한 권을 출판해놓았을 뿐이다. 나는 작자가 항상 호주머니에 넣고 다니는 그 저서라는 걸 언젠가 본 적이 있지만 책이라야 획수도 제대로 붙지 않은 낡아빠진 활자로 찍혀서 우선 보고 싶은 맘이 내키지 않는 데다가 잠깐만 훑어봐도 '사랑, 오뇌, 회오, 연민, 죄, 벌, 자세, 인간, 미덕, 신, 악마, 종교, 사회, 정신의 후진 후진······' 그리고 다시 '사랑, 오뇌, 회오, 연민, 죄, 벌, 자세, 인간, 미덕, 신, 악마, 종교, 사회, 정신의 후진 후진······' 등의 단어들이 제멋대로 톡톡 튀어나온다. 남들이 옛날에 써버린 걸 주워 모아들고 낑낑대고 있는 작자는 어쩌면 불쌍하기조차 하지만 게다가 작자 자신과는 거의 인연이 없는 단어들이라 보면 웃음밖에 더 나오지 않는다. 그야말로 '후진 후진'이다.

내가 잘 알고 있거니와, 작자는 빚이라도 진 기분으로 하룻저녁쯤 '고뇌'하고는 그걸로써 이젠 체면은 섰다는 듯이 열흘을 배짱 편하게 사는 놈인 것이다. 하룻밤 벌어서 열흘을 살 수 있다면 오오, 세상 어디에 가난뱅이가 있겠는가?

치한. 작자의 뻔뻔스러움에 대해서는 좀 전에도 얘기했지만 그것은 작자의 용모에서도 나타난다. 작자의 머리는 도대체 몇 달 동안이나 이발을 하지 않은 것인지 앞머리의 머리털 끝을 늘어뜨리면 유난히 기다란 그의 코끝에 머리털의 끝이 닿는다. 목욕도 얼마 동안에 한 번씩이나 하는지 ─ 나는 그가 무슨 자랑이라도 하듯이, 나 어제 목욕했어. 7개월 만이지, 하며 히쭉거리던 걸 본 일이 있다 ─ 작자의 곁에 가면 짜릿한 냄새가 난다. 옷도 너털너털. 이런 것들은 만약 작자가 조금만 노력하면 고쳐질 수 있는 게 아닌가. 그러면서도 작자가 자기의 그러한 용모를 우겨댈 수 있는 것은, 그의 친구들이, 저자는 소설가니까 저런 용모가 당연하고 또 어울리기도 해, 말하자면 체하는 건데 괜찮거든,이라고 얘기해주기 때문이다. 사실은 작자의 성미가 천성적으로 게으르고 더러워서 목욕도 이발도 하기를 죽자고 싫어하는 터인데 친구들이 그렇게 자기들 나름으로 변명을 해주니까, 얼씨구 잘됐다 싶은지, 그렇고 말고, 소설가란 다 이런 거야, 헤헤 웃음으로써 얼렁뚱땅 넘겨 그 용모를 유지해버리는 것이다.

작자는 시시한 일로도 곧잘 웃는다. 즐거워서 웃는 게 아니라 남의 비위를 맞추려고 웃는 것이다. 그러면서도 내가, 취하기 위해서,라고 얘기하면, 아니지요, 그리워하기 위해서,라고 엉뚱한 응수를 해오는 놈이다. 잘 웃고 그리고 그리워하기 위해서 태어났다고 말하고 있는 작자를, 처음 만나는 사람들은 굉장히 착한 사람을 보는 눈초리로 보지만 그런 사람들이 다음의 이야기를 들으면 작자를 착한 놈으로 보았던 자기 자신이 창피해서 얼마나 얼굴이 새빨개질까.

언젠가, 무슨 용무로써였던지는 잊었지만, 작자와 함께 어느 여학교엘 간 적이 있었다. 교무실에서 용무를 마치고 나서 우리가 그 교사校舍의 현관을 통해 나올 때였다. 현관에는 학생들에게 오는 편지를 꽂아두는 우편함이 설치되어 있었고 마침 수업 중이어서 현관에는 아무도 없었다. 그런데 작자는 그 우편함에서 손에 잡히는 대로 편지 하나를 냉큼 집어서 호주머니에 쑤셔넣어버리는 것이었다. 그런 짓 하는 데에는 길이 들어버린 탓인지, 편지를 집어넣는 그 속도라든가 태도는 내가 무어라고 말릴 틈도 없이 순간적으로 그리고 거의 무의식적이라고나 얘기해야 할 것이었다. 작자의 치기에 대해서는 알 대로 다 알고 있기 때문에 그때 나는 좋다 그르다 한마디 안 해버리기로 했지만 그가 호주머니에 쑤셔 넣은 편지에 자꾸 신경이 쓰였다. 그런데 작자는 편지 같은 건 다 잊어버렸다는 듯이, 아니 편지를 훔쳐넣은 일도 없었다는 듯한 얼굴로 걸어가다가 결국 내가 궁금증을 참다못하여, 그 편지, 하고 주의를 주자 정말로 잊어버리고 있었던 모양인지, 아 그랬지, 하며 그제서야 편지를 꺼내 들고 봉투의

앞뒤를 뒤척여보며, 흠 글씨 참 못 썼군, 설상가상으로 편지봉투에 연필 글씨야, 하며 혀를 끌끌 차는 내 참 그 어처구니없는 꼴.

작자는 봉투를 북 찢고 안에서 편지를 꺼냈다. 편지만이 아니었다. 그 편지 안에 꼼꼼하게 싸인 돈이 2백 원 —— 우체법 규정의 법망을 용케 빠져나와서 바야흐로 수취인의 손에 안착하려던 백 원짜리 지폐 두 장이 들어 있었다. 편지 내용은 홀어머니가 딸에게 보내는 것으로 되어 있고 대강 이런 내용이었다고 기억한다. '납부금과 하숙비는 있는 힘을 다하여 장만하고 있으나 여의치 않다. 좀더 기다려보아라. 우선 구한 돈 보내니 이걸로 그동안 견디어보기 바란다.'

있는 힘을 다하여 구한 돈이 2백 원, 그 어머니의 철자법에 무식한 글은 그러나 거의 울음으로 찬 느낌을 주고 있었다. 딸은 틀림없이 초조한 기대를 갖고 고향에서의 편지를 기다리고 있으리라. 만일 이 편지가 딸의 손에 들어갔더라면 딸은 어머니의 글이 풍겨주는 것에서 자기 신분의 분수를 생각하고, 그리고 학교를 그만두고 그 2백 원을 여비로 하여 고향으로 돌아가서 그리고 어머니와 얼싸안고 울고 그리고…… 뜻밖의 수확인걸, 공짜로 얻은 건 얼른 써버려야지 그러잖으면 도로 잃어버린다오, 하며 작자는 그 지폐 두 장을 내게 흔들어 보이는 것이었다. 과연 작자는 싫다는 나를 억지로 끌고 술집으로 데리고 가더니 죽이고 싶도록 기분 좋은 태도로 술을 마셔대는 것이었다. 그러고 나서는, 그리워하기 위해서,라고 말하는 바인데 도대체 무엇이 그립다는 것일까.

고향이 그립다는 것인지? 작자는 나로서는 생전 이름도 들어보지 못한 시골에서 올라와서 서울을 빙빙 돌아다니며 사는 놈인데 그러고 보니 작자의 저 광증에 가까운 생활태도는 무전여행자의 그것 아니면 촌놈이 서울에 와보니 모든 게 신기하기만 해서 어쩔 줄을 몰라, 아니 무턱대고 우쭐대고 싶은 저 촌뜨기 의식에 가득 차서 괜히 심각한 체해보았다가 시시하게 웃어보았다가 술 사달라고 조르고 사랑이 어쩌니 하고 있는 게 분명한 것이다. 고향이 그립다는 것인지? 그러나 고향이 그리운 것 같지도 않다. 작자의 고향에는 자기의 어머니와 누이가 살고 있다고 얘기하는 것을 들은 적이 있지만 작자는 그들에 대해서 별 애착을 갖고 있는 것 같지도 않은 것이다. 나는 작자에게 보낸 그의 어머니의 편지를 한번 읽은 적이 있는데 내가 보기에는 세상에서 그처럼 다정하고 착하고 그리고 내가 그 편지 속에서 받은 느낌을 상상해보건대 그처럼 아름다운 용모를 가진 어머니가 좀처럼 있을 것 같지 않았다. 성모마리아의 하얀 석상을 볼 때 받는 느낌 같았다고나 할까, 요컨대 작자에게는 분에 넘치기 짝이 없이 훌륭한 어머니인 것이다.

"아들아, 먼 곳에 너를 보내놓고 마음 한시도 놓지 못하고 있다. 하나님께 기도드리면 내 아들이 아무리 먼 곳에 가 있더라도 심신 평안하다 하여 지난 주일부터는 읍내에 있는 성당에 다니기로 하였다. 어느 곳에 있든지, 무슨 일을 하든지……"

내가 읽은 그의 어머니의 편지 한 구절이다.

내가 그 편지를 읽고 있는 동안에 작자는, 우리 마을에서 성당이 있는 읍내까지는 꼬박 30리 길인데…… 왕복 60리…… 미친 짓 하고 계셔,라고 투덜대더니 괜히 화가 나가지고 내가 그 편지를 돌려주자 북북 찢어서 팽개쳐버리는 것이었다. 그처럼 착하신 어머니께 '미친'이라는 차마 입에 담을 수 없는 욕을 하는 그야말로 미친 바보, 멍텅구리, 촌놈, 얼치기, 치한.

작자의 객기 중의 하나는 이따금씩 쉽사리 속아 넘어가줄 만큼 순진한 사람을 만나면 어울리지 않게 심각한 얘기를 끄집어내서 상대의 환심을 사려는 그 버르장머리이다. 내가 작자의 그러한 못된 버르장머리를 알고 있다는 것을 눈치챈 모양으로, 그렇기 때문에 그는 나를 되도록 피하려고 애쓰며 또한 아무리 예수님처럼 순진한 사람이 작자의 앞에 앉아 있더라도 내가 함께 있는 자리에서는 그 사람에게 잘 보이려고 심각한 얘기를 꺼내는 것 같은 짓은 감히 하지 않는다. 그러나 그것도 더 참을 수가 없었던지 며칠 전에는, 창을 통해서 황혼을 맞고 있는 거리가 내려다보이는 어느 다방에서 내 앞에 고개를 숙이며 심각한 투로 작자는 말을 꺼내는 것이었다.

— 만일 신이 계시다면……

염병할 자식, 난데없이 신은 왜 들추어내는 거냐. 오오, 명작이라면 대부분이 반드시 신을 붙들고 어쩌구저쩌구하고 있으니까, 짜아식 아아쭈, 흉내를 내보려구. 작자의 다음 말을 듣지 않기 위해서 나는 두 손으로 귀를 막아버렸다. 그러나 귀가 완전히 막힐 수는 없는 모양이다. 결국 나는 작자의 말소리를 — 먼 곳에서 들려오는 듯하긴 했지만 별수 없이 작자의 말소리를 들어버렸다.

— 내게도 다소 인간적인 데는 있다고 말씀하실 거야.

그렇지만 이 얼치기, 가짜, 흰수작만 하는 소설가여, 슬픈 목소리로 솔직히 이렇게 중얼거리실지어다. 심각한 체라도 하지 않고서는 살 수가 없다고.

갈대들이 들려준 이야기

온 들에 황혼이 내리고 있었다. 들이 아스라하니 끝나는 곳에는 바다가 장식처럼 붙어 보였다. 그 바다가 황혼 녘엔 좀 높아 보였다. 들을 건너서 해풍이 불어오고 있었지만 해풍에는 아무런 이야기가 실려 있지 않았다. 짠 냄새뿐, 말하자면 감각만이 우리에게 자신을 떠맡기고 지나갈 뿐이었다. 우리는 모두 그것에 만족하고 있었지만 그래서 오히려 우리들은 좀 신경이 날카로워져 있었던 것일까. 설화가 없어서 우리는 좀 우둔했고 판단하기를 싫어하는 사람들이 누구나 그렇듯이 세상을 느끼고만 싶어 했다. 그리고 그들이 항상 종말엔 패배를 느끼고 말 듯이 우리도 그러했다. 들과 바다 — 아름다운 황혼과 설화가 실려 있지 않은 해풍 속에서 사람들은 영원의 토대를 장만할 수가 없다. 그래서 사람들은 도시로 몰려갔다. 그리고 더러는 뿌리를 가지게 됐고 그렇지만 많은 사람들이 처참한 모습으로 시들어져갔다는 소식이었다. 차라리 이 황혼과 해풍을 그리워하며 그러나 이 고장으로 돌아오지는 못하고 차게 빛나는 푸른색의 아스팔트 위에 그들의 영혼과 육체를 눕혀버리고 말았다는 안타까운 소식이었다. 한낱 자연의 현상에 불과한 저 황혼과 해풍이 그리하여 내게는 얼마나 깊고 쓰라린 의미를 가졌던가! 숱한 사람들에게 인간의 의미를 깨닫게 해주고 동시에 보다 깊은 패배감을 안겨주고 무심히 지나가버리는 저것들.

그날 황혼 녘에 나는 누이를 마을에서 좀 떨어져 있는 작은 강의 둑으로 불러내었다. 강은 이 들의 한복판을 꾸불꾸불 가르며 흐르고 있었다. 대개의 강들과는 반대로 이 강의 수원水原은 바다였다. 바다가 썰물일 때면 따라서 이 강의 물도 빠지고 바다가 밀물일 때면 이 강도 함께 부풀어 오르는 것이었다. 이 강가의 무성한 갈대밭 사이에 매여 있는 작은 돛배들은 밀물일 때를 기다려서 떠나고 혹은 돌아올 수밖에 없었다. 이 강이 들의 농업수가 되어 있는 건 아니지만 연안의 고기잡이라든가에는 퍽 친절한 수로가 되어 있었다. 우리가 사는 마을은 이 강과 그리고 이 들에 매달려 있었다.

밀물 시간이어서 강물은 바다 쪽으로부터 빠르게 흘러들어오고 있었다. 갈대숲 사이에는 부리가 긴 물새들이 날아다니며 먹이를 찾고 있었다. 간간이 고기들이 강물 위로 펄쩍 뛰어오르곤 해서 주위의 정적을 돋우어주고 있었다. 강물은 황혼 속에서 금빛이었다. 해풍이 퍽 세게 불어와서 내 곁에 말없이 앉아 있는 누이의 머리칼을 흩날리고 있었다. 결국 이 황혼과 이 해풍이 누이의 침묵을 만들어버렸던 것이다.

누이는 도시로 갔었다. 어머니와 내가 누이를 도시로 보냈었다. 그리고 며칠 전 갑자기, 거진 2년 만에 이곳으로 다시 돌아왔었다. 누이가 도시에 가 있던 그 2년 동안 나는 얼마나 지금 우리 앞에서 지상을 포옹하고 있는 이 자연현상들에게 누이의 평안을 빌었던가. 그러나 도시에서는 항상 엉뚱한 일이 일어나는 모양이었다. 어떠한 일들이 누이를 할퀴고 지나갔을까, 어떠한 일들이 누이를 빨아먹고 갔었을까, 어떠한 일들이 누이를 찢고 갔었을까, 어떠한 일들이 누이에게 저런 침묵을 떠맡기고 갔었을까. 누이는 도시에서의 이야기를 나와 어머니의 간절한 요청에도 불구하고 한마디 하려 들지 않았었다. 우리는 누이가 지니고 왔던 작은 보따리를 헤쳐보았다. 그러나 헌 옷 몇 벌과 두어 가지의 화장 도구를 발견할 수 있을 뿐이었다. 그걸로써는 누이에게 침묵을 만들어준 2년의 내용을 측량해볼 길이 없었다. 누이의 침묵은 무엇엔가의 항거의 표시였다. 우리를 향한 항거였을까, 도시를 향한 항거였을까. 그렇지만 우리를 향한 것이라면 그것은 분명 누이에게 잘못이 있는 것이다. 침묵으로써가 아니라 높은 목소리로 누이는 우리를 질책했어야 하는 것이다. 높은 목소리로 질책하는 방법이 침묵의 질책보다 더 서툴렀다는 것을 결국 도시에서 배워왔단 말인가?

반대로, 도시를 향한 항거라면 ─ 아마 틀림없이 이것인 모양이었는데 ─ 그렇다면 누이의 저 향수와 고독을 발산하는 눈빛, 사람들이 두고 온 것들에게 보내는 마음의 등불 같은 저 눈빛을 우리는 무엇으로써 설명해야 할 것인가?

누이가 돌아오고, 누이가 도시에서의 기억을 망각하려고 애쓰는 듯한 침묵 속에 빠져드는 것을 보고 우리는 아마 누이가 도시에서 묻혀온 고독이 병균처럼 우리 자신들조차 침식시켜 들어오는 것을 느끼게 되었다.

이 황혼과 이 해풍. 그들이 우리에게 알기를 강요하던 세계는 도대체 무엇이란 말인가. 미소를 침묵으로 바꾸어놓는, 만족을 불만족으로 바꾸어놓는, 나를 남으로 바꾸어놓는, 요컨대 우리가 만족해 있던 것을 그 반대로 치환시켜버리는 세계였던 것인가. 누이는 적어도 우리가 보낼 때에는, 훈련을 받기 위해서 그곳에 간 것이 아니라 완성되기 위해서 간 것이었다. 그런데 침묵의 훈련만을 받고 돌아오다니.

어제저녁, 어머니는 당신이 우리에게 마음을 쓰고 있다는 표시로 되어 있는 밀국수를 끓여서 저녁 식사를 하는 자리에서 당신이 할 수 있는 가장 부드러운 말씨와 정성 어린 손짓으로 누이의 어깨를 쓰다듬으며 도시에서 무슨 일을 했던가, 어떤 곤란을 겪었던가, 무엇이 재미있었던가, 남자를 사귀었던가, 그렇다면 어떤 남자였던가,고 얘기해주기를 간청했었다. 그런데 그것이 짐작건대 누이의 쓰라린 추억을 불러일으킨 모양이었다. 누이는 어머니를 붙들고 소리 없이 울었다. 석유 등잔불의 펄럭이는 빛이 그들의 그림자를 더욱 쓸쓸해 보이게 했다. 왜 저를 태어나게 했어요,라고 누이는 말했다. 어머니도 소리 없이 울고 있었다. 누이는 어머니의 얼굴을 올려다보며 새삼스럽게 울음을 터뜨렸다. 미안해요, 어머니,라고 누이는 말하고 싶었던 거다. 하루는 아무렇지 않다는 듯이 무서운 사건이 세계의 은밀한 곳에서 벌어지고 그리고 다음날은 희생자들이 작은 조각에 몸을 기대고 자기들의 괴로움을 울며 부유하는 것이다.

강물이 빠르게 밀려오고 금빛 하늘이 점점 회색으로 변해가는 이 시각에 내게는 아직도 신비한 힘을 보여주는 자연 속에서 나는 누이로 하여금 도시의 모든 기억을 토해버리게 할 생각이었다. 나를 위해서가 아니라 누이를 위해서였다. 2년 동안을 씻어버리고 다시 이 짠 냄새만을 싣고 오는 해풍으로 목욕시키고 싶었다. 숲속의 짐승들이 감각만으로써 살아갈 수 있듯이 그렇게 살아가게 하고 싶었다. 인간이란 뭐냐, 인간이란? 저 도시가 침범해오지 않는 한, 우리는 한 고장을 지키기에 충분한 만족을 가지고 있는 것이다. 영원의 토대를 만든다는 것, 의지의 신화들을 배운다는 것, 우는 법을 배운다는 것, 침묵을 배운다는 것, 그것만이 인간인 것이냐? 인간의 허영이 아닌가,라고 나는 누이에게 말해주고 싶었다.

세상은 넓은 것이다. 불만이고자 하는 사람들을 포용하고 동시에 만족하고자 하는 사람들을 포용한다. 세상이 거절만 하지 않는다면 우리가 만족해 있다는 것을 — 이 작으나마 고요한 풍경 속에서 만족해 있다는 사실을 과시해도 좋은 것이다. 도시에 갔던 사람들이 이곳으로 여간해선 돌아오지 못하고 마는 이유는 어디 있는 것일까. 나는 알 수가 없었다. 다행히 누이는 돌아왔다. 그러나 옷에 먼지를 묻혀오듯이 도시가 주었던 상처와 상처의 씨앗을 가지고 돌아왔다. 무수히 조각난 시간과 공간, 무수히 토막 난 언어와 몸짓이 누이의 기억을 이루고 있으리라는 건 알 수 있었다. 그리고 그 무수한 것들, 별들처럼 고립되어 반짝이는 그 기억들이 누이의 가슴에 박혀서 누이의 침묵을 연장시키고 혹은 모든 것을 썩어나게 하는 것이다. 무엇이냐, 그 파편들은 무엇이냐? 그리하여 나는 동화 속의 인물처럼 말하였던 것이다 — 이번엔 내가 가보지.

내가 사랑하고 만족해 있던 황혼과 해풍에 꿋꿋한 맹세조차 했었던 것 같다.

누이의 결혼

펙 오래전에 고향으로부터 소식이 왔다. 누이가 결혼을 한 것이다. 해풍 속에서 살결을 태우며 자라난 젊은이와. 만일 그때 누이가 내 곁에 있었더라면, 그 애가 알아듣든 못 알아듣든 이런 얘기를 하고 싶었다. 그러나 사람들에게 제각기의 밤이 있듯이 제각기의 얘기가 있는 것이다. 도시에 있어서도 마찬가지이다. 사랑하고 동시에 배반하고 그러면 한편에서도 사랑하고 동시에 배반하고 요컨대 심판대를 세울 수가 없는 것이다. '최후 심판의 날'을 상상해보지만 얼마나 난해한 순환일까. 황혼과 해풍 속에서 사는 사람들도 그리고 '안녕하십니까' 속에서 사는 사람들도 누구나 고독했다.

또 하나의 소식. 누이가 어린애를 낳았다고, 사람 하나를 탄생시켰다고.

일지초日誌抄

절망이란 단순히 감정상의 문제가 아니다. 모든 논리가 꺾이고 지성이 힘을 잃고 최악의 감정, 예컨대 증오조차 사라져버리는 저 마구 쓰리기만 한 감촉의 시간. 도회를 떠난다고 해도 이미 갈 곳은 없고 죽음으로써도 해결될 것 같아 보이지 않아서 불더미 속에 싸이기나 한 듯이 안절부절못하는 사나이여, 유희의 기록이라도 하라.

멀고 깊은 산속으로 왕릉을 보러 가던 길에, 길옆에 피어 있는 작은 패랭이꽃 한 송이를 보고 그 꽃 곁에서 놀며 하루를 보내버리고 돌아오다. 흐린 날씨. 바람이 꽤 세게 불고 있었다고 기억된다.

변소에 가서 뒤를 보며 울었다. 드디어 내게도 변비가 생겼구나고.

영원과 순간의 동시적 구현 —— 인간, 으흥. 그래서 모호하군.

"한국 시엔 운韻이 없어서 맛이 없어." 어느 친구의 말.

"그렇고 말고, 불란서 시의 그 운의 맛이란…… 헤헤." 나여, 나여, 말끝을 흐려버리는 헤헤는 왜 나왔느냐. 실력이 없다는 증거. 시시한 의견은 삼가라. 함부로 떠들다가는 헤헤가 나오고 그러면 자기의 무식을 개탄하고 동시에 열등감을 느끼고 그래서 똑똑한 의견을 가진 사람을 미워하게 되고…… 결과는 의외로 나빠진다.

"저 노형, '다스라니스키'라는 노서아 소설가를 아시는지요?" 내가 묻는다.

"저 『죄와 벌』의 작가 말씀인가요?" 친구는 대답한다.

"아니지요. 그건 '도스토옙스키'고요."

"모르겠는데요." 친구는 당황한다. 진작 이럴걸. 간단하잖으냐 말이다. 항상 질문하는 편이 되고 그러면 상대는 얼떨떨해져서 열등감을 약간은 느끼고 나는 그걸 보고 약간은 우쭐대고. '다스라니스키'라는 이름은 방금 내가 지어낸 것, 따라서 그런 소설가란 없었던 것이다.

'운명과 우연을 생각해본다. 그리고 둘 다 부정해본다.'

증명: 거울 앞에 서라. 거기에 비추인 네 얼굴을 보라. 웃는가? 아니 그 반대다. 그럼 네 선조로부터 시작되어 반복되는 저 위대한 실험을 생각하라 ── 그러나 그것도 또렷한 불확실.

위대한 사상과 위대한 파괴와는 어쩔 수 없는 관계인 모양이다. 무엇인가를 발굴해가는 예지는 신의 나라를 허물어버리고 있다. 저 하늘에 있던 나라의 모든 건물이 지상에 끌려 내려와 세워지고 그리고 마지막으로 신의 옥좌마저 지상에 놓일 때 그 의자 위에는 '나'가 앉을까? '남'이 앉을까?

'아아쭈'라는 유행어. 없었으면 좋겠다.

여자는 사랑하는 남자에게 무엇인가를 자꾸만 주고 싶어 한다. 빨간 표지의 수첩을, 목도리를, 비누를, 사진을. 그렇게 하여 과거를 떠맡기고 여자는 떠나는 것이다. 남자는 그 물건들에 둘러싸여 '사랑하는 이'라고 불러본다. 여자는 내게 자살을 요구하고 있는 건 아닐까,라고도 생각해본다. 히히, 18세기로군. 또는 유행가.

내게는 비평 능력이 없다. 세상에 태어나서 꼭 한번 비평해보았다. 그 여자가 나와 헤어지자고 말했을 때.

나의 비평 ── 옳은 말이다. 아니다. 옳은 말이다. 아니다.

▨ "두 사람을 존경하리로다"라는 제목이 붙은 꿈 이야기

問 "선생님, 잃어버린 한 여자를 잊는 데 얼마의 시간이 필요하셨습니까?"

答 "10년이 넘는 지금까지도 아직……"

(선생님은 병신이군요.)

間 "선생님은?"

答 "1년. 그리고 때때로 생각날 정도."

(선생님도 병신.)

間 "선생님, 당신은?"

答 "3개월. 그러자 여자의 얼굴조차 희미해지더군."

(선생님도 병신.)

間 "선생님, 당신은?"

答 "일주일. 요컨대 술이 깨고 보니 잊어버렸더군."

(선생님도 병신.)

間 "선생님, 당신은?"

答 "여자가 헤어지자는 말이 끝나자마자 바로."

(선생님도 병신.)

間 "선생님, 당신은?"

答 "글쎄, 난 여자를 많이 주무르기는 해보았지만서두 그러
      면서 뭐 사랑 같은 건…… 글쎄 주어본 적이 없으니까."

(앗! 선생님, 선생님 당신을 존경하겠습니다.)

이 문답 곁에 앉아 있던, 곧 죽어가는 어느 파파 영감이 나를
부르더니,

"여보게 젊은이, 나는 한평생을 젊은 날 잃어버린 한 여자 생
각만으로 살아왔는데 그럼 나도 병신이란 말인가?"

(앗!)

나는 기절해버렸다.

아직도 저런 분이 남아 있다니.

너무나 너무나 기뻐서.

정正

반反

그러면 다시

정正 —— 내 감정의 변증법.

장미 곁에서 방귀를 뀌다. 어느 쪽의 냄새가 더욱 강했던가?

벗들아, 너희들의 이성을 과시하며 나를 조롱하지 말아다오.

벗들은 교과서의 가르침대로 한 번쯤은 내게 충고를 하고 그리고 내가 우물쭈물하고 있는 사이에 그들은 토라진 계집애처럼 홱 돌아서서 어깨를 아주 나란히 하고 총총히 떠나버린다.

너의 의견과 나의 의견이 있을 뿐 —— 우리들이 합의한 공통된 의견.

딱한 친구를 보는 것은 나 자신을 보는 것보다 더 괴롭다. 내게 점심을 사준 어느 친구에게 답례로 음담淫談을 하나 들려주었더니 내게 잘 보이려고 그 순진하기 짝이 없는 친구, 자기도 그쯤은 예사라는 듯한 태도로 기상천외의 음담을 이마에 힘줄을 세워가며 하는 그 모습. 억지로 따라 웃어주긴 했지만 서글퍼서 서글퍼서 나는 죽고만 싶었다.

안색顔色을 팔고 국화를 사는 노인을 보았다. 저렇게 늙고 싶은데.

"당신네 같은 처녀들보다는 닳아진 창녀를 난 더 좋아합니다"라고 말하여 한 처녀를 울려 보냈다.
왜 나는 거짓말을 했을까? 창가娼家는 구경도 못 한 놈이.

경계하면서 사랑하는 체, 시기하며 친한 체, 기뻐하며 슬퍼해주는 체. 저는 너그럽습니다,라고 표시하기 위하여 웃으려는 저 입술의 비뚤어져가는 저 선線이여. '모나리자' 같은 선생님, 만수무강하십쇼.

"이걸 안 하면 넌 굶어 죽어, 알겠어?"
"네."
"이걸 안 하면 넌 동지를 배반하는 거야, 알겠어?"
"네."
"남들이 그걸 할 때 그걸 구경하고 있는 네가 아무렇지도 않은 심정으로 그들을 구경하듯이 이번엔 네가 한다고 해서 거리를 지나가는 너를 특별히 너만 바라보며 웃거나 할 사람은 없어, 알겠어?"
"네."

‘데모’에 한번 참가하는 데 자신에게 몇 번이나 다짐해야 했던가. 알고 보니 ‘데모크라시’가 팽개쳐버릴 도련님이었구나.

천 번만 먹을 갈아보고 싶다. 그러면 내 가슴에도 진실만이 결정結晶되어 남을까? ── 한 ‘카타르시스’ 신봉자의 독백.

어느 날, 고향의 어머니께 보내고 싶은 마음 간절했던 편지의 한 구절 ──“실은 의사가 되고 싶었는데 병자가 되어버렸어,라고 힘없이 말하며 병들어 죽어간 친구를 오늘 보고 왔습니다”.

누이에게 쓰고 싶던 편지의 한 구절 ──“도시에 가서 침묵을 배워 왔던 네가, 도시에서 조리에 맞지 않는 감정의 기교만을 배운 나보다 얼마나 훌륭했던가”.

별도 보이지 않는 밤에, 고향의 논두럭이 그리워서 중랑교 쪽 어느 논두럭에 가서 서다. 개구리들이, 거꾸러져라거꾸러져라거꾸러져라,고 내게 외쳐대다.

다시 축전祝電

‘가하’ 오빠.
부호라는 걸 만든 이에게 평안 있으라. 엉망진창이 된 나의 감정을 감정의 뉘앙스라는 점에서는 완전히 인연이 없는 의사 전달의 수단으로써 표시할 수 있는 이 신기함이여. 그렇지만 고향의 누이는 꽃봉투 속에 든 전문 — '축, 순산'을 읽은 게 아니냐고? 그래도 좋다. 나의 착한 누이가 만일 '우리의 이 모든 괴로움 속에서 태어난 네 자식은 우리가 그것을 겪었었다는 이유로써 구원받을 미래인이 아니겠는가'라는 나의 기도를 제대로 읽어주기만 한다면 누이도 나의 축전을 받아 들고 과히 당황하거나 부끄러워하지도 않으리라. 제발 지금 나의 이 뒤얽힌 감정 중에서도 밑바닥을 이루고 있는 이 한 가지의 기도가 실현된다면, 그러기만 한다면 얼마나 좋겠는가?

(1963)

무진기행

무진으로 가는 버스

버스가 산모퉁이를 돌아갈 때 나는 "무진 Mujin 10km"라는 이정비里程碑를 보았다. 그것은 옛날과 똑같은 모습으로 길가의 잡초 속에서 튀어나와 있었다. 내 뒷좌석에 앉아 있는 사람들 사이에서 다시 시작된 대화를 나는 들었다. "앞으로 10킬로 남았군요." "예, 한 30분 후엔 도착할 겁니다." 그들은 농사관계의 시찰원들인 듯했다. 아니 그렇지 않은지도 모른다. 그러나 하여튼 그들은 색무늬 있는 반소매 셔츠를 입고 있었고 데드롱 직織의 바지를 입었고 지나쳐 오는 마을과 들과 산에서 아마 농사관계의 전문가들이 아니면 할 수 없는 관찰을 했고 그것을 전문적인 용어로 얘기하고 있었다. 광주에서 기차를 내려서 버스로 갈아탄 이래, 나는 그들이 시골 사람들답지 않게 낮은 목소리로 점잔을 빼면서 얘기하는 것을 반수면 상태 속에서 듣고 있었다. 버스 안의 좌석들은 많이 비어 있었다. 그 시찰원들의 말에 의하면 농번기이기 때문에 사람들이 여행을 할 틈이 없어서라는 것이었다. "무진엔 명산물이…… 뭐 별로 없지요?" 그들은 대화를 계속하고 있었다. "별게 없지요. 그러면서도 그렇게 많은 사람들이 살고 있다는 건 좀 이상스럽거든요." "바다가 가까이 있으니 항구로 발전할 수도 있었을 텐데요?" "가보시면 아시겠지만 그럴 조건이 되어 있는 것도 아닙니다. 수심이 얕은 데다가 그런 얕은 바다를 몇백 리나 밖으로 나가야만 비로소 수평선이 보이는 진짜 바다다운 바다가 나오는 곳이니까요." "그럼 역시 농촌이군요." "그렇지만 이렇다 할 평야가 있는 것도 아닙니다." "그럼 그 오륙만이 되는 인구가 어떻게들 살아가나요?" "그러니까 그럭저럭이란 말이 있는 게 아닙니까!" 그들은 점잖게 소리 내어 웃었다. "원, 아무리 그렇지만 한 고장에 명산물 하나쯤은 있어야지." 웃음 끝에 한 사람이 말하고 있었다.

무진에 명산물이 없는 게 아니다. 나는 그것이 무엇인지 알고 있다. 그것은 안개다. 아침에 잠자리에서 일어나서 밖으로 나오면, 밤사이에 진주해온 적군들처럼 안개가 무진을 삥 둘러싸고 있는 것이었다. 무진을 둘러싸고 있던 산들도 안개에 의하여 보이지 않는 먼 곳으로 유배당해버리고 없었다. 안개는 마치 이승에 한이 있어서 매일 밤 찾아오는 여귀女鬼가 뿜어내놓은 입김과 같았다. 해가 떠오르고, 바람이 바다 쪽에서 방향을 바꾸어 불어오기 전에는 사람들의 힘으로써는 그것을 헤쳐버릴 수가 없었다. 손으로 잡을 수 없으면서도 그것은 뚜렷이 존재했고 사람들을 둘러쌌고 먼 곳에 있는 것으로부터 사람들을 떼어놓았다. 안개, 무진의 안개, 무진의 아침에 사람들이 만나는 안개, 사람들로 하여금 해를, 바람을 간절히 부르게 하는 무진의 안개, 그것이 무진의 명산물이 아닐 수 있을까!

버스의 덜커덩거림이 좀 덜해졌다. 버스의 덜커덩거림이 더하고 덜하는 것을 나는 턱으로 느끼고 있었다. 나는 몸에서 힘을 빼고 있었으므로 버스가 자갈이 깔린 시골길을 달려오고 있는 동안 내 턱은 버스가 껑충거리는 데 따라서 함께 덜그럭거리고 있었다. 턱이 덜그럭거릴 정도로 몸에서 힘을 빼고 버스를 타고 있으면, 긴장해서 버스를 타고 있을 때보다 피로가 더욱 심해진다는 것을 알고 있었지만 그러나 열린 차창으로 들어와서 나의 밖으로 드러난 살갗을 사정없이 간지럽히고 불어가는 6월의 바람이 나를 반수면 상태로 끌어넣었기 때문에 나는 힘을 주고 있을 수가 없었다. 바람은 무수히 작은 입자로 되어 있고 그 입자들은 할 수 있는 한 욕심껏 수면제를 품고 있는 것처럼 내게는 생각되었다. 그 바람 속에는 신선한 햇살과 아직 사람들의 땀에 밴 살갗을 스쳐보지 않았다는 천진스러운 저온低溫 그리고 지금 버스가 달리고 있는 길을 에워싸며 버스를 향하여 달려오고 있는 산줄기의 저편에 바다가 있다는 것을 알리는 소금기, 그런 것들이 이상스레 한데 어울리면서 녹아 있었다. 햇빛의 신선한 밝음과 살갗에 탄력을 주는 정도의 공기의 저온, 그리고 해풍에 섞여 있는 정도의 소금기, 이 세 가지만 합성해서 수면제를 만들어낼 수 있다면 그것은 이 지상에 있는 모든 약방의 진열장 안에 있는 어떠한 약보다도 가장 상쾌한 약이 될 것이고 그리고 나는 이 세계에서 가장 돈 잘 버는 제약회사의 전무님이 될 것이다. 왜냐하면 사람들은 누구나 조용히 잠들고 싶어 하고 조용히 잠든다는 것은 상쾌한 일이기 때문이다.

그런 생각을 하자 나는 쓴웃음이 나왔다. 동시에 무진이 가까웠다는 것이 더욱 실감되었다. 무진에 오기만 하면 내가 하는 생각이란 항상 그렇게 엉뚱한 공상들이었고 뒤죽박죽이었던 것이다. 다른 어느 곳에서도 하지 않았던 엉뚱한 생각을 나는 무진에서는 아무런 부끄럼 없이, 거침없이 해내곤 했었던 것이다. 아니 무진에서는 내가 무엇을 생각하고 어쩌고 하는 게 아니라 어떤 생각들이 나의 밖에서 제멋대로 이루어진 뒤 나의 머릿속으로 밀고 들어오는 듯했었다.

"당신 안색이 아주 나빠져서 큰일 났어요. 어머님 산소에 다녀온다는 핑계를 대고 무진에 며칠 동안 계시다가 오세요. 주주총회에서의 일은 아버지하고 저하고 다 꾸며놓을게요. 당신은 오랜만에 신선한 공기를 쐬고 그리고 돌아와보면 대회생제약회사의 전무님이 되어 있을 게 아니에요?"라고, 며칠 전날 밤, 아내가 나의 파자마 깃을 손가락으로 만지작거리며 나에게 진심에서 나온 권유를 했을 때 가기 싫은 심부름을 억지로 갈 때 아이들이 불평을 하듯이 내가 몇 마디 입안엣소리로 투덜댄 것도 무진에서는 항상 자신을 상실하지 않을 수 없었던 과거의 경험에 의한 조건반사였었다.

내가 나이가 좀 든 뒤로 무진에 간 것은 몇 차례 되지 않았지만 그 몇 차례 되지 않은 무진행이 그러나 그때마다 내게는 서울에서의 실패로부터 도망해야 할 때거나 하여튼 무언가 새 출발이 필요할 때였었다. 새 출발이 필요할 때 무진으로 간다는 그것은 우연이 결코 아니었고 그렇다고 무진에 가면 내게 새로운 용기라든가 새로운 계획이 술술 나오기 때문도 아니었었다. 오히려 무진에서의 나는 항상 처박혀 있는 상태였었다. 더러운 옷차림과 누우런 얼굴로 나는 항상 골방 안에서 뒹굴었다. 내가 깨어 있을 때는 수없이 많은 시간의 대열이 멍하니 서 있는 나를 비웃으며 흘러가고 있었고, 내가 잠들어 있을 때는 긴긴 악몽들이 거꾸러져 있는 나에게 혹독한 채찍질을 하였었다. 나의 무진에 대한 연상의 대부분은 나를 돌봐주고 있는 노인들에 대하여 신경질을 부리던 것과 골방 안에서의 공상과 불면을 쫓아보려고 행하던 수음手淫과 곧잘 편도선을 붓게 하던 독한 담배꽁초와 우편배달부를 기다리던 초조함 따위거나 그것들에 관련된 어떤 행위들이었었다. 물론 그것들만 연상되었던 것은 아니다. 서울의 어느 거리에서고 나의 청각이 문득 외부로 향하면 무자비하게 쏟아져 들어오는 소음에 비틀거릴 때거나, 밤늦게 신당동 집 앞의 포장된 골목을 자동차로 올라갈 때, 나는 물이 가득한 강물이 흐르고 잔디로 덮인 방죽이 시오리 밖의 바닷가까지 뻗어나가 있고 작은 숲이 있고 다리가 많고 골목이 많고 흙담이 많고 높은 포플러가 에워싼 운동장을 가진 학교들이 있고 바닷가에서 주워온 까만 자갈이 깔린 뜰을 가진 사무소들이 있고 대로 만든 와상臥床이 밤거리에 나앉아 있는 시골을 생각했고, 그것은 무진이었다. 문득 한적이 그리울 때도 나는 무진을 생각했었다. 그러나 그럴 때의 무진은 내가 관념 속에서 그리고 있는 어느 아늑한 장소일 뿐이지 거기엔 사람들이 살고 있지 않았다. 무진이라고 하면 그것에의 연상은 아무래도 어둡던 나의 청년이었다.

그렇다고 무진에의 연상이 꼬리처럼 항상 나를 따라다녔다는 것은 아니다. 차라리, 나의 어둡던 세월이 일단 지나가버린 지금은 나는 거의 항상 무진을 잊고 있었던 편이다. 어제저녁 서울역에서 기차를 탈 때에도, 물론 전송 나온 아내와 회사 직원 몇 사람에게 일러둘 말이 너무 많아서 거기에 정신이 쏠려 있던 탓도 있었겠지만, 하여튼 나는 무진에 대한 그 어두운 기억들이 그다지 실감 나게 되살아오지는 않았다. 그런데 오늘 이른 아침, 광주에서 기차를 내려서 역구내를 빠져나올 때 내가 본 한 미친 여자가 그 어두운 기억들을 홱 잡아 끌어당겨서 내 앞에 던져주었다. 그 미친 여자는 나일론의 치마저고리를 맵시 있게 입고 있었고 팔에는 시절에 맞추어 고른 듯한 핸드백도 걸치고 있었다. 얼굴도 예쁜 편이고 화장이 화려했다. 그 여자가 미친 사람이라는 것을 알 수 있는 것은 쉬임 없이 굴리고 있는 눈동자와 그 여자를 에워싸고 서서 선하품을 하며 그 여자를 놀려대고 있는 구두닦이 아이들 때문이었다. "공부를 많이 해서 돌아버렸대." "아냐, 남자한테서 차여서야." "저 여자, 미국 말도 참 잘한다. 물어볼까?" 아이들은 그런 얘기를 높은 목소리로 하고 있었다. 좀 나이가 든 여드름쟁이 구두닦이 하나는 그 여자의 젖가슴을 손가락으로 집적거렸고 그럴 때마다 그 여자는 여전히 무표정한 얼굴로 비명만 지르고 있었다. 그 여자의 비명이 옛날

내가 무진의 골방 속에서 쓴 일기의 한 구절을 문득 생각나게 한 것이었다.

그때는 어머니가 살아 계실 때였다. 6·25 사변으로 대학의 강의가 중단되었기 때문에 서울을 떠나는 마지막 기차를 놓친 나는 서울에서 무진까지의 천여 리 길을 발가락이 몇 번이고 불어 터지도록 걸어서 내려왔고 어머니에 의해서 골방에 처박혀졌고 의용군의 징발도 그 후의 국군의 징병도 모두 기피해버리고 있었다. 내가 졸업한 무진중학교의 상급반 학생들이 무명지에 붕대를 감고 '이 몸이 죽어서 나라가 산다면……'을 부르며 읍 광장에 서 있는 트럭들로 행진해 가서 그 트럭들에 올라타고 일선으로 떠날 때도 나는 골방 속에 쭈그리고 앉아서 그들의 행진이 집 앞을 지나가는 소리를 듣고만 있었다. 전선이 북쪽으로 올라가고 대학이 강의를 시작했다는 소식이 들려왔을 때도 나는 무진의 골방 속에 숨어 있었다. 모두가 나의 홀어머님 때문이었다. 모두가 전쟁터로 몰려갈 때 나는 내 어머니에게 몰려서 골방 속에 숨어서 수음을 하고 있었다. 이웃집 젊은이의 전사 통지가 오면 어머니는 내가 무사한 것을 기뻐했고, 이따금 일선의 친구에게서 군사우편이 오기라도 하면 나 몰래 그것을 찢어버리곤 하였다. 내가 골방보다는 전선을 택하고 싶어해가는 것을 알고 있었기 때문이다. 그 무렵에 쓴 나의 일기장들은, 그 후에 태워버려서 지금은 없지만, 모두가 스스로를 모멸하고 오욕을 웃으며 견디는 내용들이었다. '어머니, 혹시 제가 지금 미친다면 대강 다음과 같은 원인들 때문일 테니 그 점에 유의하셔서 저를

치료해보십시오……' 이러한 일기를 쓰던 때를 이른 아침 역구
내에서 본 미친 여자가 내 앞으로 끌어당겨주었던 것이다. 무진
이 가까웠다는 것을 나는 그 미친 여자를 통하여 느꼈고 그리고
방금 지나친, 먼지를 둘러쓰고 잡초 속에서 튀어나와 있는 이정
비를 통하여 실감했다.

"이번에 자네가 전무가 되는 건 틀림없는 거구, 그러니 자네
한 일주일 동안 시골에 내려가서 긴장을 풀고 푹 쉬었다가 오
게. 전무님이 되면 책임이 더 무거워질 테니 말야." 아내와 장인
영감은 자신들은 알지 못하는 사이에 퍽 영리한 권유를 내게 한
셈이었다. 내가 긴장을 풀어버릴 수 있는, 아니 풀어버릴 수밖에
없는 곳을 무진으로 정해준 것은 대단히 영리한 것이었다.

버스는 무진 읍내로 들어서고 있었다. 기와지붕들도 양철지
붕들도 초가지붕들도 6월 하순의 강렬한 햇빛을 받고 모두 은
빛으로 번쩍이고 있었다. 철공소에서 들리는 쇠망치 두드리는
소리가 잠깐 버스로 달려들었다가 물러났다. 어디선지 분뇨 냄
새가 새어 들어왔고 병원 앞을 지날 때는 크레졸 냄새가 났고 어
느 상점의 스피커에서는 느려빠진 유행가가 흘러나왔다. 거리
는 텅 비어 있었고 사람들은 처마 밑의 그늘에 쭈그리고 앉아 있
었다. 어린아이들은 빨가벗고 기우뚱거리며 그늘 속을 걸어 다
니고 있었다. 읍의 포장된 광장도 거의 텅 비어 있었다. 햇빛만
이 눈부시게 그 광장 위에서 끓고 있었고 그 눈부신 햇살 속에
서, 정적 속에서 개 두 마리가 혀를 빼물고 교미를 하고 있었다.

밤에 만난 사람들

저녁 식사를 하기 조금 전에 나는 낮잠에서 깨어나서 신문 지국들이 몰려 있는 거리로 갔다. 이모님 댁에서는 신문을 구독하고 있지 않았다. 그렇지만 신문은 도회인이 누구나 그렇듯이 이제 내 생활의 일부로서 내 하루의 시작과 끝을 맡아보고 있었던 것이다. 내가 찾아간 신문 지국에 나는 이모님 댁의 주소와 약도를 그려주고 나왔다. 밖으로 나올 때 나는 내 등 뒤에서 지국 안에 있던 사람들이 그들끼리 무어라고 수군거리는 소리를 들었다. 아마 나를 알고 있는 사람들이었던 모양이다. "……그래애? 거만하게 생겼는데……" "……출세했다지?" "……옛날…… 폐병……" 그런 속삭임 속에서, 나는 밖으로 나오면서 은근히 한마디를 기다리고 있었다. 그러나 결국 '안녕히 가십시오'는 나오지 않고 말았다. 그것이 서울과의 차이점이었다. 그들은 이제 점점 수군거림의 소용돌이 속으로 끌려들어가고 있으리라, 자기 자신조차 잊어버리면서. 나중에 그 소용돌이 밖으로 내던져졌을 때 자기들이 느낄 공허감도 모른다는 듯이 수군거리고 수군거리고 또 수군거리고 있으리라. 바다가 있는 쪽에서 바람이 불어오고 있었다. 몇 시간 전에 버스에서 내릴 때보다 거리는 많이 번잡해졌다. 학생들이 학교에서 돌아오고 있었다. 그들은 책가방이 주체스러운 모양인지 그것을 뱅뱅 돌리기도 하며 어깨 너머로 넘겨 들기도 하며 두 손으로 껴안기도 하며 혀끝에 침으로써 방울을 만들어서 그것을 입바람으로 훅 불어 날리곤 했다. 학교 선생들과 사무소의 직원들도 달그락거리는 빈 도시락을 들고 축 늘어져서 지나가고 있었다. 그러자 나는 이 모든 것이 장난처럼 생각되었다. 학교에 다닌다는 것, 학생들을 가르친다는 것, 사무소에 출근했다가 퇴근한다는 이 모든 것이 실없는 장난이라는 생각이 든 것이다. 사람들이 거기에 매달려서 낑낑댄다는 것이 우습게 생각되었다.

이모 댁으로 돌아와서 저녁을 먹고 있을 때, 나는 방문을 받았다. 박朴이라고 하는 무진중학교의 내 몇 해 후배였다. 한때 독서광이었던 나를 그 후배는 무척 존경하는 눈치였다. 그는 학생 시대에 이른바 문학소년이었던 것이다. 미국 작가인 피츠제럴드를 좋아한다고 하는 그 후배는 그러나 피츠제럴드의 팬답지 않게 아주 얌전하고 매사에 엄숙했고 그리고 가난하였다. "신문 지국에 있는 제 친구에게서 내려오셨다는 얘길 들었습니다. 웬일이십니까?" 그는 정말 반가워해주었다. "무진엔 왜 내가 못 올 덴가?" 그렇게 대답하며 나는 내 말투가 마음에 거슬렸다. "너무 오랫동안 오시지 않으니까 그러는 거죠. 제가 군대에서 막 제대했을 때 오시고 이번이 처음이시니까 벌써……" "벌써 한 4년 되는군." 4년 전 나는, 내가 경리의 일을 보고 있던 제약회사가 좀더 큰 다른 회사와 합병되는 바람에 일자리를 잃고 무진으로 내려왔던 것이다. 아니, 단지 일자리를 잃었다는 이유만으로 서울을 떠났던 것은 아니다. 동거하고 있던 희姬만 그대로 내 곁에 있어주었던들 실의의 무진행은 없었으리라. "결혼하셨다더군요?" 박이 물었다. "흐응, 자넨?" "전 아직. 참, 좋은

데로 장가드셨다고들 하더군요." "그래? 자넨 왜 여태 결혼하지
않고 있나? 자네 금년에 어떻게 되지?" "스물아홉입니다." "스
물아홉이라. 아홉수가 원래 사납다고 하데만. 금년엔 어떻게 해
보지그래?" "글쎄요." 박은 소년처럼 머리를 긁었다. 4년 전이
니까 그해의 내 나이가 스물아홉이었고 희가 내 곁에서 달아나
버릴 무렵에 지금 아내의 전남편이 죽었던 것이다. "무슨 나쁜
일이 있었던 건 아니겠죠?" 옛날의 내 무진행의 내용을 다소 알
고 있는 박은 그렇게 물었다. "응, 아마 승진이 될 모양인데 며
칠 휴가를 얻었지." "잘되셨군요. 해방 후의 무진중학 출신 중에
선 형님이 제일 출세하셨다고들 하고 있어요." "내가?" 나는 웃
었다. "예, 형님하고 형님 동기 중에서 趙조 형하고요." "조라니,
나하고 친하게 지내던 애 말인가?" "예, 그 형이 재작년엔가 고
등고시에 패스해서 지금 여기 세무서장으로 있거든요." "아, 그
래?" "모르셨어요?" "서로 소식이 별로 없었지. 그 애가 옛날엔
여기 세무서에서 직원으로 있었지, 아마?" "예." "그거 잘됐군.
오늘 저녁엔 그 친구에게나 가볼까?" 친구 조는 키가 작았고 살
결이 검은 편이었다. 그래서 키가 크고 살결이 창백한 나에게
열등감을 느낀다는 얘기를 내게 곧잘 했었다. '옛날에 손금이
나쁘다고 판단받은 소년이 있었다. 그 소년은 자기의 손톱으로
손바닥에 좋은 손금을 파가며 열심히 일했다. 드디어 그 소년은
성공해서 잘살았다.' 조는 이런 얘기에 가장 감격하는 친구였
다. "참, 자넨 요즘 뭘 하고 있나?" 내가 박에게 물었다. 박은 얼
굴을 붉히고 잠시 동안 머뭇거리다가 모교에서 교편을 잡고 있

다고, 그것이 무슨 잘못이라도 되는 것처럼 우물거리며 대답했다. "좋지 않아? 책 읽을 여유가 있으니까 얼마나 좋은가? 난 잡지 한 권 읽을 여유가 없네. 무얼 가르치고 있나?" 후배는 내 말에 용기를 얻었는지 아까보다는 조금 밝은 목소리로 대답했다. "국어를 가르치고 있습니다." "잘했어. 학교 측에서 보면 자네 같은 선생을 구하기도 힘들 거야." "그렇지도 않아요. 사범대학 출신들 때문에 교원자격고시 합격증 가지고 견디기가 힘들어요." "그게 또 그런가?" 박은 아무 말 없이 씁쓸한 미소만 지어 보였다.

저녁 식사 후, 우리는 술 한잔씩을 마시고 나서 세무서장이 된 조의 집을 향하여 갔다. 거리는 어두컴컴했다. 다리를 건널 때 나는 냇가의 나무들이 어슴푸레하게 물속에 비쳐 있는 것을 보았다. 옛날 언젠가 역시 이 다리를 밤중에 건너면서 나는 저 시커멓게 웅크리고 있는 나무들을 저주했었다. 금방 소리를 지르며 달려들 듯한 모습으로 나무들은 서 있었던 것이다. 세상에 나무가 없다면 얼마나 좋을까 하고 생각하기도 했었다. "모든 게 여전하군." 내가 말했다. "그럴까요?" 후배가 웅얼거리듯이 말했다.

조의 응접실에는 손님들이 네 사람 있었다. 나의 손을 아프도록 쥐고 흔들고 있는 조의 얼굴이 옛날보다 윤택해지고 살결도 많이 하얘진 것을 나는 보고 있었다. "어서 자리로 앉아라. 이거 원 누추해서…… 빨리 마누라 얻어야겠는데……" 그러나 방은 결코 누추하지 않았다. "아니 아직 결혼 안 했나?" 내가 물었다. "법률책 좀 붙들고 앉아 있었더니 그렇게 돼버렸어. 어서 앉아." 나는 먼저 온 손님들에게 소개되었다. 세 사람은 남자로서 세무서 직원들이었고 한 사람은 여자로서 나와 함께 온 박과 무언가 얘기를 주고받고 있었다. "어어, 밀담들은 그만하시고. 하河 선생, 인사해요, 내 중학 동창인 윤희중이라는 친굽니다. 서울에 있는 큰 제약회사의 간사님이시고 이쪽은 우리 모교에 와 계시는 음악선생님이시고. 하인숙 씨라고, 작년에 서울에서 음악대학을 나오신 분이지." "아, 그러세요. 같은 학교에 계시는군요?" 나는 박과 그 여선생을 번갈아 가리키며 여선생에게 말했다. "네." 여선생은 방긋 웃으며 대답했고 내 후배는 고개를 숙여버렸다. "고향이 무진이신가요?" "아녜요. 발령이 이곳으로 났기 땜에 저 혼자 와 있는 거예요." 그 여자는 개성 있는 얼굴을 가지고 있었다. 윤곽은 갸름했고 눈이 컸고 얼굴색은 노리끼리했다. 전체로 보아서 병약한 느낌을 주고 있었지만 그러나 좀 높은 콧날과 두터운 입술이 병약하다는 인상을 버리도록 요구하고 있었다. 그리고 카랑카랑한 목소리가 코와 입이 주는 인상을 더욱 강하게 하고 있었다. "전공이 무엇이었던가요?" "성악 공부 좀 했어요." "그렇지만 하 선생님은 피아노도 아주 잘 치십니다." 박이 곁에서 조심스러운 목소리로 끼어들었다. 조도 거들었다. "노래를 아주 잘하시지. 소프라노가 굉장하시거든." "아, 소프라노를 맡으시는가요?" 내가 물었다. "네, 졸업연주회 땐 「나비부인」 중에서 「어떤 개인 날」을 불렀어요." 그 여자는 졸업연주회를 그리워하고 있는 듯한 음성으로 말했다.

방바닥에는 비단방석이 놓여 있고 그 위에는 화투짝이 흩어져 있었다. 무진霧津이다. 곧 입술을 태울 듯이 타들어가는 담배꽁초를 입에 물고 눈으로 들어오는 그 담배연기 때문에 눈물을 찔끔거리며 눈을 가늘게 뜨고, 이미 정오가 가까운 시각에야 잠자리에서 일어나서 그날의 허황한 운수를 점쳐보던 그 화투짝이었다. 또는, 자신을 팽개치듯이 끼어들던 언젠가의 노름판, 그 노름판에서 나의 뜨거워져가는 머리와 손가락만을 제외하곤 내 몸을 전연 느끼지 못하게 만들던 그 화투짝이었다. "화투가 있군, 화투가." 나는 한 장을 집어서 딱 소리가 나게 내려치고 다시 그것을 집어서 내려치고 또 집어서 내려치고 하며 중얼거렸다. "우리 돈내기 한판 하실까요?" 세무서 직원 중의 하나가 내게 말했다. 나는 싫었다. "다음 기회에 하지요." 세무서 직원들은 싱글싱글 웃었다. 조가 안으로 들어갔다가 나왔다. 잠시 후에 술상이 나왔다.

"여기엔 얼마쯤 있게 되나?" "일주일가량." "청첩장 한 장 없이 결혼해버리는 법이 어디 있어? 하기야 청첩장을 보냈더라도 그땐 내가 세무서에서 주판알 튕기고 있을 때니까 별수도 없었겠지만 말이다." "난 그랬지만 넌 청첩장 보내야 한다." "염려 말아. 금년 안으로는 받아볼 수 있게 될 거다." 우리는 별로 거품이 일지 않는 맥주를 마셨다. "제약회사라면 그게 약 만드는 데 아닙니까?" "그렇죠." "평생 병 걸릴 염려는 없겠습니다 그려." 굉장히 우스운 익살을 부렸다는 듯이 직원들은 방바닥을 치며 오랫동안 웃었다. "참 박 군, 학생들한테서 인기가 대단하더구면. 기껏 5분쯤 걸어오면 될 거리에 살면서 나한테 왜 통 놀러 오지 않나?" "늘 생각은 하고 있었습니다만……" "저기 앉아 계시는 하 선생님한테서 자네 얘긴 늘 듣고 있지. 자, 하 선생, 맥주는 술도 아니니까 한잔 들어봐요. 평소엔 그렇지도 않던데 오늘 저녁엔 왜 이렇게 얌전을 피우실까?" "네네, 거기 놓으세요. 제가 마시겠어요." "맥주는 좀 마셔봤지요?" "대학 다닐 때 친구들과 어울려서 방문을 안으로 잠가놓고 소주도 마셔본걸요." "이거 술꾼인 줄은 몰랐는데." "마시고 싶어서 마신 게 아니라 시험 삼아서 맛 좀 본 거예요." "그래서 맛이 어떻습디까?" "모르겠어요. 술잔을 입에서 떼자마자 쿨쿨 자버렸으니까요." 사람들이 웃었다. 박만이 억지로 웃는 듯한 웃음이었다. "내가 항상 생각하는 바지만, 하 선생님의 좋은 점은 바로 저기에 있거든. 될 수 있으면 얘기를 재미있게 하려고 한다는 점, 바로 그거야." "일부러 재미있게 하려고 하는 게 아녜요. 대학 다닐 때의 말버릇이에요." "아하, 그러고 보면 하 선생의 나쁜 점은 바로 저기 있어. '내가 대학 다닐 때'라는 말을 빼놓곤 얘기가 안 됩니까? 나처럼 대학 문전에도 가보지 못한 사람은 서러워서 살겠어요?" "죄송합니다아." "그럼 내게 사과하는 뜻에서 노래 한 곡 들려주시겠어요?" "그거 좋습니다." "좋지요." "한번 들어봅시다." 사람들이 박수를 쳤다. 여선생은 머뭇거렸다. "서울 손님도 오고 했으니까…… 그 지난번에 부르던 거 참 좋습디다." 조는 재촉했다. "그럼 부릅니다." 여선생은 거의 무표정한 얼굴로 입을 조금만 달싹거리며 노래를 부르기 시작했다. 세무서 직원

들이 손가락으로 술상을 두드리기 시작했다. 여선생은 「목포의
눈물」을 부르고 있었다. 「어떤 개인 날」과 「목포의 눈물」 사이
에는 얼마큼의 유사성이 있을까? 무엇이 저 아리아들로써 길들
여진 성대에서 유행가를 나오게 하고 있을까? 그 여자가 부르는
「목포의 눈물」에는 작부들이 부르는 그것에서 들을 수 있는 것
과 같은 꺾임이 없었고, 대체로 유행가를 살려주는 목소리의 갈
라짐이 없었고 흔히 유행가가 내용으로 하는 청승맞음이 없었
다. 그 여자의 「목포의 눈물」은 이미 유행가가 아니었다. 그렇다
고 「나비부인」 중의 아리아는 더욱 아니었다. 그것은 이전에는
없었던 어떤 새로운 양식의 노래였다. 그 양식은 유행가가 내용
으로 하는 청승맞음과는 다른, 좀더 무자비한 청승맞음을 포함
하고 있었고 「어떤 개인 날」의 그 절규보다도 훨씬 높은 옥타브
의 절규를 포함하고 있었고, 그 양식에는 머리를 풀어헤친 광녀
의 냉소가 스며 있었고 무엇보다도 시체가 썩어가는 듯한 무진
의 그 냄새가 스며 있었다.

그 여자의 노래가 끝나자 나는 의식적으로 바보 같은 웃음을
띠고 박수를 쳤고, 그리고 육감으로써랄까, 나는 후배인 박이
이 자리에서 떠나고 싶어 하는 것을 알았다. 나의 시선이 박에
게로 갔을 때, 나의 시선을 받은 박은 기다렸다는 듯이 자리에
서 일어났다. 누군지가 그에게 앉아 있기를 권했으나 박은 해사
한 웃음을 띠며 거절했다. "먼저 실례합니다. 형님은 내일 또 뵙
지요." 조는 대문까지 따라 나왔고 나는 한길까지 박을 바래다
주러 나갔다. 밤이 깊지 않았는데도 거리는 적막했다. 어디선지

개 짖는 소리가 들려왔고 쥐 몇 마리가 한길 위에서 무엇을 먹고 있다가 우리의 그림자에 놀라 흩어져버렸다. "형님, 보세요. 안개가 내리는군요." 과연 한길의 저 끝이, 불이 드문드문 박혀 있는 먼 주택지의 검은 풍경들이 점점 풀어져가고 있었다. "자네, 하 선생을 좋아하고 있는 모양이군?" 내가 물었다. 박은 다시 그 해사한 웃음을 띠었다. "그 여선생과 조 군과 무슨 관계가 있는 모양이지?" "모르겠습니다. 아마 조 형이 결혼 대상자 중의 하나로 생각하는 것 같아요." "자네가 그 여선생을 좋아한다면 좀더 적극적으로 나가야 해. 잘해봐." "뭐 별로……" 박은 소년처럼 말을 더듬거렸다. "그 속물들 틈에 앉아서 유행가를 부르고 있는 게 좀 딱해 보였을 뿐이지요. 그래서 나와버린 거죠." 박은 분노를 누르고 있는 듯이 나직나직 말했다. "클래식을 부를 장소가 있고 유행가를 부를 장소가 따로 있다는 것뿐이겠지. 뭐 딱할 거까지야 있나?" 나는 거짓말로써 그를 위로했다. 박은 가고 나는 다시 '속물'들 틈에 끼었다. 무진에서는 누구나 그렇게 생각하는 것이다. 타인은 모두 속물들이라고. 나 역시 그렇게 생각하는 것이다. 타인이 하는 모든 행위는 무위無爲와 똑같은 무게밖에 가지고 있지 않은 장난이라고.

밤이 퍽 깊어서 우리는 자리에서 일어났다. 조는 내가 자기 집에서 자고 가기를 권했다. 그러나 다음 날 아침에 잠자리에서 일어나서 그 집을 나올 때까지의 부자유스러움을 생각하고 나는 기어코 밖으로 나섰다. 직원들도 도중에서 흩어져 가고 결국엔 나와 여자만이 남았다. 우리는 다리를 건너고 있었다. 검은 풍경 속에서 냇물은 하얀 모습으로 뻗어 있었고 그 하얀 모습의 끝은 안개 속으로 사라지고 있었다. "밤엔 정말 멋있는 고장이에요." 여자가 말했다. "그래요? 다행입니다." 내가 말했다. "왜 다행이라고 말씀하시는 줄 짐작하겠어요." 여자가 말했다. "어느 정도까지 짐작하셨어요?" 내가 물었다. "사실은 멋이 없는 고장이니까요. 제 대답이 맞았어요?" "거의." 우리는 다리를 다 건넜다. 거기서 우리는 헤어져야 했다. 그 여자는 냇물을 따라서 뻗어나간 길로 가야 했고 나는 곧장 난 길로 가야 했다. "아, 글루 가세요? 그럼……" 내가 말했다. "조금만 바래다주세요. 이 길은 너무 조용해서 무서워요." 여자가 조금 떨리는 목소리로 말했다. 나는 다시 여자와 나란히 서서 걸었다. 나는 갑자기 이 여자와 친해진 것 같았다. 다리가 끝나는 바로 거기에서부터, 그 여자가 정말 무서워서 떠는 듯한 목소리로 내게 바래다주기를 청했던 바로 그때부터 나는 그 여자가 내 생애 속에 끼어든 것을 느꼈다. 내 모든 친구들처럼, 이제는 모른다고 할 수 없는, 때로는 내가 그들을 훼손하기도 했지만 그러나 더욱 많이 그들이 나를 훼손시켰던 내 모든 친구들처럼. "처음 뵈었을 때, 뭐랄까요, 서울 냄새가 난다고 할까요, 퍽 오래전부터 알던 사람처럼 느껴졌어요. 참 이상하죠?" 갑자기 여자가 말했다. "유행가." 내가 말했다. "네?" "아니 유행가는 왜 부르십니까? 성악 공부한 사람들은 될 수 있는 대로 유행가를 멀리하지 않았던가요?" "그 사람들은 항상 유행가만 부르라고 하거든요." 대답하고 나서 여자는 부끄러운 듯이 나지막하게 소리 내어 웃었다. "유행가를 부르지 않으려면 거기에 가지 않는 게 좋다고 얘기하면 내 정간섭이 될까요?" "정말 앞으론 가지 않을 작정이에요. 정말 보잘것없는 사람들이에요." "그럼 왜 여태까진 거기에 놀러 다녔습니까?" "심심해서요." 여자는 힘없이 말했다. 심심하다, 그래 그게 가장 정확한 표현이다. "아까 박 군은 하 선생님께서 유행가를 부르고 계시는 게 보기에 딱하다고 하면서 나가버렸지요." 나는 어둠 속에서 여자의 얼굴을 살폈다. "박 선생님은 정말 꽁생원이에요." 여자는 유쾌한 듯이 높은 소리로 웃었다. "선량한 사람이죠." 내가 말했다. "네, 너무 선량해요." "박 군이 하 선생님을 사랑하고 있다고 생각을 해본 적은 없었던가요?" "아이, '하 선생님 하 선생님' 하지 마세요. 오빠라고 해도 제 큰오빠뻘이나 되실 텐데요." "그럼 무어라고 부릅니까?" "그냥 제 이름을 불러주세요. 인숙이라고요." "인숙이, 인숙이." 나는 낮은 소리로 중얼거려보았다. "그게 좋군요." 나는 말했다. "인숙인 왜 내 질문을 피하지요?" "무슨 질문을 하셨던가요?" 여자는 웃으면서 말했다. 우리는 논 곁을 지나가고 있었다. 언젠가 여름밤, 멀고 가까운 논에서 들려오는 개구리들의 울음소리를, 마치 수많은 비단조개 껍데기를 한꺼번에 맞비빌 때 나는 듯한 소리를 듣고 있을 때 나는 그 개구리 울음소리들이 나의 감각 속에서 반짝이고 있는 수없이 많은 별들로 바뀌어 있는 것을 느끼곤 했었다. 청각의 이미지가 시각의 이미지로 바뀌는 이상한 현상이 나의 감각 속에서 일어나곤 했었던 것이다. 개구리 울음소리가 반짝이는 별들이라고 느낀 나의 감각은 왜 그렇게 뒤죽박

죽이었을까. 그렇지만 밤하늘에서 쏟아질 듯이 반짝이고 있는 별들을 보고 개구리의 울음소리가 귀에 들려오는 듯했었던 것은 아니다. 별들을 보고 있으면 나는 나와 어느 별과 그리고 그 별과 또 다른 별들 사이의 안타까운 거리가, 과학책에서 배운 바로써가 아니라, 마치 나의 눈이 점점 정확해져가고 있는 듯이 나의 시력에 뚜렷이 보여오는 것이었다. 나는 그 도달할 길 없는 거리를 보는 데 홀려서 멍하니 서 있다가 그 순간 속에서 그대로 가슴이 터져버리는 것 같았었다. 왜 그렇게 못 견디어 했을까. 별이 무수히 반짝이는 밤하늘을 보고 있던 옛날 나는 왜 그렇게 분해서 못 견디어 했을까. "무얼 생각하고 계세요?" 여자가 물어왔다. "개구리 울음소리." 대답하며 나는 밤하늘을 올려다봤다. 내리고 있는 안개에 가려서 별들이 흐릿하게 떠 보였다. "어머, 개구리 울음소리. 정말예요, 제겐 여태까지 개구리 울음소리가 들리지 않았어요. 무진의 개구리는 밤 12시 이후에만 우는 줄로 알고 있었는데요." "12시 이후에요?" "네, 밤 12시가 넘으면 제가 방을 얻어 있는 주인댁 라디오 소리도 꺼지고 들리는 거라곤 개구리 울음소리뿐이거든요." "밤 12시가 넘도록 잠을 자지 않고 무얼 하시죠?" "그냥 가끔 그렇게 잠이 오지 않아요." 그냥 그렇게 잠이 오지 않는다. 아마 그건 사실이리라. "사모님 예쁘게 생기셨어요?" 여자가 갑자기 물었다. "제 아내 말씀인가요?" "네." "예쁘죠." 나는 웃으면서 대답했다. "행복하시죠? 돈이 많고 예쁜 부인이 있고 귀여운 아이들이 있고 그러면……" "아이들은 아직 없으니까 쬐끔 덜 행복하겠군요." "어머, 결혼을 언제 하셨는데 아직 아이들이 없어요?" "이제 3년 좀 넘었습니다." "특별한 용무도 없이 여행하시면서 왜 혼자 다니세요?" 이 여자는 왜 이런 질문을 할까? 나는 조용히 웃어버렸다. 여자는 아까보다 좀더 명랑한 목소리로 말했다. "앞으로 오빠라고 부를 테니까 절 서울로 데려가주시겠어요?" "서울에 가고 싶으신가요?" "네." "무진이 싫은가요?" "미칠 것 같아요. 금방 미칠 것 같아요. 서울엔 제 대학 동창들도 많고…… 아이, 서울로 가고 싶어 죽겠어요." 여자는 잠깐 내 팔을 잡았다가 얼른 놓았다. 나는 갑자기 흥분되었다. 나는 이마를 찡그렸다. 찡그리고 찡그리고 또 찡그렸다. 그러자 흥분이 가셨다. "그렇지만 이젠 어딜 가도 대학 시절과는 다를걸요. 인숙은 여자니까 아마 가정으로나 숨어버리기 전에는 어느 곳에 가든지 미칠 것 같을걸요." "그런 생각도 해봤어요. 그렇지만 지금 같아선 가정을 갖는다고 해도 미칠 것 같은 생각이 들어요. 정말 맘에 드는 남자가 아니면요. 정말 맘에 드는 남자가 있다고 해도 여기서는 살기가 싫어요. 전 그 남자에게 여기서 도망하자고 조를 거예요." "그렇지만 내 경험으로는 서울에서의 생활이 반드시 좋지도 않더군요. 책임, 책임뿐입니다." "그렇지만 여긴 책임도 무책임도 없는 곳인걸요. 하여튼 서울에 가고 싶어요. 절 데려가주시겠어요?" "생각해봅시다." "꼭이에요, 네?" 나는 그저 웃기만 했다. 우리는 그 여자의 집 앞에까지 왔다. "선생님, 내일은 무얼 하실 계획이세요?" 여자가 물었다. "글쎄요, 아침엔 어머님 산소엘 다녀와야 하겠고, 그러고 나면 할 일이 없군요. 바닷가에나 가볼까 하는데요.

거긴 한때 내가 방을 얻어 있던 집이 있으니까 인사도 할 겸."
"선생님, 내일 거긴 오후에 가세요." "왜요?" "저도 같이 가고 싶
어요. 내일은 토요일이니까 오전 수업뿐이에요." "그럽시다." 우
리는 내일 만날 시간과 장소를 약속하고 헤어졌다. 나는 이상한
우울에 빠져서 터벅터벅 밤길을 걸어 이모 댁으로 돌아왔다.

내가 이불 속으로 들어갔을 때 통금 사이렌이 불었다. 그것
은 갑작스럽게 요란한 소리였다. 그 소리는 길었다. 모든 사물
이 모든 사고思考가 그 사이렌에 흡수되어갔다. 마침내 이 세상
엔 아무것도 없어져버렸다. 사이렌만이 세상에 남아 있었다. 그
소리도 마침내 느껴지지 않을 만큼 오랫동안 계속할 것 같았다.
그때 소리가 갑자기 힘을 잃으면서 꺾였고 길게 신음하며 사라
져갔다. 내 사고만이 다시 살아났다. 나는 얼마 전까지 그 여자
와 주고받던 얘기들을 다시 생각해보려 했다. 많은 것을 얘기
한 것 같은데, 그러나 귓속에는 우리의 대화가 몇 개 남아 있지
않았다. 좀더 시간이 지난 후, 그 대화들이 내 귓속에서 내 머릿
속으로 자리를 옮길 때는 그리고 머릿속에서 심장 속으로 옮겨
갈 때는 또 몇 개가 더 없어져버릴 것인가. 아니 결국엔 모두 없
어져버릴지도 모른다. 천천히 생각해보자. 그 여자는 서울에 가
고 싶다고 했다. 그 말을 그 여자는 안타까운 음성으로 얘기했
다. 나는 문득 그 여자를 껴안고 싶은 충동에 사로잡혔다. 그리
고…… 아니, 내 심장에 남을 수 있는 것은 그것뿐이었다. 그러
나 그것도 일단 무진을 떠나기만 하면 내 심장 위에서 지워져버
리리라. 나는 잠이 오지 않았다. 낮잠 때문이기도 하였다. 나는

어둠 속에서 담배를 피웠다. 나는 우울한 유령들처럼 나를 내려다보고 있는 벽에 걸린 하얀 옷들을 흘겨보고 있었다. 나는 담뱃재를 머리맡의 적당한 곳에 털었다. 내일 아침 걸레로 닦아내면 될 어느 곳에. '12시 이후에 우는' 개구리 울음소리가 희미하게 들려오고 있었다. 어디선가 1시를 알리는 시계 소리가 나직이 들려왔다. 어디선가 2시를 알리는 시계 소리가 들려왔다. 어디선가 3시를 알리는 시계 소리가 들려왔다. 어디선가 4시를 알리는 시계 소리가 들려왔다. 잠시 후에 통금 해제의 사이렌이불었다. 시계와 사이렌 중 어느 것 하나가 정확하지 못했다. 사이렌은 갑작스럽고 요란한 소리였다. 그 소리는 길었다. 모든 사물이, 모든 사고가 그 사이렌에 흡수되어갔다. 마침내 이 세상에선 아무것도 없어져버렸다. 사이렌만이 세상에 남아 있었다. 그소리도 마침내 느껴지지 않을 만큼 오랫동안 계속할 것 같았다. 그때 소리가 갑자기 힘을 잃으면서 꺾였고 길게 신음하며 사라져갔다. 어디선가 부부들은 교합하리라. 아니다. 부부가 아니라 창부와 그 여자의 손님이리라. 나는 왜 그런 엉뚱한 생각을 하고 있는지 알 수 없었다. 잠시 후에 나는 슬며시 잠이 들었다.

바다로 뻗은 긴 방죽

그날 아침엔 이슬비가 내리고 있었다. 식전에 나는 우산을 받쳐 들고 읍 근처의 산에 있는 어머니의 산소로 갔다. 나는 바지를 무릎 위까지 걷어 올리고 비를 맞으며 묘를 향하여 엎드려 절했다. 비가 나를 굉장한 효자로 만들어주었다. 나는 한 손으로 묘 위의 긴 풀을 뜯었다. 풀을 뜯으면서 나는 나를 전무님으로 만들기 위하여 전무 선출에 관계된 사람들을 찾아다니며 그 호걸웃음을 웃고 있을 장인영감을 상상했다. 그러자 나는 묘 속으로 들어가고 싶었다.

돌아가는 길은 좀 멀긴 하지만 잔디가 곱게 깔린 방죽을 걷기로 했다. 이슬비가 바람에 뿌옇게 날리고 있었다. 비를 따라서 풍경이 흔들렸다. 나는 우산을 접어버렸다. 방죽 위를 걸어가다가 나는 방죽의 경사 밑, 물가의 풀밭에 읍에서 먼 촌으로부터 등교하기 위하여 오던 학생들이 모여서 웅성거리고 있는 것을 보았다. 나이 많은 사람들이 몇 사람 끼어 있었고 비옷을 입은 순경 한 사람이 방죽의 비탈 위에 쭈그리고 앉아서 담배를 피우며 먼 곳을 바라보고 있었고 노파 한 사람이 혀를 차며 웅성거리고 있는 학생들의 틈을 빠져나와서 갔다. 나는 방죽의 비탈을 내려갔다. 순경 곁을 지나면서 나는 물었다. "무슨 일입니까?" "자살 시쳅니다." 순경은 흥미 없는 말투로 말했다. "누군데요?" "읍내에 있는 술집 여잡니다. 초여름이 되면 반드시 몇 명씩 죽지요." "네에." "저 계집애는 아주 독살스러운 년이어서 안 죽을 줄 알았더니, 저것도 별수 없는 사람이었던 모양입니다." "네에." 나는 물가로 내려가서 학생들 틈에 끼었다. 시체의 얼굴은 냇물을 향하고 있었으므로 내게는 보이지 않았다. 머리는 파마였고 팔과 다리가 하얗고 굵었다. 붉은색의 얇은 스웨터를 입고 있었고 하얀 스커트를 입고 있었다. 지난밤의 새벽은 추웠던 모양이다. 아니면 그 옷이 그 여자의 맘에 든 옷이었던가 보다. 푸른 꽃무늬 있는 하얀 고무신을 머리에 베고 있었다. 무엇인가를 싼 하얀 손수건이 그 여자의 축 늘어진 손에서 좀 떨어진 곳에 굴러 있었다. 하얀 손수건은 비를 맞고 있었고 바람이 불어도 조금도 나부끼지 않았다. 시체의 얼굴을 보기 위해서 많은 학생들이 냇물 속에 발을 담그고 이쪽을 향하여 서 있었다. 그들의 푸른색 유니폼이 물에 거꾸로 비쳐 있었다. 푸른색의 깃발들이 시체를 옹위하고 있었다. 나는 그 여자를 향하여 이상스레 정욕이 끓어오름을 느꼈다. 나는 급히 그 자리를 떠났다. "무슨 약을 먹었는지 모르지만 지금이라도 어쩌면……" 순경에게 내가 말했다. "저런 여자들이 먹는 건 청산가립니다. 수면제 몇 알 먹고 떠들썩한 연극 같은 건 안 하지요. 그것만은 고마운 일이지만." 나는 무진으로 오는 버스칸에서 수면제를 만들어 팔겠다는 공상을 한 것이 생각났다. 햇빛의 신선한 밝음과 살갗에 탄력을 주는 정도의 공기의 저온, 그리고 해풍에 섞여 있는 정도의 소금기, 이 세 가지를 합성하여 수면제를 만들 수 있다면…… 그러나 사실 그 수면제는 이미 만들어져 있었던 게 아닐까. 나는 문득, 내가 간밤에 잠을 이루지 못하고 뒤척거리고 있었던 게 이 여자의 임종을 지켜주기 위해서가 아니었을까 하는 생각이 들었다. 통금 해제의 사이렌이 불고 이 여자는 약을 먹고 그제야 나는 슬며시 잠이 들었던 것만 같다. 갑자기 나는 이 여자가 나의 일부처럼 느껴졌다. 아프긴 하지만 아끼지 않으면 안 될 내 몸의 일부처럼 느껴졌다. 나는 접어 든 우산에 묻은 물을 휙휙 뿌리면서 집으로 돌아왔다. 집에는 세무서장인 조가 보낸 쪽지가 기다리고 있었다. '할 일 없으면 세무서로 좀 들러주게.' 아침밥을 먹고 나는 세무서로 갔다. 이슬비는 그쳤으나 하늘은 흐렸다. 나는 조의 의도를 알 것 같았다. 서장실에 앉아 있는 자기의 모습을 보여주고 싶은 거다. 아니 내가 비꼬아서 생각하고 있는지 모른다. 나는 고쳐 생각하기로 했다. 그는 세무서장으로 만족하고 있을까? 아마 만족하고 있을 게다. 그는 무진에 어울리는 사람이다. 아니, 나는 다시 고쳐 생각하기로 했다. 어떤 사람을 잘 안다는 것 — 잘 아는 체한다는 것이 그 어떤 사람의 입장에서 보면 무척 불행한 일이다. 우리가 비난할 수 있고 적어도 평가하려고 드는 것은 우리가 알고 있는 사람에 한하는 것이기 때문이다.

조는 러닝셔츠 바람으로, 바지는 무릎 위까지 걷어붙이고 부채를 부치고 있었다. 나는 그가 초라해 보였고 그러나 그가 흰 커버를 씌운 회전의자 위에 앉아 있는 것을 자랑스러워하는 듯한 몸짓을 해 보일 때는 그가 가엾게 생각되었다. "바쁘지 않나?" 내가 물었다. "나야 뭐 하는 일이 있어야지. 높은 자리라는 건 책임진다는 말만 중얼거리고 있으면 되는 모양이지." 그러나 그는 결코 한가하지 않았다. 여러 사람들이 드나들면서 서류에 조의 도장을 받아 갔고 더 많은 서류들이 그의 미결함에 쌓였다. "월말에다가 토요일이 되어서 좀 바쁘다." 그는 말했다. 그러나 그의 얼굴은 그 바쁜 것을 자랑스럽게 여기고 있었다. 바쁘다. 자랑스러워할 틈도 없이 바쁘다. 그것은 서울에서의 나였다. 그만큼 여기는 생활한다는 것에 서투를 수 있다고나 할까? 바쁘다는 것도 서투르게 바빴다. 그리고 그때 나는, 사람이 자기가 하는 일에 서투르다는 것은, 그것이 무슨 일이든지 설령 도둑질이라고 할지라도 서투르다는 것은 보기에 딱하고 보는 사람을 신경질 나게 한다고 생각하였다. 미끈하게 일을 처리해버린다는 건 우선 우리를 안심시켜준다. "참, 엊저녁, 하 선생이란 여자는 네 색싯감이냐?" 내가 물었다. "색싯감?" 그는 높은 소리로 웃었다. "내 색싯감이 그 정도로밖에 안 보이냐?" 그가 말했다. "그 정도가 뭐 어때서?" "야, 이 약아빠진 놈아, 넌 빽 좋고 돈 많은 과부를 물어놓고 기껏 내가 어디서 굴러온 줄도 모르는 말라빠진 음악선생이나 차지하고 있으면 맘이 시원하겠다는 거냐?" 말하고 나서 그는 유쾌해 죽겠다는 듯이 웃어대었다. "너만큼만 사는 정도라면 여자가 거지라도 괜찮지 않아?" 내가 말했다. "그래도 그게 아닙니다. 내 편에 나를 끌어줄 사람이 없으면 처가 편에서라도 누가 있어야 하는 거야." 그가 대답했다. 그의 말투로는 우리는 공범자였다. "야, 세상 우습더라. 내가 고시에 패스하자마자 중매가 막 들어오는데…… 그런데 그게 모두 형편없는 것들이거든. 도대체 여자들이 성기 하나를 밑천으로 해서 시집가보겠다는 고 배짱들이 괘씸하단 말야." "그럼 그 여선생도 그런 여자 중의 하나인가?" "아주 대표적인 여자지. 어떻게나 쫓아다니는지 귀찮아죽겠다." "퍽 똑똑한 여자일 것 같던데." "똑똑하기야 하지. 그렇지만 뒷조사를 해보았더니 집안이 너무 허술해. 그 여자가 여기서 죽는다고 해도 고향에서 그 여자를 데리러 올 사람 하나 변변하게 없거든." 나는 그 여자를 어서 만나보고 싶었다. 나는 그 여자가 지금 어디서 죽어가고 있는 것처럼 생각되었다. 어서 가서 만나보고 싶었다. "속도 모르는 박 군은 그 여자를 좋아한대." 그가 말하면서 빙긋 웃었다. "박 군이?" 나는 놀란 체했다. "그 여자에게 편지를 보내어 호소를 하는데 그 여자가 모두 내게 보여주거든. 박 군은 내게 연애편지를 쓰는 셈이지." 나는 그 여자를 만나보고 싶은 생각이 싹 가셨다. 그러나 잠시 후엔 그 여자를 어서 만나보고 싶다는 생각이 되살아났다. "지난봄엔 그 여잘 데리고 절엘 한번 갔었지. 어떻게 해보려고 했는데 요 영리한 게 결혼하기 전까지는 절대로 안 된다는 거야." "그래서?" "무안만 당하고 말았지." 나는 그 여자에게 감사했다.

시간이 됐을 때 나는 그 여자와 만나기로 한, 읍내에서 좀 떨어진, 바다로 뻗어나가고 있는 방죽으로 갔다. 노란 파라솔 하나가 멀리 보였다. 그것이 그 여자였다. 우리는 구름이 낀 하늘 밑을 나란히 걸어갔다. "저 오늘 박 선생님께 선생님에 관해서 여러 가지 물어봤어요." "그래요?" "무얼 제일 중요하게 물어보았을 거 같아요?" 나는 전연 짐작할 수가 없었다. 그 여자는 잠시 동안 키득키득 웃었다. 그리고 말했다. "선생님의 혈액형을 물어봤어요." "내 혈액형을요?" "전 혈액형에 대해서 이상한 믿음을 가지고 있어요. 사람들이 꼭 자기의 혈액형이 나타내주는—그, 생물책에 씌어져 있지 않아요?—꼭 그 성격대로 이기만 했으면 좋겠어요. 그럼 세상엔 손가락으로 꼽을 정도의 성격밖에 없을 게 아니에요?" "그게 어디 믿음입니까? 희망이지." "전 제가 바라는 것은 그대로 믿어버리는 성격이에요." "그건 무슨 혈액형입니까?" "바보라는 이름의 혈액형이에요." 우리는 후텁지근한 공기 속에서 괴롭게 웃었다. 나는 그 여자의 프로필을 훔쳐보았다. 그 여자는 이제 웃음을 그치고 입을 꾹 다물고 그 커다란 눈으로 앞을 똑바로 응시하고 있었고 코끝에 땀이 맺혀 있었다. 그 여자는 어린아이처럼 나를 따라오고 있었다. 나는 나의 한 손으로 그 여자의 한 손을 잡았다. 그 여자는 놀란 듯했다. 나는 얼른 손을 놓았다. 잠시 후에 나는 다시 손을 잡았다. 그 여자는 이번엔 놀라지 않았다. 우리가 잡고 있는 손바닥과 손바닥 틈으로 희미한 바람이 새어 나가고 있었다. "무작정 서울에만 가면 어떻게 할 작정이오?" 내가 물었다. "이렇게 좋은 오빠가 있는데 어떻게 해주겠지요." 여자는 나를 쳐다보며 방긋 웃었다. "신랑감이야 수두룩하긴 하지만…… 서울보다는 고향에 가 있는 게 낫지 않을까요?" "고향보다는 여기가 나아요." "그럼 여기 그대로 있는 게……" "아이, 선생님, 절 데리고 가시잖을 작정이시군요." 여자는 울상을 지으며 내 손을 뿌리쳤다. 사실 나는 나 자신을 알 수 없었다. 사실 나는 감상이나 연민으로써 세상을 향하고 서는 나이도 지난 것이다. 사실 나는 몇 시간 전에 조가 얘기했듯이 '빽이 좋고 돈 많은 과부'를 만난 것을, 반드시 바랐던 것은 아니지만 결과적으로는 잘되었다고 생각하고 있는 사람인 것이다. 나는 내게서 달아나버렸던 여자에 대한 것과는 다른 사랑을 지금의 내 아내에 대하여 갖고 있었다. 그러면서도 나는 구름이 끼어 있는 하늘 밑의 바다로 뻗은 방죽 위를 걸어가면서 다시 내 곁에 선 여자의 손을 잡았다. 나는 지금 우리가 찾아가고 있는 집에 대하여 여자에게 설명해주었다. 어느 해, 나는 그 집에서 방 한 칸을 얻어 들고 더러워진 나의 폐를 씻어내고 있었다. 어머니도 세상을 떠나간 뒤였다. 이 바닷가에서 보낸 1년. 그때 내가 쓴 모든 편지들 속에서 사람들은 '쓸쓸하다'라는 단어를 쉽게 발견할 수 있었다. 그 단어는 다소 천박하고 이제는 사람의 가슴에 호소해오는 능력도 거의 상실해버린 사어死語 같은 것이지만 그러나 그 무렵의 내게는 그 말밖에 써야 할 말이 없는 것처럼 생각되었다. 아침의 백사장을 거니는 산보에서 느끼는 시간의 지루함과 낮잠에서 깨어나서 식은땀이 줄줄 흐르는 이마를 손바닥으로 닦으며 느끼는 허전함과 깊은 밤에 악몽으로부터 깨어나서 쿵쿵 소리를 내며 급하게 뛰고 있는 심장을 한 손으로 누르며 밤바다의 그 애처로운 울음소리에 귀를 기울이고 있을 때의 안타까움, 그런 것들이 굴껍데기처럼 다닥다닥 붙어서 떨어질 줄 모르는 나의 생활을 나는 '쓸쓸하다'라는, 지금 생각하면 허깨비 같은 단어 하나로 대신시켰던 것이다. 바다는 상상도 되지 않는 먼지 낀 도시에서, 바쁜 일과 중에, 무표정한 우편배달부가 던져주고 간 나의 편지 속에서 '쓸쓸하다'라는 말을 보았을 때 그 편지를 받은 사람이 과연 무엇을 느끼거나 상상할 수 있었을까? 그 바닷가에서 그 편지를 내가 띄우고 도시에서 내가 그 편지를 받았다고 가정할 경우에도 내가 그 바닷가에서 그 단어에 걸어보던 모든 것에 만족할 만큼 도시의 내가 바닷가의 나의 심경에 공명할 수 있었을 것인가? 아니 그것이 필요하기나 했었을까? 그러나 정확하게 말하자면, 그 무렵 편지를 쓰기 위해서 책상 앞으로 다가가고 있던 나도, 지금에 와서 내가 하고 있는 바와 같은 가정과 질문을 어렴풋이나마 하고 있었고 그 대답을 '아니다'로 생각하고 있었던 듯하다. 그러면서도 그는 그 속에 '쓸쓸하다'라는 단어가 씌어진 편지를 썼고 때로는 바다가 암청색으로 서투르게 그려진 엽서를 사방으로 띄웠다. "세상에서 제일 먼저 편지를 쓴 사람은 어떤 사람이었을까요?" 내가 말했다. "아이, 편지. 정말 편지를 받는 것처럼 기쁜 일은 없어요. 정말 누구였을까요? 아마 선생님처럼 외로운 사람이었겠죠?" 여자의 손이 내 손안에서 꼼지락거렸다. 나는 그 손이 그렇게 말하고 있는 듯한 느낌이 들었다. "그리고 인숙이처럼." 내가 말했다. "네." 우리는 서로 고개를 마주 보며 웃음 지었다.

우리는 우리가 찾아가는 집에 도착했다. 세월이 그 집과 그 집 사람들만은 피해서 지나갔던 모양이다. 주인들은 나를 옛날의 나로 대해주었고 그러자 나는 옛날의 내가 되었다. 나는 가지고 온 선물을 내놓았고 그 집 주인 부부는 내가 들어 있던 방을 우리에게 제공해주었다. 나는 그 방에서 여자의 조바심을, 마치 칼을 들고 달려드는 사람으로부터, 누군지가 자기의 손에서 칼을 빼앗아주지 않으면 상대편을 찌르고 말 듯한 절망을 느끼는 사람으로부터 칼을 빼앗듯이 그 여자의 조바심을 빼앗아주었다. 그 여자는 처녀는 아니었다. 우리는 다시 방문을 열고 물결이 다소 거센 바다를 내려다보며 오랫동안 말없이 누워 있었다. "서울에 가고 싶어요. 단지 그거뿐예요." 한참 후에 여자가 말했다. 나는 손가락으로 여자의 볼 위에 의미 없는 도화를 그리고 있었다. "세상에 착한 사람이 있을까?" 나는 방으로 불어오는 해풍 때문에 불이 꺼져버린 담배에 다시 불을 붙이며 말했다. "절 나무라시는 거죠? 착하게 보아주려는 마음이 없으면 아무도 착하지 않을 거예요." 나는 우리가 불교도라고 생각했다. "선생님은 착한 분이세요?" "인숙이가 믿어주는 한." 나는 다시 한번 우리가 불교도라고 생각했다. 여자는 누운 채 내게 조금 더 다가왔다. "바닷가로 나가요, 네? 노래 불러드릴게요." 여자가 말했다. 그러나 우리는 일어나지 않았다. "바닷가로 나가요, 네? 방은 너무 더워요." 우리는 일어나서 밖으로 나왔다. 우리는 백사장을 걸어서 인가가 보이지 않는 바닷가의 바위 위에 앉았다. 파도가 거품을 숨겨가지고 와서 우리가 앉아 있는 바위 밑에 그것을 뿜어놓았다. "선생님." 여자가 나를 불렀다. 나는 여자 쪽으로 고개를 돌렸다. "자기 자신이 싫어지는 것을 경험하신 적이 있으세요?" 여자가 꾸민 명랑한 목소리로 물었다. 나는 기억을 헤쳐보았다. 나는 고개를 끄덕이며 말했다. "언젠가 나와 함께 자던 친구가 다음 날 아침에 내가 코를 골면서 자더라는 것을 알려주었을 때였지. 그땐 정말이지 살맛이 나지 않았어." 나는 여자를 웃기기 위해서 그렇게 말했다. 그러나 여자는 웃지 않고 조용히 고개만 끄덕거렸다. 한참 후에 여자가 말했다.

"선생님, 저 서울에 가고 싶지 않아요." 나는 여자의 손을 달라고 하여 잡았다. 나는 그 손을 힘을 주어 쥐면서 말했다. "우리 서로 거짓말은 하지 말기로 해." "거짓말이 아니에요." 여자는 빙긋 웃으면서 말했다. 「어떤 개인 날」 불러드릴게요." "그렇지만 오늘은 흐린걸." 나는 「어떤 개인 날」의 그 이별을 생각하며 말했다. 흐린 날엔 사람들은 헤어지지 말기로 하자. 손을 내밀고 그 손을 잡는 사람이 있으면 그 사람을 가까이 가까이 좀더 가까이 끌어당겨주기로 하자. 나는 그 여자에게 '사랑한다'고 말하고 싶었다. 그러나 '사랑한다'라는 그 국어의 어색함이 그렇게 말하고 싶은 나의 충동을 쫓아버렸다.

우리가 바닷가에서 읍내로 돌아온 것은 저녁의 어둠이 밀려든 뒤였다. 읍내에 들어오기 조금 전에 우리는 방죽 위에서 키스했다. "전 선생님께서 여기 계시는 일주일 동안만 멋있는 연애를 할 계획이니까 그렇게 알고 계세요." 헤어지면서 여자가 말했다. "그렇지만 내 힘이 더 세니까 별수 없이 내게 끌려서 서울까지 가게 될걸." 내가 말했다.

집으로 돌아와서 나는 후배인 박이 낮에 다녀간 것을 알았다. 그는 내가 '무진에 계시는 동안 심심하시지 않을까 하여 읽으시라'고 책 세 권을 두고 갔다. 그가 저녁에 다시 오겠다고 하더라는 얘기를 이모가 내게 했다. 나는 피로를 핑계로 아무도 만나기 싫다는 뜻을 이모에게 알려두었다. 이모는 내가 바닷가에서 아직 돌아오지 않았다고 대답하겠다고 말했다. 나는 아무것도 생각하고 싶지 않았다, 아무것도. 나는 이모에게 소주를 사 오게 하여 취해서 잠이 들 때까지 마셨다. 새벽녘에 잠깐 잠이 깨었다. 나는 이유를 짚어낼 수 없이 가슴이 두근거렸는데 그것은 불안이었다. "인숙이" 하고 나는 중얼거려보았다. 그리고 곧 다시 잠이 들어버렸다.

당신은 무진을 떠나고 있습니다

나는 이모가 나를 흔들어 깨워서 눈을 떴다. 늦은 아침이었다. 이모는 전보 한 통을 내게 건네주었다. 엎드려 누운 채 나는 전보를 펴보았다. '27일회의참석필요, 급상경바람 영.' '27일' 은 모레였고 '영'은 아내였다. 나는 아프도록 쑤시는 이마를 베개에 대었다. 나는 숨을 거칠게 쉬고 있었다. 나는 내 호흡을 진정시키려고 했다. 아내의 전보가 무진에 와서 내가 한 모든 행동과 사고를 내게 점점 명료하게 드러내 보여주었다. 모든 것이 선입관 때문이었다. 결국 아내의 전보는 그렇게 얘기하고 있었다. 나는 아니라고 고개를 저었다. 모든 것이, 흔히 여행자에게 주어지는 그 자유 때문이라고 아내의 전보는 말하고 있었다. 나는 아니라고 고개를 저었다. 모든 것이 세월에 의하여 내 마음속에서 잊힐 수 있다고 전보는 말하고 있었다. 그러나 상처가 남는다고, 나는 고개를 저었다. 오랫동안 우리는 다투었다. 그래서 전보와 나는 타협안을 만들었다. 한 번만, 마지막으로 한 번만 이 무진을, 안개를, 외롭게 미쳐가는 것을, 유행가를, 술집 여자의 자살을, 배반을, 무책임을 긍정하기로 하자. 마지막으로 한 번만이다. 꼭 한 번만, 그리고 나는 내게 주어진 한정된 책임 속에서만 살기로 약속한다. 전보여, 새끼손가락을 내밀어라. 나는 거기에 내 새끼손가락을 걸어서 약속한다. 우리는 약속했다.

그러나 나는 돌아서서 전보의 눈을 피하여 편지를 썼다. '갑자기 떠나게 되었습니다. 찾아가서 말로써 오늘 제가 먼저 가는 것을 알리고 싶었습니다만 대화란 항상 의외의 방향으로 나가 버리기를 좋아하기 때문에 이렇게 글로써 알리는 것입니다. 간단히 쓰겠습니다. 사랑하고 있습니다. 왜냐하면 당신은 저 자신이기 때문에 적어도 제가 어렴풋이나마 사랑하고 있는 옛날의 저의 모습이기 때문입니다. 저는 옛날의 저를 오늘의 저로 끌어다 놓기 위하여 갖은 노력을 다하였듯이 당신을 햇볕 속으로 끌어놓기 위하여 있는 힘을 다할 작정입니다. 저를 믿어주십시오. 그리고 서울에서 준비가 되는 대로 소식 드리면 당신은 무진을 떠나서 제게 와주십시오. 우리는 아마 행복할 수 있을 것입니다.' 쓰고 나서 나는 그 편지를 읽어봤다. 또 한 번 읽어봤다. 그리고 찢어버렸다.

덜컹거리며 달리는 버스 속에 앉아서 나는 어디쯤에선가 길가에 세워진 하얀 팻말을 보았다. 거기에는 선명한 검은 글씨로 '당신은 무진읍을 떠나고 있습니다. 안녕히 가십시오'라고 씌어져 있었다. 나는 심한 부끄러움을 느꼈다.

(1964)

서울 1964년 겨울

1964년 겨울을 서울에서 지냈던 사람이라면 누구나 알 수 있겠지만, 밤이 되면 거리에 나타나는 선술집 — 오뎅과 군참새와 세 가지 종류의 술 등을 팔고 있고, 얼어붙은 거리를 휩쓸며 부는 차가운 바람이 펄럭거리게 하는 포장을 들치고 안으로 들어서게 되어 있고, 그 안에 들어서면 카바이드 불의 길쭉한 불꽃이 바람에 흔들리고 있고, 염색한 군용 잠바를 입고 있는 중년 사내가 술을 따르고 안주를 구워주고 있는 그러한 선술집에서, 그날 밤, 우리 세 사람은 우연히 만났다. 우리 세 사람이란 나와 도수 높은 안경을 쓴 안安이라는 대학원 학생과 정체는 알 수 없지만 요컨대 가난뱅이라는 것만은 분명하여 그의 정체를 알고 싶다는 생각은 조금도 나지 않는 서른대여섯 살짜리 사내를 말한다.

　먼저 말을 주고받게 된 것은 나와 대학원생이었는데, 뭐 그렇고 그런 자기소개가 끝났을 때는 나는 그가 안씨라는 성을 가진 스물다섯 살짜리 대한민국 청년, 대학 구경을 해보지 못한 나로서는 상상이 되지 않는 전공을 가진 대학원생, 부잣집 장남이라는 걸 알았고, 그는 내가 스물다섯 살짜리 시골 출신, 고등학교는 나오고 육군사관학교를 지원했다가 실패하고 나서 군대에 갔다가 임질에 한 번 걸려본 적이 있고 지금은 구청 병사계兵事係에서 일하고 있다는 것을 아마 알았을 것이다.

자기소개들은 끝났지만 그러고 나서는 서로 할 얘기가 없었다. 잠시 동안은 조용히 술만 마셨는데 나는 새카맣게 구워진 군참새를 집을 때 할 말이 생겼기 때문에 마음속으로 군참새에게 감사하고 나서 얘기를 시작했다.

"안 형, 파리를 사랑하십니까?"

"아니요, 아직까진……" 그가 말했다. "김 형은 파리를 사랑하세요?"

"예"라고 나는 대답했다. "날 수 있으니까요. 아닙니다, 날 수 있는 것으로서 동시에 내 손에 붙잡힐 수 있는 것이니까요. 날 수 있는 것으로서 손안에 잡아본 적이 있으세요?"

"가만 계셔보세요." 그는 안경 속에서 나를 멀거니 바라보며 잠시 동안 표정을 꼼지락거리고 있었다. 그리고 말했다. "없어요, 나도 파리밖에는……"

낮엔 이상스럽게도 날씨가 따뜻했기 때문에 길은 얼음이 녹아서 흙물로 가득했었는데 밤이 되면서부터 다시 기온이 내려가고 흙물은 우리의 발밑에서 다시 얼어붙기 시작했다. 소가죽으로 지어진 내 검정 구두는 얼고 있는 땅바닥에서 올라오고 있는 찬 기운을 충분히 막아내지 못하고 있었다. 사실 이런 술집이란, 집으로 돌아가는 길에 잠깐 한잔하고 싶은 생각이 든 사람이나 들어올 데지, 마시면서 곁에 선 사람과 무슨 얘기를 주고받을 만한 데는 되지 못하는 곳이다. 그런 생각이 문득 들었지만 그 안경잡이가 때마침 나에게 기특한 질문을 했기 때문에 나는 '이놈 그럴듯하다'고 생각되어 추위 때문에 저려드는 내 발바닥에게 조금만 참으라고 부탁했다.

"김 형, 꿈틀거리는 것을 사랑하십니까?" 하고 그가 내게 물었던 것이다.

"사랑하구말구요." 나는 갑자기 의기양양해져서 대답했다. 추억이란 그것이 슬픈 것이든지 기쁜 것이든지 그것을 생각하는 사람을 의기양양하게 한다. 슬픈 추억일 때는 고즈넉이 의기양양해지고 기쁜 추억일 때는 소란스럽게 의기양양해진다.

"사관학교 시험에서 미역국을 먹고 나서도 얼마 동안, 나는 나처럼 대학입학 시험에 실패한 친구 하나와 미아리에서 하숙하고 있었습니다. 서울엔 그때가 처음이었죠. 장교가 된다는 꿈이 깨어져서 나는 퍽 실의에 빠져 있었습니다. 그때 영영 실의해버린 느낌입니다. 아시겠지만 꿈이 크면 클수록 실패가 주는 절망감도 대단한 힘을 발휘하더군요. 그 무렵 재미를 붙인 게 아침의 만원된 버스칸이었습니다. 함께 있는 친구와 나는 하숙집의 아침 밥상을 밀어놓기가 바쁘게 미아리고개 위에 있는 버스정류장으로 달려갑니다. 개처럼 숨을 헐떡거리면서 말입니다. 시골에서 처음으로 서울에 올라온 청년들의 눈에 가장 부럽고 신기하게 비치는 게 무언지 아십니까? 부러운 건, 뭐니 뭐니 해도 밤이 되면 빌딩들의 창에 켜지는 불빛 아니 그 불빛 속에서 이리저리 움직이고 있는 사람들이고 신기한 건 버스칸 속에서 1센티미터도 안 되는 간격을 두고 자기 곁에 이쁜 아가씨가 서 있다는 사실입니다. 때로는 아가씨들과 팔목의 살을 대고 있기도 하고 허벅다리를 비비고 서 있을 수도 있어서 그것 때문에 나는 하루 종일을 시내버스를 이것저것 갈아타면서 보낸 적도 있습니다. 물론 그날 밤엔 너무 피로해서 토했습니다만……"

"잠깐, 무슨 얘기를 하시자는 겁니까?"

"꿈틀거리는 것을 사랑한다는 얘기를 하려던 참이었습니다. 들어보세요. 그 친구와 나는 출근 시간의 만원 버스 속을 쓰리꾼들처럼 안으로 비집고 들어갑니다. 그리고 자리를 잡고 앉아 있는 젊은 여자 앞에 섭니다. 나는 한 손으로 손잡이를 잡고 나서, 달려오느라고 좀 멍해진 머리를 올리고 있는 손에 기댑니다. 그리고 내 앞에 앉아 있는 여자의 아랫배 쪽으로 천천히 시선을 보냅니다. 그러면 처음엔 얼른 눈에 뜨이지 않지만 시간이 조금 가고 내 시선이 투명해지면서부터는 나는 그 여자의 아랫배가 조용히 오르내리는 것을 볼 수 있습니다."

"오르내린다는 건…… 호흡 때문에 그러는 것이겠죠?"

"물론입니다. 시체의 아랫배는 꿈쩍도 하지 않으니까요. 하여 튼…… 나는 그 아침의 만원 버스칸 속에서 보는 젊은 여자 아랫배의 조용한 움직임을 보고 있으면 왜 그렇게 마음이 편안해지고 맑아지는지 모르겠습니다. 나는 그 움직임을 지독하게 사랑합니다."

"퍽 음탕한 얘기군요"라고 안은 기묘한 음성으로 말했다. 나는 화가 났다. 그 얘기는, 내가 만일 라디오의 박사 게임 같은 데에 나가게 돼서 '세상에서 가장 신선한 것은?'이라는 질문을 받게 되었을 때, 남들은 상추니 5월의 새벽이니 천사의 이마니 하고 대답하지만 나는 그 움직임이 가장 신선한 것이라고 대답하려니 하고 일부러 기억해두었던 것이었다.

"아니, 음탕한 얘기가 아닙니다." 나는 강경한 태도로 말했다. "그 얘기는 정말입니다."

"음탕하지 않다는 것과 정말이라는 것 사이엔 어떤 관계가 있죠?"

"모르겠습니다. 관계 같은 것은 난 모릅니다. 요컨대……"

"그렇지만 그 동작은 '오르내린다'는 것이지 꿈틀거린다는 것은 아니군요. 김 형은 아직 꿈틀거리는 것을 사랑하지 않으시구면."

우리는 다시 침묵 속으로 떨어지는 술잔만 만지작거리고 있었다. 개새끼, 그게 꿈틀거리는 게 아니라고 해도 괜찮다, 하고 나는 생각하고 있었다. 그런데 잠시 후에 그가 말했다.

"난 방금 생각해봤는데 김 형의 그 오르내림도 역시 꿈틀거림의 일종이라는 결론을 얻었습니다."

"그렇죠?" 나는 즐거워졌다. "그것은 틀림없이 꿈틀거림입니다. 난 여자의 아랫배를 가장 사랑합니다. 안 형은 어떤 꿈틀거림을 사랑합니까?"

"어떤 꿈틀거림이 아닙니다. 그냥 꿈틀거리는 거죠. 그냥 말입니다. 예를 들면…… 데모도……"

"데모가? 데모를? 그러니까 데모……"

"서울은 모든 욕망의 집결지입니다. 아시겠습니까?"

"모르겠습니다"라고, 나는 할 수 있는 한 깨끗한 음성을 지어서 대답했다.

그때 우리의 대화는 또 끊어졌다. 이번엔 침묵이 오래 계속되었다. 나는 술잔을 입으로 가져갔다. 내가 잔을 비우고 났을 때 그도 잔을 입에 대고 눈을 감고 마시고 있는 게 보였다. 나는 이젠 자리를 떠나야 할 때가 되었다고 다소 서글픈 기분으로 생각했다. 결국 그렇고 그렇다. 또 한 번 확인된 것에 지나지 않다고 생각하면서 '자, 그럼 다음에 또……'라고 말할까, '재미있었습니다'라고 말할까, 궁리하고 있는데 술잔을 비운 안이 갑자기 한 손으로 내 한쪽 손을 살그머니 잡으면서 말했다.

"우리가 거짓말을 하고 있었다고 생각하지 않으십니까?"

"아니요." 나는 좀 귀찮은 생각이 들었다. "안 형은 거짓말을 했는지 모르지만 내가 한 얘기는 정말이었습니다."

"난 우리가 거짓말을 하고 있었던 것 같은 느낌이 듭니다." 그는 붉어진 눈두덩을 안경 속에서 두어 번 꿈벅거리고 나서 말했다. "난 우리 또래의 친구를 새로 알게 되면 꼭 꿈틀거림에 대한 얘기를 하고 싶어집니다. 그래서 얘기를 합니다. 그렇지만 얘기는 5분도 안 돼서 끝나버립니다."

나는 그가 무슨 얘기를 하고 있는지 알 듯하기도 했고 모를 것 같기도 했다.

"우리 다른 얘기 합시다" 하고 그가 다시 말했다.

나는 심각한 얘기를 좋아하는 이 친구를 골려주기 위해서 그리고 한편으로는 자기의 음성을 자기가 들을 수 있는 취한 사람의 특권을 맛보고 싶어서 얘기를 시작했다.

"평화시장 앞에 줄지어 선 가로등들 중에서 동쪽으로부터 여덟번째 등은 불이 켜 있지 않습니다." 나는 그가 좀 어리둥절해하는 것을 보자 더욱 신이 나서 얘기를 계속했다.

"……그리고 화신백화점 6층의 창들 중에서는 그중 세 개에서만 불빛이 나오고 있었습니다……"

그러자 이번엔 내가 어리둥절해질 사태가 벌어졌다. 안의 얼굴에 놀라운 기쁨이 빛나기 시작했기 때문이다.

그가 빠른 말씨로 얘기하기 시작했다.

"서대문 버스정거장에는 사람이 서른두 명 있는데 그중 여자가 열일곱 명이었고 어린애는 다섯 명 젊은이는 스물한 명 노인이 여섯 명입니다."

"그건 언제 일이지요?"

"오늘 저녁 7시 15분 현재입니다."

"아," 하고 나는 잠깐 절망적인 기분이었다가 그 반작용인 듯 굉장히 기분이 좋아져서 털어놓기 시작했다.

"단성사 옆 골목의 첫번째 쓰레기통에는 초콜릿 포장지가 두 장 있습니다."

"그건 언제?"

"지난 14일 저녁 9시 현재입니다."

"적십자병원 정문 앞에 있는 호두나무의 가지 하나는 부러져 있습니다."

"을지로 3가에 있는 간판 없는 한 술집에는 미자라는 이름을 가진 색시가 다섯 명 있는데 그 집에 들어온 순서대로 큰미자, 둘째미자, 셋째미자, 넷째미자, 막내미자라고들 합니다."

"그렇지만 그건 다른 사람들도 알고 있겠군요. 그 술집에 들어가본 사람은 꼭 김 형 하나뿐이 아닐 테니까요."

"아 참, 그렇군요. 난 미처 그걸 생각하지 못했는데. 난 그중에서 큰미자와 하룻저녁 같이 잤는데 그 여자는 다음 날 아침, 일수日收로 물건을 파는 여자가 왔을 때 내게 빤쯔 하나를 사주었습니다. 그런데 그 여자가 저금통으로 사용하고 있는 한 되들이 빈 술병에는 돈이 110원 들어 있었습니다."

"그건 얘기가 됩니다. 그 사실은 완전히 김 형의 소유입니다."

우리의 말투는 점점 서로를 존중해가고 있었다. "나는……" 하고 우리는 동시에 말을 시작하기도 했다. 그럴 때는 번갈아서 서로 양보했다.

"나는……" 이번에는 그가 말할 차례였다. "서대문 근처에서 서울역 쪽으로 가는 전차의 도로리가 내 시야 속에서 꼭 다섯 번 파란 불꽃을 튀기는 것을 보았습니다. 그건 오늘 밤 7시 25분에 거길 지나가는 전차였습니다."

"안 형은 오늘 저녁엔 서대문 근처에서 살고 있었군요."

"예, 서대문 근처에서 살고 있었어요."

"난, 종로 2가 쪽입니다. 영보빌딩 안에 있는 변소 문의 손잡이 조금 밑에는 약 2센티미터가량의 손톱자국이 있습니다."

하하하하, 하고 그는 소리 내어 웃었다.

"그건 김 형이 만들어놓은 자국이겠지요?"

나는 무안했지만 고개를 끄덕이지 않을 수 없었다. 그건 사실이었다.

"어떻게 아세요?" 하고 나는 그에게 물었다.

"나도 그런 경험이 있으니까요." 그가 대답했다. "그렇지만 별로 기분 좋은 기억이 못 되더군요. 역시 우리는 그냥 바라보고 발견하고 비밀히 간직해두는 편이 좋겠어요. 그런 짓을 하고 나서는 뒷맛이 좋지 않더군요."

"난 그런 짓을 많이 했습니다만 오히려 기분이 좋았……" 좋았다고 말하려고 했는데, 갑자기 내가 했던 모든 그것에 대한 혐오감이 치밀어서 나는 말을 그치고 그의 의견에 동의하는 고갯짓을 해버렸다.

그러자 그때 나는 이상스럽다는 생각이 들었다. 내가 약 30분 전에 들은 말이 틀림없다면 지금 내 옆에서 안경을 번쩍이고 앉아 있는 친구는 틀림없는 부잣집 아들이고, 높은 공부를 한 청년이다. 그런데 왜 그가 이래야만 되는가?

"안 형이 부잣집 아들이라는 것은 사실이겠지요? 그리고 대학원생이라는 것도……" 내가 물었다.

"부동산만 해도 대략 3천만 원쯤 되면 부자가 아닐까요? 물론 내 아버지의 재산이지만 말입니다. 그리고 대학원생이란 건 여기 학생증이 있으니까……"

그러면서 그는 호주머니를 뒤적거려서 지갑을 꺼냈다.

"학생증까진 필요 없습니다. 실은 좀 의심스러운 게 있어서
요. 안 형 같은 사람이 추운 밤에 싸구려 선술집에 앉아서 나 같
은 친구나 간직할 만한 일에 대해서 얘기하고 있다는 것이 이상
스럽다는 생각이 방금 들었습니다."

"그건…… 그건……" 그는 좀 열띤 음성으로 말했다. "그
건…… 그렇지만 먼저 물어보고 싶은 게 있는데요. 김 형이 추
운 밤에 밤거리를 쏘다니는 이유는 무엇입니까?"

"습관은 아닙니다. 나 같은 가난뱅이는 호주머니에 돈이 좀
생겨야 밤거리에 나올 수 있으니까요."

"글쎄, 밤거리에 나오는 이유는 뭡니까?"

"하숙방에 들어앉아서 벽이나 쳐다보고 있는 것보다는 나으
니까요."

"밤거리에 나오면 뭔가가 좀 풍부해지는 느낌이 들지 않습니
까?"

"뭐가요?"

"그 뭔가가. 그러니까 생生이라고 해도 좋겠지요. 난 김 형이
왜 그런 질문을 하는지 그 이유를 조금은 알 것 같습니다. 내 대
답은 이렇습니다. 밤이 됩니다. 난 집에서 거리로 나옵니다. 난
모든 것에서 해방된 것을 느낍니다. 아니, 실제로는 그렇지 않
을는지 모르지만 그렇게 느낀다는 말입니다. 김 형은 그렇게 안
느낍니까?"

"글쎄요."

"나는 사물의 틈에 끼어서가 아니라 사물을 멀리 두고 바라보게 됩니다. 안 그렇습니까?"

"글쎄요. 좀……"

"아니, 어렵다고 말하지 마세요. 이를테면 낮엔 그저 스쳐 지나가던 모든 것이 밤이 되면 내 시선 앞에서 자기들의 벌거벗은 몸을 송두리째 드러내놓고 쩔쩔맨단 말입니다. 그런데 그게 의미가 없는 일일까요? 그런, 사물을 바라보며 즐거워한다는 일이 말입니다."

"의미요? 그게 무슨 의미가 있습니까? 난 무슨 의미가 있기 때문에 종로 2가에 있는 빌딩들의 벽돌 수를 헤아리는 일을 하는 게 아닙니다. 그냥……"

"그렇죠? 무의미한 겁니다. 아니 사실은 의미가 있는지도 모르지만 난 아직 그걸 모릅니다. 김 형도 아직 모르는 모양인데 우리 한번 함께 그거나 찾아볼까요. 일부러 만들어 붙이지는 말고요."

"좀 어리둥절하군요. 그게 안 형의 대답입니까? 난 좀 어리둥절한데요. 갑자기 의미라는 말이 나오니까."

"아, 참, 미안합니다. 내 대답은 아마 이렇게 될 것 같군요. 그냥 뭔가 뿌듯해지는 느낌이 들기 때문에 밤거리로 나온다고." 그는 이번엔 목소리를 낮추어서 말했다. "김 형과 나는 서로 다른 길을 걸어서 같은 지점에 온 것 같습니다. 만일 이 지점이 잘못된 지점이라고 해도 우리 탓은 아닐 거예요." 그는 이번엔 쾌활한 음성으로 말했다. "자, 여기서 이럴 게 아니라 어디 따뜻한데 가서 정식으로 한잔씩 하고 헤어집시다. 난 한 바퀴 돌고 여관으로 갑니다. 가끔 이렇게 밤거리를 쏘다니는 밤엔 난 꼭 여관에서 자고 갑니다. 여관엘 찾아든다는 프로가 내게는 최고죠."

우리는 각기 계산하기 위해서 호주머니에 손을 넣었다. 그때 한 사내가 우리에게 말을 걸어왔다. 우리 곁에서 술잔을 받아놓고 연탄불에 손을 쬐고 있던 사내였는데, 술을 마시기 위해서 거기에 들어온 것이 아니라 불을 쬐고 싶어서 잠깐 들렀다는 꼴을 하고 있었다. 제법 깨끗한 코트를 입고 있었고 머리엔 기름도 얌전하게 발라서 카바이드 등의 불꽃이 너풀댈 때마다 머리 위의 하이라이트가 이리저리 움직이고 있었다. 그러나 어디선지는 분명하지 않았지만 가난뱅이 냄새가 나는 서른대여섯 살짜리 사내였다. 아마 빈약하게 생긴 턱 때문이었을까, 아니면 유난히 새빨간 눈시울 때문이었을까. 그 사내가 나나 안 중의 어느 누구에게라고 할 것 없이 그냥 우리 쪽을 향하여 말을 걸어온 것이었다.

"미안하지만 제가 함께 가도 괜찮을까요? 제게 돈은 얼마든지 있습니다만……"이라고 그 사내는 힘없는 음성으로 말했다.

그 힘없는 음성으로 봐서는 꼭 끼어달라는 건 아니라는 것 같았지만 한편으로는 우리와 함께 가고 싶은 생각이 간절하다는 것 같기도 했다. 나와 안은 잠깐 얼굴을 마주 보고 나서, "아저씨 술값만 있다면……"이라고 내가 말했다.

"함께 가시죠"라고 안도 내 말을 이었다.

"고맙습니다" 하고 그 사내는 여전히 힘없는 음성으로 말하면서 우리를 따라왔다.

안은 일이 좀 이상하게 되었다는 얼굴을 하고 있었고, 나 역시 유쾌한 예감이 들지는 않았다. 술좌석에서 알게 된 사람끼리는 의외로 재미있게 놀게 되는 것을 몇 번의 경험으로 알고 있었지만, 대개의 경우 이렇게 힘없는 목소리로 끼어드는 양반은 없었다. 즐거움이 넘치고 넘친다는 얼굴로 요란스럽게 끼어들어야만 일이 되는 것이었다. 우리는 갑자기 목적지를 잊은 사람들처럼 사방을 두리번거리면서 느릿느릿 걸어갔다. 전봇대에 붙은 약 광고판 속에서는 이쁜 여자가 '춥지만 할 수 있느냐'는 듯한 쓸쓸한 미소를 띠고 우리를 내려다보고 있었고, 어떤 빌딩의 옥상에서는 소주 광고의 네온사인이 열심히 명멸하고 있었고, 소주 광고 곁에서는 약 광고의 네온사인이 하마터면 잊어버릴 뻔했다는 듯이 황급히 꺼졌다간 다시 켜져서 오랫동안 빛나고 있었고, 이젠 완전히 얼어붙은 길 위에는 거지가 돌덩이처럼 여기저기 엎드려 있었고, 그 돌덩이 앞을 사람들은 힘껏 웅크리고 빠르게 지나가고 있었다. 종이 한 장이 바람에 획 날리어 거리의 저쪽에서 이쪽으로 날아오고 있었다. 그 종잇조각은 내 발밑에 떨어졌다. 나는 그 종잇조각을 집어 들었는데 그것은 '美姬서비스, 特別廉價'라는 것을 강조한 어느 비어홀의 광고지였다.

"지금 몇 시쯤 되었습니까?" 하고 힘없는 아저씨가 안에게 물었다.

"9시 10분 전입니다"라고 잠시 후에 안이 대답했다.

"저녁들은 하셨습니까? 난 아직 저녁을 안 했는데, 제가 살 테니까 같이 가시겠어요?" 힘없는 아저씨가 이번엔 나와 안을 번갈아보며 말했다.

"먹었습니다" 하고 나와 안은 동시에 대답했다.

"혼자서 하시죠"라고 내가 말했다.

"감사합니다. 그럼……"

우리는 근처의 중국요릿집으로 들어갔다. 방으로 들어가서 앉았을 때 아저씨는 또 한 번 간곡하게 우리가 뭘 좀 들 것을 권했다. 우리는 또 한 번 사양했다. 그는 또 권했다.

"아주 비싼 걸 시켜도 괜찮겠습니까?"라고 나는 그의 권유를 철회시키기 위해서 말했다.

"네, 사양 마시고." 그가 처음으로 힘 있는 목소리로 말했다. "돈을 써버리기로 결심했으니까요."

나는 그 사내에게 어떤 꿍꿍이속이 있는 것만 같은 느낌이 들어서 좀 불안했지만 통닭과 술을 시켜달라고 했다. 그는 자기가 주문한 것 외에 내가 말한 것도 사환에게 청했다. 안은 어처구니없는 얼굴로 나를 보았다. 나는 그때 마침 옆방에서 들려오고 있는 여자의 불그레한 신음 소리를 듣고만 있었다.

"이 형도 뭘 좀 드시죠"라고 아저씨가 안에게 말했다.

"아니 전……" 안은 술이 다 깬다는 듯이 펄쩍 뛰고 사양했다.

우리는 조용히 옆방의 다급해져가는 신음 소리에 귀를 기울이고 있었다. 전차의 끽끽거리는 소리와 홍수 난 강물 소리 같은 자동차들의 달리는 소리도 희미하게 들려오고 있었고, 가까운 곳에서는 이따금 초인종 울리는 소리도 들렸다. 우리의 방은 어색한 침묵에 싸여 있었다.

"말씀드리고 싶은 게 있는데요." 마음씨 좋은 아저씨가 말하기 시작했다. "들어주셨으면 고맙겠습니다…… 오늘 낮에 제 아내가 죽었습니다. 세브란스병원에 입원하고 있었는데……" 그는 이젠 슬프지도 않다는 얼굴로 우리를 빤히 쳐다보며 말하고 있었다.

"네에에" "그거 안되셨군요"라고, 안과 나는 각각 조의를 표했다.

"아내와 나는 참 재미있게 살았습니다. 아내가 어린애를 낳지 못하기 때문에 시간은 몽땅 우리 두 사람의 것이었습니다. 돈은 넉넉하진 못했습니다만, 그래도 돈이 생기면 우리는 어디든지 같이 다니면서 재미있게 지냈습니다. 딸기 철엔 수원에도 가고, 포도 철엔 안양에도 가고, 여름이면 대천에도 가고, 가을엔 경주에도 가보고, 밤엔 함께 영화 구경, 쇼 구경 하러 열심히 극장에 쫓아다니기도 했습니다……"

"무슨 병환이셨던가요?" 하고 안이 조심스럽게 물었다.

"급성 뇌막염이라고 의사가 그랬습니다. 아내는 옛날에 급성 맹장염 수술을 받은 적도 있고, 급성 폐렴을 앓은 적도 있다고 했습니다만 모두 괜찮았었는데 이번의 급성엔 결국 죽고 말았습니다…… 죽고 말았습니다."

사내는 고개를 떨구고 한참 동안 무언지 입을 우물거리고 있었다. 안이 손가락으로 내 무릎을 찌르며 우리는 꺼지는 게 어떻겠느냐는 눈짓을 보냈다. 나 역시 동감이었지만 그때 사내가 다시 고개를 들고 말을 계속했기 때문에 우리는 눌러앉아 있을 수밖에 없었다.

"아내와는 재작년에 결혼했습니다. 우연히 알게 됐습니다. 친정이 대구 근처에 있다는 얘기만 했지 한 번도 친정과는 내왕이 없었습니다. 난 처갓집이 어딘지도 모릅니다. 그래서 할 수 없었어요." 그는 다시 고개를 떨구고 입을 우물거렸다.

"뭘 할 수 없었다는 말입니까?" 내가 물었다.

그는 내 말을 못 들은 것 같았다. 그러나 한참 후에 다시 고개를 들고 마치 애원하는 듯한 눈빛으로 말을 이었다.

"아내의 시체를 병원에 팔았습니다. 할 수 없었습니다. 난 서적 월부판매 외교원에 지나지 않습니다. 할 수 없었습니다. 돈 4천 원을 주더군요. 난 두 분을 만나기 얼마 전까지도 세브란스병원 울타리 곁에 서 있었습니다. 아내가 누워 있을 시체실이 있는 건물을 알아보려고 했습니다만 어딘지 알 수 없었습니다. 그냥 울타리 곁에 앉아서 병원의 큰 굴뚝에서 나오는 희끄무레한 연기만 바라보고 있었습니다. 아내는 어떻게 될까요, 학생들이 해부 실습 하느라고 톱으로 머리를 가르고 칼로 배를 찢고 한다는데 정말 그러겠지요?"

우리는 입을 다물고 있을 수밖에 없었다. 사환이 단무지와 파가 담긴 접시를 갖다 놓고 나갔다.

"기분 나쁜 얘길 해서 미안합니다. 다만 누구에게라도 얘기하지 않고서는 견딜 수 없었습니다. 한 가지만 의논해보고 싶은데, 이 돈을 어떻게 하면 좋을까요? 저는 오늘 저녁에 다 써버리고 싶은데요."

"쓰십시오." 안이 얼른 대답했다.

"이 돈이 다 없어질 때까지 함께 있어주시겠어요?" 사내가 말했다. 우리는 얼른 대답하지 못했다. "함께 있어주십시오." 사내가 말했다. 우리는 승낙했다.

"멋있게 한번 써봅시다"라고 사내는 우리와 만난 후 처음으로 웃으면서 그러나 여전히 힘없는 음성으로 말했다.

중국집에서 거리로 나왔을 때는 우리는 모두 취해 있었고, 돈은 천 원이 없어졌고 사내는 한쪽 눈으로는 울고 다른 쪽 눈으로는 웃고 있었고, 안은 도망갈 궁리를 하기에도 지쳐버렸다고 내게 말하고 있었고, 나는 "악센트 찍는 문제를 모두 틀려버렸단 말야, 악센트 말야"라고 중얼거리고 있었고, 거리는 영화 광고에서 본 식민지의 거리처럼 춥고 한산했고, 그러나 여전히 소주 광고는 부지런히, 약 광고는 게으름을 피우며 반짝이고 있었고, 전봇대의 아가씨는 '그저 그래요'라고 웃고 있었다.

"이제 어디로 갈까?" 하고 아저씨가 말했다.

"어디로 갈까?" 안이 말하고,

"어디로 갈까?"라고, 나도 그들의 말을 흉내 냈다.

아무 데도 갈 데가 없었다. 방금 우리가 나온 중국집 곁에 양품점의 쇼윈도가 있었다. 사내가 그쪽을 가리키며 우리를 끌어당겼다. 우리는 양품점 안으로 들어갔다.

"넥타이를 골라 가져. 내 아내가 사주는 거야." 사내가 호통을 쳤다.

우리는 알록달록한 넥타이를 하나씩 들었고, 돈은 6백 원이 없어져버렸다. 우리는 양품점에서 나왔다.

"어디로 갈까?"라고 사내가 말했다.

갈 데는 계속해서 없었다. 양품점의 앞에는 귤장수가 있었다.

"아내는 귤을 좋아했다"고 외치며 사내는 귤을 벌여놓은 수레 앞으로 돌진했다. 3백 원이 없어졌다. 우리는 이빨로 귤껍질을 벗기면서 그 부근에서 서성거렸다.

"택시!" 사내가 고함쳤다.

택시가 우리 앞에 멎었다. 우리가 차에 오르자마자 사내는 "세브란스로!"라고 말했다.

"안 됩니다. 소용없습니다." 안이 재빠르게 외쳤다.

"안 될까?" 사내가 중얼거렸다. "그럼 어디로?"

아무도 대답하지 않았다.

"어디로 가시는 겁니까?"라고 운전사가 짜증난 음성으로 말했다. "갈 데가 없으면 빨리 내리쇼."

우리는 차에서 내렸다. 결국 우리는 중국집에서 스무 발짝도 더 벗어나지 못하고 있었다. 거리의 저쪽 끝에서 요란한 사이렌 소리가 나타나서 점점 가깝게 달려들었다. 소방차 두 대가 우리 앞을 빠르고 시끄럽게 지나쳐 갔다.

"택시!" 사내가 고함쳤다.

택시가 우리 앞에 멎었다. 우리가 차에 오르자마자 사내는

"저 소방차 뒤를 따라갑시다"하고 말했다.

나는 귤껍질을 세 개째 벗기고 있었다.

"지금 불구경하러 가고 있는 겁니까?"라고 안이 아저씨에게 말했다. "안 됩니다. 시간이 없습니다. 벌써 10시 반인데요. 좀더 재미있게 지내야죠. 돈은 이제 얼마 남았습니까?"

아저씨는 호주머니를 뒤져서 돈을 모두 털어냈다. 그리고 그것을 안에게 건네줬다. 안과 나는 헤아려봤다. 천9백 원하고 동전이 몇 개, 10원짜리가 몇 장이 있었다.

"됐습니다." 안은 돈을 다시 돌려주면서 말했다. "세상엔 다행히 여자의 특징만 중점적으로 내보이는 여자들이 있습니다."

"내 아내 얘깁니까?"라고 사내가 슬픈 음성으로 물었다. "내 아내의 특징은 너무 잘 웃는다는 것이었습니다."

"아닙니다. 종鐘 3으로 가자는 얘기였습니다." 안이 말했다.

사내는 안을 경멸하는 듯한 웃음을 띠며 고개를 돌려버렸다. 그러는 사이에 우리는 화재가 난 곳에 도착했다. 30원이 없어졌다. 화재가 난 곳은 아래층인 페인트 상점이었는데 지금은 미용학원인 이층에서 불길이 창으로부터 뿜어 나오고 있었다. 경찰들의 호각 소리, 소방차들의 사이렌 소리, 불길 속에서 나는 탁탁 소리, 물줄기가 건물의 벽에 부딪쳐서 나는 소리. 그러나 사람들의 소리는 아무것도 나지 않았다. 사람들은 불빛에 비쳐 무안당한 사람처럼 붉은 얼굴로, 정물처럼 서 있었다.

우리는 발밑에 굴러 있는 페인트 든 통을 하나씩 궁둥이 밑에 깔고 웅크리고 앉아서 불구경을 했다. 나는 불이 좀더 오래 타기를 바랐다. 미용학원이라는 간판에 불이 붙고 있었다. '원' 자에 불이 붙기 시작했다.

"김 형, 우린 우리 얘기나 합시다" 하고 안이 말했다. "화재 같은 건 아무것도 아닙니다. 내일 아침 신문에서 볼 것을 오늘밤에 미리 봤다는 차이밖에 없습니다. 저 화재는 김 형의 것도 아니고 내 것도 아니고 이 아저씨 것도 아닙니다. 우리 모두의 것이 돼버립니다. 그러나 화재는 항상 계속해서 나고 있는 건 아닙니다. 그러기 때문에 난 화재엔 흥미가 없습니다. 김 형은 어떻게 생각하십니까?"

"동감입니다." 나는 아무렇게나 대답하며 이젠 '학' 자에 불이 붙고 있는 것을 보았다.

"아니, 난 방금 말을 잘못했습니다. 화재는 우리 모두의 것이 아니라 화재는 오로지 화재 자신의 것입니다. 화재에 대해서 우리는 아무것도 아닙니다. 그러기 때문에 난 화재에 흥미가 없습니다. 김 형은 어떻게 생각하십니까?"

"동감입니다."

물줄기 하나가 불타고 있는 '학'으로 달려들고 있었다. 물이 닿은 곳에서는 회색 연기가 피어올랐다. 힘없는 아저씨가 갑자기 힘차게 깡통으로부터 일어섰다.

"내 아냅니다" 하고 사내는 환한 불길 속을 손가락질하며 눈을 크게 뜨고 소리쳤다. "내 아내가 머리를 막 흔들고 있습니다. 골치가 깨질 듯이 아프다고 머리를 막 흔들고 있습니다. 여보……"

"골치가 깨질 듯이 아픈 게 뇌막염의 증세입니다. 그렇지만 저건 바람에 휘날리는 불길입니다. 앉으세요. 불 속에 아주머님이 계실 리가 있습니까?"라고 안이 아저씨를 끌어 앉히며 말했다. 그러고 나서 안은 나에게 나지막하게 속삭였다. "이 양반, 우릴 웃기는데요."

나는 꺼졌다고 생각하고 있던 '학'에 다시 불이 붙고 있는 것을 보았다. 물줄기가 다시 그곳으로 뻗어가고 있었다. 그러나 물줄기는 겨냥을 잘 잡지 못하고 이리저리 흔들리고 있었다. 불은 날쌔게 '용'을 핥고 있었다. 나는 '미'까지 어서 불붙기를 바라고 있었고 그리고 그 간판에 불이 붙는 과정을 그 많은 불구경꾼들 중에서 나 혼자만 알고 있기를 바랐다. 그러나 그때 문득 나는 불이 생명을 가진 것처럼 생각되어서, 내가 조금 전에 바라고 있던 것을 취소해버렸다.

무언가 하얀 것이 우리가 웅크리고 앉아 있는 곳에서 불타고 있는 건물 쪽으로 날아가는 것이 보였다. 그 비둘기는 불 속으로 떨어졌다.

"무엇이 불 속으로 날아 들어갔지요?" 내가 안을 돌아다보며 물었다.

"예, 뭐가 날아갔습니다." 안은 나에게 대답하고 나서 이번엔 아저씨를 돌아다보며 "보셨어요?" 하고 그에게 물었다.

아저씨는 잠자코 앉아 있었다. 그때 순경 한 사람이 우리 쪽으로 달려왔다.

"당신이다"라고 순경은 아저씨를 한 손으로 붙잡으면서 말했다. "방금 무얼 불 속에 던졌소?"

"아무것도 안 던졌습니다."

"뭐라구요?" 순경은 때릴 듯한 시늉을 하며 아저씨에게 소리쳤다. "내가 던지는 걸 봤단 말요. 무얼 불 속에 던졌소?"

"돈입니다."

"돈?"

"돈과 돌을 손수건에 싸서 던졌습니다."

"정말이오?" 순경은 우리에게 물었다.

"예, 돈이었습니다. 이 아저씨는 불난 곳에 돈을 던지면 장사가 잘된다는 이상한 믿음을 가졌답니다. 말하자면 좀 돌았다고 할 수 있는 사람이지만 나쁜 짓은 결코 하지 않는 장사꾼입니다." 안이 대답했다.

"돈은 얼마였소?"

"1원짜리 동전 한 개였습니다." 안이 다시 대답했다.

순경이 가고 났을 때 안이 사내에게 물었다.

"정말 돈을 던졌습니까?"

"예."

"모두?"

"예."

우리는 꽤 오랫동안 불꽃이 튀는 탁탁 소리에 귀를 기울이고 있었다. 한참 후에 안이 사내에게 말했다.

"결국 그 돈은 다 쓴 셈이군요…… 자, 이젠 그럼 약속이 끝났으니 우린 가겠습니다."

"안녕히 계십시오"라고 나도 아저씨에게 작별 인사를 했다.

안과 나는 돌아서서 걷기 시작했다. 사내가 우리를 쫓아와서 안과 나의 팔을 한 쪽씩 붙잡았다.

"나 혼자 있기가 무섭습니다." 그는 벌벌 떨며 말했다.

"곧 통행금지 시간이 됩니다. 난 여관으로 가서 잘 작정입니다." 안이 말했다.

"난 집으로 갈 겁니다." 내가 말했다.

"함께 갈 수 없겠습니까? 오늘 밤만 같이 지내주십시오. 부탁합니다. 잠깐만 저를 따라와주십시오." 사내는 말하고 나서 나를 붙잡고 있는 자기의 팔을 부채질하듯이 흔들었다. 아마 안의 팔에 대해서도 그렇게 했으리라.

"어디로 가자는 겁니까?" 나는 아저씨에게 물었다.

"여관비를 구하러 잠깐 이 근처에 들렀다가 모두 함께 여관으로 갔으면 하는데요."

"여관에요?" 나는 내 호주머니 속에 든 돈을 손가락으로 계산해보며 말했다.

"여관비라면 내가 모두 내겠으니 그럼 함께 가시지요." 안이 나와 사내에게 말했다.

"아닙니다. 폐를 끼쳐드리고 싶지 않습니다. 잠깐만 절 따라와주십시오."

"돈을 빌리러 가는 겁니까?"

"아닙니다. 받아야 할 돈이 있습니다."

"이 근처에요?"

"예, 여기가 남영동이라면."

"아마 틀림없는 남영동인 것 같군요." 내가 말했다.

사내가 앞장을 서고 안과 내가 그 뒤를 쫓아서 우리는 화재로부터 멀어져갔다.

"빚 받으러 가기에는 시간이 너무 늦었습니다." 안이 사내에게 말했다.

"그렇지만 저는 받아야 합니다."

우리는 어느 어두운 골목길로 들어섰다. 골목의 모퉁이를 몇 개인가 돌고 난 뒤에 사내는 대문 앞에 전등이 켜져 있는 집 앞에서 멈췄다. 나와 안은 사내로부터 열 발짝쯤 떨어진 곳에서 멈췄다. 사내가 벨을 눌렀다. 잠시 후에 대문이 열리고, 사내가 대문 안에 선 사람과 말하는 소리가 들렸다.

"주인아저씨를 뵙고 싶은데요."

"주무시는데요."

"그럼 주인아주머니는……"

"주무시는데요."

"꼭 뵈어야겠는데요."

"기다려보세요."

대문이 다시 닫혔다. 안이 달려가서 사내의 팔을 잡아끌었다.

"그냥 가시죠?"

"괜찮습니다. 받아야 할 돈이니까요."

안이 다시 먼저 서 있던 곳으로 걸어왔다. 대문이 열렸다.

"밤늦게 죄송합니다." 사내가 대문을 향해서 고개를 숙이며 말했다.

"누구시죠?" 대문은 잠에 취한 여자의 음성을 냈다.

"죄송합니다, 이렇게 너무 늦게 찾아와서. 실은……"

"누구시죠? 술 취하신 것 같은데……"

"월부 책값 받으러 온 사람입니다" 하고 사내는 갑자기 비명 같은 높은 소리로 외쳤다. "월부 책값 받으러 온 사람입니다." 이번엔 사내는 문기둥에 두 손을 짚고 앞으로 뻗은 자기 팔 위에 얼굴을 파묻으며 울음을 터뜨렸다. "월부 책값 받으러 온 사람입니다. 월부 책값……" 사내는 계속해서 흐느꼈다.

"내일 낮에 오세요." 대문이 탁 닫혔다.

사내는 계속해서 울고 있었다. 사내는 가끔 "여보"라고 중얼거리며 오랫동안 울고 있었다.

우리는 여전히 열 발짝쯤 떨어진 곳에서 그가 울음을 그치기를 기다리고 있었다. 한참 후에 그가 우리 앞으로 비틀비틀 걸어왔다.

우리는 모두 고개를 숙이고 어두운 골목길을 걸어서 거리로 나왔다. 적막한 거리에는 찬바람이 세차게 불고 있었다.

"몹시 춥군요"라고 사내는 우리를 염려한다는 음성으로 말했다.

"추운데요. 빨리 여관으로 갑시다." 안이 말했다.

"방을 한 사람씩 따로 잡을까요?" 여관에 들어갔을 때 안이 우리에게 말했다. "그게 좋겠지요?"

"모두 한 방에 드는 게 좋겠지요"라고 나는 아저씨를 생각해서 말했다.

아저씨는 그저 우리 처분만 바란다는 듯한 태도로 또는 지금

자기가 서 있는 곳이 어딘지도 모른다는 태도로 멍하니 서 있었다. 여관에 들어서자 우리는 모든 프로가 끝나버린 극장에서 나오는 때처럼 어찌할 바를 모르고 거북스럽기만 했다. 여관에 비한다면 거리가 우리에게는 더 좁았던 셈이었다. 벽으로 나뉜 방들, 그것이 우리가 들어가야 할 곳이었다.

"모두 같은 방에 들기로 하는 것이 어떻겠어요?" 내가 다시 말했다.

"난 지금 아주 피곤합니다." 안이 말했다. "방은 각각 하나씩 차지하고 자기로 하지요."

"혼자 있기가 싫습니다"라고 아저씨가 중얼거렸다.

"혼자 주무시는 게 편하실 거예요." 안이 말했다.

우리는 복도에서 헤어져서 사환이 지적해준, 나란히 붙은 방 세 개에 각각 한 사람씩 들어갔다.

"화투라도 사다가 놉시다." 헤어지기 전에 내가 말했지만,

"난 아주 피곤합니다. 하시고 싶으면 두 분이나 하세요"라고 안은 말하고 나서 자기의 방으로 들어가버렸다.

"나도 피곤해 죽겠습니다. 안녕히 주무세요"라고 나는 아저씨에게 말하고 나서 내 방으로 들어갔다. 숙박계엔 거짓 이름, 거짓 주소, 거짓 나이, 거짓 직업을 쓰고 나서 사환이 가져다 놓은 자리끼를 마시고 나는 이불을 뒤집어썼다. 나는 꿈도 안 꾸고 잘 잤다.

다음 날 아침 일찍이 안이 나를 깨웠다.

"그 양반, 역시 죽어버렸습니다." 안이 내 귀에 입을 대고 그

렇게 속삭였다.

"예?" 나는 잠이 깨끗이 깨어버렸다.

"방금 그 방에 들어가보았는데 역시 죽어버렸습니다."

"역시……" 나는 말했다. "사람들이 알고 있습니까?"

"아직까진 아무도 모르는 것 같습니다. 우린 빨리 도망해버리는 게 시끄럽지 않을 것 같습니다."

"자살이지요?"

"물론 그것이겠죠."

나는 급하게 옷을 주워 입었다. 개미 한 마리가 방바닥을 내 발이 있는 쪽으로 기어오고 있었다. 그 개미가 내 발을 붙잡으려고 하는 것 같은 느낌이 들어서 나는 얼른 자리를 옮겨 디디었다.

밖의 이른 아침에는 싸락눈이 내리고 있었다. 우리는 할 수 있는 한 빠른 걸음으로 여관에서 떨어져갔다.

"난 그 사람이 죽으리라는 걸 알고 있었습니다." 안이 말했다.

"난 짐작도 못 했습니다"라고 나는 사실대로 얘기했다.

"난 짐작하고 있었습니다." 그는 코트의 깃을 세우며 말했다. "그렇지만 어떻게 합니까."

"그렇지요. 할 수 없지요. 난 짐작도 못 했는데……" 내가 말했다.

"짐작했다고 하면 어떻게 하겠어요?" 그가 내게 물었다.

"씨팔것, 어떻게 합니까? 그 양반 우리더러 어떡하라는 건지……"

"그러게 말입니다. 혼자 놓아두면 죽지 않을 줄 알았습니다. 그게 내가 생각해본 최선의 그리고 유일한 방법이었습니다."

"난 그 양반이 죽으리라고는 짐작도 못 했다니까요. 씨팔것, 약을 호주머니에 넣고 다녔던 모양이군요."

안은 눈을 맞고 있는 어느 앙상한 가로수 밑에서 멈췄다. 나도 그를 따라서 멈췄다. 그가 이상하다는 얼굴로 나에게 물었다.

"김 형, 우리는 분명히 스물다섯 살짜리죠?"

"난 분명히 그렇습니다."

"나두 그건 분명합니다." 그는 고개를 한 번 갸웃했다.

"두려워집니다."

"뭐가요?" 내가 물었다.

"그 뭔가가, 그러니까……" 그가 한숨 같은 음성으로 말했다. "우리가 너무 늙어버린 것 같지 않습니까?"

"우린 이제 겨우 스물다섯 살입니다." 나는 말했다.

"하여튼……" 하고, 그가 내게 손을 내밀며 말했다.

"자, 여기서 헤어집시다. 재미 많이 보세요" 하고, 나도 그의 손을 잡으며 말했다.

우리는 헤어졌다. 나는 마침 버스가 막 도착한 길 건너편의 버스정류장으로 달려갔다. 버스에 올라서 창으로 내다보니 안은 앙상한 나뭇가지 사이로 내리는 눈을 맞으며 무언지 곰곰이 생각하고 서 있었다.

(1965)

염소는 힘이 세다

염소는 힘이 세다. 그러나 염소는 오늘 아침에 죽었다. 이제 우리 집에 힘센 것은 하나도 없다.

나는 때때로 홍수의 꿈을 꾼다. 오늘 아침에도 나는 홍수의 꿈을 꾸었다. 황톳빛 강물이 부글부글 끓듯이 거품을 일으키고 무서운 소리를 내며 빠르게 흐르고 있었다. 나는 강변에 있는 마을의 폐허 위에 서 있었다. 간밤의 폭우 때문에 집들은 더러운 판자 더미가 되어 있었고, 강물이 흐르며 내는 소리 ─그 무겁고 한순간도 휴지休止가 없는, 쭈욱 이어서 들리는, 그래서 그 소리에 귀를 기울이고 있는 사람은 처음엔 그 소리가 끝날 때를 기다리지만 차츰 그 소리가 음악이나 사람의 울음소리와는 달라서 결코 언젠가 끝날 수 있는 소리가 아니라는 것을 확신하게 되고, 그러자 그것이 생명과 의지를 가진 괴물처럼 생각되어 온몸에 식은땀이 흐르는 그러한 강물 소리가 울려서인지, 그 비에 젖어 시꺼멓게 된 판자 더미는 덜덜덜 떨리고 있었다. 나는 그 소리로부터 도망치려고 몸을 돌렸다. 그때 판자 더미 속에서 '매애애—' 하는 염소의 울음소리가 약하게 들려왔다. 나는 판자 더미를 헤쳤다. 하얀 털을 가진 염소 새끼 한 마리가 그 속에 있었다. 나는 그놈을 가슴에 안았다. 새끼염소에 정신이 팔려 있는 동안은 내 귀에 들리지 않던 무서운 강물 소리가 내가 그놈을 가슴에 안고, 어디서 이놈의 임자가 나타나지 않을까, 하고 사방을 두리번거리는 동안에 다시, 나를 휩쓸고 갈 듯이 달려들었다. 나는 새끼염소를 안은 채 도망쳤다. 그 무서운 강물 소리, 그것은 소리라기보다는 소리의 메아리라고나 하는 편이 좋을 만큼 귀신 같은 데가 있는데, 그 웅웅거림이 끝없이 나를 쫓아오고 있었고 그리고 내 가슴에 안긴 새끼염소는 나의 달음박질을 독려하듯이 쉬임 없이 그 곱게 떨리는 소리로 울고 있었다. 나는 잠이 깨었고 눈을 떴다. 그것은 내가 우리 집의 염소를 처음 얻던 때의 바로 그 사정인 꿈이었다.

염소는 힘이 세다. 그러나 염소는 오늘 아침에 죽었다. 이제 우리 집에는 힘센 것은 하나도 없다. 나는 때때로 홍수의 꿈을 꾼다. 오늘 아침에도 나는 홍수의 꿈을 꾸었다.

꿈이 깼을 때 나는 자리에서 발딱 일어나 앉았다. 무서운 강물의 웅웅거림과 염소의 슬프고 끊임없는 울음소리는 꿈이 깨었음에도 여전히 내 귀에 들려오고 있었다.

내 할머니는 조금 귀머거리다. 그래서 할머니는 산골에서 살아도 무방하고 자동차와 전차 들이 잇달아 달리는 도시의 한길가에 살아도 별로 괴로움을 느끼지 않는다. 할머니는 이 집에서 살 자격이 충분히 있다. 그러나 내 어머니와 누나는 눈도 맑고 귀도 밝다. 그래서 항상 어머니는 이렇게 말한다. "아아, 깨끗하고 조용한 곳으로 이사 갔으면! 저 차 소리들 때문에 난 죽고 말 거야." 그러면 "나두 그래, 엄마" 하고 누나가 말한다. 나는 어머니와 누나를 깨끗하고 조용한 곳으로 보내드리고 싶다. 그러나 나는 깨끗하고 조용한 곳이 어디 있는지를 모른다. 내가 알고 있는 곳으로서 깨끗하고 조용한 곳은 우리 학급 반장네 집의 변소뿐이다. 그러나 어머니와 누나를 남의 집 변소로 보내드릴 수는 없다. 나는 깨끗하고 조용한 곳이 어디 있는지도 모르지만 이사를 어떻게 하는지도 모른다. 나는 우리 집 앞 한길가에서 수레나 오토바이, 트럭이 살림살이를 잔뜩 싣고 달리는 것을 자주 본다. 내가 알고 있는 이사는 그것이다. 살림살이를 실은 차들이 유난히 많이 지나다니는 날엔 할머니는 "오늘이 손損이 없는 날인 모양이군" 하시곤 한다. "저 차들은 멀리 가?" 하고 내가 할머니에게 소리쳐서 묻는다. "아아니"라고 할머니는, 거리에서 곧장 집 안으로 날아오는 먼지들 때문에 항상 쉬어 있는 목소리로 대답하신다. "기껏해야 서울 시내겠지."

　내 귀에 여전히 들려오고 있는 강물 소리가 집 바로 밖의 거리를 자동차들이 달리며 내는 소리의 혼합체인 것이 점점 뚜렷해졌다. 나는 집 밖의 거리 쪽으로 귀를 기울이며 꼼짝하지 않고 누워 있었다. 여러 소리들이 범벅이 되어 마치 범람하는 강물 소리 같은 그 소리 속에서 버스가 내는 소리와 택시가 내는 소리와 트럭이 내는 소리와 전차가 내는 소리를 나는 차츰 구별해낼 수가 있었다. 그러나 그러고도 여전히 내 귀에는 한 가지 이상한 소리가 남아 있었다. 그것은 염소의 슬픈 울음소리였다. 우리 집 뒤안에서 나야 할 소리가 거리에서 들려오고 있는 것이었다. "우리 집 염소 소리지?" 병들어 쭈욱 누워 계신 어머니가 근심스러운 음성으로 말씀하셨다. 나는 자리에서 빠르게 일어나서 이른 아침인 밖으로 뛰어나갔다.

염소는 힘이 세다. 그러나 염소는 오늘 아침에 죽었다. 이제 우리 집에는 힘센 것은 하나도 없다. 나는 염소가 죽는 순간까지도 힘이 세었던 것을 보았다.

우리 집의 오른편으로는 시멘트 벽돌로 지은, 좀 길다는 느낌을 주는 단층집이 있다. 그 건물의 한길로 향하고 있는 면은 더러운 유리가 끼워져 있는 미닫이문과 커다란 간판으로만 이루어져 있다. 그 긴 건물이 세 칸으로 나뉘어 있으므로 간판도 각각 다른 내용으로서 세 개다. 그중 한 개는 초록색의 길고 굵은 구렁이가 숲속을 헤치며 달리고 있는 그림이다. 그 간판이 달린 집에서는 미닫이문 밖의 인도에, 비 오는 날을 제외하고는 항상 화로를 내어놓고 그 위에 항상 김이 새어 오르는 약단지를 올려놓고 있다. 그 화로는 겉은 쇠로 되어 있고 안은 황토를 두껍게 발라서 만든 크고 높은 것으로서, 그 안에는 수많은 뱀들이 저주하기 위해서 혀를 날름거리는 듯한 연탄불의 작고 파란 불꽃이 수없이 인다. 그 불꽃 위에 올려진 약단지 속에는 진짜 뱀들이 담겨 있고 끓는 물이 그 뱀들의 형체를 풀어헤치며 뱀 속에 있던 가지가지의 맛과 양분을 빨아들이고 있다. 새파란 불꽃과 끓는 물과 그 속에서 요동치다가 점점 형체가 녹아버리는 뱀 떼와. 그래서 내게는 그 화로 전체가 내가 상상할 수 있는 최악의 지옥이었고 그래서 그 화로의 무게는 나로서는 짐작도 안 되는 것이었다. 집 안이 들여다보이지 않도록 하얀 페인트칠을 해버린 유리창에 붉은 글씨로 '생사탕生蛇湯'이라고 써놓은 그 집에서, 지옥 바로 그것인 그 화로를 유리창의 안 ── 집 안에 두지 않고, 유리창 밖 ── 행인들이 오고 가는 한길에 내어놓고 있는 이유도 내게는 연탄가스 때문이라고는 조금도 생각되지 않고 오직 그 화로, 지옥의 무게를 감당해낼 수가 없어서인 것만 같다.

오늘 아침, 그 화로가 차도와 인도의 경계가 되는 곳에 굴러 넘어져 있었고 빨갛게 단 연탄은 산산조각이 되어 길 위에 흩어져 있었고 약단지는 금이 가서 김이 나는 물이 그 금 사이로 새어 나와 길바닥 위에 뱀처럼 기어가고 있었다. 그리고 생사탕집의 뚱뚱보 영감이 한 손으로는 우리 염소의 목걸이를 쥐고 기다란 나무토막을 쥔 다른 손으로는 염소의 머리를 사정없이 내리치고 있었다. 염소는 약하게 울고 있었다. 그것은 울음이 아니라 이젠 죽어가는 신음이었다. "우리 염소예요. 왜 때려요?"하고 나는, 길에 굴러 넘어진 지옥의 주인인 그 영감의 팔에 매달리며 소리쳤다. 분노 때문에 나는 울먹거렸다. 나는 다시 집으로 달려가서 할머니를 끌고 나왔다. 염라대왕과 만나서 싸울 수 있는 것이, 우리 할머니라면 가능했다. 할머니는 비로소 사태를 아셨다. 우리 할머니는 비명 같은 고함을 지르며 염라대왕에게 달려들었다. 염라대왕이 염소를 때리던 매질을 멈추고 할머니를 상대하기 위해서 그가 쥐고 있던 목걸이에서 손을 떼자 염소는 맥없이 쓰러졌다. 나는 염소를 부둥켜안았다. 할머니와 염라대왕은 말다툼을 하고 있었다. "요 할미야, 고삐를 단단히 매어두지 않고 왜 풀어놨느냔 말야, 약단지값하고 뱀값을 물어내란 말야. 저놈의 염소 한 번만 더 밖에 나왔다간 봐라, 아주 죽여버릴 테니……" 그러나 염소는, 우리 식구들 모르게 고삐를 말뚝에서 슬쩍 떼어내고, 우리 집 뒤안 변소와 헛간이 붙은 판잣집 속에 있는 자기의 우리로부터 거리로 뛰어나올 기회를 영영 갖지 못하고 말았다. 벌써 숨이 넘어가버렸던 것이었다.

염소는 힘이 세다. 그러나 염소는 오늘 아침에 죽었다. 이제 우리 집에는 힘센 것은 하나도 없다.

머리칼이 하얗고 입속에는 어금니 세 개밖에 남아 있지 않은 귀머거리 할머니는 목소리를 제외하면 힘이 세지 않았다. 목소리는 아무리 커도 힘이 될 수 없으니까 할머니는 완전히 힘이 세지 않았다. 달포 전까지는 종로 거리를 오락가락하며 꽃 장사를 하다가 마지막 가을비가 내리던 날부터 쭈욱 끙끙 앓으며 이불을 둘러쓰고 누워 있는 어머니도 힘이 세지 않았고 그리고 누나—이젠 어머니 대신, 새벽 4시에 일어나서, 교외에서 수레에 꽃을 실어가지고 온 꽃 도매상에게서 꽃을 받으러 청계로로 갔다가 바구니에 두서너 종류의 꽃을 받아가지고 집으로 돌아와서 아침을 지어 먹고 다시 꽃바구니를 머리에 이고 종로의 어머니가 나가 앉아 있던 빌딩의 벽 밑, 빌딩과 빌딩 사이의 골목 속으로 가는 누나도 "열일곱 살이면 힘도 좀 쓰게 됐는데……" 하시는 할머니의 말씀만 없다면 힘이 세지 않았다. 그렇지만 나로서는 열일곱 살이 힘인지 아닌지를 분명히 모르니까 누나도 완전히 힘이 세지 않았고 그리고 여름철의 폭풍이 부는 밤이면 우리 집으로부터 떨어져 나가버리고 싶다는 듯이 쿵쾅 소리를 내며 날뛰는 우리 집의 양철지붕도 힘이 세지 않았고 집 앞 한길에 교외의 도로포장 공사장으로 가는 불도저가 지나갈 때면 덜덜덜 떨고 있는 우리 집의 썩어가는 판자담과 판자로 된 쪽대문도 힘이 세지 않았고 염소가 그럴 생각만 있었으면 간단히 고삐를 떼고 거리로 도망칠 수 있었던 말뚝도 힘이 세지 않았고 미닫이를 사이에 둔 우리 집의 방 두 개도, 아무리 밝은 날에도 저녁때처럼 어두컴컴하기만 해서 힘이 세지 않았고 좁은 마당도 그것이 좁아서 힘이 세지 않았고 아니 우리 집 전체가, 그것이 날이 갈수록 키가 자라나는 벽돌 건물들 틈에 끼어 있기 때문에 힘이 세지 않았다. 그리고 나, 바로 나도 열두 살짜리의 힘없고 키 작은 "아유, 우리 예쁜 고추야!"일 뿐이다.

염소는 힘이 세다. 그러나 염소는 오늘 아침에 죽었다. 이제 우리 집에 힘센 것은 하나도 없다. 힘센 것은 모두 우리 집의 밖에 있다.

아저씨는 우리 집에 살고 있지 않았다. 따라서 아저씨는 힘이 세었다. 할머니가 나에게 아저씨를 데려오라고 말씀하셨다. 아저씨는 키는 작지만 턱과 볼에 수염이 많고 매부리코를 가지고 있고 사람과 얘기할 때는 조그만 눈으로 상대방을 흘겨보며 얘기한다. 나는 상대방을 흘겨보면서 얘기하는 아저씨의 그 모습이 부러워서 나도 동무들과 얘기할 때는 상대방을 흘겨본다. 언젠가 나보다 힘이 센 아이가 진짜로 나를 흘겨보면서 말했다. "애, 넌 왜 날 째려보지?" "아아냐" 하고 나는 말했다. "째려보지 않았어." 그리고 나는 정말 그 애를 흘겨보지 않고 시선을 밑으로 떨구어버렸다. 그때 나는 서투르게도 아저씨 흉내를 낸 나자신이 부끄러웠다. "염소가 죽었다? 염소를 파묻어달란 말이지? 알았어" 하고 아저씨는 이부자리 속에 누운 채 여전히 잠들어 있는 듯한 얼굴로 말했다. "이따가 가겠다구 할머니한테 말해. 제기럴, 파묻다니, 미련하게." 아저씨는 여전히 눈을 감고 누운 채 혀를 쯧쯧 찼다. "애, 국수 한 그릇 먹고 가련?" 하고 아주머니가 말했다. 나는 고개를 저었다. 아저씨 집에서 파는 돼지기름 냄새 나는 국수를 나는 싫어했다. 그것은 정말 비위에 거슬리는 냄새였다. 지게꾼들은 그러나 그 냄새 역겨운 국수를 맛있게 먹곤 했다. 지게꾼들은 힘이 세다. 아마 그 돼지기름 냄새나는 국수를 먹기 때문인지 모른다. 그러나 나는 정말 그 냄새가 싫다. 나는 고깃기름 냄새가 나는 거리를 지날 때면 항상 뜀박질을 했다. 나는 많은 거리를 뜀박질로 지나가야 한다. 서울엔 고깃기름 냄새가 나는 거리가 너무나 많다고 나는 생각한다. 그러나 나의 고깃기름에 대한 혐오감 속에는 그것에 대한 부러움도 섞여 있다. 고깃기름을 먹을 수 있으면 힘이 세어질지도 모른다는 생각이 늘 내 머릿속 한구석에 있기 때문이다.

염소는 힘이 세다. 그러나 염소는 며칠 전에 죽었다. 이제 우리 집에 힘센 것은 하나도 없다. 힘센 것은 모두 우리 집의 밖에 있다. 아저씨는 우리 집의 밖에서 살고 있다. 따라서 아저씨는 힘이 세다. 힘이 약한 사람은 힘이 센 사람에게 복종할 수밖에 없다.

아저씨는 말했다. "미련하게 염소를 왜 파묻어요? 그걸 이용해보도록 하세요. 꽃 파는 것보담야 훨씬 나을걸요." 할머니도, 병을 앓고 누워 계신 어머니도 아저씨의 의견에 고개를 끄덕거리셨다. 나는 어쩐지 할머니와 어머니께서 고개를 끄덕거리시는 것이 조마조마했다. 고개를 끄덕거려서는 안 될 것처럼 문득 생각되었지만 아저씨의 의견이 눈에 보이는 일과 물건 들로 나타나기 시작했을 때엔 명절처럼 신나기만 하였다. 마당가 장독대 곁에 큰 가마솥이 놓였다. 우리 집의 죽어버린 힘센 염소가 털이 벗겨지고 여러 조각으로 잘려서 그 가마솥 속에 들어가 앉았다. 부엌에 뚝배기가 많아졌고 누나는 추운 날씨임에도 불구하고 이마에 땀이 송글송글 돋을 만큼 뚝배기 속에서 뛰어다니지 않으면 안 된다. 어머니는 길 건너편에 있는 내과병원의 하꼬방 같은 입원실로 옮겨가셔서 그 입원실의 우리 집 쪽으로 향한 벽만 바라보며 누워 계신다. 할머니는 이따금 외치지 않으면 안 된다. "뭐요? 뭐라구요? 난 귀가 잘 안 들린다우. 뭐? 외상으로 하겠다구? 안 돼요, 안 돼. 자기 몸 좋아지라구 고깃국 먹구서 외상으로 하자니 말이 되나?" 나는 때때로 힘없이 썩어가는 우리 집의 판자담과 판자로 된 쪽대문에 '정력 보강 염소탕'이라는 광고지를 새로 써서 갖다 붙이곤 한다. 염소 고깃국에서는 돼지기름보다 더 고약한 냄새가 났다. 처음 며칠 동안 나는 매일 한 번씩 식구들 몰래 뒤안에 있는 변소에 가서 토했다. 그러나 그 고약한 냄새는 점점 더 부풀어서 마당을 채우고 마루를 채워버리고 두 방을 채워버리고 심지어 뒤안의 이젠 비어버린 염소 우리도 채워버렸다. 벽에서도 그 냄새가 났고 이불에서도 그 냄새가 났고 누나의 옷에서도 할머니의 머리칼에서도 났고 밤늦게 방문을 안에서 잠그고 난 후 할머니와 누나와 내가 손가락에 침을 발라가며 차례차례 셈해보는 돈에서도 그 냄새가 났다. "아유, 기름 냄새!" 하며 내과병원의 여드름 많은 간호원은 내가 어머니를 만나기 위하여 병원 안에 들어서면 손바닥으로 코를 막았고 "고깃기름 냄새가 별루 좋지 않구나"라고 어머니도 그 하얗고 가죽만 남은 손으로 내 등을 쓰다듬으며 말씀하셨다. 그러나 그 냄새는 이젠 나조차 휩싸 버렸다. 이제 나는 그 냄새가 좋지도 않고 싫지도 않다.

염소는 힘이 세다. 그러나 우리 집 염소는 보름쯤 전에 죽어버렸다. 이제 우리 집에 힘센 것은 하나도 없다. 힘센 것은 모두 우리 집의 밖에 있다. 염소 고깃국을 사 먹으러 오는 사람들은 모두 우리 집의 밖에서 우리 집으로 들어왔다. 따라서 그 사람들은 기운이 세다.

기운 센 그 사람들은 사흘 만에 염소 한 마리씩 삼켜버린다. "겨울철엔 뭐니 뭐니 해도 염소 고깃국이 제일이거든. 한 그릇 먹고 나면 얼굴이 불그스름해지고 사타구니가 뜨뜻해진단 말야." 손님 중의 한 사람이 말한다. "요즘 자네 마누라는 볼이 홀쭉해졌겠군" 하고 다른 사람이 말한다. "예끼, 이 사람. 아닌 게 아니라 마누라도 가끔 데려와서 이걸 먹여야겠어." "동네가 요란해지겠군." 그들은 난 알 듯 말 듯한 얘기를 주고받으며 높은 소리로 웃어댄다. 나는 그들이 좀더 기운이 세어서 염소를 하루에 한 마리씩 배 속으로 삼켜버리기를 원한다. "염소 고기에 소주 한잔이 없어서 될쏘냐?" 하고 어떤 손님이 말했다. "할머니, 술도 좀 가져다 놓구 파시라우요" 하고 그 손님이 외쳤다. 많은 손님들이 술을 찾았다. "손님들이 술을 팔라구 해요"라고 나는, 어머니의 저녁밥을 바구니에 넣고 병원에 갔을 때 어머니께 얘기했다. "애, 그건 안 된다. 술은 팔지 말라구 꼭 할머니한테 말씀드려라." 어머니는 손까지 내저으며 성나신 음성으로 말씀하셨다. 나는 정말 그래야 할 것 같았다. 할머니께 내가 말했다. "엄마가 술은 절대로 팔지 말라구 하셨어." "오냐, 오냐. 술은 팔지 말아야지. 너 이젠 엄마한테 그런 얘긴 하지 말아야 돼. 엄마 병이 더해진단다"라고 할머니는 말씀하셨다. 그러나 할머니는 푸른색의 작은 술병들을 부엌 선반에 줄지어 세워놓고 손님들에게 술을 판다. 나는 할머니와 어머니가 마치 싸움이라도 할 것 같아서 서러웁다. 나는 어머니에게 술을 팔고 있다는 얘기는 하지 않았다. 나만 알고 있기로 하였다.

"이젠 단골손님이 좀 생겼니?" 어머니가 내게 물으셨다. "조금씩 생기는 것 같아요." 내가 대답했다. "장사를 하려면 단골손님을 많이 가져야 한단다." 어머니는 내 손을 만지작거리며 말씀하셨다. "광화문에서 꽃을 팔 때 내게 오는 단골손님이 꽤 많았단다. 그중에서 거의 날마다 내 꽃을 팔아주는 사람이 있었단다. 내가 그 앞에 꽃바구니를 놓고 앉아 있는 건물은 은행인데 그 사람은 그 은행에서 일하고 있는 젊은 남자였지. 머리를 깨끗이 빗어 넘기고 동그란 안경을 쓴 사람이었어……" "엄마, 나도 한 번 봤어" 하고 내가 말했다. "언제더라? 내가 엄마한테 학급비 타러 갔을 때 그 사람이 우리 앞을 지나가면서 엄마에게 절했잖아? 저 사람이 내 꽃을 많이 팔아준다구 그때 엄마가 그랬잖아." "그랬던가?" 어머니는 말씀하셨다. "아마 그랬을지도 몰라. 내 앞을 지나갈 때 항상 인사를 했으니까. 난 한번 물었지. 꽃을 거의 날마다 사가지고 가서 어디에 쓰느냐구 말야. 그랬더니 자기 약혼자가 꽃을 아주 좋아한다는 거 아니겠니?" "약혼자는 색시지?" "맞았다. 결혼하기로 약속한 사람이란 뜻이야. 나도 한번 그분의 약혼자를 보았지. 아주 이쁘고 키가 날씬한 여자였단다. 한번은 그분의 심부름으로 어느 다방으로 그 여자를 만나러 간 적이 있지 않았겠니! 그 두 사람이 시간 약속을 했는데 남자에게 급한 일이 생겼기 때문에 내가 남자의 부탁으로 여자에게 간 거야. 한 시간쯤 기다려줬으면 좋겠다고 내가 말하니까 그 여자가 방긋 웃으면서 말하더라. 아주머니, 몇 시간이고 기다리겠다고 좀 전해주세요,라고. 참 좋은 사람들이었어.”

염소는 힘이 세다. 염소는 죽어서도 힘이 세다. 가마솥 속에서 끓여지는 염소도 힘이 세다. 수염이 시커멓고 살갗이 시커멓고 가슴이 떡 벌어졌고 키가 크고 손이 큰 남자들도 가마솥 속의 염소에게 끌려서 우리 집으로 들어온다. 염소는 우락부락하게 생긴 사람만 일부러 골라서 우리 집으로 끌어들일 만큼 힘이 세다.

우리 집 쪽대문에서 스무 발짝쯤 떨어진 곳에 합승 정거장이 있다. 한 남자 어른이 항상 거기에 서 있다. 그 사람은 어떠한 합승이 올지라도 타지 않는다. 다만 그 사람은 항상 거기에 서서, 합승의 여차장이 내미는 종잇조각에 무언가 적어주고 있기만 한다. 그 사람은 합승회사에서 내보낸 사람으로서 운전사들이 회사에서 정해준 시간을 잘 지키고 있나 없나 조사하러 나와 있는 사람이라고 한다. 마흔 살쯤 먹은 사람이다. 방한모자를 쓰고 있고 낡은 오버를 입고 있고 두껍고 커다란 가죽 장갑을 끼고 있다. 코가 납작하고 턱이 뾰족하고 두터운 입술이 바나나만큼이나 크다. 그 사람도 우리 집 단골손님이다. 이젠 고깃국을 먹지 않더라도 틈틈이 우리 집에 들어와서 불을 쬐며 할머니와 큰소리로 얘기를 주고받는다. “할머니, 영감님은 언제 돌아가셨소?”하고 그 남자는 소리쳐서 묻고 낄낄댄다. “늙은이를 놀리면 죽어서 지옥에 가는 거야.” 할머니가 외치신다. “술 한잔 주슈”하고 그 남자가 외친다. “술값을 내야만 주지.” 할머니가 외치신다. "아, 월급 나오면 어련히 드리겠수. 소주 한잔 살짝 덥혀서 줘요." "이 선생은 너무 술을 좋아해서 망할 거야"라고 할머니는 말씀하시면서 술을 준다. 나는 그 남자가 기분 나쁘다. 그러나 그 남자는 내가 귀여운 모양인지 이따금 내 머리를 주먹으로 툭 치며 히이 웃는다. 내 누나의 엉덩이를 손바닥으로 탁 치기도 한다. 그럴 때 누나는 손에 들고 있던 것, 이를테면 물이 든 바가지든가 국자라든가 연탄집게를 그 남자를 향하여 내던지며 소리 지른다. "제발 좀 그러지 마세요." 그러면 사내는 온몸에 물을 뒤집어쓰고도 끄떡없이 히이 웃으며 "선아 중매는 내가 서야지"라고 말한다. 눈이 많이 내려서 집 앞 한길을 달리는 차들이 바퀴에 쇠줄을 감고 찍찍거리며 달리던 날, 나는 뒤안에 있는 헛간 ─ 우리 집 염소가 살아 있을 때엔 염소의 우리로 쓰던 곳으로 갔다. 그곳으로 연탄을 가지러 간 누나가 오지 않아서 누나와 연탄을 가지러 갔던 것이다. 나는 헛간 문 앞에서 갑자기 덜덜 떨리는 몸을 움직일 수가 없게 되어버렸다. 가마니로 문을 가린 헛간 속에서 끼익끼익 하는 무서운 소리가 났기 때문이다. "괜찮아, 괜찮아, 이러지 말아, 오오 귀엽지, 자아 자아……"라는 굵고 낮은 사내의 목소리가 들렸고 횃대에서 닭이 쥐를 보고 놀라서 푸다닥거리는 듯한 소리도 들렸다. 나는 누나에게 큰 변이 생긴 것을 직감했다. 그러나 무서워서 몸을 움직일 수가 없었다. 한참 만에야 겨우 몸을 움직여서 가마니와 헛간 문의 기둥 틈으로 안을 들여다보았다. 합승 정거장의 사내가 아랫도리를 반쯤 벗은 채 한 손으로 누나의 입을 틀어막고 누나의 몸 위에 엎드려져 있었다. 누나의 발이 힘없이 허공을 차고 있었다. 나는 어찌해야 좋을지 몰랐다. 할머니에게 알려야 한다는 생각밖에 들지 않아서, 뛰어서 방으로 들어왔다. 할머니는 이제 막 나간 손님들이 앉아 있던 식탁을 행주로 닦고 계셨다. 나는 할머니에게 어서 알려야 한다는 마음과는 반대로 입이 영 열리지 않았다. 목구멍 속이 뜨겁기만 했다. 결국 아무 소리도 못하고 마루로 나와버렸다. 그때 합승 정거장의 사내가 집 모퉁이를 돌아 나오고 있었다. 나는 있는 힘을 모두 내 두 눈 속에 모으고 그놈을 쏘아보았다. 그놈은 핏발이 선 눈을 묘하게 오그리며 히이 웃고 아무 말 없이 대문 밖으로 나가버렸다. 나는 헛간으로 달려갔다. 누나는 더러운 짚더미에 머리를 처박고 어깨를 들먹이며 울고 있었다. 누나의 치마가 조금 걷어 올려져서 드러나 보이는 하얀 허벅다리에 피가 조금 묻어 있었다. "누나아!" 하고 나는 고함질렀다. 누나는 퍼뜩 고개를 들어 나를 올려다보았다. 온 얼굴이 눈물로써 범벅이 되어 있었다. 누나가 내 다리를 감싸 안으며 다시 소리를 죽여 울었다. 그놈은 그 후로도 뻔뻔스럽게 우리 집에 드나들었다. 매일 서너 차례씩 들렀다. 그놈이 대문으로 들어서기만 하면 누나는 얼른 부엌 속으로 들어가서 그놈이 다시 대문 밖으로 나갈 때까지 밖에 나오지 않았다. 나는 누나와의 약속대로 할머니에게도 병원에 누워 계시는 어머니에게도 그 얘기는 하지 않는다. 나와 누나는 가끔 둘이서만 있게 되면 그놈을 어떻게 죽여버릴 수 있을까 하고 작은 소리로 의논하였다. 그러나 그 방법은 전연 생기지 않는다.

염소는 힘이 세다. 염소는 죽어서도 힘이 세다. 가마솥 속에서 끓여지는 염소도 힘이 세다. 수염이 시커멓고 살갗이 시커멓고 가슴이 떡 벌어졌고 키가 크고 손이 큰 남자들도 가마솥 속의 염소에게 끌려서 우리 집으로 들어온다. 염소는 우락부락하게 생긴 사람만 일부러 골라서 우리 집으로 끌어들인다.

그 사람은 키도 작고 우락부락하게 생기지도 않았지만 힘이 센 듯했다. 그 사람과 함께 온 검은 유니폼을 입은 순경보다 더 힘이 센 듯했다. 염소가 왜 그 사람조차 우리 집으로 끌어들였는지 모르겠다. 염소는 힘자랑이 몹시 하고 싶었던 모양이다. 그 사람이 할머니에게 말했다. "허가도 내지 않고 술을 팔고 음식을 팔면 어떻게 되는지 정말 몰랐단 말요." 할머니는 벌벌 떨며 말씀하셨다. "몰랐습니다. 정말 몰랐습니다. 허가를 어떻게 내야 하는 줄도 몰랐습니다." 누나는 부엌 속에서 벌벌 떨고 있었고 나는 방 속에서 이불을 뒤집어쓰고 벌벌 떨고 있었다. "누가 이 집 주인이오?" 순경이 말했다. "우리 며느리가 주인입니다. 저두 주인이구……" "며느님은 어디 있어요?" 순경이 말했다. "병을 앓아서 요 앞 병원에 입원해 있어요." "남자는 없어요?" 순경이 말했다. "왜, 있지요." "어디 갔어요?" 할머니가 방 안에 숨어 있는 나를 부르셨다. 나는 무서움에 질려서 비틀비틀 마루로 나갔다. "남자 어른 말예요, 어른" 하고 세무서에서 온 사람이 할머니의 귀에 대고 소리쳤다. "어른은 없어요. 전쟁 통에 모두 죽었어요." 할머니가 울먹거리며 대답하셨다. "며느님한테

갑시다." 순경이 말했다. "우리 며느리는 아무것도 몰라요. 제발 빕니다. 우리 며느리는 죽어요. 며느리한테는 가지 마세요." 할머니가 손을 비비며 말씀하셨다. 두 남자는 무어라고 수군거렸다. 한참 동안 수군거렸다. 그리고 할머니에게 순경이 말했다. "오늘부터 당장 그만두시오, 할머니. 그러잖으면 징역 삽니다. 꼭 장사를 하시려면 구청에서 허가를 받구 해야 됩니다. 아시겠어요! 할머니?" 할머니는 고개를 여러 번 끄덕거리며 대답하셨다. "알았습니다, 나으리." 그 사람들은 돌아갔다. 누나와 나는 병원의 어머니한테로 달려갔다. "우리가 잘못한 거야"라고 어머니가 말씀하셨다. "이젠 그만 집어치워요, 엄마. 우리 그 장사는 그만 집어치워요"라고 말하면서 누나는 어머니 무릎에 얼굴을 대고 울었다. "무서워요. 무서워 죽겠어요." 계속해서 누나가 말했다. "살기란 힘든 거란다." 어머니가 힘없이 말씀하셨다. 나는 아무 말도 하지 않았다. 할머니가 나를 아저씨에게 보내셨다. 아저씨는 말했다. "세금을 내면서 그 장사를 하려면 음식값을 많이 받아야 한다. 음식값을 많이 받으면 누가 그걸 사 먹으러 오겠니? 순경 말은 못 들은 체하구 그냥 계속하라구 할머니한테 그래라." 그러나 우리는 아저씨의 말을 따를 수가 없었다. 우리는 문을 닫았다. 어머니는 아직 덜 나으신 몸을 집으로 다시 옮겼다. 누나가 새벽 4시에 일어나서 청계로에 나가서 꽃을 받아왔다. 누나는 아침부터 꽃바구니를 들고 종로로 나갔고 어머니는 오후에 누나의 것보다는 작은 꽃바구니를 들고 소공동 쪽으로 나가셨다.

염소는 힘이 세다. 죽어버린 염소도 힘이 세다. 앓는 어머니를 소공동 쪽으로 밀어 보낼 만큼 힘이 세다.

나는 학교가 파하면 소공동으로 간다. 어머니 곁에 앉아서 책을 읽는다. 책을 읽다가 심심해지면 종로에 있는 누나에게로 간다. 누나는 자기 곁에 앉아 있는 사탕장수 아주머니에게서 사탕 한 알을 얻어 나를 준다. 어느 날 누나가 말했다. "그놈이 오늘 점심때 나를 찾아왔어." 누나의 음성은 무서움으로 떨고 있는 듯했다. "뭐라구 그랬어?" 내가 물었다. "난 암말도 않고 있었어. 미안하다구 나한테 그러지 않겠어!" "그래서?" "암말두 안 했어. 그랬더니 나한테 점심 사줄 테니 따라오래." "그래서?" "난 안 따라갔어." "잘했어" 하고 내가 말했다. "그놈은 그냥 갔어?" "응, 그냥 갔어." "누나, 무섭지?" "응." 누나는 내 손을 꼬옥 쥐며 말했다. "내게 권총 한 개만 있으면 그놈을 그저……" "그러면 감옥살이하니까 그건 안 돼." 누나는 근심스러운 눈빛으로 나를 보며 말했다. 그런데 누나는 거짓말쟁이였다. 어느 일요일 오후에 나는 누나를 찾아갔다. 항상 앉아 있던 자리에 누나가 보이지 않았다. 사탕장수 아주머니에게 물어보았지만 누나가 어디 갔는지 모른다고 그 아주머니는 대답했다. 나는 종로 2가에서 동대문까지 천천히 걸으며 누나를 찾았다. 길가의 장사꾼들 틈을 살펴보았지만, 땅콩장수가 가장 많다는 사실밖에 발견하지 못했다. 건물과 건물 사이에 있는 지저분하고 좁은 골목들도 모두 살펴보았지만, 그 골목들 속엔 '여관'이라는 간판이 가장 많다는 것밖에 발견하지 못했다. 동대문을 지나서 저쪽으로 갔을 리는 없었다. 그쪽에 꽃을 살 만한 사람들은 없는 것이다. 그래도 혹시나 하고 나는 교통순경의 눈을 피하여 동대문의 쇠창살을 넘어 들어가서 돌계단을 밟고 올라가 숭인동 쪽 거리와 서울운동장 쪽 거리를 내려다보았다. 사람들이 너무 많아서 아무것도 보이지가 않는 형편이었다. 동대문 건물 속의 음산한 마루에만, 거기에 귀신이 숨어 있는 것 같은 느낌이 자꾸 들어서, 신경이 쓰였다. "이놈!" 하고 성벽 아래에서 누가 외쳤다. 내려다보니 교통순경이 나에게 내려오라는 손짓을 했다. 나는 겁이 나서 다른 쪽으로 도망갈 수가 없을까 하고 사방을 두리번거렸다. "빨리 내려오지 못해?" 순경이 다시 고함을 질렀다. 도망갈 길은 아무 데도 없었다. 나는 후들거리는 다리를 간신히 가누며 밑으로 내려왔다. 순경이 따귀를 철썩 때렸다. 불이 번쩍하며 눈앞이 캄캄해졌고 바지에 오줌을 질금 싸버렸다. "이놈, 정신 차려. 다시는 올라가지 마, 알았어?" 순경이 말했다. "네" 하고 나는 울음이 터질 듯해서 입술을 깨물며 겨우 대답했다. "다시 한번 큰 소리로 대답해. 알았어?" "넷." 동대문까지 오던 길을 다시 거슬러 가며 길가를 살폈지만 누나는 어디에도 없었다. 차라리 광화문 쪽으로 먼저 가볼 걸 잘못했다고 생각하면서도 나는 좌우로 눈을 열심히 돌렸다. 파고다공원 앞에 왔을 때 나는 길 건너 저쪽에 누나 같은 여자를 보았다. 걸음을 멈추고 자세히 보았더니 틀림없는 나의 누나였다. 그러나 놀랍게도 누나 곁에는 그놈이 붙어 서서 누나와 나란히 걷고 있었고 누나의 꽃바구니는 어디 있는지 보이지 않았다. 누나는 고개를 조금 숙여 길바닥을 내려다보며 걷고 있었고 그놈은 마치 자기 딸이라도 데리고 가는 듯이 거만한 걸음걸이로 걸어가고 있었다. 나는 그들이 혹시라도 나를 발견할까 봐 얼른 파고다공원 안으로 뛰어들어갔다. 그리고 쇠창살 틈으로 길 저편의 그들을 바라보았다. 그놈이 누나에게 무어라고 말을 하는 모양이었다. 놀랍게도 누나는 웃는 얼굴로 그놈에게 무어라고 말을 했다. 그들의 모습이 건물에 가려진 내 시야의 밖으로 나가버렸다. 나는 쇠창살에 이마를 댄 채 오랫동안 가만히 서 있었다. 쇠창살은 무척 차가워서 내 이마는 금방 꽁꽁 얼어버렸다. 이윽고 나는 느릿느릿 공원 밖으로 나섰다. 길의 어느 곳에서도 그들의 모습은 보이지 않았다. 나는 고개를 힘껏 숙이고 주먹으로 자꾸 샘솟는 눈물을 닦으며 천천히 걸었다. 내 가슴이 무섭게 뛰고 있는 것을 느꼈다. "정민아!" 하고 누가 내 이름을 부르는 소리가 들렸다. 누나의 목소리라는 것을 금방 알아챘었다. 고개를 돌려보니 누나는 사탕장수 아주머니의 옆 자기 자리에 꽃바구니를 천연스럽게 놓고 앉아서 나를 부르고 있는 것이었다. 나는 언젠가 그놈을 향하여 그랬었던 것처럼 온 힘을 두 눈에 모으고 입을 꼭 다물고 누나를 쏘아보며 서 있었다. 누나의 얼굴이 하얘지며 후닥닥 자리에서 일어섰다. 그리고 나에게 빠른 걸음으로 걸어와서 말했다. "너 왜 그러니?" 누나의 입에서 짜장면 냄새가 풍겨 나왔다. "더러워" 하고 나는 말했다. "더러워, 저리 가!" 누나가 내 양쪽 어깨를 자기의 두 손으로 아플 만큼 눌러 쥐었다. "아무것도 아냐. 나도 취직할 수 있을 뿐인걸." 누나의 목소리는 떨고 있었다. 나는 힘차게 어깨를 흔들어 누나의 손을 뿌리쳤다. 그리고 사람들을 비켜가며 빨리빨리 걸었다.

누나가 타고 있는 합승이 처음으로 우리 집 앞을 지나는 날, 나는 집 앞의 길에서 누나의 차가 오기를 기다리고 서 있었다. 할머니도 쪽대문을 열고 밖으로 나오셔서 나에게 "아직 안 오니?" 하고 내게 물으셨다. "아직 안 와요"라고 내가 대답하면 할머니는 다시 집 안으로 들어가셨다가 얼마 되지 않아서 또 나오셔서 "아직 안 오니?" 하시는 것이었다. 아무것도 모르는 할머니는 항상 합승 정거장에 서 있는 그놈에게 "고마워요, 이 선생!" 하고 말하시지만 나는 그놈의 얼굴도 쳐다보지 않는다. 나는 우리 염소를 생각해본다. 그놈은 무척 힘이 세었다. 그놈이 죽어버리니까 우리 집에 힘센 것은 하나도 없게 되어버렸다. 그러나 염소는 죽어서도 힘이 세다. 어쨌든 누나를 힘세게 만들어주었다. 누나가 타고 있는 합승의 번호가 거리의 저쪽에 나타났다. 내 가슴은 갑자기 뛰기 시작했다. 얼굴이 아무리 그러지 않으려고 해도 뜨겁게 달아올랐다. 나는 길가에 서 있기가 힘들었다. 나는 집 안으로 뛰어들어갔다. "할머니이" 하고 나는 집 안을 향하여 고함쳤다. "누나 차가 왔어 빨리빨리 —" 할머니는 어금니가 세 개밖에 남아 있지 않은 합죽한 입에 웃음을 가득 담고 허둥지둥 뛰어나오셨다. 나와 할머니는 썩어가는 우리 집의 판자담 틈에 눈을 붙였다. "오라잇!" 하고 누나의 목소리가 들린 듯했다. 분홍색 합승이 우리 집 쪽대문 앞 한길을 부르

룽거리며 지나갔다. 차창 그 안에서 누나가 승객들을 향하여 무어라고 말하며 손짓을 하고 있는 게 보였다. "정민아!" 하고 할머니가 내게 말씀하셨다. 나지막하게 말씀하시려고 했던 모양이지만 그러나 우리 귀머거리 할머니의 음성은 항상 힘이 세다. "할머니!" 하고 나도 중얼거렸다. 누나의 차가 남기고 간 푸르스름한 연기가 길 위에서 어지럽게 감돌고 있었다.

(1966)

환상수첩

이것은 나와 퍽 가까이 지내던 한 친우의 소설 형식으로 된 수기手記다. 하지만 소설이라 하기에는 너무 엉성한 데가 있고 그저 수기라고 해두자. 그는 문과대 학생이었다. 아마 대단한 열등생이었던 모양이다. 우수한 대학생이라면 이처럼 비논리적인 수기는 부끄러워서도 차마 못 썼을 테니까. 이 수기 속에는 나에 대한 얘기도 잠깐 나오지만 그리고 나를 퍽 증오하고 있는 태도로 쓰고 있지만 뭐 누가 옳고 누가 글렀다고 얘기할 수는 없으리라. 그게 문제는 안 될 것이다. 중요한 것은 난 살아서 이 세상에 있고 그는 죽어서 이 세상에 없다는 게 아닐까?

　이 수기와 관계가 없는 사람들에겐 흥미가 없겠지만 그래도 여전히 전前 세기적인 병을 앓고 있는 사람들이 있다고 하니까, 혹시 그러한 사람들에게는 납득이 가는 얘기인지 알아보고 싶어서 발표해보는 것이다. 요컨대 나로 말하자면 이 수기의 얘기들이 너무나 유치해서 관심에 두고 싶지 않다는 것을 명백히 해둔다.

1

그해 가을도 깊었을 때, 나는 마침내 하향下鄕해버리기로 결심했다. 더 견디어내기 어려운 서울이었다. 남쪽으로, 고향이 있는 남해안으로 가면 새로운 생존 방법이 있을지도 모른다는 기대에서였다.

서울에서 나는 너무나 욕된 생활 속을 좌충우돌하고 있었다. 그리고 슬프게 미쳐버렸다고나 할까, 환상과 현실과의 거리조차 잊어버려서 아무것도 구별해낼 수가 없게 되었고 사람을 미워하는 법을 배우고 말았다. 아아, 그들을 죽이든지 그렇지 않으면 내가 떠나든지 해야 했다.

"잘 가게."

오영빈은 서울역에서 그렇게 말하며 내게 손을 내밀었다.

우정. 그것도 문학 하는 친구끼리라는 미명 아래 서로를 이용하고 서로를 파멸시켜가며 그러나 헤어지지도 않고 끈덕지게 붙어서 으르렁대던 친구 영빈이. 결국은 너도 좋은 놈인가? 형광등 불빛이 조금만 더 엷었던들 달빛이 밀려온 것이라고 생각하고 싶은 대합실에서 영빈은 쓸쓸한 미소를 지어 보였던 것이다. 대합실 밖 포도 위로 어디서 날아온 것인지 낙엽이 하나 몇

을 듯 멎을 듯 굴러가는 것을 무심히 바라보며,

"응, 잘 있어."

하고 대답하고 있는 내가 오히려 아무 감동이 없는 편인 듯싶었다.

내가 개찰구를 나설 때, 뒤에서 그는,

"될 수 있는 대로 살아봐."

하고 외치듯 내게 말을 보내는 것이었는데, 그 말에 나는 피식 웃음이 나왔다.

며칠 전, 강의가 끝나서 한산한 캠퍼스의 잔디밭에 앉아, 누렇게 말라가고 있는 잔디를 쓰다듬으며 내가, 다 그만두고 시골에나 가서 박혀 있겠다는 뜻의 얘기를 했더니, 영빈은 도대체 내 말에서 무슨 냄새를 맡았다는 것인지 뛸 듯이 좋아하며,

"너 죽으려는 거지? 응? 너 자살하러 가는 거구나."

하며 내가 무어라고 부정도 하기 전에,

"네가 그렇다니 이건 아까운 정보지만 제공하지."

하며 어처구니없게도 노트를 꺼내어 뒤표지에 약도를 그리기 시작하는 것이었다. 경주의 토함산이었다. 석굴암 가는 길을 따라 산을 오르다가 멀리 영지影池가 보이는 산 중턱에서 길을 버리고 오른쪽으로 숲을 헤치고 들어가면 낭떠러지가 나오는데, 거기서라면 뭐 금강산보다는 못하겠지만 약간은 기분 좋게 투신할 수 있으리라는 것이었다. 언젠가 그곳에 여행을 갔다가 자기가 발견한 장소인데, 몇 번이고 망설였지만 결국 못 뛰어내리고 말았는데, 나한테라면 그곳을 양도할 테니 꼭 그곳으로 가서

죽으라는 설명이었다.

기가 막혔지만, 나는 그의 어쩌면 성실하다고까지 생각 키우는 표정 때문에 할 수 없이,

"그렇지만 바다 편이 낫겠어."

하고 대답했다. 그러자 그는 노발대발,

"바다? 바다에 투신한다는 건 너무나 문학적이다. 죽을 때만이라도 좀 생활인의 흉내를 내봐. 산이 좋아. 바다가 전연 보이지 않는 산이 좋아."

하고 우겨댔다. '자살하는 생활인'이라는 말을 생각하니 우스워서 나는 하하 웃었지만 그러나 결국 나는 이 엉뚱한 친구에게만은, 이번 나의 하향은 자살을 위한 것으로 낙착되었다. 그러나 그는 자기에게는 그런 용기가 없음이 무척 슬프다는 것이었다. 그리고 거기서 뛰어내려주기만 한다면 어떠한 힘을 다해서라도 그 자리에 비석을 세우겠다는 것이었다.

"비명碑銘은?"

내가 묻자,

"글쎄, '우리 세대에도 용기 있는 자가 있었다?' 아니 그보담 '그대 드디어 생활을 알았구나'가 좋겠군."

노트 위에 연필을 굴리며 그는 이렇게 천연스러운 대답을 하는 것이었다.

"제발 망설이지 마라. 눈 질끈 감고 뛰어내려버려."

그는 내가 당장 그 낭떠러지 위에서 주춤거리고 있기라도 하듯이 격려를 하기도 했다. 아마 자기 불신이 저런 말을 하게 하

는, 아니라면 나에 대한 마지막 우정 표시란 말인지? 나는 한숨을 쉬었다.

그런데 내가 차표를 입에 물고 개찰구를 나설 때, 뜻밖에도 그는,

"될 수 있는 대로 살아봐."

라는 말을 외치듯 내게 해버린 것이었다.

실수였을까? 실수였겠지. 나는 혼자 중얼거렸다. 우기의 기상처럼 위악의 구름이 뭉게뭉게 이는 우리의 생활 속에서 간간이 내미는 저 빼끔한 푸른 하늘 —— 사람들이 질서라고 하고 혹은 가치라고 하던 그런 순간은 적어도 영빈에게 있어서만은 실수의 소치인 것이다. 영빈이 지금쯤은 대합실 밖을 나서며 자기가 불쑥 그런 말을 했던 것을 후회하고 있으리라고 나는 장담할 수 있다. 영빈은 그런 친구였다.

기차에 올라서 그리고 기차가 움직이기 시작하자 나는 예기치 못했던 외로움이 밀려드는 것을 느꼈다. 여름밤, 캠퍼스 내의 벤치 위에서 잠을 자다가 새벽 2시나 됐을까 3시나 됐을까 푸시시 잠이 깨어 일어나 앉아, 이슬이 내려 축축해진 옷 때문에 약간 한기를 느끼며 어둠 속을 내어다보고 우두커니 앉아 있을 때 밀려들던 그러한 외로움이었다.

누구나 입에서 내뱉어지기 때문에 차마 입 밖에 내어 말하기가 머뭇거려지던 '외로움'이란 어휘가 그 기차칸에서는 아무 자책 없이 안겨오는 것이었다. 외롭구나,라는 말 한마디 하기에도 숨이 컥컥 막히었다니. 나는 기차의 유리창에 입김을 불어 뿌옇

게 만들어서 거기에 손가락으로 '외롭다'라고 써보았다. 그러자 온갖 부담을 털어버리는 혹은 잊어버렸던 유희를 기억해낸 듯이 흐뭇해오는 느낌이 있었다.

창밖은 벌써 캄캄한 밤이었다. 나의 헝클어진 머리카락과 움푹 그늘이 진 볼이 그 창에 비치고 있었다. 바깥의 풍경을 보여주지 못하는 것이 미안하다는 듯이 야행 열차만이 주는 선물이었다. 나는 오랫동안 나의 표정 없는 얼굴을 들여다보았다. 거기에는 하향한다는 기쁨도 그렇다고 불안도 없었다. 늙어버린 원숭이 한 마리가 어둠 속을 지켜보고 있는 모습일 뿐이었다. 새벽이 오면 습관에 따라 열매를 따러 나가겠다는 듯이 지극히 무관심한 표정. 그러자 괴롭구나, 하는 생각이 들었다.

부글부글 끓어오르는 내부를 저런 무관심한 표정으로 가려버리는 법을 지난 몇 년 동안 서울에서 나는 마스터한 것이었다. 되도록 무관심한 척하라. 할 수 있으면 쌀쌀하게 웃기까지 하여라. 그제야 적은 당황한다. 제군, 표정을 거두어라. 그리고 오직하나 무관심한 표정만을 남겨라. 그게 됐으면, 자 이번에는 거부하는 몸짓으로 쌀쌀하게 웃을 차례. 하나, 둘, 셋.

기차는 한강철교를 쿵쾅거리며 지나가고 있었다. 강 위에는 낚시꾼의 불빛이 몇 개인지 흐릿하게 떠 있었다.

남들의 무관심에 큰 충격을 받고 나도 저래야 되겠다고 허둥지둥 무관심의 탈을 써봤으나 아무래도 견디어낼 수 없어서 바야흐로 기권을 하고 있는 내게 그러면 저 유리창 속에서 웅크리고 있는 얼굴은 지난 몇 년 동안의 잔상이란 말인가?

나는 남쪽에 가서의 나의 처신을 기차칸에서 생각하기로 하고 있었다. 그러나 아무 생각도 충분히 하고 앉아 있을 수가 없었다.

무관심한 표정도 기술적으로 만들어내어야 한다. 그저 남의 흉내나 내다가는 단단히 속으니까. 선애도 그렇게 해서 잃어버렸던 것이다.

며칠 동안 풀이 죽어 있는 나에게,

"왜 그래?"

하고 영빈이 물었는데, 남의 기분까지 살펴 물어주는 게 고마워서,

"선애가 자칫하면 아마 임신일지도 모르나 본데……"

하고 실토를 했더니,

"아직 확실히는 모른단 말이지?"

하고 물어서, 그렇다고 하니까, 설령 임신이라 하더라도 이제 얼마 안 되었으면 방법이 있다고 하면서 나를 약방으로 끌고 가더니 키니네를 한 움큼 사주며, 가지고 가서 적당히 태아가 떨어질 정도로만 먹여보라는 것이었다. 어떻게 해야 좋을지 갈팡질팡하고만 있던 나는 키니네 용법이 얼마나 위험하다는 것을 뻔히 알면서도 한 움큼이나 되는 키니네를 무모하게도 선애 앞까지 가지고 갔었다. 그러나 결국 호주머니에서 그 약봉지를 꺼내지 못하고 나는 말 한마디 못 한 채 선애의 한 손만 쥐고 어린애처럼 훌쩍거리며 울어버렸다.

5월 어느 날, 어둠이 내리고 있는 마포 강둑에서였다.

그때 선애는 기분 좋다는 듯이 생글거리며 웃고 있었는데 문

득 청승맞구나, 하는 생각이 들어 내가 우는 것을 그치자 그녀는, 좀더 울어, 응? 조금만 더, 하며 어깨를 툭툭 치는 것이었다.

그리고 얼마 후, 바로 그 강둑에서 우리는 입장이 거꾸로 되어 있었다.

"나 어제부터 그거 있어요."

선애는 그렇게 말하며, 쓸쓸한 얼굴이다, 하고 내가 생각도 하기도 전에 금방 그 커다란 눈이 몇 번 껌벅이더니 얼른 돌아앉아 둑의 잔디 위에 엎드려 소리를 죽여 울기 시작했다. 멘스가 시작되었다면 임신은 아니다. 그러면 안심할 수가 있는 것이 아닌가. 안심하면 눈물이 나오는 법이냐? 그러나 눈물이 나오는 법이었다. 임신쯤 아무것도 아니라는 듯이 오히려 명랑한 척해 보이던 표정 뒤에 저렇게 무섭도록 조용한 불안이 숨어 있었던 것이다.

선애를 처음 만난 것은 대학 2학년 겨울방학 때였다.

숭인동 산기슭에 한 칸짜리 방을 얻어 자취를 하고 있을 때였다. 밤으로 나는 야경을 다녔다. 야경이란 통금 시간 동안 딱따기를 치며 지정된 마을의 코스를 돌면서 보안하는 것인데, 그것을 반원班員들이 차례차례 돌아가며 해야 하는 것이었다. 그러나 추운 겨울밤, 가장 잠이 퍼붓는 시간에, 추위로 발을 동동 구르며 골목을 돌아다닌다는 것은 여간 엄두로써는 할 수 없으므로, 어지간한 여유만 있으면 사람들은 자기 차례를 대신해줄 사람을 사서 시켜달라고 반장에게 돈을 주며 맡겨버리는 것이었다. 그 일을 내가 맡아 할 수 있었던 것이다. 하룻저녁에 5백 환의 수입이었다.

그날 오후에도 나는 전날 저녁의 보수를 받기 위해서 반장 댁에 가 있었다. 전날 저녁의 당번이 집에서 아직 돈을 가져오지 않았으므로 반장과 나는 화로의 불을 쪼이면서 이것저것 잡담을 하며 그걸 기다리고 앉아 있는데 누가 밖에서 반장을 찾는 것이었다. 반장이 나갔다가 손님을 데리고 들어왔다. 눈이 놀란 듯이 유난히 크고 팔목과 다리가 가느다란 여대생 차림의 여자였다.

"무슨 일로 오셨소?"
하고 반장이 물었으나 여대생은 말하기가 거북한 듯이 쭈뼛거리고 있었다. 나는 그들의 대화를 듣고 있지 않는 체해 보이기 위해서 멍한 눈으로 방금 그 여자가 들어온 문을 바라보고 있었다. 문에 달린 유리 조각을 통하여 밖에 눈이 내리고 있는 것이 보였다. 결심한 듯이 여자가 찾아온 이유를 얘기했다. 그 여자의 얘기는, 딴 건 묻지 말고 그저 야경 일을 시켜달라는 것이었다. 말하자면 내가 그때 맡아 하고 있던 그런 일자리가 없겠느냐고 묻고 있는 것이었다. 그러자 반장은 어이없다는 듯이 한번 웃고 나서 정색을 하며,

"여자는 사지 않습니다. 그리고 지금 그걸 하고 있는 사람이 있기도 하구요."
하고 거절했다.

"그럼 할 수 없군요."
하고 여자는 몹시 부끄러운지 얼굴이 새빨갛게 되어서 안녕히

소리도 제대로 하지 못하고 눈이 내리고 있는 밖으로 도망하듯이 나갔다. 그러자 나는, 그 며칠 전, 가정교사를 구하고 있는 데가 있더라고 하며 전화번호와 주소를 적어주는 친구의 지시대로 그 집을 찾아갔더니 남학생은 안 되고 여학생이라야 되겠다는 주인아주머니의 거절로 돌아온 적이 있었던 것이 생각났다. 혹시나, 하는 생각이 들어 나는 문밖으로 뛰어나갔다. 여자는 얼음이 얼어서 미끄러운 비탈길을 주춤주춤 걸어 내려가고 있었다. 그렇게 만난 것이 선애였다.

그때 내가,

"왜 그런 일자리를……"

하고 묻자, 선애는 절망해버린 자들에게서나 들을 수 있는 쉰 듯한 목소리로, 비탈길이 끝나는 곳에 시선을 박고,

"몸 파는 것보다 낫지 않아요?"

하고 반항처럼 대답했다.

그 아랫마을인 창신동을 가면 여자들이 5백 환에 몸을 판다는 얘기를 나는 들어 알고 있었지만 그렇다면 창녀란 선애와 같은 여자도 해낼 수가 있는 직업이란 말인지. 한 손을 반쯤 들어 무심한 표정으로 손바닥에 눈을 받고 서 있던 그때의 선애는 뭐랄까 요염하도록 순진한 창녀였다. 그러나 선애를 알아가는 동안, 그녀는 요염하지도 않고 순진하지도 않았다. 가난한 시골 어느 가족의 맏딸로서 생활에 부대껴서 닳아질 대로 닳아진, 그래서 거세기 짝이 없는 여대생일 뿐이었다.

국민학교 다닐 때였다고 한다.

영양부족으로 노오란 얼굴을 하고 점심도 가지고 가지 않는 자기를 동정해서 반 아이들이 번갈아 도시락을 갖다주었다. 다정한 친구들이 아무 비웃음 없이 갖다주는 것이었으므로 별 고까움도 느끼지 않고 그걸 받아먹곤 했는데, 어느 날 신문에 그 사실이 미담으로 취급되어 커다랗게 나왔었다. '가난한 학우를 돕는 따뜻한 도시락'이라는 큰 활자로 찍힌 제목 아래에는 이름은 바꾸어 써주었지만 바로 자기가 취급되어 있었고, 그리고 여러 가지 아름다운 어구로써 학급 애들을 칭찬하고 있었다.

그때까지 도시락 얻어먹는 사실을 묵인해오던 식구들도 일단 신문에 그 사실이 취급되자 무척 창피스럽게 여겨 특히 성격이 괄괄하던 아버지는 울면서 주먹으로 딸을 마구 때렸다. 소나기처럼 퍼붓는 아버지의 손길 밑에서 그녀는 죽어버리고 싶었었다고 했다.

신문의 일이 있고 나자 애들은 더욱 경쟁하듯이 도시락을 날라왔지만 그녀는 하나도 받아먹을 수가 없었다. 신문도 그들의 편이었지 부끄러움에 목이 메게 된 그녀의 사정은 조금도 고려하고 있지 않았다.

"그 후부터 전 세상에서 미담이라고 하여 내세우는 것은 믿지 않게 되었어요."

"그렇지만 미담이란 아마……"

"물론 있긴 있겠지요. 그러나 난 한 번도 진짜 미담을 본 적이 없는걸요."

"어디에 있을까, 미담은?"

"글쎄요. 물론 있긴 있겠지만…… 하여튼 그런 건 미담이 아니었어요…… 사람들이 악이라고 하는 곳에 더 많은지도 모르죠."

자기의 전체로써 그러한 시점을 만들어가고 있는 선애에 비하면, 오영빈이라는 한 서울내기 친구에게 이끌려서 '죽지 않을 아이를 낳을 태를 가진 여자는 없는가'라는 시나 써내고 마실 줄도 모르는 소주병을 호주머니에 넣고,

"이상李箱 짜아식, 자살을 했으면 더 멋있었을 텐데."

하고 강의실의 친구들 앞에서 고함이나 지르던 나는 말하자면 덜렁뱅이 가짜였다. 더구나 언젠가 선애가,

"우리는 왜 대학에를 기어코 다니는 걸까요?"

하고 고맙게도 나까지 자기와 동급으로 취급해서 내게 그러한 질문을 했을 때 내가,

"글쎄……"

하며 깊이 생각해보는 체했더니 그녀는,

"난 이렇게 생각하는데요. 끈기를 시험하는 거죠. 얼마만큼 해낼 수 있나 하고요. 우리는 뭐랄까 용감해요."

하고 말하는 것이었다.

세상의 선행이나 미담을 믿지 않고서도 저렇게 강한 힘이 나오는 것일까 하고 나는 도무지 믿어지지 않으면서도, 그럴 수도 있나 보다, 말하자면 진짜들은, 하고 생각하게 되자 선애가 갑자기 무서워지기도 했었다.

선애에 대한 그러한 경원심이 비겁하게도 선애를 육체적으로

정복하게 했던 것인지……

그녀가 꾸깃꾸깃해진 스커트를 가다듬고 있을 때 내가,

"순전히 성욕 때문이었어. 미안해."

하고 말하자,

"알아요."

하고 그녀는 별로 불쾌하지도 않았다는 듯이 대답했다. 그러나 천만에, 순전히 성욕 때문만도 아니었다는 것을 영리한 그녀지만 모르고 있었다. 그리고 드디어 나의 계획은 성공했다고나 할까? 어둠이 내리는 마포 강둑에서 그녀는 마침내 엎드려 울었던 것이다. 나는 유리창 속을 들여다보았다. 나의 표정은 제법 정식으로 무관심한 표정을 유지하고 있었다. 영등포도 지났는지 창밖으로는 불빛이 드물게 흘러갔다. 멀리 비행장 있는 쪽에서 서치라이트의 비단결 같은 빛살이 밤하늘을 스쳐가고 또 스쳐가고 있었다. 나는 또 한 번 입김을 불어 유리창을 뿌옇게 만들었다.

그런 일이 있은 뒤로 갑자기 약해져가고 있는 선애 때문에 나는 뜻밖의 일이나 만난 듯이 당황해졌다.

"사랑을 성욕으로 간주해버리고 경계하는 여자도 밉지만 그러나 성욕을 사랑이라고 믿어버리고 달라붙는 여자도 여간 난처한 게 아니야."

내가 제법 잔인한 웃음까지 띄워가며 이렇게 얘기하면,

"알아요."

라고 그녀는 대답하고 나서 한숨을 쉬었다. 그때 내가 만약, 우리는 왜 기어코 대학엘 다니는 것일까, 하고 물었다면 그녀는, 끈기를 시험하기 위해서죠,라고는 반드시 대답하지 못했을 것이다.

어느 날, 나는 억지로 술을 잔뜩 마시고 그녀와 만나기로 한 장소에 가서 거의 부르짖듯이,

"선애, 옛날로 돌아가줘. 추워서 덜덜 떨며 반장집엘 찾아가던 그때의 용감한 선애로 돌아가줘. 난 아무 힘도 없는 놈이야. 내가 잘못했어."

하고 주정 비슷하게 아예 자신 없는 권유를 했더니,

"제가 뭐 어쨌어요?"

하며 그녀는 재미있다는 듯이 조용히 웃어 보였지만, 그러나 그녀는 그날 뼈에 사무친 얘기를 하는 것이었다.

"정우 씨는 가령 이럴 수가 있을 것 같아요? 한번 불에 데어서 혼겁이 나간 적이 있는 어린애가 불은 무서운 게 아니라고 한들 곧이들을까요? 혹은 한번 쾌락을 맛본 자가 쾌락이 무엇인지 모른다고 감히 얘기할 수 있을까요? 요즘 난 그런 것과 비슷한 경우에 있는 것 같아요. 어쩐지 뻥 뚫린 구멍을 보아버린 것 같아요. 아무리 발버둥 쳐도 별수 없이 눈에 보이는 구멍이지요. 찬바람이 술술 새어 들어오고……"

"그럼 전엔 그런 걸 못 느꼈단 말야?"

"희미하게 느끼긴 했어요. 그렇지만 아득바득 이를 악물고 해나가면 될 수 있을 것 같았어요. 그렇지만 이젠……"

"아아."

내가 여태껏 차마 입 밖에 내어 말할 수 없었던 것을, 그녀는 그때, 하늘도 무섭지 않은지 정확한 발음으로 표현하고 있었던 것이다.

"찬바람이 불어오는 뻥 뚫린 구멍, 찬바람이 불어오는 뻥 뚫린 구멍……"

나는 노래하듯 중얼거리고 있었다. 그 뒤, 어느 날, 눈치 빠른 영빈이가,

"너 요새 타락해가고 있는 거 같아."

하고 내게 말했다. 타락, 내가 그까짓 따위의 약한 소리를 듣고 울멍거리고 있다는 것은 영빈의 입장으로 보면 분명히 하나의 타락이었다.

그러나 굳이 숨기고 싶지도 않아서, 내가 키니네 사건 이후로 갑자기 약해져버린 선애에 대한 얘기를 했더니 그는,

"허어, 자칫하면 플라토닉이 되겠군. 이거 르네상스가 왔어."

하며 히죽거리더니,

"야, 너 이렇게 하자."

하며 기상천외의 제안을 하는 것이었다.

선애를 자기에게 인계하라는 것이었다. 우선 소개만 시켜주면 그다음엔 넌 알 바가 아니라는 것이었다. 넌 선애에 대한 모든 것을 깨끗이 청산한 셈으로 하라. 그러면 넌 아무 부담도 느끼지 않을 게 아니냐. 아니 내가 그렇게 되도록 협력하는 거다. 그 대신 별 부담 없이 데리고 놀 만한 계집애를 소개해주마. 내가 여태껏 데리고 놀던 앤데, 이름은 향자, 종 3 창녀지만 그러

니까 부담을 느끼지 않을 것이다. 영빈의 얘기는 대강 이런 것이었다. 말하자면 내 것과 네 것을 바꾸자는 얘기였다.

거절할 수도 없었다. 거절하면 또 무슨 핀잔을 받을지 몰랐다. 그리고 위대한 모험 속으로라도 뛰어드는 기분이기도 하였다. 스스로 모험을 만들어 거기에 자신을 바칠 기운도 없었다. 어쩌면 이런 일이 저절로 일어나기를 기다리고 있었던 것인지도 몰랐다. 세상이 깜짝 놀랄 사건이나 일으키고 죽고 싶다. 선애고 뻥 뚫린 구멍이고 휩쓸어버릴 사건이나 생겼으면 좋겠다. 그러고 있을 때였다.

나는 아주 선선한 태도를 꾸미며 승낙했다.

"향자란 애, 미인이냐? 만일에 선애만 못하면 내가 본 손해만큼은 네가 돈으로 지불해야 한다!"

라고 농담까지 했다.

영빈은 초조한 빛을 노골적으로 나타내며,

"너, 이 약속 어겨선 안 된다."

고 내게 다짐시키며,

"지금 향자한테 갈까?"

하며 서두르기도 했다. 그러나 나는 웃으며 만류하고, 향자라는 여자의 인상과 집의 위치만을 적어 받았다. 오히려 내가 선애를 소개시키는 일을 서두르고 있었다.

그날 오후, 우리는 선애가 가정교사로 들어가 있는 집에 전화를 걸어 마침 집에 있는 선애를 다방으로 불러내었다. 아무것도 모르고 나와 영빈의 맞은편에 가냘픈 몸차림으로 말도 잘 하지 않고 별로 움직이지도 않고 단정히 앉아 있는 선애는 나를 속으로 끝없이 울리는 것이었으나, 금방 나는, 영빈의 빙글거리는 얼굴과 너무나 천진한 선애의 그 자세 때문에 문득 저 '운명'이라는 단어 — 단어에도 빛깔이 있다면 아마 피와 흙이 범벅이 됐을 때 생기기나 할 어두운색을 하고 있을 그런 단어가 생각났고 그래서 방향 없는 반발이 무럭무럭 솟아나기 시작하는 것이었다.

그 다방의 대면이 있고 한 달가량 지난 어느 날, 강의실에서 영빈이 내게 획 던져준 쪽지에는,

'황홀하던 간밤이여. 선애는 백기를 올리고.'

라고 적혀 있었다. 아아, 마침내 마침내.

나의 눈에서는 불똥이 튀었다. 한참 신나게 떠들고 있는 교수의 말소리도 귓전에서 웅웅거릴 뿐, 나의 쪽지를 향하여 부릅뜬 두 눈에서는 눈물이 금방 쏟아질 듯이 마구 글썽거렸다. 입술을 씰룩거리며 간신히 웃고 나서 나는 다른 종이쪽지에,

'겨우 이제야? 하여튼 축하. 축하.'

라고 써서 영빈에게 획 던졌다. 나는 내가 던지는 것이 날카로운 비수였으면 하고 바라고 있을 정도였다.

그러나 그런 결과를 납득할 수 없는 조마조마한 심정으로 어쩌면 기다리고 있었던 것은 바로 나 자신이 아니었던가. 누구에게도 호소할 수 없는 게 아닌가.

그날의 강의가 어떻게 끝났는지도 모르게 끝났을 때, 나는 햇빛이 가득 찬 대낮인데도 영빈이 적어주었던 쪽지를 들고 달리다시피 하여 향자라는 창녀를 찾아갔다.

"절 찾으세요?"

하며 곰팡이 냄새라도 날 듯이 컴컴한 방에서 이불을 펴고 낮잠을 자다가 부시시 깨어 나오는 향자라는 여자는 부석부석하고 누런 얼굴에 목덜미가 때가 낀 듯이 시커먼 서른이 가까운 여자였는데, 용모와는 다르게 목소리만은 앙칼졌다. 내 앞에서 괴상한 미소를 띠고 빨리 용무를 얘기하라는 듯이 파자마 자락을 손으로 쓰다듬으며 서 있는 짐승 같은 여자를 내려다보며 나는 영빈이라는 친구가 점점 더 따라갈 수 없는 거리를 아니 차라리 안개 저편으로 숨어버린 듯이 느껴졌고 선애도 나도 함께 단단히 속아버린 듯하여 선애에 대한 연민이 울컥 솟아나서 나는 비명이라도 지르고 싶었다. 아무 말 없이 비실비실 도망치듯 돌아서서 나오는 내 등 뒤에서,

"별 쌍놈의 새끼 다 보겠네."

하는 그녀의 말소리가 예상보다 힘없이 들려왔다.

선애의 자살을 안 것은 그다음 날 아침 신문에서였다.

그날, 나와 영빈은 아침부터 대학 앞 하꼬방 술집에 들어박혀 2단짜리 '여대생 염세자살'의 기사를 오려서 술상 위에 밥풀로 붙여놓고,

"선애를 위해서 건배!"

"아냐, 이 오영빈의 성공을 건배!"

"아냐, 짜식아, 선애를 위해서다."

"아냐, 날 위해서 건배!"

"뭐야, 이 짜식."

술잔을 그의 면상에 던지고 그러면 그는 안주 접시를 내 얼굴에 던지고 그러다가 다시 술을 불러서, 짤깍, 정다운 듯이 마시고 또 마시고, 마침내 나는 똥물까지 토해놓고 의식을 잃었었다.

유리창에 뿌옇게 서렸던 입김은 어느새 사라져버렸다. 나는 다시 입김을 내뿜어서 뿌옇게 만들었다. 그리고 손가락으로 거기에 '선애'라고 써보았다. '미안하다'라고도 써보았다. 미안하다니? 얼마나 무책임한 언어인가? 그렇다고 무엇이 책임 있는 말이고 무엇이 책임 없는 얘기인지도 구별할 수 없었다. 원수를 사랑하라. 그러면? 그렇다, 마땅히 사랑해야 할 사람을 사랑하는 데 등한하게 되었던 것이다. 그렇지만 내 편과 원수를 구별할 수가 없었던 게 아닌가.

국민학교 4학년 때였던가, 나는 토끼 사육장에서 아카시아잎을 토끼들에게 먹이고 있었다. 사육장의 당번은 아니었지만, 토끼들이 마른풀에 몸을 부비는 바스락 소리밖엔 아무 소리도 들리지 않는 사육장에서, 나는 하학 후의 낮 시간을 거기서 보내는 게 아주 즐거웠다. 그러나 담임선생님께서는 나의 그러한 행동이 대단히 염려스러웠던 모양이었다.

그날도 뒤에서 인기척이 있으므로 돌아봤더니 담임선생님이었다.

"넌 도대체 무슨 애가 그 모양이냐?"

화가 나 계셨다.

"사내애가 기껏 그림 그리기나 좋아하고 토끼 사육장에나 드나들고……"

그리고,

"내일부턴 사육장에 들어오지 마. 그 대신 학교 파하면 해가 질 때까지 운동장에서 축구를 해야 한다. 내가 감독할 테니 잊어버리지 마. 사내자식이 싸움도 하고 그래라, 원."

선생님이 말씀하시는 동안, 나는 고개를 숙이고 햇빛이 눈부시게 쨍쨍 비치는 땅바닥에 내가 들고 서 있는 아카시아잎이 연초록색 그림자를 드리우고 있는 것만 보고 있다가 선생님이 나가시자, 저 귀여운 토끼들은 부드러운 아카시아잎이나 먹고 새빨간 눈알로 푸른 하늘이나 바라보고 때때로 사랑이나 하고 살면 그만인데 난 주먹을 쥐고 싸움을 해야 하고…… 그런 생각을 하다가 토끼 울의 나무 칸살에 이마를 대고 소리를 죽여 울어버렸었다.

그 뒤 선생님 덕분에 나는 악착스레 축구도 하고 열심히 싸움도 해보았으나 얼굴에 상처가 훈장처럼 남고 엄지발가락에 피멍이 들었다가 빠지고 빠지고 했을 뿐 별로 변한 것 같지도 않았다. 토끼와 축구를 한꺼번에 마스터할 수는 없는 모양이었다. 그러나 그래야 한다고 사람들은 내게 요구해오는 것이었다.

대학에서도 나는 실망의 연속이었다. 교수들은 강의를 하다가 틈틈이 유머를 얘기하는데 유머란 다름 아닌 상대편을 어떻게 하면 꽈악 눌러버릴 수 있느냐 하는 공격 방법이었다. 사르트르와 카뮈가 논쟁을 했는데 그때 이긴 것은 누구고 진 것은 누구다, 이것이 교수들의 관심거리였다. 평단에서 남을 공격하여 백전백승하는 실력파 교수 한 분의 강의를 나는 듣고 있었는데 그분의 얘기는 전제前提투성이였다. 우수한 학생이란, 교수의 이론에 반기를 들고 교수의 이론을 멋있게 때려눕히는 자라는 관습이 어느 대학에도 있다. 그래서인지 그 실력파 교수는 눈알을 이리저리 바쁘게 돌리며 혹시 누구로부터 까다로운 질문이 들어오지 않나 하며 내가 보기에는 아무래도 불안해하는 표정으로 어떠한 공격에도 빠져나갈 수 있는 전제를 열거하기에 바쁜 것이었다. '코에 걸면 코걸이 귀에 걸면 귀걸이'라는 말이 있지만 그 교수의 이론이란 누구의 공격도 받을 수 없는 만큼 이도 저도 아닌 것이었으나 공격을 막아낼 줄 안다는 사실만으로써 학생들로부터 인기를 얻고 있었다. 환멸뿐이었다.

그랬기 때문에, 어느 날 영빈이 그 교수의 연구실에서 두툼한 양서를 다섯 권인가 훔쳐가지고 왔을 때 나는 허리가 꺾이도록 웃을 수 있었다. 우리는 무교동의 빈대떡이 이름난 술집에서 그 책들을 담보로 약주를 불렀다가 소주를 불렀다가 실컷 마시고 토하고 하며 눈이 쓰리도록 웃고 또 웃었다. 생각하면, 서울에서의 몇 년 동안에 가장 신나던 날이 아닌가 생각된다.

하기야 교수들 자신이 스스로, 교수란 인기 없는 배우라고 생각하고 있었다. 그렇게 자처하면서, 보는 편이 얼굴이 붉어지도록 어색하게 자주 웃는 것이었다.

새 학기 등록을 할 때면 학생과에서 신상카드를 내주며 소정란을 기입해서 제출하라고 하는데, 그 카드엔 존경하는 인물을 쓰라는 난이 있었지만 그러나 우리 세대 중에서 존경하는 인물을 간직하고 있는 자가 과연 몇 명이나 될는지. 존경이란 말은 이미 없어진 것이었다. 있다고 하면 부러움의 대상이 있을 뿐이었다. 리즈의 수입, 케네디의 인기, 이브 몽탕의 매력, 슈바이처의 명예 혹은 카뮈의 행운. 이런 것들은 부러움의 대상일 뿐이지 그것 때문에 존경을 받고 있다고는 말할 수 없었다. 존경할 줄 모른다는 것이 다행인지 불행인지도 모르고 있는 것이었다.

남은 것은 환상뿐이었다.

영빈은 여러 차례 문예작품 현상 모집 같은 데에 응모했다가 그때마다 낙선을 하고 나서는,

"까짓거, 한국 문단 상대하게 됐나?"

그러면 나는,

"상대 안 하면 어쩔 테야? 고등고시 공부나 시작하실까?"

"고시? 홍…… 까짓거 일본으로나 뜰까?"

그러고 나서 그는 잔디에 벌렁 누우며, 기묘한 목소리를 만들어가지고,

"육십년대에는 홀연히 바다 건너 대륙으로부터, 우리가 영원히 간직할 보석과 같은 작가가 밤의 배를 타고 건너와서 '긴자'에 웅거하며 그의 반짝거리는 사상을 치덕치덕한 문체로 감싸서 우리에게 욕심껏 산포해주고 있었다."

그렇게 중얼거리고 나서,

"이게 무엇인 줄 알아? 일본의 평론계에서 지금 나를 한창 칭찬하고 있는 말이야."

하도 어처구니가 없어서 웃음조차 나오지 않는 망상을 그는 하고 있는 것이었다. 그러나 까놓고 보면 나 역시 영빈과 오십

보백보였다. 환상. 망상. 더구나 그 망상을 현실까지 끌어내려 그것으로써 자위해가며 살아가고 있기까지 했던 것이다.

더 버티어낼 수 없는 생활이었다. 어딘지 어긋나 있거나 선애의 말대로 구멍이 뻥 뚫어져 있거나 했다.

2

기차가 대전을 지나서부터 나는 초조해지기 시작했다. 심한 열병에 걸린 놈처럼 되어 있는 나를, 아무리 고향이지만, 쉽사리 식혀줄 만한 일이라곤 없을 듯했다. 우선 아버지와 어머니를 어떻게 납득시켜야 하느냐가 문제였다.

비단을 싼 큰 보퉁이를 이고 시골의 장날을 찾아 돌아다니는 어머니는 집에 있는 시간이 적으니까 그럭저럭 넘겨버릴 수 있겠지만, 허구한 날 집 안에 틀어박혀 화초나 가꾸고 사군자나 끄적거리고 있는 아버지를 나 역시 하는 것 없이 집 안에 박혀 있으면서 대하게 되리라는 것은 상상만 해도 우울한 것이었다. 하기야 아버지의 화초감상법 강의에 귀를 기울이다가 가끔, 아버지 대단하십니다,라는 소리로써 맞장구나 쳐주고 있으면 그럭저럭 얼마 동안은 지탱할 수 있겠지만 그것도 자라나면서 귀에 못이 박이도록 들어온 바니 이건 아무래도 이쪽의 강력한 인내심이 필요한 것이다. 다른 것은 모르지만, 아버지의 연두색에 관한 심미안은 엄청난 것이었다.

화분에 심긴 어린 난초에서 볼 수 있는 연두색과 가을 오동잎의 갈색 저편에서 은은히 비쳐오는 연두색은, 얼른 보기에는 아주 동떨어진 것 같지만 기실은 연두색 세계의 쌍벽으로서 환희와 비애라고 상징할 수도 있고, 어쩌면 만날 길이 없어서 먼 곳에서 서로 손짓만 하며 슬픈 사랑을 하는 한 젊은이와 처녀라고 이런 엉뚱한 동화까지 만들어내기도 하는 것이었다. 내가 보기엔 아무래도 푸르거나 기껏 옥색이기만 한 먼 하늘가에서 연두색을 가려내는 정도였으니, 연두색 제련사라고나 할까, 아니면 모든 것이 연두색으로밖에 보이지 않는 색맹이라고나 할까. 어머니도 집에 있을 때만은 반드시 연두색 저고리에 하얀 치마를 입어야 했고 어머니가 이고 다니는 비단 보퉁이 속에도 연두색 옷감이 유난히 많이 들어 있었다. 아버지의 권유 때문이었는데, 말하자면 한복의 아름다움은 아무래도 연두와 하양의 콤비네이션에서 그의 극치가 생긴다는 미학이었다.

50. 남의 아버지들 같으면 국장님도 되고 영감님도 될 나이지만 생활력은 조금치도 없었다. 그렇다고 신경질도 피우는 법 없이 마치 남의 인생을 공짜로 얻어서 살아주는 것처럼 유유했다. 그러나 때때로 술이 들어가는 날이면, 나와 지금은 고등학교 3학년에 다니는 내 동생들을 꿇어앉혀놓고,

"이놈들아, 내가 왜 너희들을 만든 줄 아느냐? 하, 이놈들, 외로워서 그랬다. 내가 외로워서 그랬어. 뭐 너희들, 이 알뜰한 세상 구경시키려고 만든 것은 아니고 그저 심심하고 외로워서…… 암, 날 좀 이해해줄 놈들을 만들고 싶어서 그랬지. 그나

저나 하여튼 미안하다. 고생시켜서 미안해. 미안하니까, 에또, 가서 공부해."

이런 식으로 한마디씩 못 하는 것은 아니었다.

선애가 임신했는지도 모른다고 했을 때 나는 문득 아버지의 주정이 생각나서,

"애가 태어난다면 어떻게 길렀으면 좋겠어?"

하고 다소 어색한 익살을 했더니 선애는,

"글쎄요, 난 어렸을 때부터 말하자면 여자는 어린애를 낳아야 한다는 생각이 들면서부터 늘 이런 아이를 낳았으면 하고 생각했지요. 남보다 영리하고 아주 예쁘고 그런 아이를 말이지요. 그렇지만 요 근래엔……"

"요 근래엔?"

"……그저 밉상은 아니고…… 바보 비슷한 아이를 낳았으면 해요."

"왜?"

"고뇌가 무엇인지도 모르고 그저 영화나 보고 좋아하고 당구나 치고 만족할 수 있고 야구 구경이나 하며 시간을 보내고도 후회하지 않는 아주 속물로 만들고 싶어요."

"그렇지만 애가 백치가 아닌 이상 그럴 수 있을까?"

"글쎄요, 하여튼 튼튼한 백치나 낳았으면 호호호……"

선애도 역시 익살로 대답을 했지만 선애다운 얘기였다. 선애의 논리에 의하면 아버지는 연두색의 백치가 되려고 노력하는 것이리라.

아니, 선애의 추억은 불러일으키지 말자. 고향에 가서 나는 어떻게 살아야 하느냐가 문제다. 서울에서 내 행동의 일체가 악이었다면 그러면 고향에서는 그와 정반대로의 행동을 하고 살면 선이 될 것인가? 그러나 정반대의 행동이란 도대체 어떤 것인가? 그러기 전에 내가 과연 서울에서의 나의 행동 일체를 부정하고 나설 수 있을까?

우선 고향의 내 친구들이 생각났다. 분석해보면 영빈과 별 차이 없는 친구들이었다. 영빈보다는 좀 덜 들떠 있다고 하면 설명될 수 있는 친구들이었다. 고향에 가도 별수 없겠다는 생각이 자꾸 드는 것은 내가 다정하다고 생각하고 있는 친구들의 무엇엔가 짓눌려버린 표정들이 눈앞에 보이는 듯했기 때문이다.

김윤수, 몸무게가 병적으로 가벼워서 징병 신체검사에 늘 무종을 받고, 시를 쓰는 친구. 어떤 문예지에 시 추천을 받았는데 그의 시를 추천해준 소위 대가 시인의 추천사가 걸작이었다.

'김 군, 그대는 드디어 생각하는 갈대가 되었도다, 운운.'

그것을 보고 하도 우스워서 정색을 해버렸는데 지금도 괜히 갑갑증이 생기면 그 추천사를 펴보고 낄낄거리며 웃다가 갑갑증을 풀어버린다는 편지를 보내온 친구였다. 별로 크지 않은 키에 넓적한 얼굴. 눈가에 주름이 많이 잡히며 왼쪽 턱에 까만 사마귀가 있어서 '섹스어필'하다고 기생들이 많이 따르는, 내게 가장 다정한 친구였다. 영빈에게 비하면 자학이 심하다고나 할까 스스로를 파멸시키는 생활을 하고 있었지만 그러나 영빈보다는 훨씬 고급인 것이, 영빈이라면 '그렇지만 이건 내 탓이 아니야'라고 말할 것도 윤수는 뭐 항의할 수도 없다는 듯이 묵묵한 것이었다. 자살 문제만 해도, 영빈은 죽을 용기가 없어서 슬프다고 법석을 떨지만 그러나 위암이나 걸리지 않는 한 살아갈 친구였고 그에 비하면 윤수는 죽음이라는 말을 입 밖에 내어서 말하는 법은 없지만 언제 어떻게 되어버릴지 조마조마하기 짝이 없는 친구였다. 이제 와서 조화된 고향을 찾는 일이 망발이라면, 윤수는 아쉬운 대로 그럭저럭 '아직도 순박한 고향'이라고 말할 수 있었다.

그러나 내 눈앞에서 낄낄거리고 있는 윤수의 곁에 또 한 친구의 얼굴이 떠올랐다.

임수영, 한마디로 무시무시한 친구. 시골 고등학교를 나와 함께 졸업하고 법대에 진학했는데, 재작년 그러니까 2학년 때, 바람 한 점 없이 뜨거운 어느 여름날 오후, 대학가의 플라타너스에 기대어 피를 토하고 나서 대학병원의 폐침윤肺浸潤 2기 진단을 받고 힘없이 고향으로 내려가 있는 친구였다. 홀어머니와 간신히 고등학교를 마친 누이동생과의 간단한 식구였지만 무척 가난하였다.

지난여름, 나는 별로 소식이 없던 그로부터 난데없는 등기우편을 받았었다. 위체爲替 천 환권과 다음과 같은 내용의 편지가 들어 있었다.

'……아시아짓드, 파스, 모두 고가액의 약품들이다. 홀어머니의 삯바느질 수입으로써는 아무래도 나는 살아날 길이 없을 듯하다. 여기 보내는 천 환으로 돈어치만큼 춘화를 사서 보내주기

바란다. 판로는 얼마든지 있을 듯하다……'

다음 날 그 편지를 영빈에게, 나는 자랑이라도 하는 기분으로 보였더니 영빈은 과연 감탄을 연발하는 것이었다.

"메시아가 탄생했군. 메시아가 탄생했어. 이거 한잔 마셔야겠는데."

둥실둥실 춤이라도 출 듯이 좋아하며 그는 자기의 돈 천 환을 더 보태어 어디선지 춘화 80매를 구해다가 내 손에 쥐여주는 것이었다.

"인마, 특별히 도매가격으로 사 온 거야. 메시아께 내 얘기도 몇 자 적어 보내."

그는 그렇게 말하기도 하였다.

얼마 후 수영에게서 소식이 왔는데 '1매당 백 환 판매 대성황. 주문 속속 도래. 내 건강 회복에 축복 있을진저.' 라는 익살스러운 소식과 영빈을 자기의 사도使徒로 취임시키겠다는 농담에 자본금 2천 환을 보내어 춘화를 더 사서 보내달라는 것이었다. 그후로 몇 차례 더 그런 일이 있고 소식이 끊어졌는데, 윤수 편의 소식에 의하면 수영은 시골에서 직접 그걸 만들어 판다는 것이었다. 건강도 별로 좋아진 것 같지 않다고 했다. 그리고 '죽여버리고 싶은 놈이다'라고도 씌어져 있었다.

그 외에 김형기라는 친구가 생각났다. 다소 어리석은 듯하지만, 그런 만큼 정직하고 욕심낼 줄 모르는 친구였는데 고등학교 다닐 때 나를 퍽 따랐다. 계집애처럼 예쁘장하고 키가 작아서 학교 친구들 사이에서는 형기가 나의 '각시'로 통해 있었다. 야,

네 각시 저기 온다고 놀리곤 했는데, 악의는 없는 듯했으므로 나와 형기는 웃으며 받아넘길 수 있었다. 그러나 언젠가 한 번은 담임선생님께서 우리들을 교무실로 불러놓고, 농담 반 진담 반으로, 너희들 심각한 사이는 아니겠지? 하고 물어보는 바람에 어색하고 창피하고 그렇다고 우물쭈물할 수도 없어서, 아뇨 굉장히 심각한 사이입니다,라고 내가 농담으로 대답했지만, 그때 흘깃 곁눈질해 보니 형기는 정말 계집애처럼 새빨간 얼굴을 푹 숙이고 어쩔 줄 모르고 있었다.

그렇게 착한 형기가 고아가 된 뒤에 장님까지 되어버렸다는 소식이 있었다. 지난해 겨울, 꽤 큰 화재가 있었는데 그때 형기의 집도 불길에 휩싸여 형기의 식구는 모두 타서 죽고 형기는 겨우 빠져나왔으나 눈을 뜰 수가 없게 되었다는 믿을 수 없도록 놀라운 소식이었다. 지금은 친척 집에 얹혀살면서 안마술을 배워 그걸로써 푼돈이나마 벌어들이고 있다고 했다. 고향도 어두우리라. 사람이 미워졌고 더구나 사람을 미워하는 방법을 배워버린 내가 어두운 고향에서 또 어떠한 광태狂態 속에 휩쓸려버리는지, 나는 벌써부터 울고 싶었다. 그러나 울고 싶은 만큼의 반작용이 없는 것도 아니라고 장담할 수도 있긴 했다. 해내는 거다. 세상이 당연하다고 내미는 것을 나 역시 당연하다고 생각하며 받아들이도록. 평범한 것을 흡족하게 생각하며 받아들이도록. '여보게, 딴생각 말고 착실히 공부해서 좋은 데 취직하여 착한 여자 얻어서 아들딸 낳고……' '네, 저도 그럴 작정입니다'라고 대답하도록. '분수에 넘치도록 욕심이 많은 사람이 자살하는 법이야. 욕심을 줄이면 되지 않나?' '선생님, 참 그렇군요'라고 생각하도록. '80이 다 되어가는 내가 끄떡없이 사는데 귓바퀴에 피도 안 마른 놈이 괴롭네 어쩌네 앓는 소리를 하다니……' '할아버지, 존경하겠습니다.'

어쩌면 내게는 그럴 가능성이 얼마든지 있을 듯했다. 우선 철저히 파멸되는 것이 무서워서 서울을 도망이라도 하는 기분으로 떠나고 있는 내 행위가 그걸 증명해주고 있는 게 아닐까? 차창에 비친 나의 표정 잃은 얼굴에 나는 괴로워하고 있지 않은가? 그리고 무엇보다도, 사람이 밉다고 떠들고 있지만 고향의 벗들을 나는 연민이 가득한 마음으로 그리워하고 있는 것이 아닌가? 나의 이 연민이 배반만 당하지 않기를.

뻥 뚫린 구멍? 그러나 그것을 땜질할 만한 것이 존재하지 않는다고 아직은 단언할 수도 없는 것이 아닌가? 나는 고향이 가까워올수록 피어나는 희망을 보았다.

3

기차는 날이 다 밝아서, 아침밥 먹을 무렵에 고향에 도착했다. 순천, 고향에도 가을이 깊어 있었다. 조용하면서도 꽤 강렬한 아침 햇살에 눈이 부셔 다소 어지러움을 느끼며 내가 플랫폼을 나서자, 윤수가 내 앞을 막아섰다. 얼굴은 온통 주름투성이로 웃고 있었다. 내가 띄운 엽서를 받고 마중을 나왔다고 했다. 그

리고 그는 나의 한 손에 든 여행 가방을 받아 들면서,

"잘 왔다, 잘 왔어."

하고 말하는 것이었다. 진심에서인 듯했다.

그는 낡은 흑색 양복을 입고 때 낀 백색 와이셔츠를 안에 입고 있었는데 넥타이는 없었다. 옷차림부터가 어딘지 무너져가는 듯했지만 이 젊은 나이에 노인처럼 주름이 지고 주독이 올라 검붉은 빛깔을 하고 있는 그의 얼굴을 보자 나는 갑자기 허무한 생각이 들었다.

역에서 시가지로 들어오는 한길을 걸어가며 잠시 동안 우리는 무슨 얘기를 해야 할지 몰라서 잠잠했다. 수많은 낙엽들이 길 위를 이리저리 굴러다니고 있었다. 차디차게 파아란 빛을 하고 있는 아스팔트 위에 낙엽들의 갈색은 꽃처럼 선명했다.

"물론 계획은 없겠지?"

윤수는 별로 대답이 필요 없는 질문을 했다. 나는 빙긋 웃어 보였을 뿐이었다. 한참 후에 내가,

"시 많이 썼냐?"

고 물었더니,

"아아니, 통 못 썼어…… 봄여름엔 술만 마셨지. 글은 가을이 오면 쓰기로 했는데 가을이 다 가도록 씌어지지가 않아…… 소설도 한 편 써볼까 하고 있었는데 원고지로 두 장 쓰니까 막혀 버려서…… 뭐 그걸로 다 써버린 느낌이기도 하고……"

"생각하는 갈대께서?"

"글쎄, 시를 쓰는 것은 생각하는 갈대쯤이면 되겠지만 소설

은……"

"소설은?"

"글쎄, 철면피? 돼지? 악마? 하여튼 여간 배짱 가지잖고선 그런 능청은 못 부리겠더라."

"양심을 걸고 쓰면……"

"양심? 소설에 양심을 걸고? 아하하하하……"

그러면서 그는 양복의 안 호주머니에서 다색茶色 봉투를 꺼내어 그 속에 접어서 넣어두었던 원고지 두 장을,

"내 소설의 서두지."

라고 말하면서 내게 건네주었다. 글은 먹물로 갈겨쓰여 있었다.

'황荒이라고나 표현하고 싶은 친구. 태어날 때의 재산은 A형인 혈액뿐. 그나마 부족했던지 늘 빈혈증으로 비틀거리고. 아아, 그렇지만 사람들은 이따위 상징적인 이력을 통 신용 안 한다. 그러면? 경주 김씨 순은공파 36대손, 항렬은 수秀 자. 외가는 파평 윤씨. 남원 지방에서 주거하다가 남하하여 그의 씨를 퍼뜨린 김○○의 5대 직손. 그러나 이런 고전적 서사시도 지금은 사라지고 없다. 무어라고 쓸까? 무어라고 쓸까? 나는 착한 놈입니다라고 그냥 우겨대어 나가보자. 그러나 과연 그래도 괜찮을는지.'

나는 웃으면서 그것을 도로 건네주며,

"모르긴 모르지만, 소설은 이렇게 쓰는 게 아닐 거야."

"글쎄."

하고 그도 웃었다.

"넌 역시 시를 써야만……"

하고 내가 말하자, 그는 다시 피식 웃으며,

"시? 그것도 능청을 좀 부려야 쓰지 이젠 못 쓰겠어. 시라고 써놓고 보면 기막힌 욕설이 되어버리니 참."

"술 많이 마시냐?"

"음, 많이, 지독하게 많이. 코가 비뚤어지도록……"

"뭔가…… 기생들하고?"

"음, 그렇지만 기생이란 칭호가 과분한 여자들이어서. 허긴 나도 시인이란 칭호가 과분한 놈이지만, 하여튼 그런 연놈들이 모이니까 판은 어울리지, 하하하하……"

그러다가 그는 문득 생각난 듯이,

"진짜 기생들과 술을 마셔봤으면 좋겠어. 그 뭔가 샤미센을 켠다는 일본 기생들과 말야."

"일본 기생까지 끌어들일 건 없지 않아? 우리나라에도……"

"그렇지만 벌써 옛날이지. 우린 세상에 태어나기도 전에 멸망해버린걸. 물론 그 가야금을 켜는 기생들이 지금까지 내려온다면 샤미센네보다야 상품上品이겠지만. 아아, 아름다운 것은 일찍도 멸망하느니라."

"전쟁 탓이지."

"그 전쟁, 전쟁은 집어치워. 입에서 신물이 난다. 전쟁이 반드시 손해만 준 것은 아니잖느냐 말야."

"……"

"예컨대 내가 한꺼번에 여자를 서너 명씩 데리고 자는 것을 허용하든가."

우리는 함께 소리 내어 웃었다.

"그런데 그 기생 아니 갈보들이 말야, 걸작이거든. 소월 시를 줄줄 외우고 게다가 내가 이상을 읽어주면 다 알아듣겠다는 거야. 언젠가 내가 사전에서 어려운 말만 골라서 시랍시고 써가지고 갔더니, 대명작이라는 거야. 엄청나지. 진짜 문학은 걔들이 허나 봐."

그는 낄낄거리며 웃었다.

나는 점점 험상궂은 구름이 나의 내부에서 피어나는 것을 느꼈다.

"변변찮은 철공소를 차려놓고 망치로 쇠붙이를 두들기고 있어야 하는 아버지는 내 어머니라는 여자 하나만으로 참아야 하는데 아들인 나는 그 사람의 아들이라는 이유만으로 그 반대지. 요즘은 부쩍 아버지가 불쌍한 생각이 든다니까. 언제 기회가 생기면 내가 아는 기생들을 몽땅 데리고 집으로 가서 큰상이나 하나 차려놓고 아버지께 여자 맛이나 실컷 보여줄까 하는데. 뭐 내 처지에서 그것밖에 효도가 없을 것 같기도 하고."

이런 얘기를 하며 낄낄거리고 있는 윤수에게서 나는 내가 피해 온 저 오영빈의 세계가 되살아오는 듯해서 고향에서 최초의 식은땀을 흘렸다.

규모가 작기는 하지만 고향도 도시였다. 도시이기 전에 저 사조思潮라는 맘모스와 그리고 그것이 찍고 가는 발자국에 고이는 구정물의 시간이었다. 그것을 긍정한다면 남이 나를 미워하듯이 나도 그들을 미워하는 것은 당연하지 않은가. 그러나 사람을 미워하는 감정 자체가 너무 괴로운 것이었다. 내 지난날의 그 평안, 토끼의 세계를 떨구어가듯이 ─ 그 세계가 잦아져버리는 게 아니라 내가 거기에서 막연한 필요성 때문에 도망하는 듯한 안타까움이 있었다. 게다가 시대의 핑계만으로는 단념할 수가 없다는 집념이 거기에 곁들이고 있는 것이기도 하였다.

윤수에게는 대체 어떠한 안타까움이 있는 것일까? 어쩌면 내가 감히 이해할 수 없는 것인지도 모른다. 그러나 어찌 됐든, 윤수가 영빈과는 다르다는 나의 생각 ─ 영빈보다는 윤수 편이 훨씬 진실된 고뇌를 가졌다는 생각. 그들 둘의 어떤 결과된 행동이 꼭 같다 하더라도 내부의 충동은 윤수 편이 훨씬 옳았다는 생각. 이러한 나의 생각이 단순히, 윤수는 '고향의 친구'라는 어휘가 주는 어감의 장난이 아니기를! 그리고 사실, 춘화를 파는 친구 임수영을 '죽여버리고 싶은 놈'이라고 표현할 수 있었던 윤수는 나의 그러한 기대에 보답될 수 있는 사람이 아닐까? 아직 식은땀까지 흘릴 필요는 없는 것인지도 모른다. 젊은이 특유의 대화체라고 생각해도 무관할 것이다. 뭐 우리네의 대화란 태반이 하지 않아도 좋을 것들이니까.

형기에 대한 얘기를 해야 할 것 같다. 장님이 되어버린 나의 옛 '각시'. 집에 짐을 풀고 나서 오후에 나는 형기를 찾아갔다. 역에서 오는 길에, 윤수로부터 형기의 괴로움을 대충은 들었었다. 그러나 내가 직접 형기를 만났을 때 나는 형기 자신의 괴로움이 내게 전해올 뿐만 아니라 내 앞에서 울음이 금방이라도 터질 듯한 얼굴을 푹 숙이고 그러면서 무언가 말이 하고 싶은지 입을 쫑긋거리고 앉아 있는 그의 외모 때문에 나는 나대로의 괴로움을 얻고 있었다.

화상 때문에 얼굴 근육들은 비틀어져버렸고 동글동글하고 자그마한 얼굴에 커다란 흑색 안경을 쓴 그는 아무래도 웃음이 나는 만화의 주인공 같았다. 더구나 그가 들어 있는 방이란 그의 숙부 댁의 한 작은 골방인데 한쪽 구석을 쌀가마니 두 개가 차지하고 있고 천장은 낮고, 얼마나 오래되었던지 회색으로 썩어가는 돗자리를 깐 방바닥에 홑이불처럼 얇은 이불을 이건 언제 펴두고 한 번도 개지 않았는지 걸레처럼 쭈글쭈글 깔아놓고 그 위에 형기는 서투르게 만들어진 부처님처럼 앉아 있었다.

나는 무슨 말을 해서 그의 불행을 위로해야 좋을지 몰라서 잠자코 그의 한 손만 쥐고 그걸 만지작거리며 앉아 있었다.

한참 후에 형기가 고개를 숙인 채 혼잣말처럼,

"날 바다로 데려다줘."

하고 말했다. 나는 그의 시커먼 안경 밑으로 눈물이 방울방울 흘러내리는 것을 보았다.

"바다는 왜?"

바다는 여기서 남쪽으로 30리쯤 밖이었다.

"불 속에서 차라리 식구들과 죽었으면 좋았을 텐데."

"……"

"……"

"죽어버리고 싶냐?"

고 묻자 그는 고개를 끄덕였다.

"정우야."

그는 내가 쥐고 있는 자기의 손을 약간 흔들며 말했다.

"바다로 데려가줘?"

내가 물었다. 그는 또 고개를 끄덕여서 대답했다. 어딘지 어리광 같고 그러나 사실은 웃음으로 받아넘겨버릴 수 없는 부탁이었다.

형기는 자기의 괴로움을 안으로만 간직하며 이때까지 나를 기다리고 있었던 게 아닐까고 나는 생각하고 있었다. 그는 나와 대면하고 나의 얘기에 귀를 기울이고 그리고 나의 도움으로 죽든지 그렇지 않으면 살든지 하겠다고 작정하고 있었던 게 아닐까. 어쨌든 내가 그를 사랑하고 있었던 것을 그는 알고 있었던 것이니까. 마치 남자가 여자를 사랑하듯이 사랑하고 있었다고 해도 나로서는 무어라고 부정할 말이 얼른 생각나지 않는다. 나에 대한 형기의 감정도 그랬으리라. 아니 더했으면 했지 결코 뒤지지는 않았던 게 분명하다. 나는 이상스레 당황해지기 시작했다. 고등학교 때 저 담임선생 앞에서 형기가 계집애처럼 새빨개진 얼굴을 푹 숙였던 이유를 오늘에야 이해할 수 있을 듯했다.

(내가 하행하지 않았다고 하면?)

아마 그는 자기의 괴로움을 껴안은 채 나와 저절로 대면하게 될 때까지 모든 결정을 유예시키고 있었을 것이다. 어쩌면 그는 나와 만나게 되는 것을 두려워하고 있었던 게 아니었을까. 십중 팔구 나의 이런 생각은 옳을 것이다.

"인마, 쓸데없는 소리 말고……"

나는 이렇게 말을 시작했으나 더 이어지지가 않아서,

"나하고 천천히 생각해보자."

하고 말했다.

나는 그의 한 손을 붙잡고 바람을 쐬러 밖으로 나갔다.

구름이 끼고 음산한 바람이 불고 있었다. 나뭇잎도 다 져버린 나무들은 회색 하늘 밑에서 앙상하게 서로를 의지하고 있었고 시 주변의 산들은 어두운 갈색으로 칙칙하게 저녁을 맞이하고 있었다. 우리는 산 밑을 흐르는 강의 방죽으로 나갔다. 방죽에는 까만 벚나무가 줄을 지어 서 있었다. 봄이 오면 꽃들이 활짝 피어서 방죽은 꽃구경 나온 사람들로 화려했었다. 북쪽으로 먼 산간 지방으로부터 눈이 녹아 내려온 맑은 봄물이 넘실거리던 강은 지금은 물이 말라버려서 한 줄기 가느다란 물줄기가 바싹 마른 자갈과 모래 사이를 근근이 비껴 흐르고 있었다. 물이 흐르는 쪽으로 눈을 돌리면 멀리 긴 다리가 그의 하얀 모습을 가물가물 보여준다. 이 쓸쓸한 풍경 속에서 난 계절의 아름다움을 느끼고 있었다. 나는 무심코,

"제법 어떤 분위기를 가진 풍경이지?"

하고 형기에게 물었다.

"응."

하고 그가 대답하며 미안한 듯이 뺑긋 웃었을 때, 나는 그가 장님이라는 현실로 돌아왔고 그 현실이 얼마 전보다 훨씬 쓰라리게 생각되었다. 나는 호주머니를 뒤져 담배꽁초를 찾아내서 피웠다. 담배 연기가 금방금방 공중에 흩어져버리는 것에 주의를

집중시키며 내가 마음의 쓰라림에 어떤 방향을 주려고 애쓰고 있는데 형기가,

"담배 냄새란 참 좋구나."

하고 말했다. 나는 담배를 방죽 밑으로 던졌다. 담배는 모래밭에서 빨간 점이 되어 있다가 얼마 후에 꺼져버렸다. 어둠이 내리고 있는 강바닥에서 그 빨간 담뱃불은 무척 고왔다. 빗방울이 듣기 시작했다. 바람도 퍽 쌀쌀하게 불어서 나는 형기의 손을 잡고 일어섰다.

이미 나는 형기와 나와의 관계를 깨닫고 있었다. 형기를 사랑할 수 있는 것도 반대로 학대할 수 있는 것도 세상에서는 나뿐이었다. 내가 그의 곁에 있는 한 그는 살아갈 것이다. 오직 내가 그의 곁에 있다는 사실만으로써도. 그리고 그것은 내 하향에 부여된 하나의 의미이기도 한 것이었다. 나는 그와 잡은 나의 손에 힘을 주었다. 얼마 후에 그의 손에서도 연인끼리의 그것처럼 조심스러운 반응이 왔다.

아버지와 어머니는 예상 이상으로 나의 하향을 슬퍼하고 계셨다. 아버지 편이 더 그랬다. 그날 저녁, 내가 아버지 앞에 꿇어앉아서 무어라고 변명을 시작하려고 하는데, 아버지는 나지막한 음성으로,

"안다, 안다."

고 말하며 고개를 숙이고 있었다. 아버지는 정말로 알고 있는 모양이었다. 그러나 어머니는 무언가 오해를 하고 있는 듯했다.

"얼마나 부대꼈으면……"

하고 말끝도 맺지 못하고 돌아앉아 울기 시작하면서 띄엄띄엄

"자식 하나 편안히 못 가르치고…… 난 죽일 년이지."

안으로 기어드는 목소리로 겨우 말하고 있었다.

그게 아니었습니다, 뭐 돈 같은 것 때문이 아니었어요, 하고 말하고 싶었으나 따지고 보면 다소 그런 괴로움이 없던 것도 아니었으므로 그러나 그보다는 나의 하향 이유를 들으면 어머니나 아버지는 더욱 슬퍼할 것이므로 나는 아무 말 하지 않기로 해버렸다. 나의 방으로 물러 나오면서 내가,

"시청 같은 데 취직이라도 하겠습니다."

하고 말했더니, 아버지는 어이가 없다는 듯이,

"네가?"

하며 텅 빈 웃음을 허허 웃었다. 사실 이런 취직난 시대에 더구나 병역도 마치지 못한 놈이 취직할 데는 어디에도 없는 것이었다. 그리고 지금의 나로서는 취직을 했다고 한들 한 달도 못 견디어낼 것이다. 고마우신 아버지. 아버지가 연두색에 미쳐버렸듯이 나도 무엇엔가 미쳐야겠다고 생각하며 나는 쓰게 웃었다.

고등학교 3학년인 아우도 애매한 이유로써나마 실의에 차 있는 듯했다.

"너 이렇게 공부해가지고 서울대학은 안 된다. 내가 수험 공부를 할 때는……"

하고 제법 큰 소리로 위협을 해보는 것이지만 사실 자신을 돌아볼 때 목이 컥 막히는 것이었다. 서울대학에 합격했다고 해서 무엇을 얻었던가. '예링'을 가르치는 구역질 나는 강의. 또 거기

에는 '헤겔'과 '쇼펜하우어'가 동시에 위대한 것이었다. 당사자
들이 들었으면 펄펄 뛰었을 텐데도 순전히 보편적 진리란 이름
으로 그들이 서로서로 상대편이 오류라고 하며 자기를 관철시
키려던 얘기는 하나의 에피소드에 불과한 것이었다. 그리고 그
보편적 진리를 배웠다는 친구들의, 아아 날뛰는 꼴. 감색 교복에
은빛 배지를 빛내며 버스칸 같은 데서 가죽 가방을 무릎에 세우
고 영감님처럼 점잖게 앉아 있는 국립대학생. '헤겔'도 못 되고
'쇼펜하우어'도 못 된 것들이. 더구나 '예링'의 절규가 어디서
나온 것인 줄도 모르고 그 절규의 메아리만 배워서 실천하려고
드는 무리들. 그러나 그들은 행복해 보였다. 아우도 그래 주었으
면 좋겠다고 나는 생각하고 있었다.

  "인마, 너 합격만 하면 내가 입던 교복 너 줄게."
하며 나는 아우의 어깨를 툭툭 쳤지만 그러나 나의 교복은 술과
토해낸 것들로 하얗게 얼룩이 져서 대학 앞 어느 술집에 외상의
담보로 잡혀져 있는 것이었다.

  며칠 후 저녁 식사 때에 대학 교복 얘기가 나와서 어머니가
아우를 가리키며,

  "얘는 얼굴이 하야니까 감색 옷을 입으면 참 예쁠 거야."
하고 말하자 아우가 계집애처럼 해해 웃는 걸 보고, 나는 토끼
를 쫓고 있는 나 자신의 재판再版을 거기서 보는 듯하여, 아우만
은 버스칸에서 영감님처럼 앉아 있을 수 있어주었으면 하고 가
슴 아프도록 바라고 있었다.

  고향에 와서의 이튿날은 하루 종일 비가 내렸다. 나는 우산

을 받쳐 들고 춘화장수, 폐병쟁이 수영이를 찾아갔다. 그의 집은 작은 초가집인데 방이 두 칸, 하나는 그의 어머니와 누이동생이 삯바느질을 하며 거처하고 있고 다른 하나가 수영의 말하자면 병실이었다.

고생을 많이 해서 60이나 되어 보이도록 주름이 많고 핼쑥한 그의 어머니와 이 역시 한창 스물 나이답지 않게 핼쑥한 그의 누이동생에게 인사를 할 때 나는 자신도 모르게 눈물이 핑 돌았다. 그러나 정작 병자인 수영은 그의 해골처럼 바싹 마른 용모에도 불구하고 의외로 명랑한 편이었다. 수영이 거처하는 방은 대낮에도 촛불이나 켜야 책을 읽을 수 있을 만큼 어두컴컴하고 사방이 책으로 싸여서인지 먼지가 많았다. 책상 위에는 진한 녹색의 사보뎅이 한 포기 화분에 심겨 놓여 있었다. 사보뎅의 그 강렬한 빛깔은 어두운 방 안에서 환히 돋보이는 것이었다. 내가 사보뎅을 보고 있는 걸 알아채고 그는,

"사보뎅 좋지, 응?"

하고 물었다.

"장엄하구나."

내가 그렇게 대답하자,

"장엄하다? 좋았어. 본인은 그처럼 장엄하게 살고 있지."

그렇게 말하며 그는 흐흐흐 웃었다.

"곧 꽃이라도 필 것 같은데."

나는 웃으며 맞장구를 쳐주었다.

"그거 무얼 양분으로 하고 자라는 줄 알겠냐? 맞춰봐. 아주 상

징적인 물건이지."

그가 물었다. 내가 의아한 눈초리로 화분을 보고 있노라니까 그는 다시 흐흐흐 웃으며 화분을 가리키고,

"파봐, 거기 화분의 흙을 헤쳐봐."

나는 지시하는 대로 손가락으로 흙을 헤쳐보았다. 몇 개의 환약이 썩은 색을 하고 손가락에 잡혔다. 그 밑에도 몇 개 있을 듯했으나 파헤치는 걸 그치고 나는 드러난 약을 한 개 집어 들어서 냄새를 맡았다.

"그거 무언 줄 알겠냐?"

하고 그는 웃음을 띤 채 물었다.

내가 무엇이냐는 듯이 고개를 그에게로 돌리자 그는 방바닥에 깔아놓은 이불 위로 깍지 낀 손을 뒷머리에 대고 벌렁 나자빠지며,

"세코날이야."

하고 말했다.

"세코날이 사보뎅을 키운다. 좋지 않아?"

그는 또 흐흐흐 하고 웃었다.

"좋구나."

나는 손에 든 걸 화분 속으로 던지고 그의 옆에 앉았다. 그는,

"저만큼 비켜 앉아. 너도 폐병쟁이 될라."

하고 말하면서 나의 엉덩이를 밀었으나 나는 그대로 버티고 앉아서 방 안을 둘러보았다. 저 안편에 검정색 커튼이 드리워 있었다. 나는 짚이는 게 있어서 그 커튼 쪽을 가리키며,

"저거냐?"

하고 물었다. 그는 다 알면서도,

"무어?"

하고 되물었으나 그다음에 씨익 웃는 것으로 보아 나의 상상대로 그곳에는 춘화를 만들어 파는 사진 기구가 있는 모양이었다. 가서 들추어보았더니 과연 간이 인화기니 현상용 비커니 약품이 든 병들이 있었다.

"수입은?"

하고 내가 묻자,

"내 약값엔 충분하지."

"몸은 많이 나았냐?"

"피는 안 토하기로 했지. 그러나 이따금씩 심해질 때가 있어."

"경찰엔 안 걸리고?"

"다행히 거래상의 의리란 게 아직 남은 모양이어서 한 번도 걸리진 않았지."

"뭘로 시간 보내냐?"

"그럭저럭 잠이나 자고 책이나 읽고."

"책은 무슨 책을?"

그는 손가락으로 방 안을 한 바퀴 휘 가리켰다. 나는 손에 잡히는 대로 한 권을 빼서 그것의 제목을 보았다. 유행 작가의 소설이었다.

"문학을?"

"응."

"법대생이?"

"법대생?"

그는 또 흐흐흐 웃음을 터뜨렸다.

"법대생? 그러고 보니 다시 한번 대학생이 되고 싶어지는구나."

"소설 많이 읽었냐?"

"글쎄, 닥치는 대로지 뭐."

"누가 좋았어?"

"글쎄…… 앙드레 지드란 놈 알지?"

내가 고개를 끄덕이니까,

"그 자식, 나하고 흡사하던데."

"천만에, 정반대일걸."

"아냐, 흡사해. 그 자식 일주일에 수음 몇 번 했는가를 알아맞히라고 하면 난 말할 수 있지."

"몇 번 했어?"

"네 번이지. 왜냐고? 나하고 흡사한 놈이니까, 흐흐흐."

나도 그를 따라 웃을 수밖에 없었다.

"생텍쥐페리는?"

내가 묻자 그는,

"읽었어."

"어때?"

"그 자식은 아무래도 믿을 수가 없어. 놈의 소설을 읽고 있노라면 무엇엔가 꼭 속고 있는 느낌이란 말야."

나는 덤덤한 심정으로 고개를 끄덕였다. 아마 수영의 얘기는 정당할 것이다. 나는 타인에 대하여 오랫동안 깊이 생각해본 적이 별로 없다. 타인의 소설이라든가에 대해서도. 그런데 수영이는 퍽 오랫동안 그리고 깊이 생각해본 자의 태도로 얘기하고 있는 것이었다. 어쩌면 그는 거기에서 구원의 길을 찾고 있었던 게 아닐까. 아무래도 그는 밑바닥까지 내려가 있으니까. 그런데 반추해보면 나의 위치는 퍽 애매한 것이었다. 밑바닥까지 내려가 있는 자를 부러워하고 그리고 그만큼의 강도로 그곳에 추락되는 것을 무서워하고 있는 것이었다. 가만있자, 이 얘기는 어찌되는 것일까? 나는 문득 수영에 대하여 증오의 감정이 생기는 것을 느꼈다. 죽어줬으면 좋겠다는 생각이 갑자기 찾아왔다. 그러나 수영이 자신은 세코날로 사보뎅을 기르고 있는 것이 아닌가? 기어코 살아내겠다는 의지로 뭉쳐 있는 것이었다. 수영이가 더욱 미워졌고 산다는 것이 던적스럽게 생각되었다.

"윤수는……"

내가 윤수를 빙자하여 나의 그런 감정을 표시하려고 할 때 그는 단 한마디로 간단히 방어해버리는 것이었다.

"그 자식은 날 미워하고 있어."

그렇게 말하는 그의 말투가 어찌나 험악했던지 나는 움찔 움츠러들어버렸다.

"날 질투하고 있어."

그는 또 그렇게 말하였다. 질투? 그럼 지금 나의 수영에 대한 감정도 질투란 말인가?

"내게 여자를 제공해준 게 누군 줄 알아? 윤수야. 여자 위에 올라타고 있는 게 누군 줄 알아? 윤수지."

그는 벌떡 일어나더니 커튼 저편에 가서 춘화를 한 뭉텅이 가지고 와서 내 앞에 던졌다. 가지각색의 자세로 찍혀 있는 그것들은 너무나 기괴망측하였다. 내가 영빈을 통하여 사 보냈던 춘화에도 그처럼 괴상한 자세는 없었다. 춘화를 만들기 위한 춘화. 너무나도 돈을 만들기 위한 춘화. 약을 사기 위한 춘화. 살기 위해서는 저처럼 망측한 자세가 유지되어야 한다는 그 사진들에서 다행히 윤수는 한결같이 고개를 돌려버림으로써 얼굴을 보이지 않고 있으므로 얼른 윤수라고 알아볼 수는 없었으나 어쨌든 윤수임에는 틀림없는 모양이었다. 윤수와 같이 찍혀 있는 여자의 얼굴은 이쪽을 향하고 있었다. 눈썹이 짙은 얼굴이었다.

"서울에서 네가 보내준 것을 팔고 있을 때 어떻게 알았는지 윤수가 찾아와서 자기가 모델이 되어줄 테니 여기서 만들어 팔라고 권하였지. 짜아식의 그때 표정은 영 잊을 수가 없어. 아주 징그럽게 웃으면서 뭐랄까, 나를 물어뜯을 듯했으니까. 나도 이를 갈면서 '오케이'했지. 하지만 내가 늘 선수지. 난 여자와 결코 가까이하지 않거든. 몸이 나빠지니까 말야. 아마 짜식은 내가 죽기를 바랄지도 모르지. 그렇지만 내가 죽어?"

그는 억지로 짜내는 웃음을 쿡쿡 웃었다. 나는 고향에서 두번째의 식은땀을 흘렸다. 수영의 그 말투 속에는 '이놈 너도 역시'하는 가시가 돋쳐 있는 것만 같았다. 더구나 수영의 그 웃음 앞에서 나의 모든 괴로움은 한낱 허수아비의 가면처럼 무의미한 것이 되어버리고 쳇바퀴를 도는 다람쥐로 변신해버리는 듯하였다. 세상에는 무수한 위기가 있다고 하지만 그야말로 수영의 웃음은 중대한 위기였다. 그러나 나는 솔직히 고백하거니와, 수영이가 내 지난날의 생활에 대한 나 자신의 죄책감을, 마치 안개처럼 흐릿하나마 분명히 존재하고 있던 회오를 점점 불려 보내고 있는 듯이 느끼고 있었다. 그리고 그것은 대단히 미묘한 평안이었다. 그렇다고 수영에 대한 증오가 사라졌다는 말은 아니다. 오직 그 증오란 게 내가 생각해도 내세울 만한 것이 못 된다는 얘기일 뿐이다.

그해 가을이 다 가고 높바람이 꽤 세게 불기 시작하는 동짓달을 맞을 때까지 내가 대부분의 시간을 보낸 곳은 수영의 방이었다. 윤수도 아침부터 출석이었다. 윤수가 수영을 미워하고 있는 것은 사실이었으나 그리고 수영의 표현대로 질투하고 있는 것도 사실이었으나 그것이 수영을 향한 것이 아니라 오직 윤수 자신의 에고이즘에서 튀어나오는 것이었으므로 드러내놓고 수영을 공격하거나 하는 행위는 없었다. 질투라고 해도 사실은 별게 아니었는지 모른다. 문학이라는 자기 영역을 침입받았다는 그리고 수영이 작품을 쓴다면 자기보다 우수하리라는 질투 정도였는지 모른다. 윤수는 은근히 수영을 골려줄 기회를 잡으려고 애쓰고 있긴 했으나 별로 큰 성과는 없었다. 수영은 병든 고슴도치처럼 웅크리고 앉아서 빈틈없이 자신을 보호하는 것이었다. 말하자면 감정의 장난이었다. 하여튼 겉으로는 서로 꽤 다정한 듯이 굴었고 평온했는데 내가 사이에 끼어서 조정한 힘도 컸을 것이다. 내가 하향한 지 며칠 후에 내가 손을 잡고 데리고 온 것을 계기로 형기도 우리들 틈에서 뒹굴었다. 그가 나날이 눈에 뜨이게 명랑해져가는 것이 내게는 커다란 위안이 되었다.

"적어도 난 너희들과는 다른 고차원의 세계에서 사는 사람이야. 난 너희들이 보지 못하는 어둠의 세계를 보고 살고 있으니 적어도 일차원은 더 너희보다 높은 거야. 저, 저것 봐라. 저기 천사가 날아가네"라고 농담을 할 정도로 입심이 늘기도 하였다. 설령 그가 입에 담을 수 없는 욕지거리를 술술 했다고 해도 나는 웃으며 받아들였을 것이다. 아무래도 그는 순수한 슬픔의 덩어리를 붙안고 있는 사람이었으니까. 하기는 때때로, 나와 단둘이 있게 되면,

"정우야, 날 바다로 데려가줘."

하고 고개를 숙이고 얘기하는 것이었지만 그러나 그것도 이제 와서는 한 가지 애교에 불과했다. 상대편의 사랑이 혹시 식어버리지나 않았나 근심이 되어 '우리 이젠 그만둘까?' 하고 짐짓 시험을 걸어보는, 연인들 사이에 흔히 있는 제스처와 흡사한 것이었다. 그리고 그러한 제스처에 속아 넘어가는 연인이 세상엔 없듯이 나도 형기의 애교에 속지 않았다.

그렇지만 아아, 그 퉁소 소리. 늦가을의 밤바람이 쓸쓸한 소리를 내며 불어가는 것에 귀를 기울이고 있을 때 그 바람에 휘몰려가는 듯이 가냘프게 형기가 불고 다니는 퉁소 소리가 들려오는 것이었다. 안마쟁이가 여기 지나갑니다라는 신호였다. 이불 속에 누워서 질주하는 바람에 모든 것이 불려가버리는 느낌으

로 그 퉁소의 여운을 생각하고 있노라면 형기가 그의 시커먼 안
경으로 우수憂愁를 가리고,

"정우야, 날 바다로 데려가줘."

하던 말은 견디어낼 수 없도록 절실한 것이었다. 그리고 진眞과
위僞의 차이를 구별해낼 수 없었던 서울에서의 나로 되돌아가
는 자신을 발견하는 것이었다. 실상 고향에서도 나는 아무 결론
을 얻지 못하였다. 생활을 빼어버린 나의 하루하루는 그렇다고
내세울 만큼 착한 것도 아니었다. 생활한다는 것, 좋든 나쁘든
생활한다는 것이 최고의 표현을 가진 예술이라면 내게는 어처
구니없지만 예술조차도 사라져버린 것이었다. 세상의 위인이란
사람들이 입버릇처럼 얘기하는 '항상 새로 출발하라'의 지점으
로 돌아와 있는 것이라고 생각하면 간단하겠지만 그렇게 생각
하기에는 젊어져야 할 것이 너무 많은 듯했다.

수영의 어두운 방에서 우리는 아포리즘풍의 시를 써내거나
하는 일로 소일하고 있었다. 윤수는 종이에 우리가 한마디씩 하
는 것을 정리해내곤 했다.

우울한 날엔 편지를 써라
아무에게나 생각나는 사람에게 편지를 써라
그래도 우울한 날엔 책을 읽어라
그래도 우울한 날엔 노래를 불러라
아무쪼록 유행가를 낡은 기억 속에서 끄집어낸 유행가를
그래도 우울한 날엔 잠을 청해라

잠도 오지 않도록 우울한 날엔 수음을 해라 눈을 부릅뜨고
그래도 우울한 날엔 울어보아라
거울 앞에 목을 앞으로 빼내어
울음소리를 닮은 소리를 질러라
그래도 우울한 날엔 그래도 우울한 날엔……

"그다음엔 '죽어라'인가?"
"아냐, 죽이지 않고 어떻게 해볼 방법은 없나?"
수영은 그렇게 대답하며 계속시킬 어구를 찾느라고 입을 우물거리는 것이었다. 서글펐다. 그러한 서글픔을 나는 김빠진 웃음만 허허 웃으며 삭여버렸다. 나도 그들을 따라서 입을 우물거려보았다. 입을 우물거리고, 그저 그러기만 하고 있었으면 나는 행복했다고나 할까?

4

날이 갈수록 내 도피의 어리석음이 드러났다. 미워하는 데서 그치지 말고 반항하는 법을 배웠더라면 나의 괴로움은 진작 서울에서 무마될 수 있었을 것이다. 스스로 목숨을 끊는 결과를 가져왔다고 하더라도 그 편이 훨씬 정직한 것이었으리라.

어느 날 아침, 내가 수영의 집에 출근했을 때 내가 좀 일렀던

지 수영은 아침 산보에서 돌아오지 않고 출근자는 나 혼자뿐이었다. 수영의 방에 누워서 뒹굴고 있노라니 누가 방문을 똑똑 두드렸다. 수영의 동생 진영이었다.

"어머니가 잠깐 건너오시래요."

라고 진영이 말했다. 스물 나이답지 않게 병자처럼 핼쑥한 그녀의 얼굴은 사뭇 엄숙한 표정이었다. 무슨 근거에선지 문득, 아이제 심판이 시작되었구나, 하는 느낌이 들었다. 그리고 수영의 어머니가 어떠한 질문을 하더라도 나는 그것에 대답하지 못할 것 같았다. 불안, 죄인의 불안. 나는 잠시 동안 방바닥에 앉은 채 멀거니 진영의 얼굴만 보고 있었다. 나의 불안이 내 표정이 되어 있었던지 진영은 아무 일도 아니라는 듯이 생긋 웃어 보였다. 그 미소 속에는 때 묻지 않은 처녀가 있었다. 나는 용기를 내어 진영과 그녀의 어머니가 거처하는 방으로 건너갔다.

방은 손재봉틀과 낡은 궤짝 같은 농으로 차서 비좁았다. 방바닥에는 옷감 마름해놓은 것이 널려 있고 벽에는 사진틀이 하나 걸려 있었다. 사진틀의 유리에 파리똥이 새카맣게 앉아 있고 그 속에서 누렇게 퇴색한 사진이 엿보이고 있었다. 사진은 구식 결혼사진이었다. 장삼을 입고 족두리를 쓰고 얌전히 눈을 내리깔고 서 있는 신부가 수영의 어머니였다. 퍽 고운 자태라고 나는 생각하고 있었다. 그리고 그때 내 앞의 옷감들을 주섬주섬 한쪽으로 밀어제치며 무언가 간절한 얘기를 시작하고 싶어 하는 이제는 늙어버린 수영의 어머니에게도 아직도 저 퇴색한 사진 속의 신부와 같은 우아함이 보존되어 있었다. 나는 수영의 어머니가 어떠한 얘기를 할지라도 고분고분히 들을 작정이었다.

그러나 수영 어머니의 얘기는 예상 외로 꾸지람이 아니라 하소연이었다. 수영은 일방적인 의사로서 자기의 밥값을 자기 어머니에게 지불하고 있는 것이었다. 수영은 자기를 아들이라고 생각지 말 것을 자기 어머니에게 선언했던 것이다. 수영은 어머니가 당신의 수입으로 사들여준 약병을 어머니 앞에서 깨뜨려 버렸던 것이었다. 수영은 윤수와 윤수의 기생을 자기 방에 데려다 놓고 미친 듯이 괴성을 연발하곤 했던 것이었다. 수영의 춘화 만드는 얘기는 어지간히 알려져버린 것이어서 수영의 어머니와 진영은 낯을 들고 거리를 다닐 수 없다는 것이었다.

수영의 어머니가 이러한 얘기를 하고 있는 곁에서 진영은 울먹거리는 목소리로,

"차라리 우리는 오빠가…… 오빠가 죽어줬으면 해요."

하고 나더니 엎드려서 어깨를 들먹이는 것이었다. 마침내 그의 어머니까지 훌쩍거리며 울고 있었다. 이러한 모녀를 흙벽 하나 저편에 두고 악마의 주언呪言 같은 얘기들만 쑤군거리고 있던 우리들은, 아아 죽을지어다, 죽을지어다.

나는 슬그머니 자리에서 일어나 수영의 방으로 건너왔다. 수영은 언제 들어왔는지 방바닥에 벌렁 누워서 방문을 열고 들어가는 나를 보며 히쭉 웃었다. 내가 시무룩한 표정으로 그의 옆에 쓰러지듯 주저앉자 그는,

"난 다 들었다, 난 다 들었다."

라고 흥얼거리기 시작했다. 그는 천장을 올려다보며 화난 표정

이었다.

"듣긴 무얼 들어?"

내가 자신도 모르는 새에 소리를 꽥 지르자 그는,

"인마, 그따위 넋두리에 넘어갔구나."

하며,

"난 다 들었다, 난 다 들었다."

다시 흥얼거리기 시작했다. 나는 책상 위에 있는 사보뎅 화분만 멍하니 보고 있다가 집으로 돌아와버렸다. 그 뒤로 나는 수영의 집에 다니는 것을 그만두었다. 윤수와 형기도 내가 나가지 않으니까 출입을 끊었다.

그 대신 나는 윤수를 따라서 윤수의 단골 술집엘 다니기 시작했다. 윤수에게 얹혀서 값싼 안주에 소주를 마시고 술상머리에네 활개를 쭉 펴고 잠이 들었다가 저녁이 오면 찬물에 얼굴을담그고 나서 집으로 돌아오곤 했다. 집에 오는 길에, 젖먹이를버려두었다가 갑자기 생각이 나서 달려가는 어미의 심정이 들면 형기를 찾아가서 기껏 위로한다는 소리가,

"오늘 밤은 추우니 안마 나가지 마라, 응?"

하거나,

"어떻게 되겠지. 조금만 기다려보자. 어떻게 될 거야."

하고 자신이 생각해도 우스운 약속만 실컷 하고 그러면 쓸쓸함이 밀려와서 몸서리를 치거나 했다. 그러나 형기는 나의 허공에뜬 대화에 진력도 내지 않고 조용히 귀를 기울이다가 이따금씩밖에 찬비라도 내리는 날이나 혹은 바람이 유난히 거세게 부는

날에는,

"날 바다로 데려가줘."

하며 나의 등에 볼을 대고 슬퍼하곤 했다.

술집에는 기생이란 이름의 여자들이 네 명 있었는데 그들 간에 윤수는 대인기였다. 여기야말로 나의 왕국이라는 듯이 윤수는 별의별 말, 별의별 짓을 다해서 여자들을 웃겼다. 그가 이른바 문학 수업을 통해서 얻은 지식은 몽땅 그곳의 여자들을 웃기는 데 쓰이고 있었다. '카프카'의 작품들을 완전히 자기 유의 유머소설로 만들어서 떠들어대면 여자들은 배를 움켜잡고 방바닥을 굴러다니기도 했다. 점점 나도 거기에 동화되어가는 듯했다. 남에게 피해는 입히지 않는다. 죽어도 내가 죽을 테니 간섭을 말아라. 대강 이런 식이었다.

"기도妓道가 무엇인지도 모르는 기생과 세상에서 문학의 소재가 어디멘지를 모르는 문학청년이 왜 만들어졌는지 알 수 없는, 자아, 술을 들자."

윤수는 이렇게 소리를 지르다가도,

"제기럴, 이번 가을엔 꼭 시집을 한 권 낼려고 애써 모아두었던 돈 다 없어지네."

라고 중얼거리곤 하였다.

술집 여자들로 말하자면 나는 그들에게 통 흥미가 없었다. 그들 간에도 기막힌 우정이 있다. 모든 것을 잃어버린 자들이 갖는 생명에의 집착이 있다. 돈을 가장 바라는 걸로 세상에 인식되어 있으면서도 기실은 돈을 가장 경멸하는 부류. 겨우 이 정도의 선의적인 관찰로써 나는 그들에게 흥미를 느낄 수는 없었다. 술에 취하면 나는 곧잘 어느 여자의 무릎에나 머리를 얹고 잠이 드는 것이었지만 그렇다고 그것이 여자들에 대하여 사랑의 감정이 있어서는 아니었다. 따지고 보면 서울에서의 여대생 선애보다 몇 갑절 더 불행한 여인들이었다. 그런데 선애의 불행에 대해서는 그토록 마음 아파했으면서 그보다 더 불행한 여자들 앞에서 왜 나는 무감각한가. 선애와의 관계에는 사랑이 개재했으니까, 라고? 그러나 반드시 그런 것 때문만도 아닌 듯했다. 생각하면 선애는 치르고 나면 면역이 생기는 열병과 같은 존재였나 보다. 첫 서리만이 차가운 법이었다. 하나의 고된 시련을 치르고 나면 그다음의 시련엔 별 고통이 없다는 이치 속에 나는 끼어 있는 것이었다. 아, 알 듯하다. 노인들에겐 놀랍도록 웃음도 없고 눈물도 없는 까닭을. 인간은 수많은 병기로써 무장하고 있다. 사랑, 미움, 즐거움, 서러움, 자만, 회오…… 혹은 섬세한 연민, 섬세한 질투…… 그런데 살아가노라면 단지 살아가노라면 이것들은 하나씩 하나씩 마비되어가나 보다. 자신도 알지 못하는 사이에 미묘한 장점이 훼손되어 있기도 하리라. 아아 싫다. 마비시켜버리더라도 뚜렷한 의식 가운데서 그러고 싶다. 그러기 전에 그러한 병기들을 잃어버리고 싶지가 않다.

그러나 아무래도 그 술집 여자들에게 마음의 밑바닥에서 우러나오는 태도는 거짓으로나마 지어 보일 수가 없었다. 겨우, 같은 처지에 처한 사람들끼리의 우정 비슷한 것만이 생기고 있을 뿐이었다. 그러고 있을 때, 결정적인 타격이 왔다.

윤수가 형기를 술집으로 꾀어온 것이었다.

그날 아침, 나는 전날의 통음痛飮으로 머리가 띵하고 사뭇 어지러워서 창문을 열었더니 겨울을 알리는 바람이 휙 몰아쳐왔는데, 그것이 머리의 진통을 가라앉혀주는 듯하여 한참 동안 창문턱에 이마를 대고 있다가 고개를 들었을 때 맞은편 문간채의 기와지붕 위에 서리가 햇빛을 받아 보석처럼 반짝이고 있는 게 보였다. 문득 계절에 생각이 미치어 달력을 보았더니 벌써 11월도 중순으로 접어들고 있었다. 하향한 지 거진 한 달이 되어가고 있었다. 나는 아무런 잡념 없이 순전히 초조함으로 가슴이 두근거리기 시작했다. 어떻게 해야 한다는 생각, 이대로 있어서는 안 된다는 생각만이 꽉 찼다. 나는 다시 이불 속으로 기어들어갔으나 정신은 또렷또렷해지기만 하고 그러나 무슨 판단력이 생기는 것은 아니었다. 얼마나 지났는지도 모르게 그런 상태로 누워 있다가,

"위기다! 위기다!"

라고 중얼거리며 나는 자리에서 벌떡 일어나 옷을 주워 입고 아침밥도 먹지 않은 채 윤수가 와 있을 술집으로 달려갔다. 그런데 형기가 거기에 있는 것이었다. 한 번도 데려오지 않았고, 그리고 할 수 있으면 술집을 형기에게는 알리고 싶지 않았었다.

그런데 더욱 분한 것은, 형기를 방 한가운데 세워놓고 술집 여자들과 윤수가 그를 삥 둘러싸고, '용용 날 잡아라'를 하고 있는 것이었다. 그들은 박수를 치며 깔깔대고 있었다. 그런데 형기 자신도 무척 즐거운 듯이 이마에 땀이 송글송글 맺히도록 열심

이었다.

　내가 들어서자 여자 하나가,

　"이거 보세요. 이 눈먼쟁이 아주 걸작이에요."

　나의 팔을 잡아끌어 들이면서 깔깔거렸다.

　"약주를 한 되나 마시고도 끄떡없어요. 저것 봐요. 얼굴이 붉어지지도 않았죠."

　"게다가 저 꼴에 인자한테 반했는 모양이지요."

　나는 인자라는 기생을 돌아보았다. 그녀도 재미난다는 듯이 양손으로 허리를 잡고 웃고 있었다. 형기는 내가 나타나자 당황해진 모양이었다. 얼굴이 새빨갛게 되어서 무안을 당한 사람처럼 멀어버린 눈을 껌벅거리며 어설픈 웃음을 띠고 방 가운데 나무토막처럼 서 있었다.

　윤수는 방바닥에 누워버리면서,

　"내 탓은 아니로다. 내 탓은 아니로다."

라고 말했다. 그 말을 하면서 그는 가톨릭 신자들처럼 주먹으로 자기 가슴을 툭탁툭탁 치는 것이었다. 우선 윤수가 엄청나게 변했다는 사실로써 그랬다, 목구멍을 치받고 올라오는 것이 있었다. 나는 있는 힘을 다하여 엉뚱하게도 형기의 뺨을 갈기었다. 형기는 비틀거렸다. 그러더니 그 자리에 엎드려서 마신 것을 토하기 시작했다. 방바닥은 금세 오물로 가득 찼다. 인자가 걸레를 들고 달려와서 형기가 토해논 것들을 치우며 나를 흘겨보았다. 딴 여자들도 도대체 당신이 뭔데 그러느냐고 투덜대었다. 윤수만이 더욱 높아진 목소리로,

"내 탓은 아니로다. 내 탓은 아니로다."

라고 외치고 있었다. 나는 방바닥만 우두커니 내려다보며 서 있
다가 형기가 겨우 자리에서 비척거리며 일어서자 그의 팔을 끌
고 밖으로 나왔다. 울고 싶었다. 그러나 먼저 운 것은 형기 쪽이
었다. 그는 느껴대며 울었다. 인자가 방에서 형기의 검정 안경을
들고 나왔다. 내가 그것을 받아서, 눈물이 흐르고 있는 그의 멀
어버린 눈을 손수건으로 훔쳐준 다음 그것을 씌워주었다. 나는
형기의 팔을 잡고 천천히 걸어서 그의 집에까지 데리고 와서 그
의 방에 눕혔다. 그가 코를 골며 잠이 들 때까지 나는 그의 한 손
을 쥐고 그의 옆에 잠자코 앉아 있었다.

그러나 며칠 후, 형기가 부끄러운 웃음을 띠며,

"인자라는 여자…… 좋은 여자지?"

하고 내게 물었을 때, 나는 그날 일의 중대함을 다시 한번 느
꼈다.

나도 웃으며,

"왜? 어떻게 좋은 여자인지 아닌지 알았어?"

하고 묻자 그는,

"그냥, 뭐 그렇게 느껴졌어. 그 여자 나빠?"

"아아니, 마음씨가 고운 여자지."

그는 고개를 끄덕이며,

"그럴 것 같았어."

하고 안심하듯이 말했다.

형편이 별수 없게 되었다고 나는 생각했다. 마침내 나는 그

술집 출입을 끊고 형기를 윤수에게 내맡겨버렸다. 형기가 인자에게 흠뻑 빠져버렸다는 얘기를 나의 집으로 찾아오는 윤수 편에서 듣고 있었다. 육체관계도 있는 모양이었다. 인자가 형기에 대하여 어느 정도인지는 알 수 없었다.

그럴 무렵, 어느 날 저녁에 나는 아버지와 어머니 앞에 호출당했다. 그분들의 얘기는 아주 간단했지만 무척 어려운 것이기도 하였다. 내가 아버지 앞에 무릎을 꿇고 앉자 아버지는 무거운 목소리로,

"네 소원이 무엇이냐?"
고 내게 묻는 것이었다.

소원. 소원? 소원? 나는 목이 메었다. 너무나 많기에 없느니만 못한 소원. 나는 무엇이 되고 싶습니다,라고 꼭 한 가지를 분명하게 얘기할 수 있는 사람은 복받은 사람임에 틀림없으리라. 아버지, 모든 것이 다 되고 싶습니다. 모든 것이 다 갖고 싶습니다. 이런 대답은 있을 수 없었다. 그러나 솔직히 말하면 무엇을 맡겨도 감당해낼 자신이 없다고 얘기했어야 할 것이었다.

내가 아무 말이 없이 고개만 흔들고 있자 아버지는,

"날씨가 좀 무리일는지 모르나 어디 여행이라도 한번 하고 오너라. 여행 중에 차분히 생각도 좀 해보고…… 다소 도움이 될 테니."
라고 말하면서 어머니가 건네주는 종이로 싼 뭉치를 받아서 내 앞에 밀어놓으며,

"돈이다. 오늘 저녁에 잘 생각해봐서 돈 자라는 데까지 돌고

오너라."

라고 말했다. 꽤 많은 듯했다. 어머니가 비단 보따리를 이고 다니며 간신히 끼니를 이어가는 살림에 내 앞에 놓인 부피의 돈이라면 굉장한 것이었다. 나는 지그시 눈을 감았다.

　"정우야, 우리도 남들처럼 한번 살아보자. 여행하고 와선 마음 단단히 먹고 한번 살아보자."

　어머니가 떨리는 목소리로 그런 말을 했을 때 나는 더 견디어낼 수 없었다.

　"그렇게 하겠습니다."

라고 대답하고 나서 나는 내 방으로 도망치듯 건너와서 이불을 둘러썼다. 그러나 울고 싶은 마음과는 반대로 눈물은 나오지 않고, 허허어 하는 웃음소리를 닮은 괴성이 목구멍에서 터져 나왔다. 언젠가 수영이가 '죽지 않고 어떻게 해결할 방법을 찾아야지' 하던 물음을 나는 생각하고 있었다. 어쩌면 영원한 질문. 두고두고 써야 할 테마가 아닐는지? 나는 밤이 새도록 잠을 못 이루었다. 퍽도 긴 밤이었다. 다음 날, 마침 집으로 찾아온 윤수에게 나는 여행에 관한 얘기를 했다. 윤수도 옛날부터 남해의 도서 지방을 돌아보고 싶었다고 하면서 이 기회에 자기와 함께 그쪽 방면으로 여행을 가는 게 어떻겠느냐고 제안했다. 그렇지만 이번 나의 여행의 목적은 단순히 아름다움을 찾기 위한 것이 아니라고 내가 얘기하자 그는 잘 알겠다고 고개를 끄덕이며, 그러나 너무 기대는 걸지 말고 우선 출발해보자는 얘기를 하는 것이었다. 그렇게 얘기하는 윤수는 오래간만에 진실한 태도였다.

5

집을 나설 때 대문 밖까지 배웅을 나온 아버지와 어머니의 표정을 잊을 수가 없다. 두 분은 분명히 나를 불쌍히 여기고 있었다. 어쩌면 지난날의 자신들을 향하여 응원의 주먹을 휘두르는 기분이었는지도 모른다. 특히 아버지 편이 말이다. 이제 와서 나는 옴쭉달싹할 수 없음을 느꼈다. 애쓰다가 애쓰다가 안 되면 그만이다,라던 얼마 전까지의 내 생각은 수정을 받아야 했다. 이제는 애쓰다가 애쓰다가 안 되면, 아니 그렇지만 기어코 해내어야만 되었다. 저 덜컥거리던 야행 열차의 유리창에 비친 나의 무표정한 얼굴을 들여다보며 세상이 내미는 모든 것을 고분고분히 받아들이자던 나의 약속을 — 뒤집어보면 그러한 나의 생각에 일종의 비웃음이 섞여 있었지만 — 이제는 어쩔 수 없이 실천해야만 하게 되었음을 깨달았다.

세상의 모든 사람들이 나를 향하여 '너의 이른바 고뇌라는 것에서는 젖비린내가 난다'고 하며 웃어버릴지라도 아버지와 어머니만은 나만큼 아니 나보다도 더 절실하게 나의 번민을 앓아주고 있는 것이니 그런 분들이 요구하는 것이라면 무엇이든 되어주고 싶다는 생각이 들었다. 그런데 바로 그분들이 나더러 저 범속한 사람들 틈에 끼어달라고 요구하는 것이었다. 마치 내가 아우에게, 버스칸에서 영감님처럼 앉아 있을 수 있는 대학생이 되어주기를, 그리고 선애가 차라리 튼튼한 백치를 낳기를 바라고 있는 것과 같은 심정으로써.

여행에 관해서 나는 좀 세세히 적고 싶다. 어쨌든 즐거운 여행이었으니까. 윤수와 나의 여장은 초라하도록 간단했다. 어깨에 걸치게 된 작은 백에 몇 가지 내의와 책 두어 권씩을 넣고 우리는 버스로 우선 여수에 도착하였다. 동짓달의 엷은 햇살은 그나마 차가운 바닷바람이 쓸고 지나가버리는 것이어서 거리는 흙먼지가 날리고 무척 황량하였다. 시 전체가 흙바람에 싸여 희빗한 게 도시의 신기루를 보고 있는 느낌이기도 하여 만지蠻地에 온 것만 같았다. 바다를 보면, 수평선까지 백파白波가 성성하고 돛배가 몇 척 쓰러질 듯한 자세로 빠르게 항해하고 있었다. 우리는 시의 동북쪽에 있는 긴 방파제에 웅크리고 앉아서, 올 데까지 왔다, 더 가기가 싫다, 저 백파의 바다를 넘어서 섬으로 갈 이유가 무엇인가,라는 얘기를 한마디씩 중얼거리고 그러나 짧은 해가 다 지도록 이상한 마력으로써 우리의 마음을 한없이 설레게 하는 물결 높은 바다를 바라보고 앉았다가 숙소를 찾으러 시내로 돌아왔다. 밤이 와서 거리가 텅 빈 항구는 더욱 황량하였다. 우리는 입고 있는 낡은 코트의 깃을 세우고 꾸부린 자세로 발걸음을 빨리하여 큰 거리를 부두 쪽으로 걸어갔다. 여기서 한마디 해두고 싶다. 이 쓸쓸한 풍경 속에서 그러나 나의 마음은 알 수 없이 따뜻해 있었던 것을. 무엇이었을까? 센티멘털리즘? 센티멘털리즘이라고 해두자. 그러나 몇십 년 후, 코트 깃을 세우고 이 바람 찬 항구의 겨울 거리를 비스듬한 자세로 걸어가는 센티멘털리즘이 없다면, 아아, 그런 일은 없으리라, 단연코 없으리라. 아무런 속박도 욕망도 없이 볼을 스치고 가는 바람의 온도와 체온과의 장난을 즐기며 꾸부린 자세가 오히려 편안하다고 느끼며 그리고 내 구두가 아스팔트를 울리는 소리만을 들으며 어디론가 그저 걸어가는 일. 그 순간에 나는 죽어도 좋았다.

　우리는 부두에서 가까운 여관 하나를 찾아 들어갔다. 손님이 많은 까닭인지 퍽 소란스러웠다. 사환애의 안내를 받고 방을 정한 뒤에 윤수가 찌푸린 얼굴로,

　"여관이 조용하지 못하군."

하고 중얼거리니까, 사환애는 죄송스럽다는 듯이 해해 웃으며,

　"서커스단이 투숙하고 있어서요. 그렇지만 오늘 밤까지만 있고 내일은 섬으로 떠난다니까 내일부터선 조용할 겁니다. 손님들은 오래 계실 분들이신가요?"

　"글쎄, 오늘 밤 자고 나서 작정하지."

　내가 얼버무려 대답했다. 윤수도 잠자코 고개만 끄덕이고 있었다. 사환애는 밖으로 나가더니 숙박계를 들고 와서 우리의 기입을 기다리었다. 기입하기 가장 곤란한 난은 직업이라는 난이었다. 나는 '학생'이라고 써넣었지만 윤수는 잠시 고개를 갸웃거리고 나서 무어라고 끄적거려 써넣고 나더니 미친 사람처럼 방바닥으로 나둥그러지며 배를 움켜잡고 웃어대었다. 나는 숙박계를 들여다보았다. 윤수는 직업란에 지극히 엄숙한 자체字體

로 '시인詩人'이라고 써넣었던 것이다. 시인. 시 한 줄 못 쓰고 가을만 기다리다가 그 가을도 보내버리고 정신없이 섬으로만 가고 싶어 하는 시인. 나는 웃음이 터져 나왔다. 그리고 윤수에 대하여 여태껏 비록 조그마 하나마 품고 있었던 불화의 감정은 그때 말끔히 사라져버리는 것이었다. 귀여운 시인.

사환애가 아무 사정도 모르면서 아첨하는 웃음을 해해 웃고 나서 숙박계를 거두어 밖으로 나가려고 할 때 윤수는 무슨 생각을 했던지 자리에서 벌떡 일어나 앉으며,

"얘, 서커스단은 내일 무슨 섬으로 떠나느냐?"
고 물었다.

"거문도로 간다고 하더군요."

사환애는 그렇게 대답하고 나서,

"원래 섬으로는 안 돌아다니는 법인데 금년엔 시험 삼아 한번 가본다나요."
하고 덧붙이었다. 사환애가 나가자 윤수는,

"야, 내일 서커스단과 함께 출발하자. 재미있을 거야."
하며 나의 어깨를 툭 쳤다. 우리는 사환애를 다시 불러서 거문도의 위치와 내일 출발 시간을 알았다. 배를 타고 남쪽으로 여덟 시간쯤 가야 한다고 했다. 출발 시간은 아침 9시. 내일 아침 필요하다면 자기가 배 타는 데까지 안내하겠다고 말하며 사환애는 또 해해 웃었다.

나는 변소엘 갔다 오다가 아마 곡예단에 소속한 듯한 사내가 마루 끝에 얼빠진 자세로 앉아 있는 것을 보았는데, 사십이 넘

어 보이는, 체구가 작은 그 사내는 촉수 낮은 전등 아래에서 무척 외로워 보였다. 면도 자국이 파아란 볼이 인상적이었다. 내가 뚫어질 듯한 눈초리로 그를 보고 있었는데도 그는 못 본 척하고 땅바닥만 내려다보고 앉아 있었다. 방에 들어오자 윤수가 없었다. 나는 이불 속으로 발을 넣고 벽에 기대어 방금 보고 온 사내가 주던 분위기를 흉내 내어 앉아 있는데 윤수가 네 홉들이 소주병 하나와 군오징어를 사 들고 들어왔다. 내가 술은 무엇하러, 하는 시늉으로 눈살을 찌푸리자 그는 변명하듯이,

"난 너하고는 여행 목적이 다르니까."

하며 낄낄거리며 웃었으나 웃음은 힘없이 그치었다. 미안한 생각이 들었다. 나도 자세를 바꾸어 허리를 쭉 펴고 그에게 다가앉아서,

"나도 한잔."

하며 대들다가 문득 마루에 외롭게 앉아 있던 사내 생각이 나서 윤수에게 잠깐 기다려달라고 하며 밖으로 나가보았다. 사내는 여전한 자세로 앉아 있었다. 나는 조심스럽게 그의 곁으로 다가가서,

"선생님, 실례지만 저희들 술 한잔 받으시겠어요?"

하고 말했다. 그는 흘깃 나를 올려다보더니 아무 말 없이 고개를 도로 숙여버렸다. 내가 무안해서 돌아서려고 하는데 사내는 잠자코 일어서더니 나를 따라왔다. 사내는 우리가 건네는 술잔을 받으며 묻는 말 외엔 말이 없었다. 어떻게 보면 퍽 싱거운 술 좌석이었으나 나는 아주 편안한 기분이었다. 이씨라는 성을 가

진 그 사내는 역시 곡예단원이었다.

"그럼 이 선생님, 몇 년 동안이나 서커스를 하셨어요?"

"그럭저럭 30년쯤."

30년. 놀랍고 그리고 부러운 시간이었다.

"어렸을 때부터 하셨겠어요?"

"아주 어렸을 때부터죠. 만주에 있을 때부터니까요."

윤수는 술 한 병을 더 사 왔다. 사내는 술이 들어갈수록 얼굴이 샛노래졌다. 나는 석 잔을 마시고 곤드레가 되어서 어린애 같은 호기심으로 사내에게 이것저것 묻고만 있었다.

사내의 얘기에서 안 것은 이번 섬 공연을 마지막으로 그 곡예단은 운영난 때문에 해체하게 되었다는 것이었다. 30여 년 동안 곡예사 노릇을 해오면서 여러 곡예단이 해체하는 것을 보아왔지만 이번의 해체는 여간 마음 아픈 것이 아니라고 하면서 그는 술을 들었다.

"이젠 늙어서, 서커스쟁이는 더 할 수 없는 나이죠. 과부라도 하나 얻어서 살림이나 차리고 싶지만 그것도 밑천이 있어야지."

그는 파아란 턱을 손바닥으로 쓰다듬으며 멋쩍은 듯이 처음으로 웃었다.

"남들이야, 그까짓 거, 하며 웃을지 모르지만 그래도 반평생을 바친 것이고 보면 미련이 자꾸 남아서…… 정작 그만둔대도 무엇을 어떻게 해야 할지 막막하구먼요."

밤이 이슥하도록 그는 30도짜리 소주를 주는 대로 받아먹고 나서,

"내일 동행하신다니 그럼 이걸로 실례합니다."

하고 비척거리며 밖으로 나갔다. 그리고 이내 마루 끝에선지 토하는 소리가 욱욱 들려왔다. 그때 밖에 나갔다가 돌아오는지 와자지껄하며 여자들의 목소리 한 떼가 들어오다가,

"어머, 훈련부장님이 토하고 계셔."

"저런, 술을 자셨나 봐."

"기분 나쁜 일이 있나 봐. 술을 잘 안 하시는데."

그런 대화와 토하고 있는 사람에게로 달려가는 급한 발소리가 들려왔다. 윤수와 나는 눈을 동그랗게 뜨고 잠시 서로의 얼굴을 쳐다보았다.

재미있는 일이 그날 밤 우리가 잠자리에 들어가려고 할 때 일어났다.

사환애가 찾아와서 은근한 목소리로,

"색시 안 사시겠어요? 아주 미인들인데."

하고 묻는 것이었다. 윤수는 술이 올라 붉어진 얼굴에 장난꾸러기 같은 웃음을 띠고,

"만일 미인이 아니면 넌 없어."

하고 위협을 하자, 사환애는 해해 웃으며,

"내기할까요?"

하고 장담하고 나더니 다시 은근한 목소리로,

"서커스하는 여자들인데 그중에서도 일등 미인들만 골라오죠."

하고 깜짝 놀랄 얘기를 했다. 윤수가 질겁했다는 목소리로,

"서커스하는 여자들이 갈보짓도 하느냐?"

고 묻자 사환애는 그것도 몰랐느냐는 듯이,

"서커스해서 버는 수입이 수입인 줄 아세요?"

하며, 그럼 데리고 오겠습니다, 하고 나가는 것이었다. 내가 그럴 수가 있느냐는 얼굴로 윤수를 쳐다본 후에 나가는 사환애를 만류하려고 하자,

"가만있어 봐. 구경이나 하자."

하며 윤수는 사환애에게 어서 데려오라는 눈짓을 해 보였다. 나는 될 대로 되라는 심정으로 이불을 푹 뒤집어쓰고 누워버렸다. 이윽고 방문 여닫는 소리가 들리고 여자들이 들어온 모양이었다. 윤수가, 능청 떨지 말고 일어나, 하며 이불을 거두어버리는 바람에 나는 할 수 없이 부시시 일어나 앉았다.

여자는 둘 다 18, 9세나 됐을까, 의외로 나이가 어려 보였다. 둘 다 빼빼 마른 체구에 사환애의 장담과는 좀 거리가 멀었지만 그럭저럭 귀여운 데가 있었다. 윤수는 안심했다는 듯이, 생글거리며 앉아 있는 여자들을 향하여 씨익 웃어 보이고 나서 모두들 일어서, 하고 온 방에 차도록 이불을 깔았다. 우리는 그날 저녁, 사환애를 시켜서 사 온 화투를 치며 밤을 새웠다. 여자들이, 피곤하니까 그만 자자고 해도 윤수는 그들을 독려해가며 화투 놀이를 강행하였다.

그날 밤, 새벽 4시나 되었을까, 내가 졸음에 못 이겨 이불 위로 비스듬히 쓰러져 잠이 들면서 가슴 가득히 느낀 것은 윤수에 대한 신뢰와 여자들을 향한 자랑스러움이었다. 다음 날 알았지

만, 윤수는 그 여자들에게 하룻밤의 값을 정확히 주어서 보냈다
고 했다.

　다음 날은 초가을처럼 온화한 날씨였다. 윤수와 나는 늦잠을
잤기 때문에 세수도 하는 둥 마는 둥 하고 사환애를 앞장세우
고 부두로 달려가서 배에 올랐다. 곡예단원들은 벌써 배에 올라
있었다. 배가 떠날 즈음에 알았는데 단원의 일부는 벌써 해체되
어 섬으로 가지 않고 여수에 그대로 남아서 제 갈 데를 찾아 헤
어지는 모양이었다. 그들은 떠날 준비의 뱃고동이 뿌우뿌우 울
리자 남자고 여자고 서로 부둥켜안고 울음을 터뜨렸다. 무어라
고 넋두리를 하며 몸부림치는 여자도 있고 조용히 눈물만 글썽
이는 남자도 있었다. 볼에 면도 자국이 파아란 어제저녁의 체구
작은 사내 이 씨도 깡마르고 키가 훨씬 큰 한 사내와 서로 손을
맞잡고 고개를 끄덕여가며 눈물을 질금거리고 있었는데 윤수와
나는 뱃머리에 걸터앉아서 시종 미소를 띠고 그들을 보고 있었
다. 뱃사람 하나가, 내릴 분은 빨리 내리라고 재촉을 하자 그들
은 모두 우루루 부두로 내려가서 또 한 번 울음을 터뜨리며 작
별 인사를 하고 있었다. 초겨울의 바다 위에서 그 진기한 이별
은 이국인들의 그것을 보듯이 퍽 낯선 것이었다.

　"먼 항해나 떠나는 것 같군."

　윤수는 그렇게 중얼거렸는데 사실 그랬다. 전날 저녁에 우리
와 놀던 여자들도 한 사람은 섬으로 한 사람은 육지에 그대로
남아 있는 모양이었다. 섬으로 가는 여자는 미아라는 이름이었
고 성심이란 이름의 딴 여자가 육지에 남는 모양이었다. 그리고

거기서 우리는 눈치로 알았지만 육지에 남는 성심이란 여자는 남편이 있었던 모양이었다. 한 사내가 줄곧 그 여자와 함께 행동하고 있었다.

"큰 죄를 지을 뻔했구나."

하고 내가 턱짓으로 성심을 가리키며 말하자 윤수는,

"남편이 있는 줄 알았으면 껴안고 자는 걸 그랬구나."

하고 농담을 했다.

섬으로 가는 곡예단원은 남녀 합해서 스물 남짓했다. 섬으로 가는 동안 미아는, 어제저녁엔 고마웠습니다,라고 말하고 그리고 자기를 배 안에서 사귄 것처럼 해달라고 우리에게 부탁하고 나서 내처 우리와 함께 있었다. 키 작은 사내 이 씨도 우리의 곁에 서 있었다. 표정은 여전히 없었으나 우리에게 친절한 말씨로 얘기를 해주었다. 우리의 화제는, 아까 육지에 남은 사람들은 헤어져서 도대체 어디로 갈까, 하는 것이었다.

"절구 아저씨는 서울에 형님뻘 되시는 분이 사업을 하고 있다면서요?"

"그래, 그래."

미아와 이 씨와의 대화를 우리가 듣고 있는 편이었다. 누구는 고향에 가서 농사를 착실히 지어보겠다고 했고, 누구는 엿장수라도 하며 방랑벽을 만족시키겠다고 했고, 누구는 갈보 노릇밖에 더 할 게 있겠느냐고 말하며 울더라고 하였다. 그런 얘기를 하고 있는 미아와 이 씨의 표정은 자신들의 앞날을 생각하는 것인지 쓸쓸했다.

"섬에서 한몫 잡으면 모두 다시 불러올 수 있는데요, 네? 아저씨."

하며 미아가 희망이 있다는 듯이 빠른 말씨로 얘기를 하면 이씨는,

"어림없어."

하며 미아의 희망을 꺾어버리기도 하였다.

바다 가운데로 나오자 바람이 불고 있어서 몹시 추웠다. 게다가 전날 밤의 수면 부족도 있고 해서 나는 갑판에서 선실로 내려와 한숨 잤다.

내가 잠이 깨어 멍한 골치를 식히러 갑판으로 나갔을 때 모두들 선실에 있는 것인지 갑판 위에는 아무도 없고 선원들만이 이따금씩 왕래하고 있었다. 바다는 여러 가지 푸른색의 띠를 두르고 아름답게 펼쳐져 있었다. 나는 기름처럼 빛나는 여름 바다를 보고 사랑을 느낀 적이 있지만 그러나 온화한 겨울 하늘 아래에서 비단처럼 숨 쉬고 있는 겨울 바다도 비길 데 없는 아름다움이 있었다. 수평선까지의 변화 많은 푸른색 비단 위를 하얗고 긴 파도의 띠가 규칙적으로 누비며 달려가고 있었다. 작은 섬들 주변의 바다에는 까만 물오리 떼가 둥실둥실 떠다니고 있었다.

소변을 보러 배의 후미에 있는 변소엘 가다가 나는 윤수와 미아가 거기 난간에 나란히 걸터앉아 있는 것을 보았다. 그들은 퍽 다정하게 손을 잡고 있었다. 내게 발견된 것이 멋쩍었던지 윤수는 씨익 웃었다. 미아도 생글생글 웃으며 바람에 마구 흩날리는 머리카락을 손으로 매만졌다.

그날 저녁, 거문도의 여관방에 누워서 윤수는 뜻밖의 결심을 얘기했다.

"미아와 결혼해야겠어."

나는 얼른 말이 나오지 않았다. 내가 아무 말이 없으니까 그는,

"어차피 결혼은 해야 할 게고…… 미아 정도면 좋지 않아?"

하고 웃으며 말했다. 나는 미아를 좀더 관찰해보지 못했던 것을 후회하며,

"글쎄, 무어라고 충고할 수는 없지만, 너 알고 보니 '센티멘털 휴머니스트'로구나."

하고 별로 웃지도 않고 말했다. 그러나 그는 나의 그런 말에 대꾸도 않고,

"미아가 승낙했어."

하고 말했다.

"뭐?"

나는 어처구니가 없었다.

"난 진심이다. 아마 그게 통했던지 미아도 결혼해주겠대. 부모가 없는 모양이지만 결혼을 돌봐줄 만한 일가는 찾아보면 있을 거라고."

진심인 모양이었다. 나는 더 말할 필요를 느끼지 않았다.

"자기가 처녀가 아닌 게 가장 죄송스럽다는 거야. 그 애가 그런 말을 하는데 난 눈물이 날 것 같더군."

윤수와 나는 누워서 똑바로 천장을 쳐다보면서 얘기를 주고받았다. 그들의 결합은 세상에서 제일 착한 것인지도 알 수 없

는 것이었다. 윤수의 그 얘기가 아름다운 겨울 바다가 준 일시적인 장난이 아니기를 나는 바랐다. 그리고 튼튼한 기적이기도. 나는 왠지 이번 여행에서 윤수에게 자꾸 빚을 지는 기분이었다.

다음 날 아침, 나는 일찍이 잠이 깨었다. 여관의 부엌에서 식모가 달그락 소리를 내는 외엔 아무도 일어나지 않았다. 밖으로 나갔더니 싸락눈이 내리고 있었다. 40쯤 되어 보이는 식모는 부엌에서 나오다가 기쁜 음성으로,

"요 몇 년 구경 못 하던 눈이구먼요."

하고 내게 말하며 소리 없이 웃었다. 여관의 작은 뒷마당으로 돌아가봤더니 백동백의 꽃이 몇 송이 피어 있었다. 약간 노란 기가 도는 흰색의 꽃잎이 눈 속에서 아련하게 번져 보였다. 가까이 다가가서 보았더니 노란 꽃술이 약간 엿보이며 하얀 꽃잎은 가늘게 떨고 있었다.

대문 밖으로 나와서 동백나무가 울창한 높은 언덕으로 올라갔다. 바다는 연회색이었다. 수평선이 눈을 신고 온 구름 아래에서 둥글게 섬을 싸고 있었다. 해가 돋기 시작하자 눈은 그쳤는데 햇빛을 받고 일본식으로 지은 집들의 기와지붕이 반짝이기 시작했다. 섬의 새벽은 무척 아름다웠지만 너무 짧았다. 여관으로 내려오니 사람들은 대부분 깨어서 웅성거리기 시작했다.

그날 오전부터 나와 윤수는 곡예단이 공연할 장소에 천막 치는 일을 도와주었다. 섬사람들은 우리도 곡예단원인 줄로 알고 호기심에 찬 시선으로 바라보았다. 섬은 명절이나 만난 듯이 법석대었다. 섬의 장정들도 몇 명이 나와서 도와주었으나 천막 치

는 일은 꼬박 이틀이 걸렸다. 그 일을 하는 동안, 윤수는 미아와 서로 눈짓을 하며 입을 빙긋거렸는데 곁에서 보고 있는 나의 얼굴이 간지러울 정도였다.

"단장한테 미아와의 관계에 대해서 미리 말해두는 게 좋지 않을까?"

나는 윤수에게 그렇게 권하였다.

"해체하면 어차피 단장도 뭣도 아닌걸 뭐."

윤수는 그럴 필요 있겠느냐는 얼굴로 대답했지만 내가,

"그럼 그 이 씨라는 사람에게라도 알려서 미아의 편의를 봐달라고 하는 게 좋지 않을까?"

하고 말하는 데는 그도 승낙을 하였다.

섬에 온 지 이틀째 되는 날 점심때, 나와 윤수는 미아와 이 씨를 우리의 방으로 불렀다. 내가 중간에서 자세한 얘기를 이 씨에게 해주며 도움을 바란다고 부탁했다. 내가 이야기하는 동안 미아는 숫처녀처럼 얌전히 고개를 숙이고 있었는데 나는 자꾸 웃음이 나왔다. 이 씨는 시종 근엄한 얼굴로 고개를 끄덕이며 얘기를 듣고 있다가 아주 조용한 음성으로

"제가 무어라고 얘기하겠습니까만…… 미아…… 불쌍한 놈입니다."

라고 얘기하다가 자기 얘기에 스스로 감격했던지 손수건을 꺼내어 코를 한번 풀고 나서는,

"한때 기분이 아니기만 바랍니다. 할 수 있다면 저라두 미아 결혼식에는 참석하겠습니다."

하며 더 말을 잇지 못하고 손바닥으로 방바닥을 쓰다듬으며 묵묵히 앉아 있었다. 미아도 끝까지 얌전한 자세로였다.

그날 오후 윤수는 「화촉 없는 혼례」라는 시의 한 연을 썼다.

산화散華하고 싶던 겨울
섬으로 가는 때 낀 항로航路는
'트럼펫'이 울려서
혼례婚禮
바다 위엔 가화假花가 날려도
나의 동정童貞은
한 치
한 치
움이 돋는다.

그날 밤에 우리는 그 곡예단의 공연을 처음으로 보았다. 솔직히 말하면 나의 실망은 컸다. 그러나 나의 곡예단에 대한 관념이란 게 어린 날 품게 되었던 그것이 그대로 간직되어 있었기 때문인지도 몰랐다. 구슬픈 곡조가 흐르고 붉고 푸른 조명이 박수를 받으며 빙글빙글 돌아가며 예쁜 아가씨가 나와서 식은땀이 바짝바짝 솟는 그네타기를 하고, 그것은 즐거운 꿈과 같은 것이었다. 그러나 그날 밤, 바람에 펄럭이는 소리를 내는 천막 안에서는 피로에 지친 어른들이 철봉에서 혹은 막대를 들고 심심풀이 장난을 하는 것이었다. 어렸을 때 등을 오싹하게 하던 '엿!' 하고 기합 넣는 소리도 가끔 있긴 했지만 옛날의 그 신비로운 음성은 아니었다. 미아네들이 입고 있는 아주 짧은 비단 치마도 헐고 기운 자국이 있어선지 옛날의 그 찬란한 공주는 아니었다.

그러나 미아가 한 손에 부채를 들고 줄타기를 할 때와 이 씨가 천막 안의 가장 높은 곳에 있는 철봉그네에 발을 걸고 거꾸로 매달려서 한 어린애가 발을 걸고 매달린 띠를 입에 문 여자의 다리를 붙들고 곡예를 해 보일 때는 나도 곡예단의 한 가족이 되어 그들이 무사히 그 프로를 이루어놓기를 빌고 있었다. 이 씨는 가장 빠르고 영리하게 모든 프로를 끌고 나갔다. 그는 이미 전문가였다.

요컨대 그날 밤의 공연은 적어도 내게는 화려한 구경거리가 아니라 가장 대표적인 생활 형태였을 뿐이다. 나는 그 밤 이후로는 한 번도 공연 장소엘 가지 않았다. 그런데 집요하게 머릿속에 남아 있는 것이 있었다. 여관에서의 이 씨와 철봉그네 위에서의 이 씨 그리고 윤수 곁에서의 미아와 줄을 타고 있던 미아는 어쩌면 그렇게도 달랐던가! 생활하는 딴 얼굴은 슬프도록 서먹서먹했다. 그러나 그 서먹서먹하다는 느낌 속에 존경의 감정이 끼어들었다면 나는 어찌 될까? 그런데 사정은 그런 것이었다. 나의 연민을 받고 있던 사람들이 나의 가족으로 그리고 나의 스승으로 되는 까닭을 알고 보면 그렇게도 단순한 것이었다. 내가 무서워하며 들어가기를 망설이고 있던 것은 실상은 아주 간단한 모습을 한 하나의 얼굴이었던가? 저 일상생활이란 대

수룹지 않은 하나의 탈[假面]이란 말인가? 둘러써도 별 손해 없는, 과연 별 손해 없는? 철봉그네 위에서의 이 씨의 표정처럼 위악도 없고 위선도 없는 것이라면 한번 둘러써보고 싶었다.

그러나 나의 이런 생각이 색다른 것이긴 하지만 역시 망상이었다는 사실이 다행히 곧 밝혀졌다.

섬에 와서 일주일인가 지나서, 곡예단이 이 섬에서는 더 있어보았자 별수 없다는 얘기가 생길 즈음, 이 씨가 공중비행의 곡예 도중에 추락하여 사망한 것이었다. 여수의 여관에서 이후로는 한 번도 면도를 하지 않았던지 수염이 가난뱅이답게 자라 있는 그의 죽은 얼굴을 들여다보며 나는 틀림없이 그가 자기의 몸을 스스로 죽음으로 던졌으리라고 생각했다.

"그럭저럭 30년쯤."

이란 말을 후회는 없다는 태도로 얘기하던 이 씨는 나의 그런 생각에 자신을 주었다. 결국 한 가지 이상의 얼굴은 있을 수 없나 보다. 일생을 걸고 목숨을 건다는 말이 좀 유치하게 들릴는지 모르나 그러나 일생을 걸고 목숨을 걸 얼굴은 아무래도 하나일 것이다. 그런 의미에서 이 씨는 행복한 사람이었다. 그리고 이 씨가 그런 행복을 맛본 최후의 사람인 것만 같았다. 어디에고 나의 일생과 나의 목숨을 기다리는 일은 없는 것이었으니까. 문학? 그렇지만 술집으로 추방당한 문학은 상상하기에도 싫었다. 서기? 대의원? 교수? 비행사? 오늘에 와서 그것들은 하나의 얼굴로서 견디어낼 수 있을는지?

이 씨는 고향이 이북이니 시신을 육지로 운반해가도 소용없다는 의견이 지배적이어서 섬의 서북쪽 산기슭에 묻혔다. 바람이 몹시 부는 날이어서 장례는 어수선하기만 했다. 이 씨의 죽음이 큰 이유가 되어 곡예단의 천막은 다시 헐렸고 여수로 일단 돌아가서 거기서 곡예단의 해체를 갖기로 했다. 날씨가 더 여행할 수 없도록 추워지기도 했지만 미아와의 일도 있고 해서 우리도 곡예단과 함께 여수로 돌아가기로 결정하고 배에 올랐다. 섬에서 멀어질수록 이 씨의 음성이 환청으로 들려서 나는 가슴이 타버리는 듯했다.

여수에서는 또 한 번 울음소동이 나고 곡예단은 완전히 해체되었다. 전에 투숙했던 여관에서 이별잔치가 벌어졌는데, 미아도 술이 몹시 취하여가지고 노래를 부르고 잉잉 울고 하다가 우리가 있는 방으로 와서 윤수 앞에 픽 주저앉으며,

"나 당신과 결혼한다는 말 거짓말이야."

하며 주정을 빌려서 윤수의 결혼 의사를 다짐해보는 것이었다. 윤수는 싱글벙글 웃으면서 찬물을 떠다가 미아에게 마시게 하며,

"술은 이걸로 마지막이다, 알았지?"

하고 부드러운 목소리로 나무라기도 하였다.

미아의 가까운 친척이 산다는 삼천포에 우선 미아를 데려다 두기 위해서 우리는 또 한 번 배를 탔다. 나와 윤수와 미아 셋이었다.

배 안에서 어린애처럼 쫄랑거리다가는 금방 얌전한 처녀가 되고 하며 행복해서 어쩔 줄을 모르던 미아의 모습을 잊을 수가 없다. 그리고 미아의 등 뒤에 서서, 저 섬의 빛깔 멋있지, 하며 손

짓을 하고 서 있던 윤수의 사랑스러운 모습도 잊을 수가 없다.

우리가 떠나올 때,

"꼭 기다리겠어요. 하루라도 빨리 데려가줘요, 네?"

라고 울 듯한 얼굴로 말하던 미아의 음성도, 그리고 돌아오는 버스에서,

"시는 그만두겠어. 이제부터 생활 전선이다."

라던 윤수의 화려한 음성도 잊을 수가 없다.

여기에서 얘기가 끝이었으면 좋겠다. 윤수는 이른바 '밝은 세계' 속으로 아무 미련 없이 뛰어들어갔고, 나로 말하더라도 그 따스한 여행에서 생활의 안팎을 대강은 안 듯하여 이제는 흡족한 마음으로 작은 일이나마 시작할 수도 있을 듯했으니까. 외롭기는 마찬가지였지만 인간에 대한 포용력은 다소 자란 것이었다. 내가 부정해오던 '사랑'도 있는 듯했고 '운명'도 인간에게 의존하는 것 같았다. 덤벼들 수 없다고 생각했던 조건도 몇 가지는 나의 오해였으리라 생각될 정도였으니까. 고향에 돌아와서 생긴 사건을 생각하면 정말 더 써나가기가 싫다.

6

우선 윤수의 급작스러운 죽음을 얘기해야 할 것 같다.

고향으로 온 다음 날 오후에 나와 윤수는 그동안 잊어버리고 내버려두었던 친구 수영을 찾아갔다. 나도 그랬지만 윤수도 역

시, 이제는 수영이를 미워할 수가 없다는 우월감으로써였다. 수영의 투쟁하는 방법은 아무래도 값싼 것이라는 생각이었다.

"어어, 꿈자리가 사납더니."

하며 수영은 우리를 반겨주었다.

내가 그동안 여행을 하고 돌아왔다는 얘기와 윤수와 미아와의 약혼을 얘기해주었더니 수영은,

"야아, 거 유치하다. 그렇지만 유치한 것 속에는 귀염성이 있어서 늘 다행이지."

하며 웃었다. 여전했다.

나는 저 우아한 부인인 수영의 어머니가 조금 전에 우리가 들어올 때, 방문만 빼꼼히 열어보며 반갑지 않은 태도로,

"응, 어서 오너라."

하던 것이 아무래도 마음에 걸려서, 그동안 놀러 오지 못했던 핑계를 내심 적당히 꾸미며,

"너의 어머니나 뵙고 올게."

하고 자리에서 일어나자 수영은,

"뭐 갈 거 없어, 갈 거 없어. 또 넋두리지."

하고 만류하는 것이었다. 그러나 나는 수영의 어머니가 거처하는 방으로 건너갔다. 수영의 어머니는 좀 야릇한 웃음을 띠고 나를 맞아주었다. 진영이는 이불을 덮고 누워 있다가 내가 들어서자 나를 힐끗 올려다보더니 자리에서 조용히 일어났지만 인사도 없이 멍한 표정으로 맞은편 벽만 보며 앉아 있었다. 병이 든 모양이었다.

"진영이가 어디 아픕니까?"

하고 내가 수영의 어머니에게 인사를 하자, 수영의 어머니는 당황할 때의 웃음을 웃으며,

"아니, 감기가 좀 들었지."

하고 나서 나더러 아랫목으로 앉으라고 권하였다.

내가 여행에 관한 얘기를 하자, 수영의 어머니는, 그래서, 아 그래애, 하며 재미있게 듣는 척해 보였다. 10분쯤 앉아 있다가 더 할 얘기도 없고 해서,

"진영이 몸조리 잘해라."

하고 나왔다. 문을 나오면서 돌아보았더니 진영은 이편을 보고 있다가 시선을 얼른 벽으로 돌려버렸다.

수영의 방으로 건너와서,

"진영이 감기가 심한 모양이구나?"

하고 수영에게 얘기했더니 수영은 갑자기 웃음을 터뜨리며,

"감기?"

하고 말했다. 혼자서 한참 동안 쿡쿡거리고 나더니,

"처녀막이 감기에 걸렸나?"

했다. 무슨 얘기인지 알 수가 없어서 내가 상을 찌푸리자 수영은 울분이 터질 얘기를 남의 스캔들을 얘기하듯이 줄줄 하는 것이었다.

며칠 전에 진영이가 영화 구경을 하고 밤늦게 집으로 돌아오다가 버스정류소 부근에서 얼쩡대는 깡패들에게 납치되어 윤간을 당했다는 것이었다.

윤수도 그 얘기에는 참지 못하고,

"그걸…… 그걸…… 그래 어쨌어?"

"어쩌긴 어째. 할 수 없는 일이지. 오히려 버얼써 그런 일 당하지 않았던 게 이상하지."

라고 대답하고 있는 수영은 뺨이라도 때려주고 싶도록 천연스러웠다.

"뭣이 어째?"

나도 얼결에 큰소리를 지르고 있었다.

"내게서 춘화를 사간 놈들인 모양이야. 네 오빠가 그림장수지, 하며 옷을 찢더라는 데야 난 뭐 분해서 씨근거릴 처지도 아니지 않아?"

그는 입술을 삐죽 내밀었다. 반 죽어 돌아온 진영에게 할 말도 없고 해서, 그래 남자 맛이 어떻든? 하고 묻다가 자기 어머니에게 방망이로 죽어라 하고 얻어맞았다고 하며 우리를 제법 타이르는 목소리로,

"뭐 다 그런 거야. 슬퍼해서는 안 되지, 제군."

하며 흐흐흐 웃다가,

"내 대신 그놈들한테 복수라도 해줄 테냐, 그렇게 분해서 죽겠으면?"

하고 우리를 놀렸다.

그날 저녁 윤수는 병원에서 죽은 것이었다. 울면서 나를 데리러 온 윤수의 어린 동생을 따라 달려갔더니 윤수는 온 얼굴에 붕대를 감고 곧 숨이 끊어져가고 있었다. 진영을 범한 깡패들을

찾아냈었다고 하며 있는 힘을 다해서 그들과 싸웠다고 하며 진영이를 나더러 맡아보라고 권하며 윤수는,

"미아…… 불쌍하다…… 미아……에게 미안하다고 전해."

하고 괴로워하다가 숨을 거두었다.

윤수의 죽음은 아무리 생각해도 어설픈 미덕이었다. 아무런 보상 없는 세상에서 윤수의 죽음은 아무리 생각해도 무의미한 것이었다. 윤수가 그것을 몰랐을 리 없는데. 아아, 미친놈이었다.

윤수의 장례식을 치르고 난 뒤, 심신이 한꺼번에 약해져서 이불을 둘러쓰고 끄응끄응 앓았다. 불면증에 걸려서 어지럽기만 했다. 모든 것을 지배하는 것이 무엇인 줄 알아채고 요리조리 미끄러 빠지며 처신해가는 수영에 대한 증오가 나의 혼미한 정신 속에서도 부글부글 끓었다. 신이 있어 윤수를 죽인 자를 가리키라고 했다면 나는 수영이를 지적하고 싶을 정도였다. 울분의 시간과 울분의 공간. 깨끗이 속아 넘어간 윤수. 바보.

그러고 있던 어느 날 저녁, 나는 형기의 통소 소리를 들었다. 자리에서 벌떡 일어나서 창문 쪽으로 다가가 귀를 기울였다. 낮부터 시작한 눈이 쉬지 않고 내리고 있었다. 상당히 먼 곳에서 들리는지 통소 소리는 약하게 울고 있었다. 삐이이삐이이 하는 단조로운 통소 소리는 이내 들리지 않고 말았지만 그의 여운은 유리창에 이마를 대고 서 있는 내게 나의 어리석었던 고뇌를 깨우쳐주고 있었다.

지상에 죄가 있을 리 없다. 있는 것은 벌뿐이다. 벌은 무섭지

않다. 무서운 것은 죄다,라고 떠들며 실상은 벌을 피하기 위해서 이리저리 도망 다니던 어리석은 나여. 옛의 유물인 죄란 단어에 속아온 아무리 생각해도 가련한 위선자여.

다음 날도 눈이 내렸다. 오후에 형기를 찾아갔다. 나의 목소리를 듣고 형기는 자리에서 일어나며 눈물을 방울방울 흘렸다.

"살기 재미있지?"

하며 내가 이죽거리자, 그는 도로 조용히 주저앉으며 고개를 숙여버렸다. 나는 내가 한 말의 반향이 차츰차츰 하나의 결의로 되어가는 과정을 흥미있게 바라보고 있었다. 그 순간 나는 실험실의 기사가 아니었을까?

오오 드디어,

"정우야, 날 바다로 데려가줘."

하고 형기가 말했다. 애교라도 좋고 제스처라도 좋고 그리고 진심이었대도 좋다. 나는 순진하여 그 말을 받아들여도 책임이 있을 수 없는 어린애로다. 무구한 어린애로다.

나는 형기의 손을 잡고, 눈을 온몸에 뒤집어쓰고 30리 길을 비틀거리며 걸었다. 넓은 벌판 같은 염전을 가로질러 인가가 없는 바닷가로 갔다. 염전을 가로질러 갈 때 그는,

"여기가 어디쯤이야?"

하고 물었다.

"순천만의 염전이다."

하고 내가 떨리는 목소리로 대답하자 그는,

"으응, 그런 것 같았어."

하며 의미 없는 말을 했다. 그러나 그의 목소리가 너무나 가라앉아 있었기 때문에 나는 그가 벌써 시체가 된 것이 아닌가 하는 생각이 들어 공포감이 엄습해왔다. 사방을 둘러보면 텅 빈 벌판뿐. 눈은 펑펑 쏟아지고 산들도 눈발에 가리어 보이지 않았다. 얼음이 우리의 발밑에서 깨어지는 쇳소리만 있었다. 나의 몸에서는 땀이 흐르고 있었다. 드디어 우리는 파도가 해변의 바위들에 부딪쳐 내는 무서운 소리를 들었다. 생명이 물러가는 소리가 있다면, 아아, 저 파도 소리와 흡사하리라. 나의 시야는 흐려지고 몸을 가눌 수가 없었다. 그때 나의 뼈를 끌어내는 듯한 파도 소리에 섞여서 나는 형기가 마침내 미쳐서 쉴 새 없이 무어라고 중얼대는 소리를 들었다. 나는 형기와 잡고 있던 손을 놓아버렸다. 그는 그 자리에 웅크리고 앉으며 무슨 소리인지 알아듣기 힘든 말을 계속해서 웅얼거렸다. 나는 비명을 지르며 우리가 건너온 염전 벌판을 바라보았다. 아슴한 눈발 속에서 염전 벌판은 한없이 넓어져가고 있는 듯했고 나는 아무래도 그 벌판을 건너가지 못하고 말 것 같았다.

그의 수기는 여기서 끝나고 있는데 아마 그 눈이 내리는 벌판을 건너오긴 했던 모양이다. 그리고 곧장 이 수기를 썼던 모양이다. 그러나 무슨 생각이 들었던지 며칠 후 그는 자살해버렸다.
다시 한번 말하고 싶지만 중요한 것은 어떻게 해서든지 살아내야 한다는 문제일 것이라고 나는 확신한다. 더구나 그를 자살로 이끈 고뇌라는 게 그처럼 횡설수설하고 유치한 것이라면 아예 세상엔 사람이 하나도 없었으리라. 그는 마지막에 가서 엉뚱하게도 죄와 벌에 관한 얘기를 잠깐 꺼내고 있지만 죄란 게 있다고 한들 또 어떠한가? 불가피하게 죄를 짓게 되면 짓는 것이다. 그러나 죄의 기준이란 게 없어진 지금, 죄의 기준을 비단 죄뿐만 아니라 모든 것의 기준을 일부러 높여서 생각할 필요는 없다고 나는 생각한다. 그는 분명히 환상적인 기준을 만들어두고 거기에 자기를 맞추려고 애썼던 모양인데 참 바보 같은 놈이었다. 그가 고통하며 지낸 밤이 길었다면 내가 고통하며 지냈던 밤은 더욱 길었으리라. 산다는 것, 우선 살아내야 한다는 것. 과연 그것이 미덕이라고까지는 얘기하지 않겠다. 그러나 그것은 이제야 출발하는 것이다. 죽음, 그 엄청난 허망 속으로 어떻게 하면 자기를 내던질 생각이 조금이라도 난단 말인가! 나의 건강이 회복되면 그때는 나도 죄의 기준이란 것을 좀 올려볼 생각이지만 뭐 꼭 그럴 필요도 없으리라고 믿는다. 이 수기의 처음에 나오는 오영빈이라는 친구나 찾아보고 그가 아직 살아 있다면 태초의 인간임을 자부하면서 술이나 들고 싶다. ― 임수영 씀

(1962)

다산성

돼지는 뛴다

카운터의 뒷벽에 걸려 있는 전기 시계는 정확하게 6시 반이었다. 거짓말 같아서 팔목을 보았더니 그것도 6시 반이었다. 초침이 자리를 바꿔가고 있는 것을 보고 있으니 그제야 시간이 믿기어졌다.

놈들의 웃음소리가, 따로 문이 없는 별실에서 내가 서 있는 다방 입구까지 들려왔다. 녀석들 빨리도 왔군. 이제 레지가 그들을 나무라기 위해서 달려가겠지. "당신들만 손님이 아니에요." 그러나 아무도 레지의 꾸중을 겁내지 않는다. 녀석들 중의 한 놈은 레지의 손을 슬쩍 잡고 "알았습니다, 알았대두요" 그러면서 주물럭주물럭. "이이가!" 레지는 잡힌 손을 홱 빼내면서 눈을 흘기겠지. 다시 웃음소리.

이상한 일이다. 하나하나를 보면 모두 소심하고 말이 드문 애들이다. 그런데 모이기만 하면…… 우리 열 명이라는 밀가루는 반죽이 되면 엉뚱하게도 찐빵이 된다. 하나하나 가지고 있는 분위기는 서로 비슷하면서도 그들이 모였을 때는 전혀 다른 분위기가 되어버린다. 조용한 밀가루들은 떠들썩한 찐빵이 되는 것이다.

물론 나는 그게 싫은 건 아니다. 가끔 감당해내기에 벅찰 때가 있을 뿐이다. 그 자체로서 생명을 가지고 있는 찐빵은 대대로 우리를, 찬 겨울날 밤에 남산 꼭대기에 올려놓기도 하고 종 3 골목 속에 몰아넣기도 하고 술집의 사기그릇 든 찬장을 뒤집어엎는 데 끌어내기도 하고 또 때때로 우리로 하여금 눈깔사탕 봉지를 안고 양로원들의 썩어가는 대문을 두드리게도 한다. 모두 찐빵의 횡포 때문인데 우리는 찐빵에게 질질 끌려다니기만 한다.

찐빵, 두려운 찐빵, 나는 다방 입구에서 처음으로 우리를 지배하고 있는 자의 상판때기를 똑똑히 보았다. 그 왕초의 주먹이 내 등을 아프도록 치는 것을 이따금 느끼기는 했지만 그날 오후에야 나는, 왕초의 푸르딩딩한 얼굴을 똑똑히 본 것이다. 그러나 나는, 왕초의 손아귀에서 벗어날 수 없음도 동시에 보았다. 마치 원숭이가 부처님의 손아귀에서 벗어날 수 없음과 같이 귀여운 데가 있는 찐빵의 표정, 내게 관심을 가지고 있다는 듯한 그의 눈짓. 오오 거룩한 찐빵이여,라고 소리 내어 외치는 것이 차라리 현명할지도 모른다고 나는 생각했다.

왁 터지는 웃음소리, 열 발짝쯤 저편에서 왕초가 손짓을 하고 있었다. 알겠습니다. 나는 히쭉 웃고 그쪽으로 걸어갔다.

약속 시간의 정각에 나타난 내가 가장 늦게 온 셈이었다. 그렇지, 찐빵의 시계는 항상 빨랐었지. 나는 친구들을 둘러보았다.

기름칠해서 빗어 넘긴 머리, 하얀 와이셔츠 칼라, 갈색이나 초록색 계열의 색깔을 한 넥타이, 감색 양복, 무릎 위에 또는 탁자 위에 올려놓거나 궁둥이 밑에 깔고 있는 도시락이 들어 있는 서류용 대형 봉투 ─ 지난봄에 대학을 졸업하고 1만 원 미만의 월급쟁이가 된 자들의 유니폼이었다.

"넌 어디로 갔으면 좋겠니?"

사회 비슷한 역을 맡고 있는 운길이가 내게 물었다.

"글쎄, 대부분이 행주산성이니까 글루 정하지 뭘."

내가 대답했다.

"더 좋은 데루 다른 장소는 생각나지 않니?"

"별로 생각나지 않는데."

"그럼 우리 다수결로 정하자."

운길이가 좌중을 둘러보았다. 행주산성으로 결정되었다. 그리고 다른 제안이 나왔다. "계집애들을 끼울까?" '계집애' ─ 역시 '지난봄의 졸업생' 아니면 찐빵의 어휘들 중의 하나인지!

"먼저 끼울까 말까부터 정하고 만약 끼운다면 어떤 그룹을 잡느냐 아니면 각자가 데리고 오느냐를 정하기로 하고 그다음엔 계집애들에게서도 회비를 받느냐 받지 않느냐를 정하기로 하고 그다음엔 받으면 얼마를 받느냐를 정하고 그다음엔 도시락을 계집애들에게 만들어 오게 하느냐 식당에 주문하느냐를 정하고……"

운길이가 들놀이에 경험 많다는 사실은 증명되었으나, 아깝게도 계집애들은 끼우지 않는 게 오붓한 술타령을 할 수 있다는 다수결이었다.

"그럼 술은 무얼로 하지?"

술에 약한 내가 제안했다.

"막걸리냐 소주냐? 소주라면 '진로'냐 '삼학'이냐?"

운길이가 좌중을 둘러보았다. 다수결은 소주의 편, 다수결은 단맛이 나지 않는 '진로'의 편, 다수결은 대단한 술꾼이었다.

"그럼 도시락은 어떻게 할까?"

운길이의 얼굴은 서치라이트였다.

"얘, 얘, 도시락도 도시락이지만 말야……"

서치라이트는 탈주자를 포착했다. 탈주자는 신이 나게 뛰었다. 탈주자는 우리 중에서 키가 제일 작은 정태였다. 우리는 그를 정어리와 명태의 튀기라고 놀리곤 한다. 아닌 게 아니라 그의 고향도 정어리와 명태의 명산지인 함경도다.

"소주의 안주에는 돼지고기가 그만이거든. 어때? 돼지고기 파티를 갖기로 하는 게 말야. 이를테면 돼지 한 마리를 가지고 가서 통돼지구이를 만들어 먹는다는 말야. 거 있잖아? 서부 영화나 바이킹 영화에 잘 나오는."

좌중에서 와 하고 환호 소리가 터졌다. 탈주자는 찐빵의 가호 밑에 있었다. 돼지, 아 그것은 먹음직스럽다. 찐빵이여, 만세.

쪽지가 하루 종일 나를 지배했다. 내가 하숙하고 있는 집에서 내게 밥상을 날라오는 것은 숙이였다. 아침밥을 먹고 나서 나는 밥상 위에 쪽지 편지를 두고 나왔다. 숙이가 밥상을 내어가는 것을 나는 확인했다. 숙이는 쪽지에 쓴 나의 편지를 읽었을 게다.

숙이, 그 여자는 옛날 어느 천사의 정통적 후손이다. 만일 옛한 천사에게 생식기가 있었다면 그래서 그 생식기가 어느 날 그 천사로 하여금 딸 하나를 갖도록 명하고 그 딸이 딸 하나를 낳고 또 그 딸이 딸 하나를 낳고…… 딸의 역사는 계속되고 그래서 낳아지는 딸마다 천사가 넣어준 피는 흐려졌다고 해도 그러나 우생학優生學은 유전인자의 변덕스러움을 우리에게 보장해 준다. 아마 옛 천사가 낳아놓은 대대의 수많은 손녀 중에서 가장 그 여자와 닮은 손녀는 숙이일 것이다.

천사는 웃을 줄을 모른다. 천사는 때때로 어지러운 듯이 부엌 문기둥에 손을 짚고 그 손등에 이마를 대고 옆 눈길로 마당만한 크기의 하늘을 오랫동안 올려다본다. 천사의 볼은, 추운 날엔 때가 얇게 일어서 분가루를 잘못 바른 것처럼 가련하다. 말수 적은 천사는 그러나 밥상을 들여줄 때 '많이 드세요'라고 말한다. 천사는 서글프게 웃으면서 그 말을 한다. 고등학교만 나온 천사는 국민학교 3학년에 다니는 동생을 가르친다. 천사의 나즉나즉한 목소리는 '사구삼십육, 오구사십오……'가 되어, 불 꺼버린 나의 방으로 그 여자 방의 전등 불빛과 함께 스며들어온다. 천사는 세금 받으러 온 사람 앞에서도 말을 더듬는다. '어머니가 시장에서 돌아오시면……'이란 짧은 말을 하는 데도 5분쯤은 걸린다. 천사는 껍데기가 나무로 되어 있는 고물 같은 라디오를 사랑하여 시간 나는 대로 그 앞에 앉는다. 천사의 라디오는 돌아가신 그 여자의 아버지가 부자였다는 증거품으로서 몇 개 남아 있지 않은 물품 중의 하나이다. 천사는 결코 라디오의 볼륨을 높이지 않는다. 천사는 내가 방 안에 들어 있을 때 항상 공부를 하거나 요컨대 중요한 일을 하고 있는 줄로 안다. 천사는 내가 방 안에서 소설책이나 읽고 벽에 낙서나 하고 팬티의 고무줄 밑으로 손이나 넣고 누워 있는 줄은 상상도 하지 않는다. 천사는 내가 신문사에 취직하여 처음으로 출근하는 날, 새벽 4시부터 부엌에 나와 달그락거리며 밥을 짓는다. 천사는, 처음 출근한다는 기쁨 때문에 역시 새벽 4시에 잠이 깨어 있는 나를 아직도 자고 있는 줄로 알고 김치가 있는 장독대로 가기 위해서 내 방 앞을 지날 때 발소리를 죽여 조심조심 걷는다. 천사는 나를 사랑하지 않는다. 다만 천사는 그 앞에서 조심하지 않으면 안 될 손님처럼 나를 생각하고 있을 뿐이다. 천사는 내가 다른 곳으로 하숙을 옮겨 갈까 봐 항상 두려운 눈길로 나를 바라다본다. 천사는 자기 집이 다른 곳과 같은 액수의 하숙비를 받으면서도 반찬은 유난히 좋지 않다는 것을 잘 안다. 천사는 때때로 밤이 깊었을 때 마루에 나와서 소리 죽여 운다. 천사가 우는 이유는 밤하늘처럼 어둡기만 하다. 천사는 성우가 되기 위해서 공부한다. 천사는 고은정의 목소리를, 장서일의 목소리를, 유병희의 목소리를, 윤미림의 목소리를 틀림없이 흉내 낼 줄 안다. 천사의 어머니가 방송드라마 대본 하나를 구해다 줄 것을 나에게 부탁한다. 천사는 내 방의 불이 꺼지고 내가 잠이 들었으리라고 짐작되면 내가 구해다 준 대본을 보며 연기 공부를 한다. 천사는 우는 장면을 여러 가지 형식의 울음소리로 연습한다. 천사는 우는 장면을 연습하고 나서는 멋쩍은 듯이 쿡쿡 웃는다. 천사는 여러 가지로 웃을 줄도 안다. 천사가 웃는 연습을 하고 있을 때는 천사가 아닌 것 같다. 천사가 예술이 어떤 것인가를 나에게 가르쳐주고 있다. 천사는 어느 방송국의 성우 모집 시험에 응시한다. 천사의 목소리는 마이크에 맞지 않는다. 천사는 불합격이다. 천사는 더욱 웃을 줄을 모른다. 천사는 이제 방송드라마 프로는 듣지 않는다. 천사는 자기의 불합격을 몹시 부끄러워한다. 천사가 만일 그 여자의 소원대로 성우가 되었더라면, 아, 얼마나 좋았을까! 천사는 쾌활해졌으리라. 천사는 내가 밀회를 신청하더라도 응할 만큼 스스로를 떳떳하게 생각했으리라. 천사의 손은 너무 빨리 늙어간다. 천사의 손은 구공탄재가 담긴 쓰레기통과 말표 세탁비누와 찬물 때문에 마흔 살을 먹어버린다. 천사의 마음의 나이는 그 여자의 얼굴 나이와 손의 나이를 합친 것만큼은 된다. 천사는 예순 살, 천사는 할머니, 천사는, 아, 곧 죽어버릴지도 모른다.

　그렇지만, 제각기의 인생인 것이다. 스무 살짜리의 얼굴을 가진 할머니는 반드시 불행한 법이라고 누가 나에게 가르쳤단 말인가. 설령 불행하다고 하더라도 누가 아침 밥상 위에 쪽지를 써두고 나오는 따위의 서투른 짓을 하라고 나에게 속삭였단 말인가. '같은 집에 살면서 말도 변변히 주고받지 못하였군요. 꼭 그래야 할 이유도 없으면서 말입니다. 시간이 나신다면 오후 8시에 요 앞 한길에 있는 매미다방으로 나와주셨으면 고맙겠습니다. 차라도 함께 들면서 세상 돌아가는 얘기나 해보았으면 좋겠습니다.' 편지 자체는 별로 우스울 게 없었다. 그러나 그 여자를 다방으로 불러내야 할 이유를 스스로 충분히 납득하고 있는지가 문제이다. '세상 돌아가는 얘기나 해보았으면.' 배꼽 빠질 이유였다. 그 여자는 죽을지도 모른다는 생각도 우습기 짝이 없는 이유가 된다. 그런 생각 속에 숨어 있는 엄청난 기만, 교활, 위선을 과연 스스로 감당해낼 자신이 있다는 얘기인지. 차라리 '그 여자가 탐이 난다'라고 말해보자. '탐', 그것을 우선 그 여자의 하반신을 나의 하반신에 밀착시키는 것이라고 생각해보자. 그러면 이유는 훌륭하다. 그러나 그것만으로써 끝나버린 상태는 상상할 수가 없었다. '탐'의 대상도 선택되어진 것이니까라고 생각하면 그 '탐' 속으로 자기를 무작정 몰아넣을 수는 있다. 그러나 선택 이후의 사태에 대한 책임을 지는 것은 지금의 내가 아니라 나중의 나이다. 책임지기가 싫어진다면 혹시 모르지만 만일 책임지고 싶어지고 그런데 그건 잘 안 되고 할 때는? 나중의 나로 하여금 갈팡질팡하도록 일을 만들어놓는다는 건 그녀에겐 미안스러운 일이다. 제각기의 인생은 제각기의 것이다. 참 옳은 말씀이다. 왜 쪽지를 썼던가. 혹시 나는, 한 인생과 다른 인생이 접합점을 가졌을 때엔 이 인생도, 저 인생도 동시에 좋은 방향으로 달라지리라고 상상하고 있었던 것일까? 여자, 그것은 스물다섯 살짜리 사내에겐 생활을 구입하는 많은 방법 중의 하나가 될 수 있으니까? 천사 같은 여자, 그것은 나의 종교 노릇을 할지도 모르니까? 하반신을 밀착시키고 싶다는 탐이 거짓된 이유인가? 그 여자는 죽을지도 모른다는 추측이 거짓된 이유인가?

그러나 그런 것을 생각하기에는 너무 이른지도 몰랐다. 숙이가 다방으로 나올 것인지 아닌지가 의문이어야 할 때였다. 나왔다고 하더라도 내가 차 한잔 사준 걸로 우리가 만나는 행사는 끝나버릴 수도 있는 일이었다. 오늘 저녁부터 두 사람의 인생이 금방 달라지기 시작한다고 얘기할 수만 없었다.

6시에 회사에서 퇴근하자마자 나는 어제저녁 운길이와 약속한 장소로 갔다. 운길이와 내가 돼지 구하는 일을 맡기로 하였다.

검붉은 색깔은 분명히 미각을 자극한다. 미각을 가진 것은 고등동물이다. 고등동물고등동물고등동물…… 고등동물이란 말을 입속에서 짓씹고 있으려니까 그 말의 의미는 마치 이빨에 의해서 잘게 부서진 살코기처럼 목구멍 속으로 넘어가버리고 그 말의 자음과 모음만이 질긴 껍질처럼 혓바닥 위에 생소하게 남아 있었다. 유리로 된 진열장 속에서 고깃덩어리들은 흐느적거리며 서로서로 기대고 있었다.

달구지를 끌고 가는, 배 언저리에 오물이 말라서 조개껍데기처럼 붙어 있는 황소와 푸줏간의 진열장 속에 널려 있는 고기를 연결시켜 생각한다는 것은 힘든 일이다. 그것이 힘들다는 사실을 아껴라 ─ 찐빵이 내린 계명 중의 하나이다.

군대에서 제대한 지 오래지 않은 듯, 젊은 푸줏간 주인은 몸이 날래 보였고 친절했다.

"조그만 돼지 한 마리라구요? 잔치에 쓰시려는 겁니까?"

"말하자면, 잔치에 쓰는 셈이지요." 운길이가 말했다. "댁에 부탁하면 구할 수 있습니까?"

"예, 물론 구할 수 있습니다. 그런데 몇 근짜리를 말씀하시는 지……"

"몇 근짜리라니요?"

"돼지의 무게 말입니다. 고기가 많이 붙은 큰 돼지는 근이 많이 나갈 게 아니겠어요. 따라서 값도 그만큼 비싸고……"

"4, 5천 원에 살 수 있는 것은 몇 근쯤 됩니까?"

"4, 5천 원이라, 4, 5천 원…… 아마 8, 90근짜리는 사실 수 있겠군요. 그렇지만 잔치에 쓰시려면 2백 근짜리는 쓰셔야죠."

"2백 근짜리는 얼마나 큽니까?"

"아주 크죠. 어지간한 송아지만큼은 되니까요."

"비싸겠군요."

"만 원 정도면 살 수 있습니다."

"아니 그렇게까진 필요 없어요. 우리들이 하는 잔치엔 열 사람밖에 오지 않거든요. 모두 식성이 좋긴 하지만 소화할 능력에 한계가 있으니까요. 4, 5천 원 정도로 구할 수 있는 건 아주 작을까요?"

"열 사람에겐 4, 5천 원짜리도 크죠."

"알겠습니다, 고맙습니다."

나는 주인에게 말하면서 운길이의 팔을 잡아끌었다. 운길이는, 얘기는 이제 시작되는 게 아니냐는 얼굴로 내게 끌려서 푸줏간 밖으로 나왔다. 푸줏간 역시 어디선가 돼지를 사 와야 한다면 우리가 직접 돼지 기르는 곳을 찾아가서 사는 것이 싸게 살 수 있으리라고 나는 생각한 것이었다.

"그렇지만 귀찮지 않아? 푸줏간에 부탁해버리는 게 나을 거야."

운길이가 말했다.

운길이의 말투가 정말 귀찮아죽겠다는 것이었으므로 그것이 나만의 용어라는 것을 미처 깨닫기 전에, 가벼운 분노조차 섞인 음성으로 나는 말했다.

"하지만 찐빵은 우리가 귀찮은 일을 해내어야만 우리를 신임하는 거야."

"찐빵? 찐빵이 뭐지?"

운길이가 물었다. 나는 나의 실언을 깨달았다. 그러나, 우기면 무언가 전해지는 법이다.

"찐빵은 위대한 존재야. 찐빵은 지고한 곳에 계신 존재지. 그분은 무엇이든지 할 수 있어."

나는 운길이의 시선을 나의 시선에 비끄러맨 뒤에 힐끔 밤하늘을 올려다보았다. 운길이의 시선도 밤하늘로 향해졌다.

"네가 말하고 있는 건 예수쟁이들의 하나님이냐?"

운길이가 물었다.

"천만에, 그 하나님은 이브가 설마 능금을 훔쳐 먹을 것까지는 미처 몰랐지만 찐빵은 그것까지도 미리 알 수 있는 존재야."

가로등의 불빛과 여러 상점에서 쏟아져 나온 불빛과 빌딩의 창마다에서 새어 나온 불빛들이 밤하늘과 우리 사이를 돼지 오줌보만큼의 두께로써 가로막고 있었다.

"이 녀석아, 농담하고 있을 때가 아니야. 빨리빨리 알아보고 집으로 가얄 거 아냐?"

운길이가 투덜거렸다. 히히, 하고 나는 웃었다. 그러나 나는 슬펐다. 운길이가 찐빵을 의식하지 못하는 한 찐빵은 그에게 구원의 자비로운 손길을 내밀 것이다. 그러나 나는, 나는 사지死地로 밀파密派되는 간첩이 될 것이다. 어느새 이중간첩 노릇을 하게 되고 그러다가 어느 날엔가는 어느 어두운 골목이나, 밤 깊은 강변으로 끌려가서 칼로 목을 찍혀 피를 내뿜으며 거꾸러질 것이다. 찐빵은 자기의 얼굴을 보아버린 자를 그냥 두지는 않을 것이다. 그는 어떻게 할 것인가?

"찐빵은 훌륭한 분이야."

나는 주문을 외우듯이 말하고 나서 다시 밤하늘을 올려다보았다. 돼지 오줌보만큼의 두께밖에 가지지 못한 저 불빛들이 현란한 무늬를 가지고 나의 시력을 교란시키고 있었다.

"너 돌았니?"

운길이가 말했다.

"아아니."

나는 다시 히히 웃었다. 그리고 말했다.

"돼지는 말야, 내가 알아볼게. 오늘은 그만 헤어지자."

"알아볼 데가 있어?"

운길이가 물었다.

"하숙집 주인아주머니가 남대문시장에서 야채 장사를 하는데 장사꾼들끼리는 싸게 구할 수가 있을 거야."

"그래? 그럼 나도 알아보겠지만 너한테 맡긴다. 내일 저녁까진 확실하게 구해놓아야만 한다는 건 잘 아실 게고 그리고…… 그럼 내일 만나자. 자, 돈은 네가 가지고 있고 그리고…… 그럼 내일 만나자. 내일 우리 회사로 전화해. 참 우리 어디 가서 대포 한잔씩 할까?"

"난 그냥 들어가야겠어."

나는 시계를 보았다. 8시가 지금 지나가고 있는 중이었다. 택시를 타지 않으면 안 되겠다. 만일 여자가 나와 있지 않다면? 통금 시간 바로 전쯤 집으로 들어가리라. 그 여자가 대문을 열어주러 나오면 거짓 술 취한 척 비틀거리리라. 아무 말 하지 않고 천사는 그런 내 꼴을 보면 가슴이 아프겠지. 만일 아프지 않다면? 아프지 않다면 천사가 아니다. 아니다, 천사라면 콧구멍도 간지럽지 않을 게다.

매미다방을 전봇대 한 칸쯤의 간격으로 저쪽에 두고 나는 택시에서 내렸다. 그곳은 어떤 양장점 앞이었는데 마네킹을 세운 쇼윈도 안의 형광등이 낡았는지, 불이 사그라졌다가 다시 켜지곤 했다. 마네킹 역시 명멸하는 불빛 때문에 시력을 가눌 수가 없다는 표정이었다. 인도에선 가을 저녁 바람을 즐기는 대학생 차림의 아베크들이 몇 쌍 눈에 띄었다. 모두 고행하는 수도승들처럼 진지한 얼굴을 하고 있으리라는 나의 상상을 그들의 어깨 모습과 걸음걸이가 보증해주고 있었다.

나는 숙이가 나와 있을까 있지 않을까 하는 판단을 나의 예감에 물어보았다. 어떠한 예감이 완전히 나를 지배하면 막상 닥친 현실은 흔히 예감의 반대였다. 그래서 요즈음엔 나의 예감은 우왕좌왕하며 나를 지배할 만한 판단을 옛날처럼 곧잘 내려주지 못하였다. 예감에게 충분한 시간을 주었을 때엔 희미하게나마 나에게 어떤 판단을 내려주기는 하지만 그날 저녁 내가 예감에게 준 시간은 전봇대 한 칸 사이의 분량밖에 되지 못했기 때문에 그것에게서 어떤 대답을 얻는다는 것은 완전히 불가능했다. 이미 나는 다방 입구에 서 있었다.

다방 안으로부터 어떤 기타 곡이 불투명 유리를 통하여 다방 밖으로 스며 나오고 있었다. 나는 잠시 동안 그 곡을 들으며 문 앞에 서 있었다. 「금지된 장난」이란 불란서 영화의 주제곡이었다. 장난이라는 단어가 무언가 건져보려고 허우적거리는 그때의 내 그물에 걸렸다. 장난, 어른들이 어린애들의 행위를 평가할 때 쓰는 자尺의 한 눈금. 일부러 그 눈금에 맞추기 위하여 행위하는 사람은 하나도 없다. 그런데도 불구하고 생긴 일정한 뜻을 가진 말.

숙이를 불러낸 것이 장난이라면, 천사의 후예라고 좀 엄살을 부리자. 겨우 그 여자를 거의 있는 그대로 표현한 듯하던 느낌도 장난이어야 했고, 택시를 잡아타고 거기까지 달려오던 것도 장난이어야 했고, 그리고 다방 문 앞에 연극 속에서 우두커니 서 있는 것도 장난이어야 했다. 아무것도 장난이 아니었는데 우두커니 서 있는 동안 놀랍게도 그 모든 것이 장난처럼 생각되어 버렸다. 장난이 아닌 것으로서 유일한 것은, 만일 그 여자가 지금 저 속에 앉아 있는데도 불구하고 여기서 내가 그냥 돌아서버린다면, 혹시 그 여자가 차를 마셨을 경우 그런데 나를 믿고 돈을 가져오지 않았을 경우에 그 여자가 당할 봉변이었다. 얼마든지 가능할 수 있는 그런 사태. 오로지 그것 때문에 나는 다방 문을 밀고 안으로 들어섰다.

다방 안쪽의 어두운 구석까지 가보았지만 그 여자는 나와 있지 않았다. '그럴 리는 없지만 혹' 하는 생각으로 다방 입구에 마련되어 있는 심장 모양의 메모판을 훑어보았다. 나를 위한 쪽지는 없었다. 그러자 나는 장난은 이미 끝나버렸고, 그런데 그 장난은 내가 아직 장난이라고 생각하기도 전에 벌써 장난이라는 모습을 해버렸었다는 것을 깨달았다. 나는 팔목시계를 보았다. 8시 15분이었다. 내가 정해준 시간을 내가 15분이나 어기고 있었다. 그러자 그 여자는 혹시 아직 오지 않은 것인지도 모른다는 생각이 들었다. 여자와 처음으로 시간 약속을 했을 때엔 여자가 약속 시간보다 늦게 나온다는 것은 일종의 에티켓이다. 나는 앉아서 기다려보기로 했다. 장난은 아직 끝나지 않고 있었다. 장난이 끝날 때를 나는 별로 초조해하지도 않고 기다리고 있었다.

살찐 레지가 재떨이와 성냥과 물수건을 두 손에 나눠 들고 내 앞으로 다가왔다. 가을에 주는 물수건은 뜨거운 것일까 찬 것일까? 물수건은 찼다. 무슨 차를 들겠느냐는 말을 심드렁하게 하고 나서, 내 대답을 들은 뒤, 레지는 문득 잊고 온 물건을 가지러 다시 집 쪽으로 몸을 돌이키듯이 돌아서서 넓은 엉덩이를 느릿느릿 흔들며 카운터 쪽으로 걸어갔다. 레지는 성냥개비로 한쪽 귀를 후비며 분홍빛 딱지를 주방으로 통하는 구멍 속으로 밀어 넣었다. 레지는 잠바 차림으로 혼자 앉아 있는 남자 손님 앞으로 걸어가더니 그 남자의 맞은쪽 의자에 털썩 주저앉았다. 레지는 그동안 잠시 멈추고 있던 귀후빔질을 다시 시작하며 남자에게 무어라고 말하고 있었다. 남자는 엄숙한 얼굴로 한 손을 뻗쳐서 레지의 가슴께를 가리켰다. 레지는 높은 소리로 웃으며 남자의 뻗친 손을 탁 쳤다. 남자는 빙긋 웃으며 내게로 시선을 돌렸다. 나는 남자를 건너다보고 있었다. 그의 시선을 피해야 할지 어쩔지를 몰라서 나는 잠시 동안 눈동자를 이리저리 굴렸다. 그 남자 역시 그런 것 같았다. 나는 시선을 돌리지 않기로 작정했다. 그러기 위해서는, 노려본다는 형식을 취하기보다 그저 무심히 바라보고 있다는 형식을 취하기로 하였다. 그 남자가 고개를 다시 레지 쪽으로 돌렸다. 무어라고 말하였는지 이번에는 레지와 함께 고개를 돌려서 나를 보았다. 이번에 나는 레지의 시선에 내 시선을 부딪치게 하였다. 레지가 잠바 쪽으로 얼굴을 돌리며 무어라고 말하고 나서 일어났다. 레지는 카운터 쪽으로 느릿느릿 걸어갔다. 남자의 시선이 내 볼에 와 닿아 있는 것을 나는 느꼈다. 내 볼이 근질거렸다. 레지는 주방으로 통하는 구멍에 대고 무어라고 말하고 있었다. 접시에 받친 커피잔이 그 구멍으로부터 밀려 나오고 있었다. 레지와 찻잔의 풍경을 갑자기 무엇이 가로막았다. 나는 시선을 위로 보냈다. 뜻밖의 환희 같은 느낌이 강렬하게 나를 흔들었다. 숙이가 참 거북해죽겠다는 표정으로 내 앞에 서 있었던 것이다.

"앉으시죠."

나는 일어서며 내 맞은편 의자를 손짓으로 가리켰다. 숙이는 서투른 솜씨로 의자를 약간 뒤로 밀쳐내며 조심조심 앉았다. 나는 별생각 없이 잠바 차림의 남자를 흘깃 돌아봤다. 잠바는 담배를 피워 물고 앉아서 나를 노려보고 있었다. 나는 얼른 숙이 쪽으로 시선을 돌렸다.

"전 나오시지 않나 했습니다."

내가 말했다.

숙이는 입술을 쭝긋거리며 미소했다. 집에서 입는 옷차림 그대로였다. 낡은 반소매 털실 스웨터와 역시 낡은 바지를 입고 고무신을 신고 있었다. 머리 역시 가다듬지 않은 단발이었다. 자취하는 여학교 학생이 바구니를 들고 시장에 나왔다가 잠깐 다방에 들른 것 같았다. 집에서 늘 보는 그런 차림이 오히려 나에게 특이한 인상을 주었다. 그 여자가 만일 나올 경우엔 으레 좋은 옷을 입고 머리도 가다듬고 나오리라고 무의식중에 나는 그렇게 생각하고 있었던 모양이었다. 정말 그 여자가 그렇게 하고 나왔다면 나는 그 여자 옷차림에서 아무런 인상도 받지 못하였을 것 같았다. 그것이 좋은 인상이든 나쁜 인상이든.

레지가 찻잔을 내 앞에 놓고 나서, 마치 길거리에서 희극배우를 보는 듯한 얼굴로 숙이를 내려다보고 서 있었다.

"무얼 드시겠어요?"

내가 숙이에게 물었다. 숙이는 숙이고 있던 고개를 더욱 가슴쪽으로 내려 박으며 얼굴을 붉혔다. 그러나 '커피'라는 말을 내

가 알아들을 수 있을 만큼은 크게 발음하였다. 레지가 돌아서서
갔다.

"제 편지 우스웠죠?"

나는 호주머니에서 담뱃갑을 꺼내며 말했다. 여자는 고개를
숙인 채 침묵.

"어머니 아직 안 들어오셨지요?"

여자는 숙인 고개를 끄덕였다. 그리고 침을 삼키고 나서 '네'
라고 '커피'만큼 작게 말했다.

"동생들은 학교에서 다 돌아왔겠고요……"

고개를 끄덕거리고 그다음에 '네'.

"오늘 낮엔 무얼 하셨어요?"

고개를 숙인 채 침묵.

"빨래하셨어요?"

침묵. 나는 방금 한 질문은 나빴다고 생각했다. 그러고 나니까
나는 할 말이 없었다. 나는 레지가 숙이 몫의 차를 빨리 가져오
기를 바랐다.

장난은 너무 심심하게 끝나버릴 것 같은 예감이 들었다. 처음
부터 장난이 아니었다는 생각이 들었다. 숙이의 수줍음에서 생
긴 침묵이 나를 안타깝게 만들었다. 너무 무의미하게 우리의 만
남이 끝나버릴 것 같았다. 내가 그 여자에게 묻고 있는 말들이
따지고 보면 그 여자로서는 고갯짓만으로써도 충분히 대답할
수 있는 것이긴 했지만 너무 공허한 것으로 생각되었다. 내가
조금 전에 입을 놀려서 무어라고 말했는지 어쨌는지조차 말이

끝난 바로 다음에는 의심이 되곤 했다. 내가 하는 말들이 그 여자와 나 사이를 메워서 둘을 연결시켜주고 있는 것 같아서 나는 화제를 만들려고 애썼다.

"돌아오는 일요일날, 그러니까 모레죠. 친구들과 행주산성에 놀러 가기로 했거든요. 돼지 한 마리를 사 가지고 가서 통째 구워 먹기로 했어요."

숙이는 무엇을 상상했는지 잠깐 고개를 들어서 나를 건너다보며 자기의 어깨를 가만히 조였다.

"돼지고기 싫어하세요?"

내가 물었다.

"네."

그 여자가 대답했다.

"제가 돼지고기를 가장 좋아한다는 건 유숙 씨와 시골에 계시는 저의 어머님이 가장 잘 아실 겁니다."

숙이는 고개를 좀더 숙였다. 아마 웃는 모양이었다.

"육류를 좋아하면 살갗이 거칠어진다면서요? 그래서 여자들은 고기를 좋아하지 않는다면서요?"

웃는 모양이었다.

"나쁜 화장품을 써도 살갗이 거칠어진다면서요? 그래서 국산품을 쓰지 않는다면서요?"

웃는 모양이었다.

레지가 커피를 가져왔다. 한참 동안 내가 들기를 권한 뒤에 숙이는 겨우 찻잔을 들고 커피 몇 방울을 입술에 묻힌 둥 만 둥

하고 다시 탁자 위에 잔을 놓았다.

"제 친구들 중엔 한 방울만 혀에 대보고도 그게 진짜 커피인지 가짜 커피인지 가려내는 놈들이 있죠. 전 모두 진짜 같기도 하고 모두 가짜 같기도 해서 아직 커피 마실 자격이 없나 봐요."

커피 얘기, 살갗 얘기가 숙이에겐 얼마나 짐스러운 화제였다는 것을 나는 아직 모르고 있었다. 그 여자가 천사라고 해도 날개가 등에서 솟아나 있기 때문에 하늘을 날아다닐 수 있는 천사가 아니라 잠자리 날개로 지어진 옷을 입었기 때문에 하늘을 날 수 있는 천사라는 것을 모르고 있었다. 나무꾼에게 옷을 도둑질 당하고 나면 별수 없이 땅에서 베를 짜고 아이를 낳으며 살아야 하는 그런 천사였다는 것을 나는 아직 모르고 있었다.

찻잔이 비자마자 나는 계속해서, 영화에 대한 얘기, 방송극에 대한 얘기, 해외 토픽란에서 본 얘기, 내가 어렸을 때 본 만화에 대한 얘기, 유머를 모아놓은 책에서 읽은 얘기, 내 직장인 신문사에서 주워들은 얘기, 심지어 외국의 유명한 작가나 철학가 들의 에피소드까지 5톤쯤 늘어놓았다. 내 얘기들의 무게가 드디어 그 여자의 고개를 들어 올리게 하는 데 성공했다. 그 여자는 내처 미소를 띠거나 손으로 입을 가리고 고개를 숙이며 웃거나 하면서 내 얘기에 귀를 기울였다. '재미있게 듣고 있는 중이니 어서 계속하세요'라고 그 여자가 마음속에서 말하고 있으리라고 내 속 편한 대로 정하고 나서 나는 그런 얘기들을 했다.

"오늘 낮엔 무얼 하셨어요?"

나는 값을 받는 듯한 태도로 물었다.

"옆집 마당 위에 고추잠자리 떼가 날아다니는 것을 보고 있었어요. 그 집 마당에 코스모스가 많이 있잖아요? 그 위를 잠자리 떼들이 마치 공중에 가만히 떠 있는 것처럼 하고 있었어요."

그 여자는 얼굴을 빨갛게 하고 그러나 고개는 숙이지 않고 성우처럼 또박또박 말했다.

"무슨 생각을 하면서요?"

내가 물었다.

"별루 생각 없었어요. 내년엔 우리 집 마당에도 코스모스를 심어야겠다는 생각 좀……"

"코스모스 정말 좋지요? 고향엘 가느라고 가끔 기차를 타면 철둑 양쪽으로 코스모스가 피어 있곤 했지요. 한때는 코스모스 라인이라구 해서, 라인이란 건 영어로 줄이란 말이잖아요? 전국 철로 양쪽에 코스모스를 심게 했다는데, 요즘은 기차를 타도 그게 없어졌어요. 가뭄에 콩 나기로 어느 시골 정거장에나 좀 심어져 있곤 하지요."

그 여자 얘기의 분위기에 맞추느라고 기껏 한 내 얘기는 그러나 마치 쇼펜하우어가 잉크병에 돈을 숨겨놓고 쓸 만큼 의심쟁이였다는 얘기를 하는 투가 되어버려서 나는 자기의 얘기에 화가 났다.

"코스모스도 좋지만 잠자리 떼가 참……"

그 여자는 눈을 반짝이며 말했다.

"아, 고추잠자리……"

고추잠자리에 대한 내 나름의 회상이 또 나올 판이었다. 나는 그 여자의 말에 감동한다는 뜻을 나타내기 위해서는 더 긴 소리를 하지 않는 게 좋다고 판단했다.

"저어, 집에 들어가시지 않겠어요?"

그 여자가 내 눈치를 살피며 말했다. 정말 너무 늦어 있었다. 11시가 가까워오고 있었다.

"어머님이 들어오셨겠군요."

나는 자리에서 일어서면서 말했다.

우리는 밖으로 나왔다. 전차 한 대가 창마다에서 따뜻한 불빛을 내쏟으며 빠르게 우리 앞을 지나갔다.

"동생들에겐 어디 간다구 하고 나왔습니까?"

"저어, 김 선생님 만나러 간다구 하고……"

"아니, 제가 만나자구 한다고 사실대로 말씀하셨단 말씀인가요?"

그 여자는 그럼 뭐라고 하느냐는 얼굴로 나를 올려다봤다. 그 여자에게 비밀을 간직하게 함으로써 나의 편이 되게 하겠다던 수법은 물거품이 되었다. 어쩌면 숙이는 자기 집 생활비를 일부 보태주고 있는 사람의 명령으로만 내 쪽지 편지를 이해하고 있었던지도 몰랐다. 내가 반찬을 좀 좋은 걸로 해달라는 얘기나 할 줄로 알고 있었단 말인지, 참.

"어머님께도 물론 저와 만난 사실을 얘기하시겠군요."

"네? 해선 안…… 돼요?"

그 여자는 놀란 듯한 얼굴을 하며 물었다. 그 놀란 듯한 얼굴이 음흉스러워 보이고 얄미워졌다.

"안 될 것도 없지만……"

나의 화난 듯한 말투에 숙이는 처음 다방에 들어왔을 때의 꼴로 다시 돌아갔다. 그 여자는 나의 몇 발짝 뒤에서 나를 따라왔다. 나는 자꾸 화를 내는 척함으로써 그 여자를 나의 편에 끌어들일까 하고 생각했다. 그러나 너무나 얕은 꾀였고 그런 수법을 쓰기에는 아직 일렀다. 그렇다고 생각하자 진짜 화가 났다. 결국 장난으로 끝났고 다시는 되풀이하고 싶지 않은 장난이었다. 천사인지 돼지발톱인지, 어느 풀밭으로나 끌고 가서 내 가슴 밑에 그 여자를 깔아뭉개버리고 싶었다.

"둘이 함께 집으로 들어가면 이웃 사람들이 수군거리지 않을까요?"

걸음을 잠시 멈춰서 그 여자가 가까이 왔을 때 내가 말했다. 내 말투만은 속과 정반대로 신선님의 그것 같았다. 그 여자는 우두커니 내 앞에 선 채였다.

"먼저 들어가세요. 난 조금 있다가 들어갈 테니까요."

내가 말했다. 신선님처럼 웃는 얼굴로. 내 웃는 얼굴을 보니까 안심이 된다는 듯이 그 여자는 미소하면서 고개를 숙였다. 염병할, 턱에다 쇠뭉치를 달았나, 고개는 잘도 숙인다.

"아까 저쪽 전봇대 옆에 서 있었는데 알아보시지 못하고 그냥 다방으로 들어가시더군요."

그 여자는 다방 문 앞의 전봇대를 가리키며 뚱딴지 같은 얘기를 했다.

"그래요?"

나는 또 한 번 신선님처럼 웃으면서 말했다. 어쩌면 이 바보 같은 여자의 마음속에도 무언가 전해졌는지도 모르겠다는 생각이 들었다. 그게 아니라면 아무것도 모른 척 자기를 잘도 꾸밀 줄 아는 굉장한 여자인지도 모른다는 생각이 들었다.

"자, 먼저 들어가세요."

나는 점잖게 말했다. 그 여자는 남대문 쪽으로 가고 나는 동대문 쪽으로 가기 위해서 지금 헤어지는 듯한 느낌이 들었다.

내가 요 몇 시간 동안 만나고 있던 것은 숙이가 아니라 무어라고 말했으면 좋을지 모를 어떤 것, 나에게서도 조금은 나왔고 숙이에게서도 조금은 나왔고 의자에서도 조금은 나왔고 탁자에서도 조금은 나왔고 레지에게서도 조금은 나왔고 잠바에게서도 조금은 나왔고 음악에서도 조금은 나왔고 커피에서도 조금은 나왔고 마네킹에서도 조금은 나왔고…… 그렇게 나온 조금씩의 어떤 것들이 뭉친 덩어리였음을 저 앞에서 걸어가고 있는 숙이의 좁은 어깨를 보고 있는 동안에 나는 깨달았다. 그 여자는 멀어져갈수록 다시 하얀 천사가 되어 나를 유혹했다. 저게 유혹하는 표현이 아니면 무엇일까? 내 시선을 자기 등에 느끼므로 어깨는 웅크려지고 걸음걸이는 절룩거려지며 모로 쓰러질 듯하여 빠르게 걷지 않으면 안 되겠다는 듯한 저 여자의 뒷모습이 주는 것이 나를 유혹하는 행동이 아니라면 무엇일까?

나는 빠른 걸음으로 그 여자의 뒤를 쫓아가기 시작했다. 집으로 들어가는 골목 입구에서 우리는 다시 만났다.

"어머니께서 저와 만났던 얘기를 물으시면 무어라고 대답하시겠어요? 대답할 말, 준비해두셨어요?"

그 여자는 자기의 처지가 무척 딱하다는 것을 표정에서 숨기지 않고 '아니요'라고 대답했다.

"제가 왜 만나자고 했던가는 분명히 알고 계세요?"

그 여자는 고개를 숙였다. 그리고 발끝으로 땅을 툭툭 차고 있었다.

"일요일날, 제가 친구들과 놀러 가는데 돼지 한 마리를 구할 필요가 있어서 그것 때문에 숙이 씨에게 의논하려고 제가 만나자고 했다고 하십시오. 숙이 씨의 어느 친구 집에서 돼지를 기르는데 팔지 않겠느냐고 갔더니 그쪽에서 팔지 않겠다고 하여 그냥 돌아오다가 다방에서 차 한잔 사주기에 얻어먹었다, 아시겠습니까?"

숙이는 어둠 속에서 하얗게 이를 드러내놓으며 소리 없이 웃었다.

"저희 어머님이 무서우세요?"

그 여자가 물었다.

"남자들이 세상에서 가장 무서워하는 건 여자친구의 어머님이라고들 하죠."

나는 '여자친구'라는 말에 힘을 주었다. 힘을 너무 주었던지 그 여자의 고개가 푹 꺾였다.

"자, 그럼 먼저 들어가세요."

내가 말했다.

다음 날 아침, 숙이는 밥상을 방문 앞에 놓고 아무 말 없이 부엌으로 돌아가버렸다. 여느 때처럼 방 안에까지 밥상을 들여주지도 않았고 '많이 드세요'라는 말도 없이. 그것이 좋은 징조인지 나쁜 징조인지는 아직 판단할 수가 없었다. 그 여자와 나와의 관계에 무언가 변화가 생긴 것은 분명했고, 그것이 내겐 다소 불쾌한 형태로 보였다는 것만 분명했다.

서울역 앞 광장의 남쪽에 있는 천막 휴게소 안에서 우리 열명은 꿈틀거리는 자루를 앞에 놓고 아득한 느낌 속에 빠져 있었다. 바이킹족을 제안했던 정태 바로 그놈이, 나와 운길이가 번갈아가며 어깨에 메고 온, 주둥이와 네 발을 새끼로 묶어서 광목자루 속에 넣은 돼지를 내려다보며 맨 처음 한숨을 내쉬었다.

"저걸 어떻게 요리한다지? 불을 피워놓고 불 속에 던졌다가 숯 덩어리가 되면 꺼내나? 도대체 우리 중에 저걸 요리할 놈이 있을까?"

"철사에 꿰어서 불 위에 올려놓고 빙글빙글 돌리며 구우면 되지 않아?"

누군가 말했다.

"양념을 발라가면서 말야. 통닭 굽듯이 하면 될 거야……"

누군가 말했다.

"그렇지만 털도 벗기지 않고 그런 법이 어딨어? 먼저 목을 따서 죽여야 되고 배를 갈라서 내장도 긁어내야 하고……"

정태가 말했다.

"넌 그거라도 잘 아는구나. 난 돼지를 산 놈으로 보기를 수년 만에 보는걸."

누군가 말했다.

"그러구 보니까, 난 고깃간 간판과 그림책에서밖에 돼지를 본 것 같지가 않은데."

누군가 말하면서 쭈그리고 앉아 자루 묶은 걸 풀고 속을 들여다보다가 후닥닥 일어서면서 즐거운 목소리로 외쳤다.

"야! 정말 그림대로 생겼군. 그런데 눈깔이 튀겨 먹기에는 너무 처량하게 맑은데."

자루는 계속해서 꿈틀거리고 있었다. 주둥이를 묶었기 때문에 꿀꿀거리지도 못하겠지만 목적지에 도달할 때까지 숨을 쉬고 있어주기를 나는 바랐다. 죽은 놈을 들고 가는 것보다는 아무래도 살아 있는 쪽이 덜 기분 나쁠 것 같았다.

"난 돼지고길 별루 좋아하지 않는데……"

누군가 말했다.

모두들 외국영화의 어떤 장면을 실연實演한다는 것으로만 생각하고 좋아하고 있었나 보았다.

"정태, 네가 하면 되지 않아?"

내가 말했다.

"쥐 새끼 한 마리 잡는 데도 벌벌 떠는 내가 어떻게 그걸 하니? 쥐덫을 놓을 줄 안다는 것과 쥐덫에 걸려 죽은 쥐를 집어낸다는 것 사이에는 질적으로 다른 용기가 필요한 거야. 쥐덫을 놓은 사람과 죽은 쥐를 집어내는 사람이 반드시 같아야 한다는 법은 없지 않아?"

그는 돼지를 자기 손으로 죽인다는 것은 생각만 해도 식은땀 나는 일이라는 듯이 얼굴을 찡그리며 말했다.

"좋아, 알으켜만 줘. 내가 다 할게."

운길이가 결국 나서야 했다.

"출발하기 전에 준비할 것만 다 해야지. 무엇이 필요하지? 철사? 칼?······"

정오가 거의 다 돼서 우리는 기차에 올랐다. 돼지가 든 자루를 의자와 의자 사이에 두고 운길이들이 몰켜앉아서 떠들고 있는 것을 저만큼 바라보면서 나와 정태는 떨어져 앉아 있게 되었다. 여느 때엔 바라봄의 대상이 되어 있던 곳에 자리를 잡고 바라보고 서 있던 그곳을 본다는 것은 신기하고 즐거운 일이다. 그것이 여행이라고 하는 것일까. 서울역 구내를 기차가 빠져나가는 동안 나는 염천교 위에 서서 기차가 지금 그 밑을 지나가고 있는 것을 보고 있는 나를 상상해보았고 서대문 담배 공장의 높은 굴뚝을 바라보면서는 나는 담배 냄새가 물씬 풍겨 나오는 공장 앞 한길을 걸어가고 있는 나를 상상해보았고 서대문 쪽 터널로 기차가 들어갈 때는 미동국민학교 앞 한길에서 기차가 굴속으로 들어가고 있는 것을 보고 있는 나를 상상해보았고 신촌역에 기차가 정거했을 때는, 그곳이 서울에서 멀리 떨어진 시골 같은 느낌이 들어서 바로 눈앞에 보이는 이화여대가 마치 서울에서부터 기차 꽁무니에 붙어 왔다가 기차가 서니까 슬쩍 내려서 시치미 떼고 거기에 서 있는 것처럼 괴기하게 눈에 비쳤다.

"사람은 그렇지 않은데 사람이 만들어놓은 것은 모두 장난감 같지 않아?"

정태가 나에게 속삭였다. 나는 정태를 돌아보았다. 녀석의 아프리카 토인처럼 툭 튀어나온 입술이 그때는 무척 영악스러워 보였다. 튀기는 두뇌가 좋다는 일설이 있는데 이 녀석 역시 정어리와 명태의 튀기니까 제법 영리한 말을 할 줄 아는구나. 녀석만은 찐빵의 존재에 대해서 생각해본 적이 있는지도 몰랐다. 그러나 우선 나는 그가 조금 전에 한 말에 대해서 반박을 해야 했다.

"사람이 장난감이 아니란 건 무슨 책에 씌어져 있지?"

내가 물었다.

"사람이 장난감이란 건 그럼 누가 말했지?"

그가 말했다.

사람의 장난감적 성질에 대한 고찰은 그 이상 진전을 하지 못했다. 그 얘기를 우리는 한마디씩의 말장난에서 그쳐버렸다. 보아하니 둘 다 거기에 대해서는 구체적으로 생각해본 적이 없었다. 얘기는 '사람이 만들어놓은 것'으로 되돌아갔다.

"철로니 기차니 학교니 하는 게 장난감 같다는 뜻이야."

그가 말했다.

"그럼 쌀을 만들어내는 논은?"

내가 물었다.

"그것도 장난감 같지 않아?"

그가 말했다.

"왜?"

"그냥 그런 느낌이라는 거야. 왜가 왜 거기서 나와야 하니? 넌 생명을 연장시켜주는 음식을 만들어내니까 논이 얼마나 장난 감보다 중요한 것이냐고 말하고 싶겠지. 또는 농부들에겐 결코 장난감이 될 수 없다. 때로는 목숨을 바쳐가면서 그네들은 논에 대하여 생각한다고 말하고 싶겠지. 그런데 어떤 농부 하나는 논에 대해서 어느 날 갑자기 시큰둥해지고 목숨을 바치고 싶어지지도 않는다고 해봐. 그렇다고 그 농부가 특별한 다른 것에 관심이 있어서도 아니야. 그런 경우엔 논도 그에겐 장난감 이상의 것이 아닐 거야."

"그렇지만 그건 어떤 개인이 당할 수 있는 가능성에 대한 얘기가 아냐?"

"그래, 가능성에 대한 얘기야."

"아주 잠정적인 가능성이지."

"그래, 아주 잠정적일 수도 있지."

"네 말대로 그 농부가 논에 대해서 시큰둥해진다면 그 농부는 도시에 나와서 두부장수가 되겠지."

"천만에, 두부장수가 안 될 수도 있어. 그 사람은 자살할 수도 있어."

"네 얘기는 아무래도 어디서 들은 적이 있는 것 같은데. 하여 튼 그렇다고 하고, 그럼 음악은?"

"그것도 장난감이지. 그거야말로 철저한 장난감이지."

"돼지는?"

"그건 사람이 만들었을까?"

"그럼 돼지를 만든 건 역시 신이라고 생각하는 거냐?"

"글쎄, 그건 모르겠어. 신은 어쩐지 사람이 만든 것 같은데 사람이 만든 신이 돼지를 만들었다는 건 너무 만화 같고……"

"신은 장난감이 아니라는 것이겠지. 신이 사람을 만들었다는 것을 인정할 수 없다고 하더라도 적어도 돼지와 사람과의 관계 정도로는 신과 사람과의 관계를 긍정하는 것이겠지, 안 그래?"

"넌 예수쟁이냐?"

그가 물었다.

"아아니."

"그럼 무신론자면서 신의 존재를 나에게 증명해 보여주려는 거냐?"

"난 무신론자도 아니고 예수쟁이도 아냐. 부처님 앞에 무릎 꿇는 것도, 알라를 믿는 것도 아냐. 넌 사람이 만들지 않는 것이 세상에 있다는 것을 알게 됨으로써 간단히 신을 인정할 수 있는 무신론자인 모양이군."

"아냐, 사실은 너와 똑같애. 아니, 아마 너도 나와 똑같은 모양이야. 만들어진 것이라는 데에서부터 생각을 출발시키면 결국 우리는 신을 인정해야만 해. 그런데 왜 그런지 그 신은 서양 사람들이, 마치 기차를 만들어내었듯이, 만든 것 같은 느낌이란 말야. 기차가 장난감으로밖에 생각되지 않듯이 신도 장난감으로밖에 생각이 안 돼. 무언가가 신은 장난감이 아니라고 생각하려는 내 뜻을 가로막고 있어."

"기차나 논이나 음악이 장난감이 아니라고 생각하려는 뜻을 가로막는 것도 바로 그 무엇이겠지."

"그런지도 몰라. 그 무엇이 무엇인지는 몰라도……"

"그 무엇이 바로 너의 '나'이겠지."

"논리적으로는 그래. 그렇지만 그 나를 모르겠어."

"소크라테스."

"농담하고 있는 게 아냐."

"나도 농담하고 있는 게 아냐. 그 무엇은 바로 '신은 죽었다'
라는 니체의 선언이겠지. 우리나라의 서양철학 소개자들이 교
양 전집 속에서 마구 인용했으니까."

"그럴지도 모르지. 그러나 서양 사람들이 만든 것으로써 서양
사람들이 만든 것을 부정한다는 건 큰 모순이겠지. 서양 사람이
란 말에서 서양이란 말을 빼도 마찬가지야. 어떤 장난감은 믿고
어떤 장난감은 믿지 않는다는 건 우습지 않어?"

"그렇지만 네가 어떤 장난감만은 사실상 믿고 있을 수는 얼마
든지 있지."

"아냐, 난 장난감은 아무것도 믿지 않어."

"그럼 장난감이 아닌 것은 믿을 수 있다는 얘기냐?"

"글쎄, 그런 것 같어."

"신이 장난이란 건 아직 증명되지 않았지."

"그런데 내 기분은 아직 증명되지 않았다고 말하거든."

"네 기분은 장난감이 아닐까?"

"내 기분?"

"마치 그건 믿고 있다는 투로 얘기하잖어?"

"내 기분, 그건 나야."

"그럼 결론이 났군. 넌 널 믿고 있고, 아까 난 농담인 줄 알았더니 실제로도 사람을 믿고 있고……"

우리는 우리가 무얼 얘기하고 싶어 하는지도 모르면서 원시적인 논리로써 즉흥적으로 머리에 떠오르는 예를 들어가면서 그리고 서로의 말을 믿어가면서 얘기했다. 정태와 얘기하면서 나는 지나치게 그의 말 한마디 한마디에만 신경을 바치고 있었기 때문인지 우리가 나눈 대화의 전체를 통해서 정태라는 친구를 파악할 엄두는 생기지 않았다. 다만 느낌으로써 — 물론 그것이 정확한 것인지 부정확한 것인지는 그때는 알 수가 없었다 — 그가 중이 될 소질이 없지 않다는 것과 나와의 관계에서는 어쩌면 운길이보다 더 먼 곳에 그가 자리 잡고 있는지 모른다는 것을 알았다. '더 먼 곳'이란 말이 애매하다면 아주 가까운 곳에 있으나 둘 사이에 건널 수 없는 강이 놓여 있음으로써 더 먼 곳이라도 자세히 설명할 필요가 있을지도 모른다. 그랬기 때문인지 정태는 내가 간단히 설명한 찐빵에 대하여 운길이보다는 훨씬 진지한 반응을 보였다.

"알겠어. 너의 용어로 말하면 찐빵이라는 작자는 나의 용어로 말하자면 장난감인데, 네 얘기는 장난감도 생명을 가질 수 있다는 얘기지? 생명만을 가진 정도가 아니라 우수한 두뇌와 날카로운 도구를 사용할 줄도 안다는 얘기지? 그러니까 얘기는 되돌아가서, 장난감에 대해서 가령 이쪽에서 믿지 않는다고 떠들어보았댔자 믿지 않으면 안 되는, 적어도 그 존재를 인정하고 그의 명령에 복종하지 않을 수 없는 사태가 생겨서 꼼짝없이 이쪽을 끌고 간다는 얘기지?"

"그렇지, 바로 그거야."

내가 말했다.

"네 말대로 그 사실, 그러니까 찐빵이 우리를 지배한다는 사실은 어쩔 수 없다고 하지. 그러나 문제는 그게 아니지 않을까?"

"그럼 무엇이 문제지?"

내가 물었다.

"그 어쩔 수 없는 사실에 대처하는 태도가 개인 개인에게는 문제겠지. 자세히 예를 들면, 찐빵이 있다는 것이 문제가 아니라 찐빵의 눈에 들려고 애쓰는 너의 태도가 문제란 말이야."

"나로서는 그게 최상의 태도라고 생각한 것인걸. 그렇지 않고서는……"

"죽을 수밖에 없다는 얘기겠지."

"그래."

"죽는 게 최상의 태도라면 그걸 선택할 용기는 있니?"

"아마 용기가 없으니까 복종하며 살아 있기로 한 것이겠지. 그보다 죽어버린다는 것은 태도 중의 하나가 아닐 거야?"

"죽는다는 것은 분명히 태도 중의 하나지."

"그건 그렇다고 하고 요컨대 넌 찐빵에 대해서 어떤 태도를 갖고 있는 거냐? 찐빵의 존재를 알고 있기나 했니?"

"너의 용어로서는 아니지만 알고 있긴 있었던 것 같아. 그리고 나의 태도를 얘기하라면 그건 간단히 대답할 수 있어. 찐빵

역시 장난감이야. 장난감을 난 믿지 않는다고 말한 건 잘 알겠지."

"좀 비약하는 것인지 모르지만, 네가 만일 찐빵에 대해서 어쩔 수 없이 어떤 태도를 결정해야 할 때를 당한다면 넌 죽어버리겠군."

"그럴지도 몰라. 그러나 난 내 기분을 믿으면 그만이어도 좋을 것 이상의 태도를 결정해야 할 때를 아직 당한 적이 없어."

"당한 적이 있었겠지."

"없었어."

"없었다고 네가 착각하고 있을 뿐이겠지. 일부러 없었다고 생각하려고 했거나……"

"그렇지는 않을걸."

"하여튼 네가 살아서 내 옆에 앉아 있다는 것이 용타."

나는 말했다. 그로 하여금 살아 있게 만든 것, 그것이 무엇인가에 대해서 생각해보려고 했으나 나는 국민학교에서 배운 '생존본능'이란 답밖에 얻지 못했다. 그 이상의 복잡한 무엇이 있을 것 같은데도 나는 알 수 없었다. 하기야 우리의 환경은 아직 태도 결정을 우리에게 요구한 적이 없었는지도 몰랐다. 내가 신경과민이어서 디테일에서 전체를 파악하려는 잘못을 저지르고 있는지도 몰랐다.

운길이가 종이컵에 소주를 따라가지고 기차의 진동 때문에 비틀거리며 우리 앞으로 다가왔다.

"자, 우선 한 모금씩!"

"벌써부터 기분 내면 모자라지 않아?"

정태가 말하면서 먼저 잔을 받았다. 술이 모자라는 법은 항상 없다고 나는 생각했다.

능곡에서 기차를 내려서 우리는 철도와 나란히 뻗은 한길을 걸어갔다. 능곡 넓은 들은 익기 시작한 벼로 가득했다. 산성은 동남쪽으로 별로 높아 보이지 않는 산을 가리키는 것이라고 누군가가 손짓으로 가르쳐주었다. 돼지가 든 자루는 기차칸에서 조금씩 마신 술 때문에 용감해진 몇 녀석들이 서로 자기가 메고 가겠다고 나서서 운반되어지고 있었다. 그러나 그것을 서울역까지 가져오기 위해서 택시에 실을 때와 내릴 때 손을 대어본 운길이와 내가 잘 알다시피, 무게도 무게지만 꿈틀거리기 때문에 그것이 얼마나 취급하기 어려운 것인지 녀석들이 아직 몰랐을 때뿐이었다. 돼지 자루는 곧 자갈길가에 놓였고, "얘, 여기서 구워가지고 가자" "우선 죽여서 토막을 내어서 하나씩 들고 가자" "칼이 잘 들까?" "아까 역 앞에서 시골 사람에게 잡아달랠걸" 등등이 꿈틀거리고 있는 더러운 자루 위에 함박눈처럼 쌓였다. 그러나 오늘의 카니발은 계획대로 진행되어야 했다. 결국 자루 속에서 돼지는 꺼내졌고 주둥이와 네 발을 묶고 있던 새끼가 풀어졌고 그 대신 한쪽 뒷다리에만 쇠사슬처럼 새끼를 묶어서 새끼의 다른 쪽 끝을 번갈아가며 붙잡고 산성까지 몰고 가기로 의견은 통일되었다. 돼지는 자루 속에 똥을 유산으로 남겼다. 똥이 든 빈 자루는 길가의 논에 던져졌다. 자루와 똥은 썩어서 금수강산을 더욱 기름지게 할 것이었다. 기름지지 못한 돼지의 털은 시골의 밝은 가을 햇볕을 받자 제법 금빛으로 빛났다. 돼지는 처음엔 엄살을 부리는지 쓰러질 듯 쓰러질 듯했으나 어쨌든 사람 열 명이 자기에게 잘 걸어주기를 호소하고 있는 것은 자랑스럽다는 듯이 뒤뚱뒤뚱 앞으로 앞으로 열심히 걷기 시작했다. 우리는 한길의, 눈에 보이는 끝까지의 거리를 몇으로 쪼개서 돼지 몰고 갈 사람을 정했다. 정태가 맨 처음 새끼의 한끝을 쥐었다. 돼지는 거만하게 정태를 종놈으로 삼고 우리의 뒤에 떨어져서 걸었다. 정태를 제외한 나머지 사람들은 술병들과 점심 대신의 빵 꾸러미를 몇이서 나눠 들고 둘씩 셋씩 짝을 지어 걸었다.

　서울에서는 계절의 바뀜을 알리는 것이 라디오 정도였다. 서울에서 조금만 떨어져도 풍경과 계절은 믿어지지 않을 만큼 친한 사이여서 창경원 숲마저 무척 외로운 놈이었다는 것을 알게 된다. 들에는 왜병倭兵 대신에 벼들이 차 있고 멀리 보이는 산성은 권총 한 자루보다도 허약해 보여서 역사는 무척 외로운 놈이라는 것을 알게 된다. 산성 밑의 마을까지 뻗어 있는 길에는 자동차 한 대 보이지 않아서 마치 곡예단의 사자처럼 울 안에 갇혀서 웡웡 소리 지르며 정해진 장소를 빙빙 돌고 있는 서울의 그 많은 차들이 얼마나 외로운가를 알게 된다. 훌륭하기 때문에 외로운 것도 외로운 것임에는 틀림없다.

　한길이 구부러진 곳은 철로와 교차로를 이루고 있었다. 돼지와 그의 종놈을 이젠 꽤 멀리 뒤로한 우리들이 그 교차로를 건

널 때 들판의 저 끝에서 사나운 뱀처럼 기차가 대가리를 이쪽으로 하고 달려오고 있는 것이 보였다.

　얼마 후, 엉뚱한 사건이 터졌다. 이젠 멀리 떨어진, 우리가 지나온 교차로 쪽에서 정태가 두 팔을 휘두르며 우리를 부르고 있었다. 돌아보니 기차는 벌써 교차로를 지나서 능곡역 쪽으로 달리고 있었고, 정태가 모시고 있어야 할 나리님은 보이지 않았다.

　"돼지가 철도 자살을 한 모양이다."

　운길이가 소리쳤다. 우리는 돌아서서 청상과부의 구원을 바라는 손짓에 응하기 위하여 길에 먼지를 피우며 달려갔다.

　"어떻게 된 거야?"

　"저쪽으로 도망갔어."

　정태가 철로 곁에서 기차가 지나가기를 기다리고 서 있는데 기차의 꼬리가 교차로를 마악 벗어날 즈음에 자연의 냄새를 맡은 돼지의 근육은 오랜 옛날 선조의 속삭임을 거기서 들었는지, 마음 놓고 있던 정태의 손에서 탈출을 감행했다는 것이었다. 정태는 당황하여 돼지에게 끌려가고 있는 새끼의 끝을 발로 밟으려고 하였으나 실패. 돼지는 기차의 꼬리와 아슬아슬하게 자리를 바꾸면서 철로를 건너 바로 옆 논 속으로 뛰어들었다. 과연 저쪽 논은 흔들리고 있는 벼들로써 한 줄기 긴 줄을 지니고 있었다. 줄은 점점 길어지고 있었다.

　"그 뒤뚱거리던 걸음은 속임수였어. 기차 정도로 빨랐으니까."

　정태는 정말 질린 얼굴로 말했다. 우리는 한바탕 웃었다. 줄은 여전히 이어지고 있었으나 속도는 아까보다 훨씬 느려졌다. 줄은 비록 넓은 들 속으로 향하고 있었으나 그놈이 잡히는 것은 시간문제였다. 술병들과 빵 꾸러미를 지킬 녀석 한 놈만 남겨두고 우리는 뿔뿔이 헤어져서 논을 포위하였다. 그런데 예상과는 다르게 그놈을 체포한다는 것이 쉽지 않으리란 것이 점점 뚜렷해졌다. 그놈이 전진할수록 우리들 하나와 하나 사이의 간격은 점점 넓어져갔고 논두렁 속으로 들어가서 보니까 한길에서 들을 볼 때와는 다르게 시야가 넓지 못했다. 게다가 그놈은 이젠 길을 똑바로 정하지 않고 이리 꾸불 저리 꾸불 달리고 있었다.

가을 한낮의 햇빛은 눈부시게 들과 나의 머리 위를 비추고 있었다. 들은 돼지의 탈출을 돕는지 깊은 밤처럼 조용했고 그러나 그것도 내가 걸음을 멈추었을 때뿐, 움직이기 시작하면 들의 시민인 벼들이 내 몸에 부딪쳐 걸음을 늦추게 하면서 바스락바스락 소리를 지르며 내 신경을 피로하게 만들었다. 온 들이 나에게 저항했다. 텅 빈 허공조차 이젠 멀리 떨어진 내 전우의 외침을 나에게 정확히 전해주지 않음으로써 돼지의 탈출을 돕고 있었다. 메뚜기들은 나에게 육탄(肉彈) 돌격을 감행해왔고 진짜 뱀 몇 마리가 나의 사기를 꺾기 위해서 시위했다. 우주가 시시각각 확대되어간다는 과학책의 가르침을 그 들녘이 내 앞에 본보기로서 자기 몸을 내던졌다. 정말 들녘은 확대되어가기만 했고 나의 전우들은 서로의 외침이 동물의 목구멍 속에서 나온 소리라는 것을 겨우 알 수 있을 정도로 멀리 떨어지게 되었다.

나도 나의 전우들과 마찬가지로 좁은 논두렁길을 비틀거리며 달렸다. 돼지를 잡기 위해서가 아니라 전우들과 가까워지기 위해서 달리고 있는 느낌이 들었다. 벼들은 더욱 요란스럽게 나를 향하여 짖어대고 논두렁은 자기 몸을 갑자기 꼬아버림으로써 내가 헛발을 디딜 수밖에 없게도 만들었다. 한번은 논두렁이 정식으로 나를 논 속으로 밀어서 자빠뜨렸다. 까칠까칠한 벼잎들이 무자비하게 나를 찌르고 할퀴었다. 벼잎 하나는 자기의 예리한 칼을 정통으로 내 눈에 꽂았다. 겨우 벼잎들의 고문에서 몸을 빼내긴 했으나 한쪽 눈을 뜰 수가 없었다. 볼과 턱과 손등이 긁혀서 쓰라렸다. 나는 조심조심 달렸다. 이미 돼지의 행방은 내 눈에 들어오지 않았다. 전우들이 어떤 한 방향으로 달리고 있는 것을 보고 돼지가 그쪽으로 움직이고 있다는 것을 짐작할 수 있을 뿐이었다.

나는 정태가 일부러 돼지를 놓아준 것은 아닌가 하고 생각했다. 나는 찐빵이 너무 변덕스럽고 장난스러운 성격을 가졌다고 생각했다. 나는 돼지가 잡히기만 하면 내 손으로 그놈의 목에 칼을 찌르겠다고 생각했다. 나는 빨리 돼지를 생포하고 나서 친구들과 큰 소리로 한바탕 웃고 싶었다. 나는 이렇게 달리고 있는 것도 오늘 프로그램 중의 한 항목이라고 생각했다.

나는 걸음을 멈추었다. 벼잎에 찔린 눈은 눈물이 가득하고 쓰려서 뜰 수가 없었다. 나는 우리의 목적지인 산성을 돌아보았다. 아무리 보아도 높지 않은 산에는 구름의 그늘이 내려져 있었다. 나는 우선 쓰라린 눈을 달래기 위해서 두 손을 밑으로 늘어뜨리고 조심조심 그쪽 눈을 떴다. 눈물이 눈꼬리를 타고 내렸다. 구름의 그늘이 산성을 슬슬 어루만지며 지나가고 있었다. 문득 온 들녘이 화려한 색채를 띠고 나에게 웃음을 보냈다. 퇴색해가는 초록색이 내 눈을 쓰다듬었다. 들바람이 한쪽으로만 몰켜 있던 나의 감각들을 어루만져서 제자리로 돌아가도록 했다. 나의 감각들은 바람의 속삭임과 들이 풍기는 냄새를 즐기기 시작했다. 먼 쪽의 논 하나를 둘러싸고 조금씩 포위망을 좁혀가고 있는 사람들도 그 들녘의 일부분처럼 보였다. 나는 우리가 꼼짝할 수 없이 들의 포로가 되어버렸음을 알았다. 돼지를 결국 잡았는지, 사람들이 얽혀 있는 모습과 그쪽에서 바람이 싣고 온 짧고 희미한 환호 소리조차 들녘의 풍부한 색채와 허공의 형태 없는 숨결을 예배하기 위해서인 것 같았다.

돼지는 온몸에 흙물을 뒤집어쓰고 눈 가장자리와 콧등에 묽은 흙을 주렁주렁 달고 꽥꽥거리며 끌려왔다. 산성에 올라서 대첩비大捷碑 아래쪽 빈터에 모닥불을 장만하고, 털을 벗기고 배를 가른 돼지를 굽고 있는 동안에도 나는 들녘이 우리에게 던져준 돼지의 껍질을 우리가 굽고 있는 것만 같았다.

불꽃 위로 돼지의 기름이 뚝뚝 떨어질 때마다 불꽃은 노출된 상처를 찔리기라도 한 듯이 나지막한 비명을 지르며 펄쩍펄쩍 튀어 올랐다. 대가리도 잘리고 털도 벗겨져버려서 완전히 고깃덩어리에 지나지 않는 불꽃 위의 돼지는, 푸줏간의 고깃덩어리와 수레를 끄는 황소를 연결시켜 생각하기 힘들다는 사실을 존중하라던 찐빵의 계명을 나로 하여금 거역하지 않으면 안 되도록 했다. 불꽃 위의 고깃덩어리는 흙탕물을 뒤집어쓰고, 맑은 눈동자를 데록거리는 돼지로서 나를 무자비하게 물어뜯고 있었다.

"어쩐지 맛있을 것 같지 않은데."

누군가 구워지고 있는 돼지를 바라보며 말했다. 모든 사람이 그런 심정이었으리라. 나는 벼잎에 긁혀서 아직도 쓰린 볼과 손등을 쓰다듬어보고 또는 내려다보았다. 돼지는 잡히고 말았지만 너무 처참한 상처를 나에게 주고 나서 잡혔다.

숙이는 마치 나와 싸움이라도 했던 것처럼 움직였다. 마루 끝에 우두커니 나앉아서 닦은 듯이 맑은 하늘을 올려다보는 법도 없어졌다. 부엌 문기둥에 어지러운 듯이 이마를 대는 법도 없어졌다. '많이 드세요'라는 말도 서글픈 웃음도 없어졌다. 자기의 동생들을 여전히 가르치긴 했지만 내 방에 전해지는 그 여자의 목소리 속에선 열성이 없어졌다. 때때로 일부러가 분명한 높은 웃음소리를 냄으로써 웃지 않는 법도 없어졌다. 라디오를 사랑하던 버릇도 없어졌다. 성우들에 대한 부러움도 없어졌다. 항상 밖에 나가 있어야 하는 어머니 대신 도맡아 하는 살림살이에 대한 열성도 없어졌다. 일요일 같은 때, 내가 방 안에 있으면 손바닥만 한 마당가의 꽃밭에서 이젠 시들어버린 꽃나무들을 쥐어뜯거나 호미로 꽃밭을 파는 필요하지 않은 짓을 하거나 했고 변소에라도 가기 위하여 마당으로 나선 나와 시선이 부딪치면 그여자의 얼굴은 굳어지곤 했다. 일주일쯤, 나는 그 여자의 이해하기 힘든 변화 때문에 당황했다.

그러나 어느 날, 그 여자는 내게 대문을 열어주고 나서 지난 여러 날과는 다르게 사람들이 무안당했을 때나 웃는 미소를 띠고 나에게 말을 걸었다.

"무슨 재미나는 책 가지고 계시면 좀 빌려주시겠어요?"

이번의 갑작스러운 변화는 내게 무언가를 짐작하게 했고 지난 여러 날 동안 그 여자가 짓던 태도를 이해하게 해서 나의 아랫배로부터 조용한 웃음을 연기처럼 피어오르게 했다. 그러나 그 따뜻하기 짝이 없는 연기를 나는 심장의 바로 아래에서 흩어지게 해야 했다. 나는 묵묵한 태도로 책을 빌려주었다.

어느 날, 그 여자는 나에게 말했다.

"저, 성냥갑을 모으고 있는데 혹시 밖에서 디자인이 새로운 성냥갑을 얻으시면 좀……"

나는 할 수 있는 한 다방을 옮겨 다니거나 식당을 옮겨 다니거나 목욕탕을 옮겨 다니면서 성냥갑을 얻어다 주곤 했다.

어느 날, 그 여자는 나에게 말했다.

"타이프라이터 치는 것을 배워두면 취직할 수 있을까요?"

잘 되겠지요,라고 나는 대답했다. 그러나 그 여자는 배우러 다니지 않았다. 교습소에 다닐 비용도 없었겠지만 살림을 도맡아 하는 형편이었다.

나는 이따금 창녀의 집엘 찾아가곤 했다. 나는 창녀의 이마 위에 창녀의 눈썹 그리는 연필을 빌려서 까만 점 한 개를 그려 놓고 나서야 그 점을 내려다보며 그 짓을 하곤 했다. 창녀는 재미있는 장난으로 생각하고 내가 자기 이마 위에 까만 점 한 개를 그리고 있는 동안 낄낄거렸고 나는 숙이의 이마 위에 있는 보일 듯 말 듯한 까만 점 한 개를 창녀의 이마 위에 옮겨놓기 위하여 이를 악물었다. 까만 점은 마구 흔들렸다. 까만 점은 거짓 헛소리를 한 바께쓰쯤 쏟아놓았다. 까만 점 위에 나는 땀 흐르는 내 이마를 대었다. 까만 점은 내가 흘린 땀에 씻겨져 없어졌다. 나는 구역질이 날 듯한 불쾌감을 돌아오는 길에서 보이는 모든 것에 발라버리려고 애썼다. 그래도 한 숟갈쯤 남은 불쾌감은 대문을 열어준 숙이 이마 위의 진짜 까만 점을 보자마자 없어졌다.

창녀의 집을 찾아다니는 것에도 지쳤을 때 나는 숙이의 성냥갑 모으는 취미의 정체를 알게 되었다. 그것은 가난뱅이들의 종교였다. 나도 그럴듯한 종교를 가졌다. 그것은 그 여자가 그날 하루 동안에 내게 했었던 말들을 기억나는 대로 빠짐없이 하얀 종이에 써두는 것이었다. 나의 욕심은 그 여자의 숨결의 높고 낮음도 표정의 변화도 웃음소리도 손짓의 모양들도 적어두고 싶어 했으나 그것은 거의 불가능했다.

몸이 편찮으신가 봐요, 안색이 너무 좋지 않으시네요, 그럼 일이 너무 고되시나 부죠, 여기 물 가져왔어요, 빨래할 거 있으면 내놓으세요, 비가 올 것 같죠? 아이, 비가 하루 종일 왔으면, 어머, 비를 싫어하세요? 전 비 오는 날이 제일 좋아요, 이유는 모르겠어요, 아늑하고 마음이 가라앉고 아이, 모르겠어요, 어저께 저녁때 시장에 다녀오는데 하마터면 차에 치일 뻔했어요. 남자들이 어떻게 웃어대는지 창피해서 혼났어요, 막 놀리기도 하잖아요, 다 잊어버렸어요, 제 친구 소개해드릴까요? 고등학교 때

제일 친한 친구예요, 지금 이화대학 다녀요, 참 이쁘게 생겼어요, 졸업하면 미국 간대요, 책 잘 봤습니다, 네 재미있었어요, 정말 사람이 그렇게까지 될 수 있을까요? 러시아 소설은 읽기가 힘들어요, 나오는 사람들의 이름이 길고 괴상해서 이름이 나온 대로 종이에 적어두고 맞춰가면서 읽었어요, 다들 죽는다는 건 참 신기하죠? 이제 마흔한 개 모았어요, OB살롱 성냥은 섬세해서 좋구요, 카이로다방 성냥은 색깔이 은은해서 좋구요, 뉴욕다방 것은 넓적해서 좋구요, 정말 다방 성냥들을 쭈욱 늘어놓고 앉아서 보고 있으면 세계 일주를 하는 것 같아요, 밖에선 무얼 하세요? 아이, 신문사 일 말구요오, 약주 많이 드세요? 요즘 약주엔 약을 타서 너무 많이 마시면 머리가 나빠진대요, 제 친구 소개해드릴까요? 아녜요, 접때 말한 친구는 이화여대 다니는 애구요, 저처럼 집에서 놀아요, 참 이쁘게 생겼어요, 이거 좀 잡숴보세요, 아아니요 안색이 나쁘시니까 어머니가 해드리라구 하셨어요, 아이 제게 무슨 돈이 있어요? 어머니가 해드리라구 하셨다니까요, 인형 만드는 기술을 배워볼까 하는데요, 학교 다닐 때 그림은 반에서 제일 못 그린걸요, 어머어머 그건 제게 너무 엄청난 일예요, 비가 올 것 같죠? 막 좀 쏟아졌으면 좋겠어요, 엄앵란이가 빗속으로 미친 듯이 달려가는 장면 말이죠? 정말예요 너무너무 좋아요, 제가요? 아이 놀리시면 나쁜 분이에요……

토끼도 뛴다

부장이 적어준 주소를 한 손에 들고 나는 답십리 그 넓은 구역을 뱅뱅 돌았다. 그 전날 오후에 시작한 비가 그날 새벽까지도 왔었으므로 넓다는 아스팔트길조차 진흙이 밀려 있어서 엉망이었다. 쉴 새 없이 오고 가는 차들이 내 옷에 흙탕물을 끼얹기 시작한 것은 굴다리를 지나서부터니까, 목적하던 집을 찾았을 때 식모가 대뜸 '다음에 오세요'라고 나를 거지 취급한 것은 결코 괘씸한 일이 될 수 없었다.

집 찾는 데 다소 머리가 빨리 돌아가는 내가 그 집을 찾는 데 무려 두 시간이나 걸린 것은 오로지 비 탓이었다. 답십리 쪽으로는 언젠가 서너 차례 와본 적이 있어서 눈에 익은 곳이라고 자신하고 왔는데 정말 너무 변해 있었다. 얼마 전까지 논이던 곳에 붉은기와에 하얀 타일을 바른 집들이 빽빽하게 들어서 있고 골목이 수없이 생겨 있었다. 거기에 비가 왔었으니 골목길은 다시 무논이 되어 있었던 것이다. 결국, 골목 안으로 들어서기를 무서워해서 포장한 한길만 오르락내리락하며, 내가 찾고 있는 집이 길가의 어디에 있기를, 다시 말하면 집이 나를 찾아오거나 손짓으로 나를 부르기를 바라던 게 잘못이었다.

복덕방 영감들이 내가 내미는 주소를 보며 '아마 저쪽일 거라'고 손짓해주는 곳이, 이젠 별수 없이 무논 같은 골목을 헤치며 들어가야 할 곳이라는 게 납득되기까지도 꽤 오랜 시간이 걸렸다. 술 한 방울이 온몸에 퍼지는 시간만큼은 지난 뒤 그동안

아연해 있던 표정을 얼른 거두고 용사 같은 얼굴로 '알았습니다. 고맙습니다' 그리고 이 생소하고 질퍽질퍽한 답십리와 영락없이 닮은 복덕방 영감들에게 꾸벅 절했다.

그 달에 받은 월급에서 천5백 원을 구둣값으로 쓸 작정을 하고 나니까 그제야 나는 무논 속으로 돌진할 수가 있었다. 눈앞에 반질반질한 새 구두를 떠올리려고 애썼는데 조금은 성공한 것 같았으나 그래도 '곰탕이 스무 그릇, 곗돈은 세 몫, 곰탕이 스무 그릇, 곗돈은 세 몫'이란 소리가 저절로 흥얼거려졌다.

골목 속에서, 나는 창고나 학교 또는 유치원 심지어 목욕탕 같은 건물만을 찾는 실수를 저질렀다. 연극 연습이라면 으레 넓은 장소가 필요할 것이고 그렇다면 가정집은 적당치 못할 것으로만 알고 있었는데 막상 그 주소의 집을 찾고 보니 쇠로 된 대문을 거느린 이층 양옥, 가정집이었다. 글자 몇 개와 숫자 몇 개가 눈앞에 커다란 집이 되어 나타나는 것은 신기한 일이었다. 그러나 즐겁다는 느낌은 조금도 없고 무논 같은 골목에 뿌리고 온 천5백 원을 현금으로 상상해보니 울화만 치밀었다.

홧김에, 벨을 누르는 대신, 쇠로 된 대문을 주먹으로 세 번쯤 쳤더니, 마침 마당에 나와 있었던지 식모 같은 아가씨가 샛문을 삐죽 열며 '다음에 오세요' 했다. 나는 샛문이 닫혀버리는 것을 내버려두고 자신의 몰골을 훑어보았다. 흙탕물투성이가 된 잠바와 바지, 구두는 이미 각오한 바였지만 껴안고 울고 싶을 만큼 처참했다. 나는 다시 한번 내가 들고 있는 글자와 대문 돌기둥에 붙어 있는 글자를 맞추어보고 나서 이번엔 벨을 눌렀다.

잠시 후에 아까 그 여자가 다시 얼굴을 내밀었다.

"이 집에서 '국민무대國民舞臺'가 공연 연습을 하고 있습니까? 신문사에서 왔는데요."

"아."

아가씨는 얼굴을 붉히며 웃고 샛문이나마 활짝 열어주었다.

그 집의 이층 방은 미닫이로써 연결되어 있는데 미닫이를 모두 떼어내니까 댄스파티도 할 만큼 넓었다. 연극 연습 장소로는 아주 훌륭했다. 방의 창들이 검은 커튼으로 가려져서 밖에서 들어오는 빛을 차단하도록 해놓은 것은 이상했다. 그 대신 대낮인데도 전등을 켜놓고 있는데 도색영화를 찍는 스튜디오가 아닌가 하는 착각이 들 만큼 음침하고 수상스러운 분위기였다. 연예 담당 기자라는 신분 때문에 나는 공연 연습 장소엘 자주 가보곤 했지만 그렇게 복잡한 곳은 처음이었다. 대개는 학교 교실 따위를 빌려서 마룻바닥에 분필로 세트의 평면도를 그려놓고 의자 몇 개를 놓으면 그만이었다. 우선 가정집 이층이라는 것까지는 그들의 호주머니를 참작하며 상상력을 발동시키면 그럴 수도 있겠지 한다고 하더라도, 그렇게 바깥의 빛을 차단해버리고 자질구레한 도구가 많이 준비되어 있는 것은 이해할 수가 없었다. 제일 먼저 눈에 뜨이는 것은 — 그것이 나로 하여금 도색영화를 촬영하는 스튜디오가 아닌가 하는 착각을 하도록 한 것인데 — 철로 연변에서나 볼 수 있는 키 작은 신호등 닮은 조명기구가 세 개였고 그다음에 눈에 뜨이는 것은 수상한 액체를 담은 유리병 — 그것들은 모두 코르크 마개로 덮여 있고 마개에는 길고 가느다란 고무줄이 하나씩 붙어 있고 고무줄은 관상管狀인지 끝을 작은 솜뭉치가 덮어 싸고 있었다 ── 이 일곱 개 정도, 농악에나 쓸 것 같은 작은 북과 크기가 다른 방울이 여러 개, 그리고 옛날 톱밥을 연료로 쓰던 시절에나 필요하던 가정용 풀무가 한 대 눈에 띄었다. 그 외에, 배우라는 남자 둘과 여자 하나와 연출자와 무슨 일인가를 맡고 있을 남자 셋은 으레 있는 것이라고 하지만, 토끼가 한 마리 방 안을 뛰어다니고 있는 것은 아무래도 이상스러운 풍경이었다.

'이번 국민무대의 레퍼토리는 좀 유별난 것이라고 한다. 무엇이 유별난가. 그것을 잘 알아오도록!'이라는 부장의 얘기가 생각났다. 우선 연출자의 얘기를 듣기로 하였다. 사계斯界의 신인답게 연출자는 의욕과 정열이 가득 찬 음성으로 나의 모든 신경을 자기의 얘기 속에 담가버리려고 애쓰기 시작했다.

"우선 제 얘기를 완전히 믿어주실 각오로 들어주시기 바랍니다. 거짓말이 아니라는 것은 제 얘기가 끝나는 대로 증명해 보여드리면 될 것이니까요. 제 얘기를 시작하기 전에 먼저 김 선생님께 물어보고 싶은 게 있는데, 김 선생님은 과학의 위력을 어느 정도로나 믿고 계십니까?"

토론하기 위해서 온 건 아니었지만 그 의욕에 넘쳐 있는 사람의 기분을 맞춰주기 위해서 나는 그 사람의 절반 정도로는 진지하게,

"곧 화성에도 인공위성을 발사할 날이 오겠죠"라고 대답했다.

"로켓, 좋습니다." 그는 말했다. "그러나 제가 말하는 과학이

란 그런 금속성인 게 아닙니다. 그따위 아동들의 만화 같은 게 아니란 말씀입니다. 사람이 화성에 발을 디디는 것, 대단히 좋습니다. 그러나 사람들이 화성에 발을 디딜 자격이 있다고 생각하십니까? 미래의 인간들에겐 그럴 자격이 주어질는지 모릅니다. 단, 그들도 우리가 지금 무엇인가를 철저히 해놓았기 때문이라는 전제 밑에서 말입니다. 그들이 그런 영예를, 화성에 발을 디디는 것을 영예라고 한다면 말입니다, 그런 영예를 누릴 수 있는 것은 다만 우리보다 늦게 태어났다는 이유 때문입니다. 그 외엔 아무런 이유도 없습니다. 그들에겐 의무 내지 심심하니까 할 일일 뿐입니다. 영예도 쥐뿔도 아닙니다. 제 말을 알아들으시겠습니까? 미래인이 심심해서 할 일을 미리 빼앗아서 하면서 영예니 뭐니 떠들 게 아니란 말씀입니다. 우리는 지금 심심하기 때문에 해야 할 일이 있습니다. 심심하니까란 말은 좀 틀린 것 같군요. 미래인들이 할 일이 너무 없으니까 화성에 발 디딜 생각이나 할 수밖에 없도록 지금 우리가 무언가를 해놓아야만 합니다. 그게 무엇이라고 김 선생님은 생각하십니까?"

연출자는 살짝 곰보인 커다란 코를 손바닥으로 문지르면서 나를 노려보고 있었다.

"그것은…… 연극입니까?"

내가 말했다.

"연극 얘기는 좀 나중에 합시다. 그것은 과학적 분야에서의 얘기입니다."

스무고개 같아서 나는 웃음이 나오려는 걸 참았다. '그것은 가지고 다닐 수 있습니까?'라고 묻는다면 이 친구는 '아닙니다. 한 고개' 할 것 같았다.

"글쎄요, 뭐 많겠지요."

내가 말했다.

"뭐 많겠지요, 정도가 아닙니다. 너무 많습니다. 참, 담배 태우시죠."

그는 바지 호주머니에서 '백양'을 꺼내더니 내게 한 개비 권하고 나서 도로 호주머니 속으로 담뱃갑을 쑤셔 넣었다. 이번엔 바지의 다른 호주머니에서 라이터를 꺼내더니 불을 켜서 내 코 밑으로 들이댔다. 담배 한 대를 권하고 라이터 한 번 켜주면서 마치 유치원 보모가 바지에 똥을 싼 어린애 다루는 듯한 기분을 물씬 느끼게 하는 그의 재주에 나는 감탄했다.

"그것은 무엇입니까?"

나는 담배를 한 모금 빨고 나서 우리의 보모님에게 물었다. 보모님은 마치 분필을 손가락으로 만지작거리듯이 고개를 약간 숙여서 마룻바닥의 한 군데를 시선으로 만지작거리며 나직나직한 목소리로 그러나 힘을 말 마디마디에 넣어가며 얘기하기 시작했다.

"전 과학자가 아닙니다. 따라서 전문적으로 이야기할 수는 없습니다. 그럴 필요도 없겠지요. 전 남보다는 좀더 과학적 분야에 대하여 관심을 가지고 있는 시민의 한 사람으로서 말씀드리려고 하는 것입니다."

그는 이렇게 말을 꺼내놓고 나서 잠깐 동안 입을 꼭 다물고 있었다. 곁에 물이 있었더라면 틀림없이 한 모금 마셨을 것이다.

"진정한 과학자는 반드시 두 가지 부분으로 되어 있습니다. 한 부분은 앞서간 과학자들이 남기고 있는 것을 완전히 이해하고 있는 부분이고 또 한 부분은 인류의 안전과 욕망을 보장하고 만족시켜주기 위하여 엉뚱한 공상을 하는 부분입니다. 그들이 가지고 있는 한 부분, 다시 말하면 제가 방금 앞에 말한 부분은 뒤에 말한 부분을 위해서만 의미가 있습니다. 그러므로 여기서 우리는 두 가지 얘기를 얻을 수가 있는데요. 하나는 과학자들이 공상하고 있는 것의 내용이 무엇인가가 아주 중요하다는 것이고 또 하나는 그들이 알고 있는 것, 다시 말해서 선배들이 남겨놓고 있는 것에다가 자기들은 후배를 위해서 무엇을 더 보태어 놓았는가가 중요한 문제라는 것입니다."

또 한 모금 마셨을 것이다.

"전 진정한 과학자라고 먼저 분명히 말했습니다. 진정한 과학자란 어떤 개인이나 어떤 국가만을 위해서 일하는 사람이 아니고 모든 사람, 다시 말해서 인간이라면 누구나 바라고 있는 문제의 어느 부분을 위해서 일하는 사람을 가리킨다는 저의 전제가 반드시 필요합니다. 그런 전제 다음에 아까 제가 말한 과학자를 이루고 있는 부분에 대해서 한번 생각해보자는 얘깁니다."

또 한 모금.

"제가 세계 도처에 있는 수많은 과학자들의 연구실을 일일이 방문하고 난 뒤에 다음 얘기를 하려는 게 아니란 건 잘 아실 것입니다. 저는 우리 시대의 정력과 시간의 많은 부분을 차지하고 있는 과학이 좀 엉뚱한 곳에서 뱅뱅 돌고 있지 않느냐는 것입니다."

"죄송하지만……" 하고 나는 말했다. "기사를 한 시간 안으로 써두어야 합니다. 선생님의 과학에 대한 관심의 정도는(표정으로 보아서,라고 말하려다가 실례가 될 것 같아서 그만두었다) 잘 알겠습니다. 결론만 간단히 말씀해주시고 이번 공연에 관해서 좀……"

"아, 실례했습니다. 지루하신 모양이군요."

그는 자기 손바닥으로 자기 이마를 한 번 딱 치며 말했다.

"아닙니다. 단지 지금 제게 시간이 없기 때문에……"

"예, 알겠습니다."

내 말에 기분을 상한 것 같지는 않았으나 그는 잠시 말을 멈추고 있었다. 물을 마셨더라면 세 모금쯤 마셨을 것이다.

"글쎄요, 이것이 저의 결론이 될 수 있는지 모르겠습니다만 들어보십시오. 전 어렸을 때부터 토끼를 사랑했습니다. 제겐 가축을 기르는 것이라면 무얼 기르든지 좋아하는 성미가 있는데 그중에서도 토끼를 가장 좋아합니다. 토끼를 제가 길렀다기보다 저를 토끼가 기르면서 자라났다고 해도 좋을 지경입니다. 그런데 문제가 하나 있었습니다. 제가 토끼를 좋아하고 있는 그만큼 토끼도 나를 좋아하고 있을까? 토끼의 하는 짓을 보면 결코 그런 것 같지 않았습니다. 좋아하기는커녕 도대체 무엇에 관심이 있는 것 같지도 않았습니다. 그래서 슬펐습니다. 물론 어렸을 때의 얘기지요. 좀 자란 뒤엔 사람이 토끼를 기르는 것은 그것을 이용하기 위해서라는 것을 알았습니다. 토끼의 가죽과 털, 토끼의 고기, 토끼의 혈청, 대강 이런 것을 이용하기 위해서입니다. 토끼에 대한 생각은 저의 경우, '그것은 이용하기 위해서 둔다'는 것 이상이었습니다. 이용이라고 하더라도 반드시 분해되어서만 사람을 돕는다는 게 좀 시원찮은 느낌의 원인을 좀 나중에 알게 됐습니다. 저는 토끼의 생명력까지도 이용하려고 들었던 것입니다. 토끼가 자연으로부터 배당받은 생명력, 그것은 인간의 그것에 비하면 아주 적은 것인지도 모릅니다. 어느 때 개에 물려 죽는 토끼를 보았는데 물론 저는 개를 쫓기 위해서 뛰어갔습니다만 이미 토끼는 죽어가고 있었습니다. 그 토끼의 빛나는 노을 같던 눈동자는 밤에게 유린당하는 노을처럼 점점 회색으로 변했습니다. 그처럼 토끼의 생명력은 빨간 눈동자의 크기 정도밖에 되지 않는 것인지 모릅니다. 그러나 그 생명력을 이용한다면, 물론 공상이었습니다만, 사람들은 얼마나 큰 이득을 볼는지 헤아릴 수 없다고 생각했습니다."

"생명의 신비가 모두 밝혀지지 않은 채 그것을 이용한다는 것은 힘들고 잘못하면 아주 위험하기도 하겠지요."

나는 내 호주머니에서 내 '파고다'를 꺼내어 내 성냥으로 내 담배에 불을 붙일 준비를 하면서 말했다.

"아, 이제야 제 얘기에 관심을 가지시는군요. 여기 있습니다."

그는 재빨리 자기 호주머니에서 라이터를 꺼내어 찰칵 불을 켜서 내 코앞으로 내밀었다. 그러나 벌써 그때는 나의 성냥개비도 불을 밝히고 있을 때였다. 나는 내 손에 들린 성냥불과 코앞에 들이밀어진 라이터 불을 두고 잠시 동안 어쩔 줄을 몰랐다. 라이터 불이 이겼다.

"이제 마약 연극에 대한 얘기가 나오려고 하니까 재빨리 제 얘기에 관심을 나타내시는군요. 대단한 두뇌를 가지신 모양입니다."

그는 우선 나를 칭찬하고 나서 또는 비꼬고 나서 말을 계속했다.

"저는 과학자는 아닙니다. 그러나 제가 기울인 노력이 현대의 과학자들이 기울이고 있는 노력보다 더 귀중했으면 했지 못하다고는 생각하지 않습니다. 제가 토끼를 대했던 태도, 그것은 건축으로 말하자면, 너무 뼈대뿐인 것인지는 모르겠으나 모든 현대 과학자들이 가져야 할 기본 태도 내지는 과학의 존재 이유가 되어야 한다는 것입니다."

"토끼에게 어떤 태도를 취하셨던지는 모르겠으나 굉장한 일을 하신 모양이군요. 토끼의 배 속에 혹시 어린애라도 만들어놓은 건……"

"농담하지 마시기를 부탁드립니다. 현대의 신문사 기자들에 대해선 전 과학자들에 대한 불만의 천 배 만 배를 털어놓고 싶을 지경입니다. 배우 아무개와 가수 아무개가 연애를 한다. 그러면 부랴부랴 뛰어갑니다. 혹시 어린애 안 만들었어? 안 만들었다. 에, 시시하군 하면서 돌아섭니다. 그게 기자라는 것이죠."

"앞으로 주의하겠습니다."

"주의하실 필요는 없습니다. 신문기자 개개인의 탓은 아닐 테니까요. 제가 어디까지 얘기했죠?"

"토끼를 가지고 굉장히 자랑스러운 일을 해내었다는 뜻의
......."

"아, 알겠습니다. 저는 이런 일을 했습니다. 불교는 이런 걸
가르쳐주었습니다. 인간에겐 여섯 가지 식識 외에 두 가지 식이
더 있다고 합니다. 그러면 일종의 질량불변의 법칙, 이것은 오늘
날 좀 의심받고 있습니다만, 하여튼 그것 비슷한 윤회설을 가진
불교가 인간에겐 무엇을 알고 판단하는 수단이 여덟 가지 있다
고 말할 때는 동물에게도 그것이 있다는 것이 아닐까. 물론 이
건 지극히 비과학적인 가설입니다만 여기서 힌트를 얻었습니
다. 그래서 토끼를 상대로 우선 우리가 간단히 알 수 있는 기관
들, 즉 토끼의 눈, 토끼의 코, 토끼의 귀에 저는 여러 가지 수단
으로써 호소하여 토끼의 생명력을 인간이 이용할 수 있도록 했
습니다."

"어떻게 말입니까?"

나는 그의 말하는 투로 보아서 그가 결코 농담을 하고 있는
게 아니라는 건 알 수 있었지만 '토끼의 생명력을 인간이 이용
할 수 있다'는 말이 한바탕 우스갯소리로 끝나버리지나 않을까
하는 염려가 생겨서 다급한 목소리로 물었다. 그랬더니 그는 의
자에서 천천히 일어서면서 착 가라앉은 목소리로 교장 선생님
이 불량 학생을 퇴학 처분할 때처럼 마지막으로 한마디 타이르
듯이 말했다.

"지루하실 테니까 이 이상 말로 더 설명하지는 않겠습니다.
지금부터 직접 눈으로 보아주십시오. 지금 저기 토끼 한 마리가

있지 않습니까?"

토끼는 방구석에 웅크리고 앉아서 고개를 갸우뚱 돌리고 코를 발름거리고 있었다.

"3막 준비!"

갑자기 연출자가 높은 목소리로 말했다. 나는 처음엔 그가 나에게 무어라고 말하는 줄 알았다. 그러나 그것은 대본의 3막 연습 준비를 하라는 연출자의 스태프와 캐스트들에 대한 명령이었다. 연출자의 명령이 내린 방 안은 마치 적의 잠수함을 발견한 구축함 속 같았다. 스태프들로 보이는 사람들이 빠른 걸음으로 내가 그 방 안에 처음 들어섰을 때 이상하게 여기면서 보았던 기구들 앞으로 갔다. 어떤 사람은 철로 연변에 있는 키 작은 신호등 같은 물건 뒤에 서고 어떤 사람은 고무관이 탯줄처럼 달린 유리병들 앞으로 가고 어떤 사람은 농악할 때나 쓸 듯한 북이며 방울들 앞으로 갔다. 단 한 사람뿐인 여배우가 무대로 약속한 장소의 가운데에 섰다. 남자 배우 두 사람은 연출자의 곁에 그냥 서 있었다. 아마 3막에는 여자의 독백이 있나 보다,고 나는 생각하며 이제 시작되려고 하는 이 구축함 속처럼 복잡한 무대 위의 연극을 충분히 감상할 자세를 갖췄다. 한 사람이 지금까지 방구석에 웅크리고 있던 토끼를 안아다가 실제의 무대라면 오른쪽 출입구가 되는 곳에 앉혔다. 신기한 것은 토끼가 마치 지금 무대 중앙에 서 있는 여배우가 자기를 불러주기를 기다리고 서 있다는 듯이 고개를 들어 코를 발름거리며 여배우의 얼굴을 올려다보면서 한자리에 가만히 앉아 있는 것이었다. 갑자기 연출자가 신들린 무당처럼 소리쳤다.

연출자: 헤이, 라이트 들어왔다. 영자 웃으면서……

여배우: 호호호호호호…… 호호호호호호…… 여신이시여, 밤의 여신이시여, (한 손을 가슴에 대면서) 저 같은 계집에게조차 밤을 가지라고 주셨군요. 고마우셔라. 하지만 여신이시여, 댁은 혹시 장님이 아니시던가요? (부드럽던 말소리가 갑자기 변하여 기름장수와 더 달라 못 주겠다 싸우듯이) 필요 없단 말예욧. 나에게는 밤 따위가 필요 없단 말예욧.

연출자: 숨을 크게 들이마시면서 눈, 눈을 좀더……

여배우: (하늘을 증오하듯이 눈을 치켜뜨며) 팥죽처럼 흐물거리는 욕망과 여우 같은 간계와 그 썩은 부분을 (두 손을 반쯤 들어 손가락들을 헝겊 조각처럼 흔들며) 과연 이 먼지 터는 헝겊 조각 같은 열 손가락으로만 막아내라구요. 흥!

연출자: 하낫, 둘, 셋, 넷, (연출자가 여섯을 세는 동안 여배우는 반쯤 올렸던 두 손을 탁 내려뜨리며 허탈하게 한곳을 응시하고 서 있다) 다섯, 여섯, 터뜨렷!

여배우: (머리를 쥐어뜯으면서 허리를 굽힌다. 높고 울먹이는 목소리로) 싫어요, 싫어요, 저에게 밤을 주지 마세요. 저에게 줄 밤은 밤이 길기를 원하는 사람들에게나 나눠주세요.

연출자: (여신의 목소리로써) 내가 귀여워하는 가난한 처녀야. 내가 너에게 무엇을 해줄 수 있을까, 내가 너에게 무엇을 해줄 수 있을까.

여배우: (기도하듯이) 태양의 나라로 보내주세요. 기름진 나

뭇잎들이 반짝이는 곳, 잔물결들이 반짝이는 곳, 뜨거운 모래밭, 밝은 합창, 새들의 날갯소리가 들리는 곳……

연출자: 태양은 나의 원수, 내 귀여운 가난한 처녀야. 널 어찌 그곳으로 보내랴. 밤은 많은 것을 준비해두었으니 네가 토끼를 사랑할 수만 있다면!

그때 방울 소리가 딸랑 울렸다. 출입구로 약속하는 곳에서 여태까지 우두커니 여배우의 얼굴만 바라보며 얌전히 앉아 있던 토끼가 방울 소리를 듣더니 자기가 나가야 할 때를 잘 알고 있는 배우처럼 깡충깡충 무대로 뛰어나갔다. 여배우를 향하여 뛰어가고 있는 토끼의 바로 코앞을 철도의 신호등처럼 생긴 조명 기구에서 나온 빛이 쭈욱 비치고 있었다. 빛이 토끼를 인도하는 것이었다. 빛은 여배우를 중심으로 하고 빙빙 돌았다. 따라서 토끼도 여배우의 이쁘게 쭉 뻗은 다리를 중심으로 하고 그 주변을 돌며 뛰었다.

여배우: (혼잣말로) 아니 이게 웬 토낄까? 이 어두운 도시에 이 지저분한 밤에 어디서 온 토끼일까? (그사이 여배우는 무엇인가 깨달은 듯이 점점 밝아지는 표정의 얼굴을 천천히 들어서 하늘을 우러러본다) 아아, 여신이시여, 우리에게 어둠을 주시고 어둠 속에서 행해지는 모든 일을 주관하시는 밤의 여신이시여, 이 가련한 소녀에게 당신의 자비로움을 보여주셨군요. (갑자기 몸을 돌려 꿇어앉으며 기쁨에 넘치는 음성으로) 토끼야, 요 이쁜 토끼야, 너의 자비로우신 주인은 어떻게 생겼지?

토끼는 마치 말 잘 듣는 강아지처럼 여배우의 얼굴을 올려다보며 가만히 앉아 있었다.

"됐어."

연출자가 소리쳤다. 그리고 나에게로 몸을 돌렸다.

"너무 짧았습니다만, 잘 보셨겠지요. 저건 이번 공연의 3막에 나오는 한 장면입니다."

"아, 놀랐습니다."

내가 말했다.

"우선 알고 싶은 것은 방금 제가 구경한 장면의 다음이 알고 싶군요. 계속해서 토끼는 배우로서 완전한 연기를 해냅니까?"

"그렇습니다."

연출자는 점잔을 부리면서 말했다.

"완벽한 연기를 합니다. 마치 한 사람의 배우처럼 말이죠."

"훈련을 잘 시켰군요. 조건반사를 응용하신 것 같은데……"

"천만에요."

연출자는 펄쩍 뛰었다.

"누구나 그렇게 생각할 겁니다. 동물이 말을 잘 들으면 사람들은 으레 조건반사를 생각합니다. 하긴 일종의 조건반사라고 해도 되겠지요. 생명을 가진 것 이를테면 눈에 보이지 않는 바이니까 그렇지만 흔히 조건반사라고 할 때엔 일정한 학습 기간이 있음을 전제로 해야 합니다. 조건반사라는 것은 어떻게 말하면 아주 비과학적인 것인지도 모릅니다. 제가 토끼에 대해서 감히 과학이라는 말을 써가며 얘기하고 있는 것은 쩨쩨한 조건반사에 대해서 얘기하려고 그런 게 아닙니다. 무어랄까요, 마치 화

346

농성 균이 페니실린에 약하다는 것을 발견하는 것이 과학이듯이 토끼가 A라는 빛에 대해서 a라는 반응을 보이고 B라는 소리에 대해서는 b라는 반응을 보이고 C라는 냄새에 대해서는 c라는 반응을 보인다는 것을 발견하는 것이 바로 과학입니다. 그런데 제가 바로 그것을 발견했단 말입니다. 따라서 조건반사는 개별적인 것이지만 제가 발견한 것은 보편적인 것이란 말씀입니다. 반드시 저기 있는 저 토끼가 아니라도 어떠한 토끼일지라도 우리 연극의 무대에 올려놓으면 우리가 일정한 빛과 일정한 냄새와 일정한 소리를 제공하는 한 토끼는 훌륭한 하나의 연기자가 되는 것입니다. 알아들으시겠습니까?"

"놀랐습니다."

내가 말했다.

연출자의 말이 사실이라면 놀라운 발견이었다. 그리고 이 도시의 어느 숨겨진 장소에서 위대한 실험이 반복되고 있는 것을 나는 진심으로 기뻐하고 있었다. 인간들을 위해서 토끼들도 활약할 시대가 오는 것이다. 나는 기사 작성에 필요한 질문을 한다스쯤 더 물어본 뒤에 말했다.

"공연하시는 날을 손꼽아 기다리겠습니다."

나는 정중한 음성으로 존경심을 나타내려고 애쓰며 그렇게 말했다. 위대한 시대만 온다면, 구두 한 켤레쯤은 아무것도 아니다.

전연 의식하지 않고 있었는데 그래도 내 귀는 저 혼자서 듣고 있었던지. 책상 위에 놓여 있는 사발시계가 갑자기 그 똑딱거림을 멈추었다는 것을 내 귀가 나에게는 알려주었다. 나는 누워 있던 자세에서 얼른 몸을 일으켜 시계의 태엽을 감았다. 사발시계의 태엽은 항상 기분 좋을 정도로 알맞게 내 손에 저항해온다. 내가 룸펜이라면 나는 항상 방 안에 누워서 시계가 정지하는 것만 기다리고 있고 싶을 정도다. 가능하다면 한 시간에 한 번씩 태엽을 감아줘야 하는 시계를 구해다 놓고 말이다.

다시 살아서 똑딱거리기 시작한 시계를 제자리에 세워놓으려는 바로 그때 나는, 지금 집 안에는 나와 숙이를 제외하고는 모두 밖에 나가버리고 없다는 사실을 깨달았다. 그 깨달음이 이상할 정도로 강렬한 기쁨의 떨림을 내 몸에 퍼부어주었다. 그 뜨거운 떨림은 내 몸의 위에서부터 점점 아래로 번져 내려가더니 드디어 아랫배를 무겁게 압박하며 멈추었다. 마치 무인도에 두 사람만이 표류해 와 있는 듯한 정적, 그것이 왜 이렇게도 나에게 기쁨을 준단 말인가?

나는 아랫배가 느끼고 있는 미묘한 압박의 정체가 무엇인가를 금방 알았다. 그래서 황급히 방바닥에 누워버리면서 일부러 소리 내어 중얼거렸다. "모두들 어딜 나가서 아직 안 들어오나?" 그러나 그 압박은 가시지 않았다. 오히려 이빨로 아랫입술을 자근자근 씹고 싶을 정도로 더 강해지기만 했다. 내 앞에 던져진 가능성의 공간과 시간을 어떻게 처리해야 할지 실로 아득했다.

우선 무인도란 것에 대해서 생각을 집중시켜보기로 했다. 무인도, 무인도, 무인도다,에 무인도. 미국 만화에 곧잘 나오지. 야자나무 한 그루가 있고 머리털과 수염이 원시인처럼 자라난 사람이 옷을 찢어서 수평선에 나타난 점 한 개 정도 크기의 배를 향하여 그것을 내휘두르고 있지. 옷을 찢어서가 아니라 팬티를 벗어서 나뭇가지에 매어 흔들고 있지. 무인도, 무인도다. 남자 둘과 여자 하나가 있지. 힘센 남자가 약한 남자를 물속으로 내던지고 있지. 여자는 여왕처럼 오만하게 앉아 있지. 참, 왜 미국 사람들이 그린 만화에는 무인도가 그토록 많이 나올까? 보는 사람들이 그런 만화를 보면 좋아하니까 그러겠지. 왜 좋아할까? 유난스럽게 왜 무인도 만화를 좋아할까? 무인도에 가는 게 꿈인 모양이지. 조용한 곳. 혼자만의 또는 둘만의 시간. 내 아랫배는 여전히 찌뿌듯했다. 무인도 따위의 엉뚱한 생각을 할 게 아니다. 정면으로 숙이와 나에 대하여 생각을 집중시켜보기로 했다. 그 여자와 말을 주고받기 전엔 나는 그 여자에게 아무것도 요구하지 않고 그 여자를 좋아하고 있었다. 좋아했다는 말이 너무 지나치다면 그 여자를 내 곁에 느끼고 있었다고 하자. 어느 날 문득 '천사의 직계 후손'이란 말이 생각났다. 그러자 숙이를 거의 완전하게 표현했다는 느낌이 들었다. 그리고 어느 날 그 여자를 다방으로 불러내었다. 서로 무언가 말을 주고받았다. 시시한 얘기뿐이었다. 그 여자를 대단찮게 생각하게 되었다. 대단찮다는 말은 그 여자가 이미 내 속에 들어와 있는 존재가 아니라 앞으로 끌어들여야 할, 내 속에 들어오게 하기 위해서는 그 여자를 둘러싸고 있는 많은 모서리나 돌기를 내가 힘써 깎아내고 문질러 없애야 할 존재, 다시 말해서 남이라는 것이었다. '대단찮게 생각했다'는 것은 '귀찮게 생각되었다'는 것과 같은 뜻이었다. 귀찮게 여기지 않으면 안 될 어떤 과정을 겪어낼 것을 일단 포기해버리자. 다시 그 여자는 여전히 남이긴 했으나 내 속에 들어와 있는 셈이 되었다.

나는 '귀찮다'라는 것을 내 아랫배를 향하여 강조했다. 그러나 마치 마술에 걸려서 갑자기 무인도에 온 것 같은 느낌을 주는 이 시간이 지나가버리기 전에는 주어진 가능성을 추구해보자고 내 아랫배는 자꾸 나를 쥐어박았다. 그 여자는 그때 안방에 있는 것 같았다. 책이라도 보고 있는지 아무 소리도 들려오지 않았다. 라디오 소리도 나지 않는 것을 보면 낮잠을 자고 있는지도 몰랐다. 어쨌든 처음에는 그 여자는 나를 거부할 것이다. 그럴 때 내가 지어야 할 표정은 어떤 것일까? 멋쩍게 웃을 수는 없다. 화난 체하고, 그럼 그만두자고 나와버리는 건 두고두고 후회할 짓이다. 그렇지, 눈을 감자, 눈을 꾹 감고 내 아랫배가 명령하는 데 따라서 손을 움직이자. 그런데 정말 그 여자가 나를 거부할 때는? 그 여자에게도 자비심은 있겠지. 나로 하여금 부끄럼을 느끼도록 해버리지는 않겠지. 그 여자가 나에게 열심히 말을 걸어오고 있었다는 사실이 내 아랫배의 편을 들면서 나를 일으켜 세웠다.

나는 조심조심 내 방의 미닫이문을 열고 마루로 나갔다. 마침 마당 한 곳에서 자그마한 회오리바람이 일더니 그 작은 바람기둥은 팽이처럼 마당을 한 바퀴 돌고 사라졌다. 태양 빛을 받아서가 아니라 땅거죽 자체가 발광체인 듯이 마당엔 눈부신 햇빛이 가득하였다. 처마 그림자가 경계가 되면서 그 저쪽과 이쪽이 밝은 곳과 어두운 곳으로 뚜렷했다. 이쪽인 그늘 속에는 버림받은 듯한 꼴로 밟을 때마다 삐걱거리는 마루와 때 묻은 파자마를 입고 서 있는 내가 있었다. 그리고 다른 모든 것은 햇빛 가득한 마당의 저쪽에 오글오글 모여 있는 것 같았다. 나는 안방 앞으로 발뒤꿈치를 올려서 살금살금 걸어갔다. 방 안에서는 아무 소리도 들리지 않았다. 이럴 때 갑자기 안방 문이 왈칵 열리며 숙이가 밖으로 나온다면? 헤헤, 안녕합쇼,라고 하나? 내 몸을 지탱하고 있는 발가락 열 개가 바르르 떨렸다. 결국 안방 문은 열지 못하고 말 자신을 잘 알고 있었던 것이 아닐까? 아랫배를 누르고 있던 압력이 네 주제에 이만한 것만도 장하다는 듯이 어느새 사라져 있었고 그 대신, 그 압력이 몸을 바꾼 것인지, 오줌이 조금 마려움을 나는 느꼈다. 나는 안방과 문 하나 사이를 둔 마루 끝에 앉았다. 이미 포기한 이상 나는 일부러라도 큰 소리를 내고 싶었다. 그래서 마루에 앉을 때도 마룻장이 울릴 만큼 큰 소리를 내며 주저앉았다.

"넘어지셨어요?"

먼저 숙이의 말소리가 들렸고 그다음에 안방 문이 숙이에 의해서 열렸다. 저렇게 간단히 열 수 있는 문을! 그러나 이젠 다 지나가버린 것이다.

"햇빛 차암 좋네."

나는 혼잣말처럼 중얼거리며 마당을 내어다 보고 있었다. 나는 빨리 내 방으로 돌아가고 싶었다. 그러나 숙이가 열었던 문

을 다시 안에서 닫아버렸을 때는 그 여자와 무어라도 말이라도
건네어보고 싶은 욕망이 울음이 터질 만큼 목 안에 가득했다.

"나와서 햇빛 구경이라도 안 하시겠어요?"

내가 좀 크게 말했다.

"네에."

하고 그 여자는 분명히 낮고 떨리는 음성으로 대답했다.

여자의 본능으로써 내게서 어떤 냄새라도 맡았던 것일까? 그
음성은 분명히 경계심과 공포에 차 있었다. 그러자 사라졌다고
생각했던 미묘한 압력이 울컥 다시 아랫배로 몰려들었다. 그러
나 동시에 나는 조심조심 달각거리는 소리도 들었다. 그것은 그
여자가 문고리를 내게 눈치채이지 않으려고 애쓰며 안에서 잠
그고 있는 소리였다. 갑자기 부끄러움이 세찬 물결처럼 내 얼굴
을 때리고 지나갔다. 나는 거의 무의식중에 어깨를 움츠려 올리
고 혀를 쑥 내밀었다. 햇빛 가득한 마당을 향하여……

"햇빛 차암 좋네."

목에 가래 걸린 소리로 말하고 나는 변소로 갔다.

극장 안은 만원이었다. 표를 사지 못하고 돌아간 사람들도 많
았다고 했다. 연극의 관객들은 항상 그 사람이 그 사람이어서
빤한 숫자인 데다가 연극 구경 세 번만 가면 서로 인사를 하지
않은 처지인데도, 응 저놈 왔군, 할 정도로 관객들끼리 서로의
얼굴을 외울 정도라는 이야기도 그날은 거짓말이었다. 오히려
여느 때의 연극 팬들이 표를 사지 못한 축에 더 많이 끼어 있었

다고 했다. 왜냐하면 그들은 으레 이번도 관객들은 그놈이 그놈으로서 아무리 늦게 가더라도 표는 남아돌아갈 테니까,라고 생각했었기 때문이었다. 신문에 낸 극단 측의 광고는 서영춘, 구봉서가 나오는 영화의 관객들에게 더 어필할 수 있는 요소를 많이 포함하고 있었다. '토끼가 사람 이상의 연기를 한다'느니 '과학은 예술을 돕는다'느니 하는 식의 캐치프레이즈는 분명히 곡마단의 그것과 거의 비슷한 효과를 내었다. 장내를 한 번만 둘러보아도 관객들의 옷차림에서부터 다른 연극 공연에 온 관객들과는 전연 달랐다. 다른 때 극장의 의자를 차지하고 앉아 있는 친구들이란, 머리가 텁수룩하고 무릎 위에 대학 노트를 두세 권 올려놓고 세기의 고뇌를 홀몸에 짊어진 듯한 표정으로 앉아 있는 대학생들이거나 또는 지난번엔 자기들이 지금 올려다보고 앉아 있는 바로 그 무대 위에서 '나타샤'로서 또는 '브랑슈'로서 입을 벌렸다 오므렸다 하던 현역 배우들이거나 또는 공짜 표는 있겠다 별로 할 일은 없어서 산보 삼아 나와본 아주머니 아저씨가 고작이었다. 그런데 그날은 양단 치마저고리에 가을 코트를 걸쳐 입은 젊은 여자와 그 곁엔 머리를 깨끗이 빗어 붙이고 감색 양복에 붉은 넥타이를 한 청년 사장 또는 불붙이지 않은 파이프를 항상 입에 물고 그것을 이빨로 입의 이쪽저쪽으로 움직이며 들릴 듯 말 듯이 낮은 목소리를 위협적으로 끌어내며 말하는, 동대문시장에 점포를 열 개쯤 가지고 있는 뚱뚱보 사장과 그의 하루살이 애인, 또는 그날 낮엔 어느 중국요릿집 이층방에서 계契라는 행사를 지내고, 마침 그 자리에서 수납

이 엄마가 '오늘 아침 신문광고를 봤더니 재미있는 연극이 있대요'라고 말을 꺼내자 여기저기서 '그래요' '그래요' '나도 봤어요' '토끼가 나와서 사람만큼 연기를 잘한대요' 어쩌고저쩌고, 그래서 성미 급한 ─ 계꾼들 중엔 반드시 성미 급한 아주머니가 하나쯤 있어야만 계는 빵꾸가 안 난다 ─ 정혜 엄마가 '표를 예약합시다' 여기저기서 '그래요' '빨리 갑시다요' 그래서 택시 일곱 대가 부르릉,이라는 식으로 여기에 온 아주머니들이 극장을 메우고 있었다. 모두들 입을 다물고 점잖게 앉아 있었다. 영화관에서라면 수군대는 소리 때문에 장내가 수선스러웠겠지만, 영화관에 비하면 훨씬 장소가 좁고 바로 눈앞에 거만하게 드리워져 있는 자주 색깔의 우단으로 된 막을 보니까 좀 기가 죽었는지 그들은 몸을 도사리고 앉아 있었다. 확실히 옛 귀족들이 만들어놓은 것에는 포마드와 대머리 들의 기를 죽여버리는 무엇이 있었다.

"연극 구경, 참 오랜만이죠?"

내 곁에 앉아 있는, 어느 요정의 마담 같은 여자가 자기의 저쪽 곁에 앉아 있는 사내에게 소곤거렸다. 사내가 무어라고 대답했다.

"전 연극이 끝난 뒤에 나오는 '바라데이 쇼'가 재미있어요."

여자가 소곤거렸다. 남자가 무어라고 대답한 모양이었다.

"그래요? 요즘엔 '바라데이 쇼'도 안 해줘요? 아이, 시시하겠네."

여자가 말했다. 여자는 옛 악극단이 전성하던 시절에 살고 있

는 모양이었다. 하기야 스크린이 보급되기 전엔 김희갑, 전옥이
도 악극단에 있었으니까.

"장내에선 금연으로 되어 있습니다. 담배를 피우실 분은 휴게
소를 이용해주십시오."

확성기가 투덜댔다. 잠시 후에 확성기는 또 한 번 투덜거렸다.

"장내에선 금연으로 되어 있습니다."

갑자기 장내의 전등이 모두 꺼졌다. 동시에 사람들의 뒤에서
조명 하나가 거만한 우단 막의 중앙을 동그랗게 비췄다. '과학
은 예술을 돕는다'는 것을 발견한 연출자가 스웨터 차림으로 조
명 속에 나타났다. 그는 고개 한 번 끄덕이지도 않고 대뜸 웅변
을 토하기 시작했다.

"여러분, 우리들의 예상을 완전히 뒤집어버림으로써 우리를
기쁘게 해주신 여러분, 여러분은 마침 좋은 때에 여러분 자신의
추악한 면을 발견할 수 있는 기회를 잡았습니다. 우리는 더 이
상 여러분이 여러분 자신의 추악한 모습을 깨닫지 못하고 지내
는 것을 참을 수가 없었습니다. 우리 '국민무대'는 생각했습니
다. 여러분이 여러분 자신의 얼굴을 바라볼 기회를 갖지 못하는
한 여러분은 파멸할 수밖에 없다는 것을. 하여 우리는 장만했습
니다. 여러분이 환영할 수밖에 없는 레퍼토리를 가지고 가장 효
과적으로 여러분에게 여러분 자신의 모습을 보여줄 것을. 그렇
다고 여러분은 우리에게 감사할 필요는 없습니다. 여러분을 구
제하는 것, 그것은 우리의 의무이니까요. 그러나 우리는 불안했
습니다. 아무도 우리의 호소에 귀를 기울이지 않는 한 여러분의

파멸은 말할 것도 없고 우리의 존재 이유마저 물거품이 되고 마는 것이기 때문에. 그런데 여러분, 여러분은 떼를 지어서 이 극장으로 몰려들었습니다. 표를 사지 못한 사람은 더욱 많았습니다만 우리의 공연은 한국어를 알아들을 수 있는 사람이라면 누구나 다 우리의 무대를 쳐다볼 수 있는 바로 그 의자들에 앉을 때까지 계속될 것입니다. 여러분이 바로 그 의자들에 앉은 그 순간부터 여러분은 구제받기 시작했습니다. 그러면 여러분, 연극을 보시는 동안 그리고 보시고 나서 여러분이 우리가 여러분에게 보여주려고 했던 것을 조금이라도 알아보셨다면 그리하여 웃음이 나오거든 실컷 웃으시고 눈물이 난다면 실컷 우십시오. 눈물과 웃음, 그것은 여러분이 구제받기 위하여 쓸 수 있는 여러분의 최상의 바이블이 될 것입니다."

연출자가 관객들의 성분을 조금만 더 세밀히 관찰하였었다면 얘기를 쉽게 했으리라. 그러나 하여튼 관객들은 요란스럽게 박수했다.

"저 사람, 남자답게 생겼죠?"

내 곁의 여자가 자기의 사내에게 소곤거렸다. 남자가 무어라고 대답한 모양이었다.

"아이, 당신은 빼놓고 얘기죠."

여자는 교태를 부리며 말했다. 그런데 동시에 남자의 손도 꼬집은 모양이었다.

"호호호, 그게 뭐 아프다구. 엄살도 심하셔."

여자가 말했다. 동그란 조명조차 꺼지고 장내는 깜깜해졌다.

잠시 후에 멀리서부터 점점 가까워오는 소리로 비행기의 폭음이 들리며 막이 올랐다.

극은 비행기의 항로를 하늘로 하고 있는 어느 시골에 사는 처녀가 마당에 나서서 하늘을 올려다보며 매일 밤 정해진 시간에 그 마을의 상공을 지나가는 비행기의 조종사를, 물론 얼굴도 모르는 사람이지만, 짝사랑하고 있다는 얘기에서 시작했다. 그 처녀는 비행기 조종사의 모습을 혼자 상상하며 애태운다. 그 처녀를 짝사랑하는 마을 머슴 하나가 나타나서 그 여자의 꿈이 얼마나 헛된 것인가를 말하려고 하나 차마 그 말은 꺼내지 못하고 사랑하기 때문에 나온 악의 없는 장난만 그 처녀에게 한다. 처녀는 머슴을 경멸한다. "오, 꺼졌다 켜졌다 하는 비행기의 저 빨간 등 푸른 등아, 나에게 네 주인 얼굴을 한 번만 보여다오." 처녀는 얼굴도 모르는 조종사를 찾아서 정든 마을을 탈출한다. 1막이 내린다.

"재미있을 것 같죠?"

내 곁의 여자가 자기의 사내에게 말했다. 사내가 무어라고 대답한 모양이었다.

"만날 거예요. 두고 보세요. 틀림없이 만날 거예요."

여자가 말했다. 서울에 올라온 처녀는 그 비행기의 조종사를 찾으러 다닌다. 어느 집 식모를 하며 틈틈이 밖에 나와서 그 조종사를 만날 수 있는 방법을 알려고 애쓴다. 그러나 그 여자가 알고 있는 것은 몇 시에 어느 마을 상공을 지나가는 비행기라는 것뿐이다. 어떤 남자가 나타나서 자기가 그 사람을 찾아주겠다고 한다. 식모 짓도 그만두고 그 남자를 따라간다. 그 시간에 그 곳을 지나가는 비행기는 미 공군 수송기일 것이라고 했다. 그러면서 양키 하나를 소개해준다. "어머, 저 미국 사람으로 나오는 사람. 아까 시골의 머슴 아녜요?" 내 곁의 여자가 놀라서 자기의 사내에게 말했다. 아마 사내도 글쎄 이상하다고 대답한 모양이었다. 그 사람들에게 이 전위前衛 냄새를 풍기는 연극을 어떻게 설명할 수 있을까? 그럴 필요도 없겠지. 처녀는 저 사람은 아니라고 한다. 그러나 저 미국 사람이 틀림없는데 어쩔 것인가고 처녀를 데리고 온 사내가 말한다. 결국은 양갈보가 되고 만다. 2막이 내린다. 3막이 오른다. 조종사를 찾아주겠다고 하던 사내에게 속히운 처녀는 이 양키 저 양키의 품속으로 돌아다녀야만 한다. 그러나 자기가 찾고 있는 조종사를 만나게 될 것이라는 기대를 버리지 못한다. 그리고 내가 진흙으로 둘러싸인 답십리의 어느 연습장에서 잠깐 보았던 장면이 나오는 것이다.

히야, 하고 나지막한 탄성들이 여기저기서 쏟아져 나왔다. 대망의 토끼, 동대문시장에서 종로 뒷골목의 요정에서 중국요릿집 이층방에서 사람들을 이 극장 안으로 끌어오는 데 성공했던 신문광고의 캐치프레이즈에 등장했던 토끼가 조명을 받으며 지금 무대 위를 깡충깡충 뛰어나오고 있었던 것이었다. 답십리의 이층방에서 보았을 때와는 다르게 토끼도 다른 배우들이 머슴으로 또는 양키로 분장했듯이 분홍색으로 하얀 털을 물들여 장식하고 있었다. 아닌 게 아니라 나 역시 감탄할 만큼 토끼는 여자와 어울려 완전한 하나의 역을 해내고 있었다.

"토끼야, 이 사랑스러운 토끼야, 그분은 어디 있을까? 너의 주인에게 물어봐주렴" 하고 여자가 푸념을 하면 토끼는 "글쎄요, 알아는 보겠습니다만 힘들 것 같은데요" 하는 표정을 몸 전체로 지어 보였다.

토끼의 출연 때문에, 연출자의 의도는 어떠했던지 모르지만, 극은 이제 코미디가 되어 있었다. 관객들의 관심은 온통 토끼의 움직임에만 쏠려버렸다.

그때, 예기치 못했던 실로 뜻밖의 사태가 벌어졌다. 토끼 때문에 넋을 놓고 있었던 탓일까. 관객석의 어느 곳에서 생리학적으로 얘기하자면 어쩔 수 없지만 요령 있게만 한다면 널리 알려지지 않을 수도 있는 소리가 났다. 그것이 사람들로 하여금 요란한 웃음소리를 터뜨리게 했다. 그렇지 않아도 토끼의 연기 때문에 얼마든지 웃을 준비가 되어 있던 사람들은 그 좋은 기회를 충분히 이용하였다. 온 장내는 사람들의 웃음소리 ── 웃고 생각해보니 또 우습고 그러고 나서 생각해보니 또 우스운 이 시간을 좀더 연장해보고 싶다는 듯한 웃음으로 가득 차서 깊은 늪이 갑자기 소용돌이치듯 했다.

뿐만 아니라, 이 뜻밖의 사태가 연극에 미친 영향은 너무 컸다. 갑작스러운 사람들의 웃음소리, 무시무시한 괴물 같은 웃음소리 때문인지 토끼는 몸을 떨며 한자리에 웅크리고 앉아서 관객 속을 응시하고 있었다. 웃음소리는 번지고 커지고 커진 대로 또 번지는 것이었다. 그때 토끼는 이젠 어쩔 수 없는 곳에 몰린 쥐가 고양이에게 달려드는 듯한 비장한 표정으로 관객석으로 뛰어내렸던 것이다. 사람들은 일제히 자리에서 일어섰다. 웃음소리는 사라졌다. 사람들은 이럴 때 어떻게 해야 하는가를 잠시 생각하고 있는 것 같았다. 생각은 끝났다. 장내는 수런거렸다. 관객석의 의자 밑으로 요리조리 뛰어다니는 토끼를 잡으려는 사람들의 기쁜 흥분이 온 실내를 지배했다.

토끼는 이리 뛰고 저리 뛰었다. 토끼가 막상 자기 가까이 오면 여자들은 비명을 지르며 팔딱팔딱 뛰었고 남자들도 차마 손을 내밀어 토끼의 귀를 잡지는 못하였다. 이제 사람들은 토끼를 잡으려는 것이 아니라 토끼를 두고 매스게임을 하고 있는 성싶었다. 이쪽에서 즐거운 함성이 일어났다.

얼마가 지났을까, 확성기를 통하여 연출자의 분노와 굴욕감을 견디지 못하겠다는 듯한 음성이 울려 나왔다.

"여러분 대단히 죄송합니다. 대단히 죄송합니다. 연극은 뜻하지 않은 사태 때문에 여기서 중단하겠습니다. 수부守部에서 관람료의 반을 돌려드리기로 됐습니다. 대단히 죄송합니다. 앞으로도 쭈욱 저희 '국민무대'를 사랑해주셨으면 감사하겠습니다. 안녕히 가십시오."

사람들은 하나둘 밖으로 나갔다. 나는 마치 나조차 극단의 한 사람이라도 된 듯이 관객들에 대하여 죄송한 마음을 금할 수 없었다. 그러나 이상했다. 연극이 중단된 것에 대해서 불평을 하는 사람은 하나도 없는 것 같았다. 오히려 모두 유쾌한 게임을 충분히 즐기고 난 후, 손수건을 꺼내어 이마의 땀을 닦는 듯했다.

다음 날, 나는 숙이를 마른 잎이 수북이 쌓인 정릉으로 데리고 가서 해치웠다.

노인이 없다

오후 4시. 나에겐 없어도 좋은 시간. 난로를 둘러싸고 앉아서 저마다 다른 생각을 하며 그러나 화제는 일관된 것으로서 작은 조리를 갖추기조차 하며 진행되는 시간이다.

"아아, 이젠 슬슬 그놈이나 찾아가볼까?"

라고 누군가가 하품을 하며 말하고 나서, 그 작은 조리 속으로부터 아무런 미련 없이 떠나갈 수 있는 시간이다. 미련이 남는다면, 난로가 내뿜고 있는 열기에 대한 그것이 남는다는 정도이다. 무력한 작은 조리는 곧잘 가던 길을 멈추고 한다. '아무개씨가 죽었대.' 누군지가 눈을 툭툭 털며 들어와서 난롯가에 끼어앉으며 신문기사식으로 뉴스를 전하면 조리를 세우거나 두들겨 맞추고 있던 사람들은 단번에 순진한 독자가 되어 그 뉴스맨에게 시선을 쏟는다. '왜?' '심장마비라나?' 그러면 복상사쯤을 기대하고 있던 좌중은 피시시해지고 만다. 그러나 생전의 고인에 대한 얘기가 새로운 화제로써 시작되는 것만큼은 틀림없다. 고인이 남긴 에피소드를 모두들 자기가 알고 있는 범위 안에서 얘기하기 시작하여 차츰 고인의 결과적인 견지에서의 존재 이유까지 얘기하게 된다. 결국은 또 다른 작은 조리가 대두하는 것이다. 그러나 그것도 오래가진 않는다. 방금 갈아 넣은 난로 속의 49공탄이 지독한 냄새를 피우기 시작하면 난로를 둘러싸고 앉아 있던 사람들은 저마다 눈살을 찌푸리며 구공탄에 대한 얘기로 미련 없이 화제를 옮기는 것이다.

그런데 그럴 수 있던 기자들이 단골로 찾아가는 신문사 뒤 골목 속에 있는 다방도 요 며칠 동안은 '내부 수리 중'이란 딱지가 문에 붙어 있어서 기자들은 제각기 자기 취미와 필요에 맞는 다방을 찾아 뿔뿔이 흩어져버렸었다.

나는 청결하지 못한 따뜻함 속에 나를 가두어버리는 밖의 추운 날씨를 원망하며, '갇히다'는 것에 대해서 요리조리 생각하며, 숙이에 대해서 생각하며, 오후 4시쯤엔 정鄭이라는 외신부 기자를 따라서 'A'라는 다방에 나가 앉았다. 그 지하실 다방은 스팀 장치가 되어 있어서 좋았다. 될 수 있는 대로 스팀의 곱창을 닮은 파이프가 있는 벽 가까운 좌석에 자리를 잡으려고 눈을 번뜩이며 나는 엉뚱한 작문을 지어보곤 했다.

'황혼에 밝혀지는 불빛들이 이곳에 나를 가둔다……'는 '가둔다'는 말을 생각했을 때 금방 지어진 문구였고 그 후로 자꾸 지어본 다른 모든 문구들에서 가장 맘에 드는 문구였다. '스팀의 촉촉한 온기가 이곳에 나를 가둔다.' 이건 너무 천박해. '대학에서 배운 지식이 이곳에 나를 가둔다.' 이건 어딘가 틀린 것 같고 역시 천박해. '파아란 털을 가진 고양이가 이곳에 나를 가둔다.' 멋들어지긴 한데 여학교에 다니는 소녀가 지은 글처럼 의미가 없다. 파아란 고양이란 도대체 무엇을 가리킨다는 말인

가. '바람에 흔들리는 구름이 이곳에 나를 가둔다.' '헤세'와는 정반대의 의미를 가지면서 '헤세'가 금방 연상되는 문구. '돈이 이곳에 나를 가둔다.' 옳고말고. 그러나 노골적으로 속을 내보인다는 것은 고금동서를 막론하고 상놈의 버르장머리. '황혼에 밝혀지는 불빛들이 이곳에 나를 가둔다.' '황혼에 밝혀지는……' 무척 맘에 들었다.

그러나 그런 것이 무슨 쓸모가 있단 말인가. 사社가 정해준 퇴근 시간까지, 다음 신문에 들어갈 기사만 꾸려놓으면, 곱창 파이프 가까운 좌석이나 혹시 비지 않을까 노리고 있고 비생산적인 문구나 속으로 흥얼대고 앉아 있는 시간이 내게는 몹시 아까웠다.

"부업을 가져보는 게 어때?"

어느 날, 정이 내게 말했다.

"부업? 가정교사?"

"예끼! 부업이라면 가정교사밖에 생각 안 되나? 사람도 참!"

나는 무안했다. 하지만 가정교사라면 나는 정말 싫었다. 만일 사람이 일생 동안에 한 번씩은 의무적으로 가정교사를 해야 한다면 나는 대학 다니는 동안에 다섯 사람 몫은 해치웠다. 아이들을 적으로 삼고 하는 전투란 악마도 비명을 지를 도리밖에 없을 것이다.

"가질 생각 없어?"

정은 정말 당장에라도 부업을 구해줄 수 있다는 듯이 재촉했다.

"글쎄."

"돈이 필요하지 않은가?"

돈? 아, 그래. 그게 필요하다고 나는 생각하고 있었다. 내가 애매하게 흘려 보내버리는 시간을 아까워하던 것은 그것이 돈으로 바꿔질 수도 있다는 가능성을 무의식중에 계산하고 있었기 때문이었을까?

"결혼 자금을 장만하긴 해야 할 텐데."

내가 말했다.

나는 숙이와 함께 지내는 시간을 생각했다. 우리는 난로처럼 뜨겁게 달아 있었었고 난로 위에 올려진 주전자의 뚜껑처럼 일정한 간격을 두고 들먹거리고 있었었고 그리고 우리는 우리의 결혼에 대해서 얘기를 많이 했었다. 아니, 우리의 결혼에 대해서 얘기하는 쪽은 숙이와 나 중에서 거의 오직 나뿐이었었다. 내가 우리의 결혼에 대해서 얘기하는 동안 숙이는 쉴 새 없이 내 말을 부정하거나 의심하기로 작정한 듯했다.

그렇다고 숙이가 나와의 결혼을 싫어하는 것일까? 아니었다. 숙이가 나보다 훨씬 그것을 바라고 있는 것은 분명했다. 다만 어떤 계획이 확실한 모습을 가지고 나타날 때까지는 그것이 성취될 수 없으리라고 의심하기로 하고 있는 모양일 뿐이었다.

나는 다방의 그 정결치 못한 온기 속에서, 나를 가두고 있는 것의 하나가 바로 숙이의 내 얘기에 대한 의심임을 뒤늦게나마 깨달았다. 그 의심으로부터 벗어나기 위하여 나는 친구의 일깨워줌에 의하여 문득 부업을 가질까 하는 생각을 하고 있었고 내가 돈을 필요로 함을 알았고 그것이 결혼 자금 준비라는 이름의 명분을 가짐을 알았다. 나는 숙이 앞에서 다 하지 못했던 설명 — 숙이의 내 말에 대한 의심을 풀어보려는 노력을 숙이가 없는 곳, 말하자면 이 세상에 숙이라는 여자가 있다는 사실도 모르는 정 기자 같은 사람 앞에서 하고 있는 내가 참 딱해 보였다.

"약혼자가 있었어?"

정이 물었다.

"글쎄."

내가 대답했다.

숙이와 함께 여관방이나 다방 따위의 장소에서 우리의 결혼에 대해서 얘기하고 있을 때엔, 내일 신문에 나가도록 써 내놓은 기사에 설령 잘못된 부분이 있음을 문득 깨닫게 되더라도 이미 그건 내 힘으론 어쩔 수도 없고 어쩌기도 싫은 듯이 생각되는 것처럼, 밖의 거리를 막아놓고 있는 찬바람이 내는 삭막한 소리와 답답하게 뜨뜻한 다방 속의 공기와 추상적이며 내가 가담해 있다고는 아무래도 생각할 수 없는 화제에 둘러싸여서는 숙이를 사랑하는지 어쩐지, 도대체 숙이와의 결혼을 내가 믿는지 어쩐지, 그것보다도 숙이라는 이름의 생물이 있는지 어쩐지조차 가끔 흐릿해지기만 하는 것이었다. 겨울의 기온이 이따금 사람의 판단력을 흐리게 하는 마술을 부린다고는 할지라도 그것만이 그런 이유의 전부는 아니었다.

오후 4시, 내게는 없어도 좋은 시간, 모든 것이 나와 관계없어 보이고, 아무도 그리고 아무것도 나를 필요로 하지 않는데 내가 그 무엇에 매달리려고 애쓰는 듯한 느낌 속으로 깊이 빠져 들어가는 시간, 모두들 저 나름으로 잘해나가고 있는데 내가 오직 헛된 노력으로써, 나도 거기에 있어야 한다, 나도 그것을 해야 한다고 안간힘을 쓰고 있었던 것만 같은 느낌 때문에 숨 쉬는 것도 그쳐버리고 싶은 시간이었다. 모두들 저 나름으로 잘해가고 있는데, 그래, 어쩌면 숙이도 저 나름으로 잘해가고 있는지도 모르는데……

"따분하군."

기껏 표현한 것이 '따분하다'는 정도는 너무 억울하다고 나는 생각했다.

"가만히 앉아 있으니 따분하기만 할 수밖에. 무엇을 붙들면 되는 거야. 게다가 돈까지 생기는 일이면 더욱 좋고……"

정이 말했다.

"그럴 수만 있다면야. 이럴 땐 예수라도 믿어두었더라면 좋겠어. 기도문이라도 외우며 앉아 있게……"

내가 말했다.

"뭐 그렇게 고상한 것으로써 따분함을 메우려고 할 거까진 없어. 자네 정말 부업을 가질 수 있어?"

"정말 가질 수 있냐니?"

"말하자면 시간적으로 여유가 있느냐 말야."

"뭐 좋은 일자리라도 있나?"

"하나 있긴 한데……"

그러고는 무엇을 생각했어요? 숙이가 묻는다. 리앵. 내가 대답한다. 리앵이 뭐예요? 아무것도 아니라는 뜻인데 불란서 말이래. 내가 알고 있는 단 한마디의 불란서 말이지. 좋지? 리앵이란 말. 그 말을 좋아하세요? 응. 불란서 말은 그것밖에 모르세요? 가만있자…… 아듀라는 말도 알아. 그 말도 좋아하지. 아, 그건 저도 알아요. 작별 인사죠? 그래. 아이, 정말 외국의 작별 인사는 참 좋은 게 많아요. '안녕히 계세요'는 전 싫어요. 너무 길고 복잡하고 그렇죠? '안녕'이라는 말도 있잖아? 그래요, 그건 조금 나아요. 그렇지만 어디 슬픈 기분이 드나요 뭐. 작별 인사는 좀 섭섭한 뜻이 나타나 있어야죠. 작별 인사는 어느 나라 말로 하고 싶지? 어머, 우린 참 우습네요. 왜 작별 인사 얘기를 하는 걸까요, 네? 그러게 말야. 헤어지게 될 모양이지? 정말 그러나 봐요. 농담이야. 헤어질 사람은 따로 있는 법야. 어느 나라 말로 하고 싶어? 글쎄요, 생각해보지는 않았었는데…… 음…… '사요나라'도 괜찮죠? 그렇지만 좀 겉치레로만 다정히 구는 듯한 느낌이라죠? '굿바이.' 그건 좀 정이 모자라는 것 같구요. 참, 어느 영화에서 들었는데 '아디오스'라는 작별 인사도 있더군요. 그렇지만, 그것도 좋긴 좋지만, 너무 우렁차서 남자들끼리나 했으면 좋을 인사 같구요. 그러구 보니 '아듀'가 그중 나은 것 같아요. 어쩐지 쓸쓸한 여운이 남는 것 같지 않아요? 그런 줄 몰랐었는데 숙이는 꽤 재치가 있었다. 어감을 구별할 줄도 알았고 남자의 비위를 맞출 줄도 알았다. 그렇지만 난 '아듀'보다 더 좋아하는 작별 인사가 있어. 네? 그게 뭔데요? 참, 어느 나라 말인데요? 어떤 잡지에서 봤는데, 소련 말의 작별 인사가 좋더군. '더스비다니어'라고. '더스비다니어'? 그게 소련의 작별 인사예요? 응. 왜 소련 말을 좋아하세요? 앞으로 조심해야겠어요. 아아냐, 소련 말이라 좋아하는 게 아냐. '더스비다니어'라는 그 말 자체가 좋은 거지. 소련 말들 사이에 끼어 있을 때의 그 말이 좋은 게 아니라 한국말을 하는 내 입에서 그 말이 나올 때 나는 그 말을 좋아하는 거야. 내 말 알아듣겠어? 한국식의 어감에 대한 감응력으로써…… 아아, 귀찮어. 숙이에게까지 내가 소련을 좋아하지 않는다고 설명해야 되나? 관두세요. 그런 뜻으로 물어본건 아녜요. 그 말 자체가 좋다고 하셨죠? 그럼 됐어요. 숙이는 마치 정보부의 스파이처럼 말하는군. 그래, 그 말 자체가 좋은거야. 내 상상력을 자극해주는 말이거든. 숙이, 어디 한번 나를따라 상상하기 시작해봐. 북쪽 지방의…… 음성을 아주 낮게 하세요. 그래, 아주 낮게 말할게. 북쪽 지방의 황막한 벌판을 상상해봐. 아무 데도 산이 보이지 않고 지평선으로만 막힌 벌판이야. 그리고 그 벌판에 눈이 펑펑 쏟아지는 밤을 말야. 그런 끝없는 벌판 가운데 작은 읍이 있고 지금 막 그 읍의 작은 정거장으로 하얗게 눈을 뒤집어쓴 기차가 증기를 내뿜으며 들어오고 있어. 캄캄한 밤이야. 아니지, 눈 때문에 하얀 밤이야, 하얀 밤. 알지? 백야白夜 말야. 기차가 도착했을 때 한 여자가 기차에 올라타는 거야. 털이 긴 털외투로 온몸을 싼 여자야. 얼굴만 빨갛게 어둠 속으로 내놓고 있는 아주 아름다운 여자야. 그 여자가 방금 오른 기차의 밖에서는 한 남자가 한 손에 하얀 어둠 속에서 노오란 불빛을 조그맣고 동그랗게 내뿜는 등불을 들고 그 여자를 바라보고 있는 거야. 역시 털외투를 입고 털모자를 쓰고 있는 젊고 잘생긴 청년이야. 기차 안으로 들어간 여자는 자리를 잡고 앉자마자 증기가 얼어붙어서 밖이 보이지 않는 유리창을 손바닥으로 문질러 닦는 거야. 이제 밖이 보이는 유리창에 그 여자는 얼굴을 찰싹 붙이고 등불을 들고 서 있는 남자를 내다보며 입안의 소리로 가만가만히 말하지, '더스비다니어'라고. 그때 기차는 움직이기 시작했어. 밖에 서 있던 남자는 기차를 따라서 달려오며 노오란 등불을 내휘두르지. 그러면 입을 힘껏 벌려 무어라고 외치는데 여자의 귀에는 그 소리가 들리지 않아. 눈이 나리는 광막한 벌판의 밤을 흔들어놓기에는 너무 작은 소리였는지 모르지. 아니면 그 소리는 차가운 공중에 꽁꽁 얼어붙어버렸는지도 몰라. 그러나 아마도 그 남자가 외친 소리 역시 '더스비다니어'였을 거야. 여자도 남자의 모습을 보기 위해서 더욱더욱 얼굴을 유리창에 갖다 붙이며 입속에서 마구 외우지, '더스비다니어' '더스비다니어'라고. 여자의 눈에서는 눈물이 한 줄기 볼을 타고 빠르게 흘러내려 남자의 노오랗고 작은 불빛도 이내 어둠 속으로 파묻혀버렸어. 기차는 눈 오는 밤에 지평선 너머로 달려가고…… '더스비다니어'는 길가에서 만나는 사람들끼리 흔히 주고받는 작별 인사래. 그런데도 어딘지 지금 헤어지면 다신 만나지 못할 사람들끼리 주고받는 인사 같은 데가 있지 않어? '더스비다니어'라고 나직이 말하고 나서 그 말을 한 사람은 눈 나리는 밤에 기차를 타고 지평선 너머로 영영 가버리는 거야. 숙이는 고개를 숙이고 조용히 듣고만 앉아 있다. 꼭 오늘 밤처럼 눈이 내리는 밤이겠죠? 숙이가 말한다. 눈? 아 참, 눈이 내리지. 내가 말한다. 어머, 눈이 내리고 있었다는 것도 잊어버리셨어요? 방문 좀 열어보세요. 아직 눈이 내리고 있는지 모르겠어요. 나는 방문을 연다. 전등 불빛이 번져 있는 공중에는 눈이 먼지처럼 흩날리고 있다. 그런데 여관의 좁은 안마당에는 눈이 조금도 쌓여 있지 않다. 콘크리트로 된 마당에는 물이 얕게 고여 있어서 내리는 눈은 마당에 닿자마자 없어져버린다. 지금도 내리고 있어요? 응, 이쪽으로 와서 봐. 숙이는 밖을 보기 위해서 방의 안쪽에서 무릎으로 기어와서 열린 방문 앞에 엎드린 자세로 있다. 눈 때문에 가야 할 먼 길을 두고도, 어느 주막에 묵고 있는 여승 같은 숙이. 아이, 이러지 마세요, 약속했잖아요. 손목 좀 잡은 것뿐인데 뭘 그래. 단순한 거지만 장소에 따라서는 의미가 달라져요. 숙이가 얼른 자기 자리로 돌아가며 말한다. 어쨌든 숙이는 내 거야. 그래요, 그러니까 결혼할 때까지는 참으세요. 뭐라구? 뭐가 잘못됐어요? 리앵. 아무 데나 그 말을 쓰나요? 나는 그저 싱긋 웃기만 한다. 웃는 얼굴이 좋아요. 나 말야? 네. 그러니까 늘 웃고 계세요! 싱겁군. 싱겁지 않아요, 정말예요. 대화가 끊어진다. 숙이는 무릎까지 덮고 있는 이불을 내려다보며 손가락으로 이불의 꽃무늬를 꼭꼭 누르고 있다. 그러고 있는 숙이를 나는 이불을 사이에 두고 건너다보고 있다. 숙이가 고개를 든다. 아까 그 얘긴 상상하신 거예요? 무슨 얘기? 그 북쪽…… '더스비다니어'에 관한…… 아, 그거? 응, 상상한 거야. 퍽 좋아요. 꼭 무슨 영화 장면 같아서요. 영화 장면? 그래, 영화 장면이야. 어머, 금방 상상하신 거라구 해놓구선. 상상한 거야. 그런데 영화의 한 장면처럼 돼버렸어. 나는 영화라는 것에 문득 증오감을 느낀다. 영화 만드시면 잘 만드시겠어요. 나는 웃는다. 웃을 수밖에 없다. 또 대화가 끊어진다. 숙이가 말을 시작한다. 저 옆방에도 사람이 들어 있나 부죠? 그런 거 같군. 그럼 저걸 어떻게 하죠? 뭐 말야? 저 전등 말예요. 벽의 위쪽에 사각형의 구멍이 나 있고 거기에 전등이 걸려 있어서 그 한 개로써 두 방이 쓸 수 있도록 되어 있다. 저 방 사람들이 자면서 불을 꺼버리면 우린 어떻게 하죠? 우리도 자야겠지 뭘. 아이, 불을 꺼버리면 싫어요. 저쪽에서 불을 끄려고 하면 못 끄도록 하세요. 네? 나는 고개를 끄덕인다. 지금 몇 시쯤 됐어요? 나는 스웨터 소매를 걷고 시계를 본다. 속일까 하고 나는 생각한다. 그러나 정직하게 말한다. 11시 조금 지났어. 아직도 버스가 다니겠네요. 그냥 집으로 가요, 네? 내일 아침이 되면 또 보게 될 텐데요, 네? 왜, 엄마가 야단칠까 봐 무서워? 아네요, 어머니한테는 거짓말을 해서 미안해요, 무섭지는 않아요. 오늘만은 손가락 한 개 까딱하지 않겠다고 맹세했잖아? 한 번만 믿어봐. 하긴, 나 자신도 믿을 수 없는 얘기다. 오늘만이 아네요, 네? 앞으로 쭈욱 그러는 거예요, 네? 아무래도 좋아. 우리 둘이서 함께 지낸 밤을 갖고 싶었던 것뿐야. 가지 마. 이렇게 조용한 곳에 들어앉아 있으니까 서울에서 멀리 떨어진 곳에 온 것 같아요. 정말이야. 근데 눕지! 참, 누우세요. 피로하실 텐데…… 전 정말 정신없는 여자죠? 누우세요. 전

이렇게 앉아 있는 게 더 편해요. 나는 숙이의 무릎을 베고 눕는다. 숙이도 그것만은 용서한다. 다른 건 뭐 상상하신 거 없으세요? 상상하신 얘기가 참 재미있어요. 상상한 게 있긴 있어. 뭔데요? 해주세요. 우리가 결혼하고 난 후의 생활에 대해서야. 정말? 결혼하게 될까요? 그럼, 하고말고. 무얼 상상하셨어요? 아니, 내가 상상했다고 생각하지 말고 지금부터 함께 상상해보기로 하지. 어때? 전 도무지 상상되지가 않아요. 전 병신인가 부죠? 아냐, 하면 돼. 우선 우리는 결혼식을 올리겠지? 숙이는 대답이 없다. 어느 예식장이 좋을까? 전 남들이 예식장에서 결혼식 올리는 것을 보고 있으면 괜히 제가 얼굴이 뜨거워져요. 성당이 참 좋아요. 언젠가 고등학교 동창애 하나가 성당에서 결혼식을 올리는 걸 봤는데 참 엄숙하고 좋아 보였어요. 그래, 그럼 성당에서 식을 올릴까? 그렇지만 그러려면 성당엘 다녀야 되잖아요? 까짓거, 다니지 뭘. 다니실 수 있을 거 같아요? 까짓거 다닐 수 있지 뭘. 숙인? 전 정말 다니고 싶어요, 근데…… 근데 어째서? 근데 사람들이 너무 많아서 싫어요. 숙인 욕심쟁이군. 성당을 온통 혼자 차지하겠다니…… 그건 아녜요. 그래, 하여튼 성당에서 우린 결혼식을 올리겠군? 피시이. 왜 웃었어? 마음대로 아무 데서나 결혼식을 올리시는군요. 그럼 마음대로지. 그런 거까지 우리 마음대로 안 되나? 하여튼 결혼식은 올렸어. 신혼여행을 가야겠지? 숙이는 대답이 없다. 내 친구들 보니까 대부분 온양이나 해운대로 가더군. 우린 좀 색다른 데로 갈까? 숙이는 대답이 없다. 어디가 좋을까? 제주도? 설악산? 참 경주도 괜찮겠군. 아니, 그 모든 곳을 다 한 바퀴 돌고 오지 뭐. 신혼여행엔 역시 바닷가와 온천이 있는 곳이 좋은 모양이야. 우린 손을 잡고 백사장을 걷는 거야. 파도가 사악사악 밀려왔다간 물러가곤 하고. 그리고 밤이면 우린 함께 온천의 목욕탕으로 들어갈 거야. 숙이가 내 등을 밀…… 숙이의 손바닥이 가볍게 내 뺨을 때린다. 그러고 나선 어쩔 줄을 모르겠는지 내 뺨 위에 손바닥을 얹어놓고 있다. 아아, 방금 30년 후가 상상됐어. 숙인 내가 빈 월급봉투를 들고 왔다고 방맹이로 날 내쫓을 거야. 숙이는 웃는다. 그건 고바우 만화에나 있는 얘기예요. 아팠어요? 내 뺨 말야? 네. 찌릿찌릿해. 우리의 상상을 계속해야지. 아니, 그만하세요. 왜? 재미없어? 숙이는 대답이 없다. 우린 아이를 낳겠지? 아들을 낳아도 좋고 딸을 낳아도 좋아. 아들을 낳으면 숙이가 좋아할 테고 딸을 낳으면 내가 좋아할 거야. 단, 어느 쪽이든 숙이를 닮아야 해. 그래야만 내가 아이를 안고 밖엘 나가더라도 사람들이 그 아이 참 이쁘게 생겼다고 할 거니까 말야. 우리는 어디 살게 될까? 변두리에 정원도 가꿀 만한 집을…… 그만하세요. 왜? 재미없어? 아녜요, 재미있어요. 그렇지만 상상보다 더 좋을 수도 있잖아요? 오오, 역시 숙인 욕심쟁이군. 아녜요, 욕심은 부리지 않아요. 저한테 상상되는 건 아무것도 없어요. 조금 있다면 결혼식장에 평택 아저씨 댁 사람들이 식에 참석하실 거라는 것하구 어머니가 우실 것이라는 것하구…… 뭐 그런 거뿐예요. 친구들도 오겠지? 그래요. 친구들이 몇 명 올지도 모르죠. 그렇지만 시집가 버린 친구들이 많아서 걔들이 와줄는지 모르겠어요. 우리의 대

화는 오랫동안 끊어진다. 사실 그래. 내가 말한다. 나도 솔직히
말하면 그것에 대해서는 상상하고 싶지가 않아. 상상하다가 보
면 우린 늙어서 죽는 거야. 서로 따로따로 죽는 거지. 아니 어쩌
면 누가 먼저 병들어 죽을지도 몰라. 난 꼭 내가 먼저 무슨 사고
나 병으로 죽을 것 같아. 전 제가 먼저 꼭 그럴 것 같아요. 그래,
어느 쪽이든 그렇게 될지 모른다. 그러면 아이들을 누가 혼자서
맡게 되겠지. 무척 괴로울 거야. 그렇게 나쁘게만 생각하지 마세
요, 네? 그래, 그렇지만 조금도 떳떳하지 못하게 살지도 모른다
는 생각이 가끔 들어. 난 아침 6시 반쯤엔 일어나서 세수를 해야
겠지. 숙인 아침밥을 짓느라고 좀더 빨리 일어나야 되고 애들은
좀더 잠을 자고 싶어 하겠지. 나도 어렸을 때 그랬으니까. 숙이
와 내가 애들에게 호령해가며 깨워야 할 거야. 숙이만 집에 남
고 나와 애들은 만원 버스를 겨우 타게 될 거야. 탈 때는 손을 꼭
붙잡고 탔는데 밀치고 밀리고 하다가 보면 애는 운전사 쪽에 처
박혀져 있고, 난 맨 꽁무니 의자 쪽에 처박혀 있게 될지도 몰라.
애들은 숙제만 한아름 안고 집으로 돌아오고 난 술에 취해가지
고 돌아와서 괜히 친구들 핑계만 대며 억지술을 마셨다느니 중
얼거리고 있을는지도 몰라. 식구들 중에 누가 갑자기 병들면 숙
이와 나는 돈을 꾸러 아는 집을 찾아다니며 고개를 굽신거려야
할지도…… 그만하세요. 앞날은 알 수 없는 거예요. 다 알고 계
시는 듯이 얘기하지 마세요. 그래 안 할게. 숙이 말이 맞아, 앞날
은 알 수 없는 거야. 알 수 없다고 생각하기로 해요, 네? 그래, 알
수 없다고 생각하기로……

극장 안에서는 거울을 철거할 것을 나는 호소하고 싶었다. 스크린 위의 잘생기거나 멋진 또는 용감한 인물과 자기를 완전무결하게 혼동하고 있던 사람들이, 벨이 울리고 불이 켜진 뒤에 겨우 열 발짝쯤 걸어 나오다가 거울 속에서 자신의 착각을 할 수 없이 인정하고 환멸을 느끼게 해버리는 극장 안의 거울은 과히 재치 있는 도구가 아니다. 밤길을 흐뭇한 기분에 빠져서 걷게 하고 자기 방의 이불 위에 몸을 던지고 손거울을 들여다보고 그제서야 번지수가 틀렸다는 것을 깨닫게 하더라도 그다지 넉넉한 시간을 그 사람들에게 주는 것은 결코 아니다. 그러나 냉정한 정직을 사랑하는 사람들이 많다.

나는 휴게실의 벽에 걸려 있는 거울을 이용하여 영감님을 지켜보면서 그 휴게실을 꽉 채우고 있는 젊은 사람들과 거울과의 관계를 그렇게 생각하고 있었다. 그런 엉뚱한 생각이라도 하지 않고서는 움직이는 것이라고는 축 늘어진 눈꺼풀뿐으로서 마치 부처님처럼 휴게실의 긴 의자 한 귀퉁이를 차지하고 앉아 있는 영감님을 지켜보며 앉아 있기가 힘들었다. 어쩌자고 주책없이 영화관엔 오는지 몰랐다. 일반적으로 노인과 영화와의 관계에서 나로서는 생각할 게 없는 것만 같았다. 인생을 영화 속에서 배운다고 하면, 이젠 주어진 시간을 거의 다 써버린 저 영감님 같은 분에겐 영화를 봄으로써 후회나 아쉬움밖에 남을 감정이 없을 것이다. 후회나 아쉬움으로써 자신을 학대하는 취미를 가진 영감이 아닌 바에는 영화관까지 나를 질질 끌고 다니지는 않을 텐데. 그러나 물론 영감의 취미를 나는 알 도리 없다.

하여간 괴상한 영감이었다. 별로 기운이 왕성한 것 같지도 않은데 그대로 꾸물거리며 몸을 여기저기로 옮기고 싶어 하는 영감님이었다. 처음부터 괴상한 영감이었다.

'오후 3시경, 집에서 출발. A다방으로 출근. 집에서 A다방으로 오는 동안엔 한눈도 팔지 않고 굼싯굼싯 걸어온다. 반드시 A다방으로 간다. A다방의 마담이나 레지 중의 누구에게 마음이 있어서인 것은 결코 아닌 것 같다. 하기야 그렇다고 하더라도 별수 없는 나이이다. 아마 커피맛을 쫓아 오는 모양인 것 같다. 커피에 대해서 레지에게 잔소리를 많이 한다. 4시나 5시까지 A다방에 앉아 있다. 그냥 혼자 앉아서 사람 구경만 한다. 오랫동안 A다방을 나가고 있지만 말친구도 사귀지 않았다. 껌 파는 애들과 이따금 오랫동안 얘기를 하거나 할 뿐이다. 오후 6시, 때로는 7시까지는 반드시 집으로 돌아간다. 그러니까 감시해야 할 것은 3시부터 7시까지의 네 시간 정도. 그동안에 영감님이 어디가 있었는가, 누구를 만났는가를 따라다니며 알아두었다가 흥신소에 보고하는 일이다. 그동안에 물론 눈치채지 못하도록 해야 하는 것이며 특히 중요한 임무는 영감님의 신변을 보호해야만 하는 것이기도 하다. 이 일은 영감님이 살아 있는 동안 아니 자기 발로 걸어서 밖에 나오는 일이 계속되는 한 아마 쭈욱 있을 것이며 그 일을 맡는 사람에게 주는 사례는 일당 5백 원이다. 이것은 흥신소에서 영감님에게 따르는 소원所員에게 내린 지시라고 했다.'

정은 덧붙여 말했다.

"그런데 3시부터 4시까지는 구태여 따라다닐 필요도 없어. 반드시 A다방에 나와 앉거든. 신변 보호 문제가 남는데, 그건 말하자면 영감쟁이가 자동차에 치이거나 남과 다투어서 얻어맞을 경우를 예상해서 그러는 모양이지만, 저 나이쯤 된 영감에게 행패 부릴 사람은 없을 거고 자동차 사고의 경우를 예상하면 매일 구두 닦는 아이를 한 명씩 교대로 사서 —— 그 애들한테는 50원만 주면 3시부터 4시까지의 보호는 맡으니까 말야 —— 시키면 돼. 7시까지는 틀림없이 자기 집으로 가는 양반이니까. 그 후엔 자유야. 요컨대 4시부터 6시나 7시까지가 영감쟁이의 자유분방한 시간인데 그 시간에 영감쟁이가 가는 곳이 대중없단 말야. 오늘은 기원엘 가는가 하면 다음날은 영화관엘 가지. 정말 영화관에 들어가면 딱 질색이거든. 하마터면 잃어버릴 뻔하지 않나. 하마터면 내가 영화 보느라고 넋을 놓아버리지 않나. 그리구 잘 가는 데가 우습게도 파고다공원이란 말야. 글쎄 영국제 천으로 지은 양복과 코트를 입고 중절모를 쓰고 나비넥타이를 잡순 미끈한 영감이 욕설과 불평불만과 엉뚱한 꿈으로써 가득 찬 파고다공원엔 뭐 하러 가는지 내 참. 요샌 겨울이니까 공원엔 다행히 사람들이 나오지 않지만 다른 땐 하여튼 파고다공원에 가서 지게꾼들 틈에 끼어 그들의 얘기에 고개를 끄덕거리기도 하며 몹시 감동하는 듯하단 말이지. 그럴 땐 마치 민정民情을 살피러 다니는 일시적으로 은퇴한 정치가 같거든. 그리구 가는 데가 어디더라? 뭐 대중없다니까. 이발소엘 한번 들어가면 안마까지 시켜

받으니까 그럴 땐 슬쩍 뒤따라 들어가서 옆자리쯤 앉아 나도 이 발을 하는 편이 좋을 거야. 아마 돈 많은 영감님이 의사의 권고로 산보를 다니시는데, 혹시 교통사고라도 당할까 봐 주인마님께서 비밀 비서를 두자는 얘기인 것 같은데 생각하기보다는 까다로운 일이 아니야. 슬슬 따라다니다가 보면 가끔 재미있다고 생각되는 일도 있을 거야. 단 한 가지 태도만 유지하면 일은 쉬워. 즉 뛰놈 정신, 여유만만하게 생각하는 거야. 나 말인가? 아, 난 다른 일거리를 주더군. 굉장한 미인의 뒤를 쫓아다니며 그여자에게 애인이 있나 없나를 알아다 바치는 일이야. 잘만 하면 그 여자가 하룻저녁쯤 같이 지내줄지도 모를 일이거든. 몇 달동안 영감쟁이만 쫓아다녔더니 나도 굼싯굼싯해지는 게 굼벵이가 다 된 것 같아. 영감 말이지? 글쎄, 일의 성격이 뭐 그런 거니까 알고 싶지도 않아서 캐보진 않았는데 자기 마누라에겐 어린 애로밖에 보이지 않는 복 많은 늙은이라고 생각해둬도 무방한가 봐. 아마 활동하던 시절엔 외국에서 지낸 냄새가 나. 서양, 아마 미국에서겠지. 영감쟁이들 외국에서 지내고 온 양반들이 우습게도 철저한 유교도 노릇을 한단 말야. 기독교인이니 기독교 장로니들 하긴 하지만 그건 거기서 포크와 나이프를 써야 살기에 편하게 되듯이 장사 속셈까지 곁들여 그저 교회에 다녀본 것 뿐이고 알맹이는 유교란 말야. 괴상한 유교도들이지. 아마 아직도 상투 달고 다니던 때에 외국에 나갔다가 그 외국에서는 굽신굽신 헤헤로 살아야 했고 그럭저럭 돈을 모아 늘그막에 고국으로 돌아왔는데 그놈의 고국이란 게 어찌나 변했는지 어떻게 행동해야 옳을지 모르겠고 영감이 그리워했고 살 수 있던 고국은 상투 시대였고 그런데 눈치를 보아하니 상투식의 생활이 아직도 있긴 있는 모양이고 하니까 괴상한 유교도가 될 수밖에. 내가 짐작하는 것은 그 정도야. 영감쟁이가 파고다공원에 잘 가는 것도 이해를 할 것 같아. 파고다공원식 여론의 발상이란 게 유교에 근거를 둔 것이거든. 거기선 대통령을 뭐라고 부르는지 아나? 나라님이라고 불러. 하여간, 불과 두 시간 정도이긴 하지만 매일 따라다니기가 좀 따분하긴 할 거야. 그저 서울 구경하는 셈 잡고 '돈이 생긴다 돈' 하며 따라다녀 봐. 재미있을 때도 있다니까."

처음 며칠 동안은 신문사 일을 오히려 부업 취급해버리고 온 정신을 눈에 모아서 영감님의 뒤를 쫓아다녔다. 다방에서 나는 신문으로 얼굴을 가리고 명탐정이나 된 듯한 기분으로 영감을 지켜보고 있었고 거리에서는 영감을 저 앞에 두고 본의 아닌 건달이 되어, 마음에 드는 물건도 없고 있다고 해도 살 돈도 없으면서 상점들의 진열장을 훔쳐보며 어슬렁거렸다.

"어때? 할 만해?"

정이 물었다.

"눈이 빠지겠어. 그것도 고역인걸. 마치 책 몇 권 보고 난 뒤 같아."

"영감이 좀 이쁘게나 생겼으면 좋겠지만……"

정이 말했다.

영감은 다만 영감일 뿐이었다. 표정을 변화시키기에도 힘이

드는 듯 항상 그저 그렇다는 듯한 얼굴로 앉아 있었고 한 걸음
한 걸음을 조심스럽게 옮겨놓았고 가끔 멋진 중절모를 좀더 깊
숙이 눌러쓰기 위해서 짚고 있던 단장을 옆구리에 끼고 손을 움
직이거나 하는 영감이었다. 추운 날씨인데도 늠름하게 거리를
걸을 수 있는 것은 속옷을 많이 껴입었거나 좋은 약을 많이 먹었
거나 그럴 리는 없겠지만 감각이 모두 죽어버렸기 때문이겠지.
영감이 길을 걸어갈 때면 추위 때문에 얼음덩어리처럼 꽁꽁 얼
어붙어 있는 거리가 영감의 몸뚱이 근처에서는 흐물흐물 녹아
서 허공에 몸뚱이 크기만 한 구멍이 피시시 뚫리는 것 같았다.

그처럼 흐물흐물하고 뒤뚱거리며 만사태평인 영감과, 그 스
무 발짝쯤 뒤에서 온갖 신경을 곤두세우고 코트 깃을 귀 위까지
끌어 올리려고 애쓰며 갑자기 황망스러운 종종걸음을 걷다간
금방 걸음을 느리게 하는 나는 아주 대조적이어서 영락없는 만
화였다.

영감 뒤를 따라다니다가 보면 때때로 내가 나를 잃어버리고
길 가운데 멍하니 서 있곤 했다. 내가 나를 잃어버렸다는 얘기
는, 급히 신문사로 돌아가야 할 일이 있어서 초조해지거나 영감
의 하염없이 느리고 태평한 걸음걸이에서는 아무런 사건이 일
어날 징조도 보이지 않는데도 무언가 일어나기를 기다리며 허
둥거리는 내가 무엇 때문에 이 짓을 하고 있느냐는 의문이 교통
신호처럼 대낮의 거리에서 불을 밝히기 때문이었다. 숙이, 일당
5백 원, 저금…… 그렇게 생각해나가면 웃음밖에 나오는 게 없
어서 거리의 시멘트 전봇대에 털썩 등을 기대며 차가운 하늘로

얼굴을 올리고 입을 짜악 벌려버리곤 한다는 말이다.

내가 액자에 넣어져서 벽에 걸린 외국 배우들의 얼굴을 하나하나 구경하고 나서, 배우들은 눈이 예쁘게 생겼군, 하고 생각하며 고개를 돌렸을 때 조금 전까지도 그 축 늘어진 눈꺼풀을 씰룩거리며 부처님처럼 휴게실의 긴 의자 한 귀퉁이를 차지하고 있던 영감님이 보이지 않았다. 영감님이 앉아 있던 곳을 중심으로 하고 나는 찬찬히 살펴봤다. 좀 물렁하게 비대한 편이고 까만 외투를 입고 있는 사람들이 몇 명 눈에 뜨이기도 했지만 모두 노인의 아들뻘이나 될 만한 중년 멋쟁이들뿐이었다.

나는 황급히 자리에서 일어섰다. 뺑소니를 쳤을까? 설마. 나는 다음 프로를 기다리며 휴게실에서 기다리고 있는 사람들 틈에서 갑자기 영감을 만나더라도 천연스럽게 행동하려고 느릿느릿 마치 화장실에라도 가는 사람처럼 걸었다. 그러나 눈알은 제정신이 아니었다. 극장 안의 휴게실에 앉아 있던 사람이 갈 만한 곳이라고는 영화관람실과 화장실과 매점밖에 있을 수 없었다. 그런데 영화관람실은 지금 아무도 들어갈 수가 없으니 갈 곳은 화장실과 매점밖에 없었다. 나는 우선 금방 눈에 띄는 매점 쪽을 살펴보았다. 어떤 허름하게 생긴 청년이 담배를 사고 있는 게 보였을 뿐 영감은 그 근처에 없었다. 나는 화장실을 목표로 통로를 걸어가면서도 쉴 새 없이 눈알을 굴렸다. 이상하게도 화장실 안에도 영감은 없었다. 작은 게 아니고 큰 것인 모양이라고 생각하며 나는 '노크'라고 씌어진 곳은 모두 두들겨보았다. 곤란하게도 모두 만원이었다. 혹시나 싶어 다시 한번 모두

두들기며 나는 안에서 나에게 대답하는 노크 소리를 귀로 관찰했다. 성급하게 대답하는 노크 소리, 귀찮다는 듯이 대답하는 노크 소리, 큰 소리, 작은 소리, 한꺼번에 대여섯 번을 두들기는 소리, 딱 한 번 점잖게 두들기는 소리, 가지각색이었다. 하지만 그 소리들 중에서 어떤 게 그 망할 놈의 영감의 노크 소린지를 분간해낼 만큼 철저하게 사람을 닮았다고는 얘기할 수 없는 소리들이었다. 나는 화장실의 문밖에 서서 여유를 가지려고 담배를 피우며 나오는 사람들을 하나하나 훑어보았다. 굼벵이 같던 영감이 빠르기도 한 게 아무래도 무슨 흑막이 있는 것만 같았다. 변소 문은 하나씩 하나씩 열렸고, 사람들도 내가 언제 궁둥이를 까고 저 안에 앉아 있었느냐는 듯이 담배를 점잖게 빨며 마치 곰탕집에서 이를 쑤시며 나오듯이 나오는 사람…… 그래도 영감은 끝내 나타나지 않았다. 아차, 좌석 번호가 이층이어서 이층으로 올라갔나 보다. 나는 후닥닥 계단을 밟고 이층으로 뛰어올라갔다. 이층에 가서는 또 마음과는 반대로 천연스러운 걸음걸이로 의자들 사이의 통로를 걸으며 한 사람 한 사람 눈여겨보았다. 없었다. 역시 화장실에도 가보았다. 서서 용무를 보게 된 곳엔 물론 없었고 노크를 해야 할 곳은 들여다볼 수도 없었다. 문 하나가 사이에 놓였다는 사실만으로 그 저쪽은 이미 내 능력이 닿지 못한다는 사실 때문에 화가 치밀었다. 내 능력이 닿지 못할 곳은, 이런 식으로 생각해보면 얼마나 많을 것인가! 세상엔 얼마나 많은 문이 있을 것인가! 문은 사람이 그것을 열고 그 저쪽으로 가기 위해서 있다고? 천만에. 저쪽과 이쪽을 가로막기 위해서 있을 뿐이었다. 고맙게도 세상에 있는 모든 문을 다 열어볼 필요는 없다. 그러나 그때 내 앞에 있는 일곱 개의 문만은 모두 열어봐야 할 필요가 있었던 것이다. 그런데 열어볼 수가 없었던 것이다. 기다린 보람도 없이 하나씩 하나씩 열린 그 문들의 저쪽에서 나타난 모든 사람은, 염병할 것, 영감의 나이만큼 살려면 똥을 앞으로 이천 번도 넘게 싸야 할 놈들뿐이었다.

"극장에 삼층이 있던가요?"

나는 옥수수튀김을 봉지에 넣고 팔러 다니는 파란 유니폼의 여자애에게 물었다.

"네."

"계단이 보이지 않는데."

"아, 그건 사무실예요. 밖에 계단이 있어요."

"고맙습니다."

영감의 행방은 이젠 분명해졌다. 영화를 보고 싶은 생각이 갑자기 없어져서 내가 한눈을 팔고 있는 사이에 밖으로 나가버린 것이었다. 영감이 없어진 것을 발견한 뒤로 시간이 꽤 지나 있었으므로 아무리 굼벵이 걸음으로 걷는 영감이지만 꽤 멀리 갔으리라. 현기증이라도 일으켰던 것일까? 제기랄, 정말 그랬다면 가다가 자전거에라도 부딪힐 건 뻔하다. 정말 그랬다면, 제기랄, 택시라도 불러 타고 곧장 집으로 돌아갔으면 좋으련만.

나는 빠른 걸음으로 극장 밖으로 나갔다. 얼어서 미끄러운 길바닥을 보는 순간 영감에게 오늘 무슨 사고가 날 거라는 예감이 더욱 커졌다. 내게 할아버지가 계시더라도 이렇게 모시지는 않

을 텐데. 5백 원어치란 도대체 얼마나 걱정을 해야 다 하는 것인
가? 나는 극장 앞 한길가에 우두커니 서서 나의 왼쪽과 오른쪽
으로 뻗은 길을 번갈아 돌아보았다. 왼쪽, 그것은 방향이었다.
오른쪽, 그것도 방향이었다. 그러나 왼쪽과 동시에 오른쪽, 그
것은 아무것도 아니었다. 문이었다. 지랄이었다. 똥이었다. 개새
끼였다. 염병할이었다. 뒈져라였다. 이빨을 뜩뜩 갈…… 누가 내
허리를 쿡쿡 찔렀다. 나는 돌아보았다. 식당 사환 차림을 한 소
년이,

"저기서 좀 오시라는데요."

하고 나에게 말했다.

"나를?"

"예, 바로 저기예요."

"누가?"

"어떤 할아버지요."

"할아버지?"

아니 그럼 영감이란 말인가? 나는 소년을 따라 극장 바로 곁
에 있는 음식점 안으로 들어갔다. 나를 골탕 먹인 바로 그 영감
이 난롯가 가까운 탁자 앞에 자리를 잡고 문을 들어선 나를 향
하여 히죽이 웃으며 고개를 끄덕끄덕하고 있었다. 음식점 안에
서 심부름하는 계집애가 물이 든 컵을 창가에 있는 탁자에서 지
금 영감이 앉아 있는 탁자 위로 옮기는 것을 보았을 때, 나는 내
얼굴이 화끈거림을 느꼈다. 구렁이가 들어앉아 있었군. 나는 태
도를 결정했다.

"아이구, 혼났습니다. 그렇게 골탕을 먹이십니까그래."

나는 마치 그 영감님과 잘 알고 있는 사이처럼 능청스럽게 호들갑을 떨며 영감과 마주 보는 의자 위에 앉았다. 하기야 2주일 동안 나는 온 신경을 동원해서 영감님을 따라다녔으니까. 그가 나를 모른다고 해서 나도 그를 모른다고 할 수 있을까? 더구나 지금 와서 보면 영감님도 나를 알고 있었다.

"그렇게 서툴러가지고……"

영감님이 히죽이 웃는 채 나직이 말했다. 정 기자의 말이 맞았다. 영감님의 한국말은, 해방 후에 생겨난 명물 중의 하나인 띄엄거리고 혀 꼬부라지고 토씨를 생략하는 말이었다.

안개 속에서 길을 잃어버리고 정신없이 여기저기 헤매 다니는 꿈을 꾸다가 나는 잠이 깼다. 머리맡에 놓은 탁상시계의 야광판은 새벽 4시가 조금 지났음을 알려주고 있었다. 눈이 쓰렸다. 그제야 나는 담배 연기가 방 안을 꽉 채우고 있음을 알았다. 엊저녁엔 잠자리에 들기 전에 방문을 조금 열어서 담배 연기를 밖으로 내보내는 습관을 까먹었던 것이다. 나는 어둠과 추위가 둘러싸고 있는 나의 작고 조금은 훈훈한 방에 누운 채 눈동자만 돌려서 둘러보았다. 어둠 속에서 내 눈에 보이는 것은 없었으나, 영원과 친구인 바람과 추위와 어둠이 활개를 치는 대기 속에서 작으나 앙칼지게 버티며 위치하고 있는 따뜻한 직육면체를 느낄 수는 있었다. 방들의 수효만큼 세상에 존재하는 기적의 수효. 하나의 방이 꾸며지게 되기까지는 사실 예측할 수 없는 운명의 도움이 필요하다. 운명에 흠이 생겨서 태어나지 못한 방들이 얼마나 많을 것인가! 여기 있는 방, 그것은 기적이다. 그런데 많은 사람들이 그 기적의 주인이긴 하지만, 한편 또 얼마나 많은 사람들이 그 기적을 빌려 쓰고 있는 것일까! 바람과 추위와 어둠 속에서 서성거리며 손톱을 깨물고 있는 사람들. 참, 기적의 대량생산이 있었지.

나는 담배 연기를 나가게 하기 위해서 누운 자세로 발가락만 놀려서 미닫이문을 열어보려고 했다. 그러나 삐걱거리는 요란한 소리만 냈지 문은 열리지 않았다. 결국 일어나서 손으로 문을 열어야 했다. 차가운 공기가 내 얼굴에 확 끼얹어졌다. 나는 얼른 이불을 둘러쓰며 몸을 눕혔다. 나는 문이 없는 방을 상상했다. 그것은 무덤밖에 없었다.

나는 마루를 사이에 두고 그 저쪽에 있는 숙이와 그 여자의 어머니와 동생들이 거처하고 있는 방의 문이 열리는 소리를 들었다. 이미 그 소리는 내 귀에 익은 많은 소리들 중의 하나였다. 물론 내가 다른 곳으로 옮긴 후엔 잊어버릴 소리였지만 이 집에서 살고 있는 한 그것은 내 감각생활을 빠듯이 채워주고 있는 많은 것들 중의 하나였다. 내가 의식하든 안 하든 마찬가지로써 그 소리는 내 귀에 들려올 것이었다. 어둠 속에서 눈을 뜨고 있는 사람의 귀에 들려오는 먼 곳에서 문 열리는 소리, 그것은 그것을 듣고 있는 사람의 가슴을 어떤 내용으로써든지 흔드는 것이다. 그렇다고는 하지만 숙의 방문이 열리는 소리를 듣자마자 내 가슴이 섬찟해졌던 것은 그 방문 열리는 소리가 무척 조심스러운 것이었기 때문이었다. 조심스럽게 방문을 여닫는 소리가 났지만, 으레 그 뒤에 들려야 할, 마루를 밟고 걷는 발소리가 나지 않았기 때문이었다. 숙이구나, 하는 생각이 들었다. 동시에 내 방으로 오는 것이구나, 하는 생각도 들었다. 잠시 후 과연 내 방의 담배 연기 때문에 열린 문이 조심스럽게 좀더 열리며 숙이가 귀신처럼 방 안으로 들어와서 방문을 다시 조심스럽게 닫았다.

"저예요."

문을 등지고 선 채 숙이가 낮은 음성으로 말했다. 나는 부스럭거리는 소리가 나지 않도록 천천히 상반신을 일으켰다. 상상도 할 수 없던 이 깊은 밤의 뜻하지 않은 그 여자의 방문에 나는 놀랐다. 성욕이 숙이로 하여금 내 방으로 오게 한 것일까? 그렇게 생각하니 나는 숙이의 이 행위가 몹시 귀여웠고 동시에 인간에게 본능을 주신 신의 안녕을 빌고 싶을 지경이다. 나는 한 손을 내밀어 어둠 속에서 그 여자의 손을 더듬어 잡았다. 숙이는 무너지듯이 내 옆으로 이불 속을 파고들어 왔다.

"어머니가 아시면 어떻게 하라구 절 오라구 하시는 거예요?"

숙이가 원망하는 조로 소곤거렸다. 무슨 얘기인지 알 수가 없었다.

'어머니가 아시면 어떻게 하라구……' 그건 바로 내가 하고 싶은 얘기였다.

"응?"

내가 멍청한 음성으로 물었다.

"절 이 방으로 건너오라고 방문을 여신 게 아니었어요?"

숙이가 말했다.

"아아, 그렇게 생각했었나?"

나는 우리 사이에 지어진 작고 귀여운 오해가 우스워져서 웃음 섞인 음성으로 말했다.

"담배 연기를 밖으로 내보려고 열었던 건데……"

"그러셨어요?"

숙이는 내 겨드랑이에 얼굴을 처박고 소리를 죽여 웃었다.

"그렇지만 숙이가 왔으면 하고 무의식중에 바라고 있었던 것인지도 모르지."

"아니, 제가 이 방으로 오고 싶어 하고 있는 게 이심전심으로 통했던 게죠?"

"심령술 말이군. 하여튼 난 숙이가 잠들어 있는 줄로만 알았지. 그렇지만……"

"전 깨어 있었어요. 그래서 방문 여는 소리도 다 들었고 한숨을 크게 쉬는 소리도 들었어요."

"내가 한숨을 쉬었던가?"

"그럼요. 틀림없이 저더러 오라고 하고 계시는 걸로만 알았어요. 제가 올 때까지 방문을 열어두실 것 같았어요. 만일 제가 오지 않으면 찬바람 때문에 감기가 드실 것 같았어요. 그래서 어머니가 깨실는지도 모르지만 용기를 냈어요…… 그런데 제가 괜히 왔나 부죠?"

"아니 잘 왔어."

나는 처음 우리가 관계를 가지게 된 것도 피차간의 어떤 작은 오해 때문은 아니었을까 하는 생각이 들었다. 그러나 그렇다고 하더라도 무슨 상관이 있을 것인가. 모든 것이 그럴지도 모르는 것이다. 어떤 사람은 다른 이유로 방문을 열고 그러면 다른 사람은 다른 이유로 그 열려진 방문을 통하여 안으로 들어온다. 그러나 항상 '아니 잘 왔어'라고 얘기하게 되는 것이라면 어쨌든 무슨 상관이 있을 것인가.

"어머니가 깨실지 모르니까 그만 돌아가겠어요."

"아니, 조금만 더 있다가 가."

나는 황급히 숙이를 껴안으며 말했다. '아니 잘 왔어'는 점점 사실이 되는 것이었다.

"무슨 생각을 하고 계셨어요?"

숙이가 물었다.

"자본주의와 공산주의에 대해서 생각하고 있었어."

"네?"

"아니 참, 방이란 것에 대해서 생각하고 있었어."

"방이라니요?"

"우리의, 숙이와 내가 있을 방에 대해서 생각하고 있었어."

"그래서 한숨을 그렇게 크게 쉬셨어요?"

나는 피식 웃었다. 내가 한숨을 쉬었었던지 어쩐지 나로서는 기억에 없었다. 하지만 숙이가 내 한숨 소리를 들었다고 우기는 한 그걸 인정할 수밖에 없었다. 더구나 숙이를 안고 싶어서 내 뿜은 한숨으로 그 여자가 생각하고 있는 바에야…… 나는 숙이의 몸을 더듬었다. 숙이는 조금 몸을 움츠리는 것 같았다. 그러나 팔은 내 목을 아플 만큼 껴안았다.

숙이의 속은 뜨거웠다. 그 뜨거움 속에서 나는 이상하게도 불쾌감을 느끼고 있었다. 마치 발산되지 못한 욕망이 만드는 생리적인 불쾌감 같은 것이었다. 그러나 그것은 나의 배설이 늦어지는 것 때문이 아니었다. 이 어둡고 춥고 두꺼운 대기층의 밑바닥에서 촉각을 허망하게 내휘두르며 몸을 꿈틀거리고 있는 두 마리의 못생긴 벌레, 나와 숙이가 그 벌레들인 것 같은 생각만 자꾸 들기 때문이었다.

"허 선생을 마지막으로 본 사람은 당신밖에 없습니다. 그 점을 잘 생각해주십시오."

흥신소장인 박 선생은 형사 출신다운 매서운 눈초리로 나를 쳐다보며 말했다.

"경찰에 수색을 의뢰하기 전에 이분들께 잘 설명해드리셔야겠습니다."

나는 무엇을 '이분들께' '잘' 설명해줘야 할지 알 수 없었다.

"어저께 박 선생님께 얘기한 그것밖에 더 할 얘기가 없을 것 같군요."

"무슨 얘기 말씀이시죠?"

'이분들' 중의 한 사람인 그 허 영감의 동생 되는 사람이 박 소장에게 물었다. 허 사장이라는 그 오십대의 사나이는 요정의 마담들이 사장이라면 이렇게 이렇게 생긴 사람이라고 생각하는 용모와는 아주 반대의 용모를 가지고 있었다. 검다고밖에 말할 수 없는 살결은 기름기가 빠져서 주름살투성이였다. 손가락에 끼고 있는 금반지며 외국제 천으로 지은 양복이며 여자들이 면도해주고 안마를 해주는 이발소를 방금 다녀온 듯한 머리를 그 사람의 몸뚱이에서 모두 벗겨버린 후에 용모만 가지고 그 사람을 얘기하라면 집안에 우환을 많이 지닌 화물 트럭 운전사 같았다.

"아까 제가 말씀드린 얘기일 것입니다."

박 소장은 얼른 허 사장을 향하여 말하고 나서 이번엔 나를 향하여 말했다.

"김 선생이 자신의 입으로 똑똑히 좀 말씀드려줘야 되겠습니다."

"어저께 그 영감님을 마지막으로 보았던 때의 얘기를 말입니까?"

내가 말했다.

"예, 그리고 주고받은 얘기랑……"

박 소장이 말했다.

내가 그 전날 하루에 그 영감님과 만나서 헤어지게 되기까지의 경과를 얘기하는 일은 아주 간단한 것이었다. 그러나 나는 그 얘기를 하기 싫을 만큼 굴욕감 같은 느낌을 받고 있었다. 그 이유는, 우선 흥신소장인 박이란 작자의 말투가 마치 내가 그 영감님을 정릉 뒷산쯤에 생매장이라도 한 것처럼 나를 몰아세우고 있었기 때문이었다. 어제저녁에 영감이 집에 들어오지 않았다. 그런 일이 왜 절대로 있을 수 없다는 것인가. 그런데 그 영감의 유일한 보호자라는 허 사장이란 이 화물 트럭 운전사 같은 양반은 아예 그 영감이 어디서 아무도 모르게 맞아 죽기라도 한 듯이 걱정을 하고 있고 거기에 덩달아 박 소장도 속으론 어떻게 생각하든 허 사장의 염려가 아주 타당하다는 듯이 그 영감을 집에까지 호위하지 않은 나에게 그 영감이 전날 저녁 집에 들어오지 않은 책임을 둘러씌우고 있는 것이었다.

나는 그러나 그 불쾌한 좌석을 빨리 떠나기 위해서는 내가 할 수 있는 얘기를 빨리 해버려야 함을 알고 있었다. 나는 고개를 숙이고 잠깐 눈을 감았다. 바로 어저께의 일이지만, 오늘 이런 일이 생기리라고 미리 알아서 열심히 외워두었던 것은 아니기 때문에, 마치 간밤에 요란스럽게 불어제치던 북풍에 날려가버리기라도 한 듯이 그 영감님과 주고받은 얘기들의 세세한 점은 생각나지 않았다.

"그러니까, 바로 이 다방에서 나가서 영화관엘 들렀다가 곰탕집에서 영감님을 만났고 거기서 나와서 서로 헤어진 얘기만 하면 제가 알고 있는 것은 다 얘기하는 셈이군요."

나는 눈을 뜨고 고개를 들고 나서 한마디 한마디에 힘을 주며 말했다.

"자세히……"

박 소장이 말했다.

"저쪽 좌석입니다."

나는 그 전날 영감님이 앉아 있던 좌석을 손가락으로 가리키며 말했다.

"저 자리에서 영감님이 일어났습니다. 시간을 보진 않았습니다만 4시 좀 지나서였습니다. 솔직히 말씀드리면 추운 밖으로 나가기가 싫어서 저는 영감님이 조금이라도 더, 아니 쭈욱 이 다방에만 앉아 있다가 곧장 집으로 돌아갔으면 하고 바라고 있었습니다. 그러나 제 임무가 영감님을 따라다녀야 하는 일이니 어떡합니까? 여느 때와 다름없이 스무 발짝 뒤떨어져서 영감님을 미행했습니다. 작정하고 갈 곳이 있는 걸음걸이로 영감님은 한눈도 팔지 않고 걸어갔습니다. 중앙극장까지 갔습니다. 표를 사고 안으로 들어가셨습니다. 저도 잠시 후에 표를 사가지고 안으로 들어갔습니다. 아래층 휴게실에 앉아 계시기에 저도 영감님이 잘 보이는 곳에 자리를 잡고 앉아서 벽에 붙어 있는 영화 포스터들을 보고 있었습니다. 그러다가 보니까 영감님이 안 계시더군요. 저는 온 극장 안을 뒤져보았습니다만 안 계셨습니다. 무슨 급한 일이 생겨서 도로 나갔나 싶어서 저도 밖으로 나왔습니다. 길을 살펴봤지만 보이지 않았습니다. 제가 어쩔 줄 모르고 있는데 식당 뽀이가 와서 저를 음식점 안으로 데리고 갔습니다. 영감님이 저를 부르셨을 때는 벌써 제가 영감님의 미행자라는 사실을 영감님이 알고 계신 게 틀림없다고 생각하여 저는 일부러 영감님을 처음 보는 체할 수가 없었습니다. 영감님도 절 별로 탓하려고 하시지 않고 곰탕을 사주시며 얘기나 좀 하자구 해서 이것저것 얘기를 하다가……"

"무슨 얘기인지 그걸 자세히 좀 하시오."

박 소장이 말했다.

나는 무슨 얘기를 했었는지 기억을 되살리려고 담뱃갑에서 담배를 꺼내며 고개를 숙였다.

"여기 있습니다."

박 소장이 성냥불을 켜서 내 코앞으로 디밀었다. 나는 담배에
불을 붙이고 나서 다시 고개를 숙였다. 무슨 얘기를 했던가? 처
음엔……

"처음엔 이런 얘기를 했죠. 누구 부탁으로 자기를 미행하는가
고 영감님이 물으시더군요. 저는 흥신소원이라고 대답했죠. 그
러나 너무 의심하실 건 없으신 게 전 다만 영감님의 호위병 같
은 역할을 하라는 부탁만 받았으니까요,라고 말했죠. 아마 댁에
서 흥신소로 부탁한 게 아닌가 생각하고 있노라고 말했더니, 흥
신소란 뭐하는 데냐고 묻더군요. 그래서 여사여사한 일을 하는
데라고 말했더니, 왜 하필 흥신소에다가 자기 신변 보호의 일을
부탁했는지 모르겠다고 혼잣말처럼 말씀하시더군요. 제가 미행
하는 줄은 언제부터 아셨느냐고 물었더니 며칠 전부터라고 대
답하시면서 처음엔 제가 경찰 계통에 있는 사람인 줄 알고, 왜
나를 미행할까 도무지 죄 될 만한 일이라곤 한 적이 없는데 하
고 염려하다가 이 다방에서 레지에게 제가 무엇 하는 사람인 줄
혹시 아느냐고 물었더니, 신문기자라고 대답하기에 이번엔, 왜
나를 미행할까 도무지 신문에 날 만한 인물도 아닌데,라고 생각
하셨다는 겁니다. 너야 미행하든 말든 난 아랑곳하지 않겠다고
작정하시고 며칠을 그대로 지냈는데 그래도 자꾸 신경이 쓰여
서 어저께는 일부러 극장으로 저를 끌고 간 뒤에 살짝 저를 따
버리려고 했다는 것입니다. 계획대로 저를 따버리긴 했지만 그

러고 나니까 정말 당신이 무슨 죄인이기 때문에 그러기라도 해서 미행을 꺼려하는 듯이 저에게 보일까 봐, 곡절이나 좀 알자고 저를 음식점으로 일부러 불렀다는 것이었습니다. 거기서 이런 얘기 저런 얘기를 하다가……"

"그, 바로 그 이런 얘기 저런 얘기를 자세히 해주시오."

박 소장이 말했다.

"주고받은 얘기는 나중에 따로 하시고, 그래서요?"

허 사장이 말했다.

"영감님이 그러시더군요. 정말 다른 목적이 있어서 미행하는 건 아니냐고. 정말 그렇다고 대답했더니 무언지 곰곰이 생각하시는 표정을 하시더군요. 그리고 헤어질 때, 그러니까 곰탕집에서 한 시간쯤 있었을 겁니다. 그만 나가자고 하여 밖으로 나왔습니다. 헤어질 때 내일부터는 밖에 나오지 않을 테니까 미행할 필요가 없게 됐다고 말씀하시더군요. 돈벌이를 하지 못하게 돼서 섭섭하게 됐는진 모르지만 젊었을 때에 너무 돈만 생각하고 살진 말라고 점잖게 한마디 충고를 하셨습니다. 그리고 오늘은 여기서 헤어지자고 말씀하시기에 그렇지만 제 임무가 영감님께서 댁으로 들어가시는 것을 봐야만 끝나는 것이기 때문에 함께 가시자고 했더니 택시를 타고 곧장 집으로 갈 테니 오늘은 여기서 나를 그냥 집으로 가게 해줄 수 없겠느냐고 하시더군요. 그렇게 말씀하시는 표정이 정말 혼자 계시고 싶어 하시는 것 같아서 저는 택시를 잡아서 태워드렸습니다. 택시가 출발하는 걸 보고 나서 저는 곧장 신문사로 들어갔다가 사에서 퇴근하고 흥신소에 들러서 어저께 하루 일을 보고했던 것입니다."

"어디로 가셨을까요?"

'이분들' 중의 한 사람인 허 사장 부인이 처음으로 입을 열었다.

"친구 되시는 분의 댁에라도 놀러 가신 건 아닐까요?"

내가 말했다.

"밤새워 함께 노실 만한 친구가 없습니다. 그리고 설령 밖에
서 주무실 일이 생기시면 반드시 전화를 주시곤 하셨습니다. 지
난봄에 귀국하셨을 때엔 몇 번 밖에서 사업관계로 주무신 적이
있었지요만 근래엔 밖에서 주무시는 일은 없습니다."

허 사장이 말했다.

"정말 전화라도 반드시 하실 분이시거든요."

허 사장의 부인이 말했다.

"스물네 시간이 지나도록 전화 안 하시는 건…… 아무래
도……"

허 사장이 말했다.

"정말 면목 없게 됐습니다."

박 소장이 죄송해 죽겠다는 표정으로 말했다.

"아무래도 말 못 할 사정이 있으니까 우리에게 부탁을 하셨
을 텐데…… 김 선생도(그러면서 박 소장은 턱짓으로 나를 가리
켰다) 다만 그분의 신변 보호라고 단순히 생각했으니까 어저께
그런 실수를 했겠지만 사실은 저도 다른 일과 달라서 아주 쉬운
일이라고, 말하자면 정확하게 말씀드려서 여기 있는 김 선생님
에게만 맡겨놓아도 잘해낼 일이라고 생각했던 게 잘못인 것 같

습니다. 그렇지만 허 사장님께도 책임은 조금 있습니다. 그분이 행방불명이 될 염려가 있어서 우리에게 보호를 부탁한다고 하셨더라면 우리로서는 좀더 신경을 쓸 수 있었을 것입니다. 그런데 그냥 늙은이니까 무슨 교통사고라도 당할지 몰라서 부탁하는 것이라고 했으니까…… 하여튼 좀 복잡한 관계가 있다는 걸 암시해주셨으면 이런 일이 생기지 않았을 텐데……"

"하, 이 양반이 해괴한 말씀을 하시는군."

허 사장은 박 소장의 음흉한 말뜻을 눈치챈 것 같았다.

"사람 찾아낼 생각은 안 하고 이제 와서 책임 회피만 하실 생각이신가요?"

"무슨 말씀을 그렇게 하십니까? 책임감을 느끼니까 그런 얘길 하는 게 아닙니까? 하여튼 그분을 찾아야 한다는 게 우리가 당면한 문제니까 우리로서도 대강 어디어디에 갔으리라는 추측을 할 수 있을 만한 근거를 알아둬야 하지 않겠습니까?"

박 소장이 은근한 목소리로 말했다. 나는 박 소장이란 사람을 알지는 못했지만 4·19 이후에 사찰계에서 물러난, 일경日警 때부터 눈치 보기와 냄새 맡기로는 원숭이나 개를 손자로 둘 만큼 영리한 형사였다는 사실 하나만으로써도 그의 솜씨를 짐작할 수가 있는 터였으므로 그가 이 허 사장이란 어리숙해 보이는 양반에게서 아마 가족적인 걸로만 그칠 것 같지 않은 문제가 있음을 눈치채고 있지 않나, 그래서 사건을 만일 그것이 있다면 표출해내고 그것이 복잡하거나 이권에 관계되는 것이라면 박 소장 자신에게 어떠한 사건이 맡겨질지도 모를 일이라고 박 소장이 생각하고 있음을 알 수 있었다. 형사 기질이란 남의 사생활도 그것을 담 밖으로 끌어내고 싶어 하는 것이니까 말이었다.

"혹시 지금이라도 댁으로 연락이 왔을지도 모를 일 아니겠어요?"

내가 말했다. 이 음흉한 박 소장에게서 그들을 보호해주고 싶은 심정이 들 만큼 허 사장 패는 멍청했다. 내 짐작이 틀림없다면 하루 세끼를 붙들고 씨름을 하고 있던 차에 토정비결이 좋아서였던지, 그동안 생사도 알 수 없던 형이 미국에서 많은 돈을 모아가지고 돌아왔고 덕분에 하루아침에 사장 가족이 된 사람들이었다. 따라서 가난했던 시절의 겸손이며 자비가 이젠 모든 사람들에게 다 향해지는 것이 아니라 그것을 바쳐도 좋을 사람과 그래서는 안 될 사람으로 나뉘어 배급되는 것이었다. 박 소장이나 나 같은 사람은 허 사장의 입장에서 보면 고용을 해둔 사람들이었다. 허 사장은 머뭇거렸다.

그리고 네 말 때문이 아니라 내가 방금 그럴 생각이 났기 때문에 하는 것이라는 투로 자기 아내에게 말했다.

"집에 전화 좀 해보구려. 혹시 들어오셨는지……"

"지금 전화하실 분이 여태까지 안 하셨을라구요."

이 역시 얼굴에 고생티가 도장 찍힌 부인이 자리에서 일어나며 말했다.

부인이 전화가 있는 카운터 쪽으로 가고 난 후에 허 사장은 무언가 불안을 감추지 못한 음성으로 나에게 말했다.

"어저께…… 그러니까…… 제 형님과 주고받으신 얘기……

형님께서 무슨 얘기를 하시던가요?"

"좀 자세히 해보시죠."

박 소장이 눈을 빛내며 내게로 몸을 기울여왔다.

"그분께서 엊저녁에 댁에 들어가시지 않은 이유가 될 만한 이야기는 한 걸로 기억되지 않습니다. 별로 도움이 되시지 않을 겁니다."

"그렇지만……"

허 사장이 말했다.

"그렇지만 이 자리는 그분이 댁에 들어오시지 않는 것에 제가 아무 관계도 없다는 것을 밝혀야 하는 자리니까 기억나는 대로 자세히 말씀드리지요."

"무슨 얘기를 했었던가?"

"……당신을 수행하면, 그분은 저의 임무가 그분에게서 무엇을 캐내는 게 아니라 그분을 보호해야 한다는 것을 제가 얘기한 후부터는 미행이란 말을 쓰지 않았습니다. 보수는 얼마씩 받느냐고 물으시더군요. 일당 5백 원씩 받는다고 했습니다."

"하 내 참, 들키기는 왜 들키느냐 말예요? 처음부터 어쩐지 마음이 놓이지 않더라니…… 박 선생의 말만 믿고 그랬더니……"

허 사장은 난폭하게 담뱃갑을 탁자 위로부터 집어 들어 담배를 한 대 꺼내 물며 말했다.

"왜 저런 서투른 사람을 쓰시느냔 말예요. 기분이 나쁘셨군. 틀림없이 기분이 나쁘셨어."

"기분이 나쁘셨다니 누가 말씀이시죠?"

내가 물었다.

"누군 누굽니까? 형님 말씀이지. 에이 참, 형님도 형님이시지. 의심은 왜 그렇게 많은지, 차암."

"의심이라니요?"

박 소장이 물었다.

"아직 안 들어오셨대요."

허 사장 부인이 수심 찬 음성으로 말하며 자리에 앉았다.

"아무 연락도 없고?"

"네, 무슨 변고가 났어요. 틀림없이 무슨 변고가 났어요."

허 사장 부인은 가능한 대로 나를 보지 않으려고 애쓰며 부정하듯이 말했다. 나는 화가 울컥 끓어올랐다.

"죄송하지만 전 바쁜 사람입니다. 이제까지 저한테 물으신 것에 대해서만 대답하고 전 가겠으니 필요하신 일이 있으면 다음에 언제든지 저를 찾아오십시오. 앞으론 결코 저를 불러내시지는 마십시오. 하루에 5백 원을 받는다고 했더니 웃으시면서 그것을 받아가지고 생활이 되느냐고 물으시더군요. 직업은 따로 있고 이건 부업이라고 했더니 참 부지런하군, 하셨습니다. 그리고…… 아, 이런 얘기도 하셨습니다. 제가 아마 외국에서 돈을 많이 벌어 오신 모양인데 지금 무슨 사업을 하고 계십니까, 하고 물었더니 그렇게 대답하셨을 겁니다. 모두 잃어버렸다고 그러시더군요. 웃으시면서 그러시기에 농담인 줄은 알았지만 그래서 저도 농담조로 우리나라엔 소매치기가 너무 많지요 했더니, 아니 다른 사람이 훔쳐간 게 아니라 바로 당신 자신이 훔쳐가버린 거라고 그러시더군요. 저 같은 돌대가리는 무슨 말씀인지 알 수가 없다고 했더니, 당신께서 설명해도 아마 저는 잘 모를 거라고 말씀하십디다. 아드님이 계시냐고 했더니 이제 우리나라 노인들은 아무도 자기 아들을 가진 것 같지 않다고 대답하셨습니다."

"형님은 한 번도 결혼한 적이 없습니다. 미국에 계실 때 중국 여자와 얼마 동안 동거를 하신 적은 있습니다만……"

허 사장이 말했다

"네에, 그렇군요. 그러나 그런 뜻으로 하신 말씀은 아닌 것 같았습니다. 하여튼 제 얘기를 하겠습니다. 그분은 이런 얘기를 하시더군요. 당신은 당신의 재산을 관리하는 사람에게, 지금 보니 아마 허 사장님을 말씀하셨던 모양이군요. 그런 부탁을 했다더군요. 학문을 연구하는 사람들에게 재정적인 도움을 주도록 하라구요. 특히 과학 분야의 젊은 학자들을 도우라고 했다더군요."

"그렇습니다. 구체적인 실시를 위해서 조사 연구 중에 있습니다."

허 사장이 말했다.

"그런데 그분은 이렇게 말하시더군요. 평생 놀기만 하고 지내겠다고 작정한 젊은 사람이 있으면 그 사람에게도 생활비를 도와주라고 일러야겠다구요. 그럴 사람이 있을까요?라고 제가 물었더니, 당신 생각에는 재물의 궁극적 목적은 그래야만 할 것 같다고 말씀하십디다. 그래서 논다는 것은 어떻게 하는 것을 말씀하시느냐고 제가 물었더니, 그런 것은 이젠 없어져버렸고 생길 가망도 없으니 그 얘기 그만두자고 하시더군요. 아마 욕망에 대한 얘기가 아닌가고 저는 생각했습니다만……"

"좀 알아듣기 쉽게 얘기해주시오. 무슨 얘기를 했는지 좀 자세히……"

박 소장이 말했다. 허 사장도 그리고 그의 부인도 얼떨떨한 표정이었다. 그제야 나는 이상하게도 영감의 실종이 실감되었다. 이 사람들이 찾고 있는 것은 거무스레하고 쭈글쭈글하고 커다란 얼굴을 가졌고 등이 좀 꾸부러졌고 뚱뚱하고 좋은 천의 겨울양복을 입고 있고 중절모를 썼고 단장을 짚고 있는 노인 한 사람이라는 사실이 실감되었다. 그렇다면 나는 아무것도 모른다.

"대강 그런 얘기를 하다가 그 음식점을 나왔죠. 그리고 아까 얘기한 것처럼 택시를 타고 그분은 을지로 쪽으로 가셨고 저는 걸어서 신문사로 돌아왔습니다. 제 얘기는 끝났습니다. 어제로 흥신소와는 관계가 끊어졌으니 저는 더 이상 여기 있고 싶지가 않습니다. 물으실 말씀이 있으시면 신문사로 찾아와주십시오. 그분이 돌아오시지 않은 것과 저와는 아무런 상관도 없다는 건 제발 좀 알아주셨으면 합니다."

나는 자리에서 일어섰다. 허 사장이 재빠르게 일어서며 나의 팔을 잡았다.

"선생을 의심해서 부른 게 아닙니다. 형님을 마지막으로 보신 분이 아무래도 선생밖에 없으니까, 하도 답답해서 부른 게 아닙니까?"

"그분을 마지막으로 본 사람이 어째서 저라고 생각합니까? 저와 헤어진 뒤에 또 어떤 사람을 만났을지도 모르지 않습니까? 그 사람을 찾아보십시오."

"이건 아무래도 유괴란 말야. 어떤 놈이 재산을 노린 유괴 사건이란 말야, 흠."

박 소장이 천천히 팔짱을 끼며 고개를 숙인 명상하는 자세로 중얼거렸다.

"그럴지도 모르죠. 이제 며칠 안으로 범인에게서 협박장이 오겠죠. 그때까지는 아무 일 없을 테니까 다리 쭉 뻗고 자면서 기다리면 될 게 아닙니까?"

나는 말하고 빨리 걸어서 다방 밖으로 나왔다. 찬 공기가 내 얼굴을 때렸다. 나는 내 눈이 닿는 어느 거리에서도 노인은 한 사람도 볼 수가 없었다. 그리고 나의 세계 속에서는 여태까지 한 사람의 노인도 살고 있지 않고 있었음을 문득 깨달았다. 시골집에 계시는 내 할머니를 생각했다. 할머니는 콩을 까고 계셨지. 할머니는 마당에 흩어진 벼알 하나를 바가지에 주워 담고 계셨지. 할머니는 웃으시면서 눈에서 눈물이 질금질금 흐르지. 할머니는 할아버지와 증조할아버지와 증조할머니에 대한 얘기를 해주셨지. 그리고…… 그러고는 생각나는 것이 별로 없다. 문득 나는 그 괴상한 영감이 말한 '우리나라 노인들에겐 아들이 없다'는 얘기가 거꾸로도 얘기될 수 있지 않을까 하는 생각이 들었다. 그러나 그런 불행한 말도 노인과 자식 사이에 어떤 관계가 있어야 하느냐가 분명해야만 '우리나라 노인들에겐 자

식이 있다'는 얘기가 있을 수 있을 것이다. 노인은 어떤 자식을
원했을까? 아니 노인은 자기가 어떤 노인이기를 원했을까, 라는
질문이 생길 수도 있다.

신문사의 내 책상 앞에 앉자마자 박 소장에게서 전화가 걸려
왔다.

"김 선생의 심경은 잘 알겠습니다. 하지만 사건이 사건이니
만치……"

"아니 도대체 뭐가 사건이란 말입니까?"

"하아, 그 양반이 돌아올 때까지는 사건이라고 해둡시다그려.
그분이 찾아갈 만한 데도 도무지 없다는 게 아니오."

"그 영감님이 그 허 사장한테 자기 친구들을 일일이 다 가르
쳐주었다고 볼 수도 없지 않습니까?"

"하여튼 이 양반들로서는 영감이 갈 데가 없는 거요. 내 말 알
아들으시겠소? 그 영감을 찾아내는 일을 우리가 맡기로 했소."

"우리라니요?"

"김 선생과 나 말이지 누군 누구겠소. 보수는 톡톡합니다."

"다른 사람을 데리고 하시죠. 서투른 탐정놀이는 이젠 질색입
니다."

"그러지 맙시다. 우리 중에서는 아무래도 김 선생이 제일 짐
작이 가실 거니까요."

"생사람 잡지 마십시오."

"하아, 또 오해를……"

"서울 시내 택시 운전사들을 모두 서울운동장에 모아놓고 어

느 날 몇 시에 중앙극장 앞에서 영감을 태운 사람 손 들엇 하는 편이 제일 확실한 방법입니다. 제가 낼 수 있는 꾀는 그것밖에 없습니다. 다시는 저를 고용할 생각은 마십시오."

"정말입니까?"

"정말입니다."

"좋습니다. 이쪽에도 생각이 있으니까……"

나는 수화기를 놓았다. 망할 자식, 생각은 무슨 생각. 영감과 헤어진 이후의 나에 대해서는 신문사의 동료들과 내 하숙집 주인아주머니의 딸이며 동시에 내 애인인 숙이가 잘 알고 있을 터였다. 나는 이해할 수 없는 이 사건에서 자리를 피하고 싶었다. 영감은 돌아올 것이다. 설령 박 소장의 추측이 맞아서 유괴 사건이라고 하더라도 허 사장이 꼭 그 영감을 찾고 싶어 하는 한 돌아올 것이다.

다음 날 오후 3시쯤, 허 사장이 신문사의 현관에서 나를 불러 내었다.

"어저께는 실례가 많았습니다."

허 사장은 그 화물 트럭 운전사 같은 얼굴을 기묘하게 구기며 말했다.

"돌아오셨습니까?"

내가 물었다.

"아니오. 김 선생……"

"말씀 낮추십시오. 선생은 무슨 제가 선생……"

"아니오. 김 선생, 좀 도와주셔야겠습니다."

"정말 전 어제 얘기한 것 이상은 알지 못합니다."

"압니다. 김 선생을 의심하는 게 아닙니다. 그렇지만 김 선생은 제 형님이 행방불명이 됐다는 사실에 조금도 관심이 없습니까?"

"경찰에 심인계를 내십시오. 박 소장 같은 엉터리는 믿지 마시고 경찰에 의뢰하십시오. 경찰에 가시기 뭐하면 제가 같이 가드려도 좋습니다. 제가 마지막 보았던 때의 얘기가 참고될는지도 모르니까요."

허 사장은 고개를 숙이고 잠시 동안 생각에 잠긴 표정이었다. 나는 그가 내 충고를 따라주었으면 하고 바랐다.

"그 수밖에 없겠군요."

허 사장이 말했다.

나는 마음이 가벼워졌음을 느꼈다. 그리고 그제야 이상하게도 이 허 사장을 도와주고 싶다는 기분이 생겼다.

"타실까요?"

허 사장이 신문사 밖에 세워둔 자기 차의 문을 열며 말했다.

"어떻습니까? 경찰서가 별로 멀지 않으니까 걸어가시는 게요. 허 선생님과는 다른 방법으로 저도 그분을 찾아보려고 합니다. 그래서 몇 가지 물어보고 싶은 게 있는데요……"

"그럽시다."

허 사장은 차를 경찰서 앞에서 기다리라고 이르며 먼저 보냈다. 우리는 호주머니에 손을 찔러 넣고 천천히 걸었다.

"왜 그분에게 흥신소원을 뒤쫓아 다니게 했습니까?"

내가 물었다.

"형님의 몸을 보호하기 위해서였습니다. 단순히……"

"박 소장에게서 제가 받은 임무는 그분이 누구누구와 만나는지도 알아 오라는 것이었는데요."

"내가 그런 부탁을 한 일은 없습니다. 박 소장은 머리가 좀 돈 사람 아닙니까? 아마 형님과 나 사이에 무슨 곡절 있는 관계가 있는 걸로 알고 있는 것 같은데 정말이지 아무 다른 이유는 없거든요."

"그분도 그런 말씀을 하셨지만, 그런 이유 때문에 그랬다면 왜 하필 흥신소에 그런 일을 부탁했습니까? 아무라도 시켰으면……"

"돈거래로만 하는 일이 가장 믿을 수 있다는 걸 아직 모르시는 모양이군요. 이왕에 돈이 들 바엔 신용 있게 해줄 곳을 찾아야만 합니다."

"튼튼한 소년을 하나 사서 그분과 같이 다니도록 했었던 게 좋지 않았을까요?"

"형님은 혼자 다니고 싶어 하셨습니다. 아주 독립 정신이 강한 분이시니까요. 난 형님이 거북스러워하지는 않도록……"

"알겠습니다. 그분께선 오랫동안 외국에 계셨습니까?"

"난 아직 세상에 나오기도 전에 평양에 와 있던 목사님을 따라서 미국으로 들어가셨습니다. 나하고는 20년이나 나이 차이가 있습니다. 그러고는 작년에 나오셨으니까…… 물론 서신 왕래가 옛날엔 몇 번 있었지만……"

"미국에선 뭘 하셨답니까?"

"고생 많이 하셨다더군요. 이것저것 고생을 많이 하셨다더군요. 하지만 어떻게 고생하셨다는 자세한 얘기는 아직 듣지 못했습니다. 사업이 바빠서……"

"별로 관심이 없었던 게 아닙니까?"

"고생이야 사실 나도 할 만큼은 했으니까 남의 고생한 얘기엔 사실 흥미가 없지만……"

"가령 박정하게 얘기해서 말입니다. 그분을 꼭 찾아야 할 현실적인 이유 같은 건 없습니까?"

"현실적인 이유라니요?"

"가령 사업체의 명의가 그분 앞으로 돼 있다든가……"

"아닙니다. 재산에 관한 것이라면 모두 내 명의로 돼 있죠. 그런데 왜 그런 이상한 질문을 하시오? 김 선생은 자기 친형님이 행방불명이 돼도 가만히 있겠소?"

"물론 찾으러 다녀야죠. 그런데 그분은 왜 매일 밖에 나와서 아무 특별한 일도 없이 돌아다니셨죠? 의사의 권고 때문인가요?"

"의사가 뭐라고 한 적은 없습니다. 이유는 잘 모르지만, 사실 집에만 앉아 계시기가 따분하시겠죠. 어쩌면 미국에 계실 때의 버릇인 줄도 모르지요."

"집에 계실 때는 어떻게 하고 계십니까?"

"늘 방 안에 눕거나 앉아 계시죠. 우리 집 꼬마들에게 얘기를 들려주기를 좋아하시지만 애들이 공부를 해야지 어디 큰아버지 옛날얘기 들을 틈이 있습니까? 그리고 사실 형님의 얘기란 것도 그저 이런 고생을 했다는 정도였으니까요."

"만일 그분을 영영 찾지 못하면 어떻게 하시겠습니까?"

"누가…… 형님을…… 죽였을까요?"

"설마 돌아가시기야 했을라구요. 그런데 가령 그분 스스로 어디로 가버리셨다면?"

"가긴 어딜 간단 말예요? 형님의 숙소는 바로 우리 집이라니까요."

우리는 경찰서 앞에 도착했다. 나는 우중충한 회색의 경찰서 건물을 올려다보았다. 아무리 보아도 그 속에서 영감을 찾아낼 수는 없을 것 같았다. 나는 고개를 돌려 내 눈 안에 들어오는 모든 거리와 집을 보았다. 어느 곳에도 노인이 있을 것 같지 않았다. 노인이 없어진 것은 분명한데 왜 없어졌는지 허 사장도 모르고 있지만 나도 알 수가 없었다. 어쩌면 영감 자신조차 모르고 있을 것 같았다. 정말 이 허 사장이나 박 소장의 염려대로 어떤 어마어마한 유괴범이 어느 날엔가 거대한 요구를 가지고 우리 앞에 나타날는지도 모르리라는 막연한 불안만 실감되기 시작했다.

참 멋있는 영감이네요. 숙이가 말했다. 돈을 잔뜩 벌어다가 자기 친척들에게 주고 어디론가 사라져버린 거 얼마나 멋있어요! 루팡 같죠? 루팡을 좋아해? 내가 물었다. 그럼요. 루팡이 되고 싶어? 네. 그럼 안심해. 우리도 루팡이 자연히 될 테니까. 그런데 루팡은 사라져서 어디로 가지? 그걸 알아서 뭘 해요? 뒤에 남은 사람들이 모두 루팡에게 고마워하고 있는걸요! 그런데 말야, 그 루팡이 바람처럼 사라진 것을 알게 되자 뒤에 남은 사람들이 모두 불안해하거든. 그렇지만 곧 고마워하게 돼요. 숙이가 말했다. 그럴까? 그렇지만 루팡 자신은 어쩔까? 노인이 되면 모두 루팡이 되는 것일까? 루팡도 못 된다면?

(1966)

강요당한 선택
― 김승옥의 1960년대 중단편소설에 대하여

김형중
(문학평론가)

1

　'(전후세대와 구별되는) 감수성의 혁명' '60년대 한국 문학의 기수' '한글 세대 작가의 선두 주자' '한국 현대문학 1백 년을 통틀어 가장 아름다운 단편 작가' 등, 김승옥과 그의 문학에 대한 찬사는 세대를 거듭하면서 누적되어왔다. 심지어 문학평론가 김주연은 "1960년대 소설문학은 김승옥과 그의 영향에 의해 지배되었다"(「김승옥 작품세계: 윤리와 사회」, 『소설문학』 1981년 2월호, p. 54)라고까지 말한다. 사실 1962년 등단 이후 그가 보여준 소설적 성과들, 그리고 그에게 쏟아진 독자와 평단의 찬사들을 추적해보면 저 말들이 과장이 아님을 실감하게 된다. 김승옥은 확실히 1960년대 한국 소설을 지배하다시피 한 작가였다.

　그러나 저 찬사들은 공히 김승옥이 1960년대에 국한된 작가

이자 주로 중단편에서만 위력을 발휘한 작가였음을 전제하고 있다. 저 찬사들 속에『강변부인』(1977,『일요신문』연재)과『보통여자』(1969,『주간 여성』연재)의 작가 김승옥에게 할당될 만한 자리는 없다. 그리고 짧은 기간이었지만 1960년 후반부터 여섯 달 동안 시사만화가였던 김승옥(김이구)의 자리도, 영화『감자』의 감독이자 1970년대 수많은 문예영화의 각색자였던 김승옥의 자리도 없다. 말하자면 김승옥이 과연 1962년에 혜성처럼 나타나, 1967~68년경「60년대식」과「내가 훔친 여름」연재를 끝으로 문단에서 이탈해버린 작가였는지에 대해서는 이견이 있을 수 있다.

가령 우리는 최근 다양한 매체의 발달과 함께, '글쓰기' 혹은 '문학적인 것'에 대한 식별 체제상의 변화가 광범위하게 일어나고 있음을 목도한다. 그가 활동하던 1960년대와는 달리, 우리 시대에는 대중문학과 본격문학의 경계, (전통적인 창작 방식에 해당하는) '개인적 글쓰기'와 (영화 시나리오처럼 집단적 상호 관계 내에서 이루어지는) '구조-내-글쓰기'(백문임)의 차이 같은 주제가 충분히 논쟁거리가 될 만하고, 그 논쟁의 결과에 따라 '1960년대 한국 문학의 기수'가 또한 '1970년대 한국 대중문화의 기수'이기도 했음을 인정해야 될지도 모른다.

『산문시대』나『사상계』에 글을 발표한 작가가『선데이 서울』에도 소설을 연재할 수 있음을 보여준 사람이 김승옥이다. 그래서 그에 대해서라면 우리는 아직 할 말이 많이 남아 있다. 요컨대 아주 긴 시간 동안 여러 가지 이유(신앙과 병환)로 작품을 쓰지 못하고 있지만, 그는 여전히 문학사적으로 문제적인 작가다.

그러나 그러저런 사정들을 고려하더라도, 김승옥 소설의 진수는 1960년대산 중단편 작품들에서 찾아야 한다는 사실에는 변함이 없어 보인다. 1962년 등단 이후 1966년까지 미친 듯이 걸작들을 써내던 그가, 1967년경 영화계에 발을 들여놓기 시작하면서는 대체로 (영화화를 염두에 둔 듯한) 이른바 '중간소설' 유형의 작품들을 몇 발표했고(이 작품들의 의의도 꼼꼼히 따져볼 일이기는 하지만), 그것도 오래가지는 않았다. 1977년 「서울의 달빛 0장」으로 제1회 이상문학상을 수상하기는 했으나 예외적인 경우였고(이어령의 독려가 큰 계기였다), 이후 1980년 광주를 겪고 곧바로 성령 체험을 한 그는 오랫동안 펜을 들지 못한다. 따라서 김승옥을 1960년대 소설가로 기록하는 많은 연구자나 비평가의 견해가 일각에서 말하는 것처럼 '편협한 미학적 기준' 탓이라고만 보기는 힘들다. 이 선집에 실려 있는 작품들이 1960년대에 발표된 중단편에 집중되어 있는 것은 그런 이유다.

2

그의 중단편소설들을 어떻게 분류하는 것이 작품 해석에 합당하고 생산적일 수 있을까? 우선 쉬운 방법은 일반적인 관습대로 등단작부터 후기작까지, 집필 시기순으로 작품 경향의 변화에 따라 단계를 설정하여 분류하는 방법이 있겠다. 한 작가의 작품 세계를 초기, 중기, 후기로 나누는 관습은 익숙하다.

그러나 김승옥이 왕성하게 작품 활동을 했던 시기는 그의 나이 스물둘에서 스물여덟, 고작 6~7년의 시간 동안 작품 경향상의 유의미한 변별적 단계가 형성되었을 리는 만무하다(그는 그래서 영원한 청년 작가다). 그런 이유로 많은 비평가나 연구자는 그의 작품들을 작중인물들의 연대기에 따라 분류하곤 한다. 1) 고향 무진(순천)에서의 유년기를 다룬 작품들, 2) 탈향 후 서울에서의 체험을 다룬 작품들, 3) 다시 무진으로 귀향한 후의 체험을 다룬 작품들(어떤 작품들은 두 유형 이상에 중복되어 포함된다)…… 다소 안이한 분류법 같지만, 실제로 김승옥의 소설들은 이렇게 읽을 때 가장 유의미한 해석이 가능해진다(밑줄 그어진 여덟 편이 이 선집에 수록된 작품들이다).

　1) **고향(무진) 체험**:「생명연습」(1962),「건」(1962),「재룡이」(1968)

　2) **탈향(서울) 체험**:「생명연습」(1962),「누이를 이해하기 위하여」(1963),「확인해본 열다섯 개의 고정관념」(1963),「역사力士」(1964),「무진기행」(1964),「싸게 사들이기」(1964),「차나 한잔」(1964),「서울 1964년 겨울」(1965),「들놀이」(1965),「염소는 힘이 세다」(1966),「다산성」(1966),「빛의 무덤 속」(1966),「야행」(1969),「그와 나」(1972),「서울의 달빛 0장」(1977),「우리들의 낮은 울타리」(1979),「먼지의 방」(1980)

　3) **귀향(무진) 체험**:「환상수첩」(1962),「누이를 이해하기 위

하여」(1963),「무진기행」(1964)

3

「생명연습」은 작가 김승옥의 전체 작품 세계를 이해하는 실마리로서는 부족함이 없는 아주 중요한 작품이다. 무진에서의 유년기 체험을 다룬 이 작품은 김승옥 소설의 기원에 해당한다. 등단작이었다는 사실 때문만 아니라, 이 작품에 이후 김승옥 소설에 등장할 인물들의 '주체형성과정'이 마치 풀어야 할 암호처럼 제시되어 있다는 점에서도 그렇다. '암호'는 다음의 문장들 속에 숨어 있다.

  우리의 왕국에서 우리는 그렇게도 항상 땀이 흐르고 기진맥진하였다. 그러나 한 오라기의 죄도 거기에는 섞여 있지 않은 것이었다. 오히려 거기에서 우리는 평안했고 거기에서 우리는 생명을 생각하고 있었다. [……] 다시 한번 말하거니와 우리가 꾸며놓은 왕국에는 항상 끈끈한 소금기가 있고 사그락대는 나뭇잎이 있고 머리칼을 나부끼는 바람이 있고 때때로 따가운 빛을 쏟는 태양이 떴다. 아니, 이러한 것들이 있었다기보다는 우리들이 그것을 의식하려고 애쓰고 있었다고 하는 게 옳겠다. 그러한 왕국에서는 누구나 정당하게 살고 누구나 정당하게 죽어간다. 피하려고 애쓸 패륜도 아예 없고 그것의 온상을 만들어주는 고독도 없는 것이며 전쟁은 더구나 있을 필요가 없다. 누나와 나는 얼마나 안타깝게 어느 화사한 왕국의 신기루를 찾아 헤매었던 것일까! (pp. 34~35)

누나와 나, 둘이 만드는 이 세계는 해풍과 나뭇잎과 바람과 태양이 있고, 한 오라기의 죄도 섞여 있지 않아서 누구나 정당하게 살고 누구나 정당하게 죽고, 패륜도, 고독도, 전쟁도 없는 곳으로 묘사된다. 물론 미심쩍은 구절들은 있다. 가령 "아니, 이러한 것들이 있었다기보다는 우리들이 그것을 의식하려고 애쓰고 있었다"라는 구절이나 "누나와 나는 얼마나 안타깝게 어느 화사한 왕국의 신기루를 찾아 헤매었던 것일까" 같은 구절이 그렇다. 둘이 마련한 세계는 분명 '상상적'인 데가 있지만, 그러나 동시에 둘은 이 세계가 실은 의식된 세계이고 '신기루'라는 예감 또한 가지고 있는 것으로 보인다. 그런 세계에 위기가 찾아온다. 그리고 이 위기는 성장소설의 입사 단계가 대체로 그렇듯이 전형적으로 오이디푸스적이다.

누나와 나는 그다음 날 저녁, 등대가 있는 낭떠러지에서 밤 파도가 으르렁대는 해변으로 형을 떠밀었다. 우리는 결국 형 쪽을 택한 것이었다. 미친 듯이 뛰어서 돌아오는 우리의 귓전에서 갯바람이 윙윙댔다. 얼마든지 형을, 어머니를 그리고 우리들을 저주해도 모자랐다. 집으로 돌아와서 불을 켜자 비로소 야릇한 평안을 맛볼 수 있었다.

그리고 얼마 있지 않아서였다. 판자문을 삐걱거리며 열고 물에 흠씬 젖은 형이 살아서 돌아온 것이다. 우리의 눈동자는 확대된 채 얼어붙어버렸다. 형은 단 한마디, 흐흥 귀여운 것들, 해 놓고 다락방으로 삐걱거리며 올라갔다. 그리고 사흘 있다가, 등대가 있는 그 낭떠러지에서 스스로 몸을 던져 죽은 것이었다. 나와 누나의 눈에는 감사의 눈물이 반짝이고 있었다. 그러나 어머니의 오해에는 어떻게 손대볼 도리 없이 우리는 성장하고 만 것이었다. (pp. 39~40)

전후 맥락은 이렇다. 부친 사후 얼마 지나 어머니가 낯선 사내들을 방으로 들이기 시작한다. 다락방(오이디푸스적 삼각형의 상층부)에서 종일 부스럭거리며 지내는 형은 죽은 아버지를 대신해 부권의 행사를 자임한다. 그는 어머니를 때리고, 나와 누이에게 어머니를 함께 죽일 것을 종용한다. 반면 화자와 비밀의 왕국을 공유하고 있는 누이는 어머니가 들이는 사내들에게서 아버지의 얼굴을 찾으려 애쓴다. 그런 식으로 어머니를 이해하려 하지만 이것은 누이가 만들어낸 허구에 불과하다. 화자와 누이는 결국 어떤 선택의 기로에 봉착한다. 형이냐 어머니냐, 법의 세계냐 법 이전의 상상적 왕국이냐.

그들이 택한 것은 어머니다. 그들은 "등대가 있는 낭떠러지에서 밤 파도가 으르렁대는 해변으로 형을 떠"민다. 물론 형은 살아 돌아왔지만, 며칠 후 스스로 낭떠러지에 몸을 던져 죽는다. 그가 두 동생에게 남긴 말은 단 한마디, "흐흥 귀여운 것들"이다.

만약 한 소년의 입사를 다룬 이 작품이 성장소설이 맞는다면 이 성장은 참 이상한 성장이다. 전통적인 오이디푸스 공식에 따르면 그들은 (부권을 대신한) 형이 상징하는 법의 세계를 거부했으므로 입사식에 성공했으리라고 말하기 힘들다. 이른바 반성장의 서사가 되었어야 맞다. 어떻게든 상상적 왕국을 유지하려는 노력이 그들의 형 살해 시도였기 때문이다. 그러나 김승옥은 이후 소설의 전개 과정을 그렇게 쓰지 않는다. 대신 '법의 질서를 거부했음에도 불구하고' "어머니의 오해에는 어떻게 손대 볼 도리 없이 우리는 성장하고 만 것이었다"라고 쓴다. 게다가 형은 이 모든 일의 절차를 알고나 있었다는 듯 두 동생에게 "흐흥 귀여운 것들"이라고 말한다. 그래봐야 너희들은 이제 법 안에 있을 수밖에 없다는 듯이. 사태는 그렇게 진행되도록 정해져 있었다는 듯이.

그렇다면 애초부터 나와 누이에게는 선택지가 없었던 셈이다. 그러니까 어머니냐 형이냐 하는 선택지에 대한 답은 오로지 하나뿐이었다. 둘이 건설한 상상적 왕국은 그들의 선택과 무관하게 이미 훼손당할 운명에 있었다. 그리고 자신들의 왕국을 '신기루'라고 말할 때, 그들 역시 어렴풋이나마 그 사실을 예감하고 있었으리라. 부권을 살해하는 죄를 지음으로써, 부권을 거부한 바로 그 죄로 인해, 역설적으로 부권적 법의 질서 속에(죄의식이 가득한 채로) 자신들도 들어설 수밖에 없다는 사실을.

4

흥미롭게도 나와 누이에게 던져진 '형이냐 어머니냐'라는 질
문은 라캉의 저 유명한 '돈이냐 목숨이냐', 혹은 헤겔의 '자유
냐 목숨이냐'를 연상시키는 데가 있다. 사실 두 질문에 선택지
는 없다. 돈을 택할 경우 목숨을 잃게 되므로 첫 질문에 대한 답
은 이미 정해져 있다. 목숨 없는 돈은 이미 내 것이 아닐진대 저
질문 앞에서 주체는 목숨을 택해야만 한다. 후자의 질문에 대
해서도 마찬가지다. 목숨 없는 자유란 존재할 수 없으므로 주체
는 당연히 목숨을 택해야만 한다. 표면적으로는 양자택일의 질
문이 실상에 있어서는 '강요당한 선택'이 된다. 라캉에 따를 때,
주체가 된다는 것, 입사식을 치른다는 것의 의미가 이와 같다.

유년기 '상상의 왕국'은 성인 주체가 머무를 곳이 아니다. 그
는 '아버지의 이름'에 의해 호명당함으로써 '타자의 장'(시니피
앙들의 그물망으로 이루어진)에서 주체(물론 빗금을 쳐야 하겠
지만)로 출현해야 한다. '타자에게로' 소외되지 않는 한 주체는
형성되지 않는다. 따라서 '형이냐 어머니냐'라는 선택지는 실제
에 있어서 '함께 어머니를 죽이고 죄의식 없이 법의 세계에 들
어설 테냐, 형을 죽이고 죄의식과 함께 법의 세계에 들어설 테
냐'로 환원된다. 결과는 마찬가지다. 다만 죄의식의 강도에 차이
가 있을 뿐.

일반적인 경우와 달리 「생명연습」의 누이와 내가 택한 것은
후자다. 그들은 형을 죽임으로써 법의 호명을 거절한다. 그러나

바로 그 거절, 부권을 대신한 형 살해가 죄의식을 낳고, 죄는 필연코 법의 질서를 도입한다. 이렇게 죄의식 속에서 성인의 세계로 진입하는 주체, 그들이 바로 김승옥의 인물들이다. 아마도 형이 '흐흥 귀여운 것들'이라고 말할 때 염두에 두었던 것, 그리고 화자가 '어떻게 손대볼 도리가 없이' 성장하고 말았다고 말할 때 염두에 두었던 것, 그것이 바로 이 불가항력의 강요당한 선택이었을 것이다. 그들은 자유 대신 목숨을, 돈 대신 목숨을 택할 수밖에 없는 '주체형성과정'을, 얼마간의 죄의식을 대가로 지불하고 겪어야만 했던 셈이다.

그러나 그렇게 등장한 주체는 분열된 주체다. 왜냐하면 돈 대신 목숨을 택한 주체에게는 이제 돈 없는 목숨만이 남기 때문이다. 자유 대신 목숨을 택한 주체 역시 마찬가지다. 헤겔적 의미에서 그는 노예가 되는데 그에게는 자유 없는 목숨만이 주어질 것이기 때문이다. 다른 말로 어떤 (주체 이전의) 존재가 입사를 거쳐 타자의 장에 주체로서 출현한다는 말은 존재에 어떤 결락이 생긴다는 말이다.

언어와 법의 질서 속으로의 진입을 거부하고 (하이데거적인 의미가 아닌, 한낱) '존재'로 남기를 택할 경우 우리는 무의미 속으로 떨어진다. 그러니까 아무것도 아닌 것으로 남는다. 필연코 우리는 의미를 선택할 수밖에 없게 되는데, 의미는 타자의 장 (시니피앙으로 이루어진, 곧 항상 불충분한 언어로 이루어진)에서 출현하게 되므로 이 출현은 반드시 어떤 사라짐, 결락을 낳는다. 쉽게 말해 뭔가를 잃어야만 우리는 주체가 된다. 주체로 출현하기 위해, 존재는 대가(돈, 자유)를 지불한다. 그리고 그 결락분은 어떤 어렴풋한 상실의 감각(무의식)을 남긴다. 그 감각은 대체로 이런 것들이다.

원인을 알 수 없는 억울함, 뭔지 모르겠는데 그것을 잃어버렸다는 상실감(우울), 내 의지와 무관한 선택 속에서 이 세계에 진입해버린 것 같다는 회의감(전가), 이 세계에 타자의 것이 아닌 오로지 나만의 세계를 만드는 것이 진정한 나를 되찾는 길일 것 같은 안타까움(자기 세계), 법과 언어가 요구하는 것과는 영판 다른 짓을 감행함으로써 내가 여전히 목숨 대신 자유를 포기하지는 않았다는 것을 증명해 보이고 싶은 치기(위악), 그래봐야 이미 훼손되어버린 세계로는 돌아갈 수 없고, 나 또한 그 사실을 알고 있으므로 모든 몸부림이 다 위악이거나 연기일 거라는 자괴감(자조), 그러나 그런 자괴감 속에서도 되풀이해서 위악을 수행함으로써 만족되는 자기 처벌 욕구(나는 그 선택에 대해 충분히 벌받고 있어!)…… 이 모든 감각의 주인이 바로 김승옥의 주인공들이다.

그 주체 발생의 드라마를 여실히 자백하는 구절을 중편 「다산성」에서 인용해본다.

"네 말대로 그 사실, 그러니까 찐빵이 우리를 지배한다는 사실은 어쩔 수 없다고 하지. 그러나 문제는 그게 아니지 않을까?"

"그럼 무엇이 문제지?"

내가 물었다.

"그 어쩔 수 없는 사실에 대처하는 태도가 개인 개인에게는 문제겠지. 자세히 예를 들면, 찐빵이 있다는 것이 문제가 아니라 찐빵의 눈에 들려고 애쓰는 너의 태도가 문제란 말이야."

"나로서는 그게 최상의 태도라고 생각한 것인걸. 그렇지 않고서는……"

"죽을 수밖에 없다는 얘기겠지."

"그래."

"죽는 게 최상의 태도라면 그걸 선택할 용기는 있니?"

"아마 용기가 없으니까 복종하며 살아 있기로 한 것이겠지. 그보다 죽어버린다는 것은 태도 중의 하나가 아닐 거야?"

"죽는다는 것은 분명히 태도 중의 하나지." (p. 320)

작중 화자에 따르면 밀가루 같은 개개인(열 명의 친구들)이 모이면 으레 만들어지는 것이 '찐빵'이다. 관계들의 그물망, 말하자면 찐빵을 '(대)타자'로 번안해보자. 그것이 명령하고 지배한다. 찐빵이 아니면 죽음, 거기서 죽음을 택하지 못하고 찐빵을 택했다는 죄의식, 한낱 무의미한 존재가 주체로 출현하면서 뭔가를 상실해버렸다는 감각, 그 상실감 속에서 김승옥의 주인공들은 '발생'한다.

5

아마도 김승옥의 주인공들이 주체로서 출현할 때 발생한 결락분의 다른 이름이 바로 '자기 세계'일 것이다. 무진에서 이상한 죄의식과 함께 입사식을 거친 그들은 서울(어른들의 무대, 혹은 자본주의적 법의 영토로 번역해도 무방하겠다)로 상경한다. 그러고는 얼마 지나지 않아 하나같이 그 정체를 알 수 없는 '자기 세계'에 골몰하기 시작한다. 먼저 성장한 뒤「생명연습」의 바로 그 소년이 생각하는 '자기 세계'는 이렇다.

'자기 세계'라면 그것을 가지고 있는 사람을 몇 명 나는 알고 있는 셈이다. '자기 세계'라면 분명히 남의 세계와는 다른 것으로서 마치 함락시킬 수 없는 성곽과도 같은 것이 아닌가 생각한다. 그 성곽에서 대기는 연초록빛에 함뿍 물들어 아른대고 그 사이로 장미꽃이 만발한 정원이 있으리라고 나는 상상을 불러일으켜보는 것이지만 웬일인지 내가 알고 있는 사람들 중에서 '자기 세계'를 가졌다고 하는 이들은 모두가 그 성곽에서도 특히 지하실을 차지하고 사는 모양이었다. 그 지하실에는 곰팡이와 거미줄이 쉴 새 없이 자라나고 있었는데 그것이 내게는 모두 그들이 가진 귀한 재산처럼 생각된다. (pp. 17~18)

청년이 된 그의 말에 따르면, 마치 함락시킬 수 없는 성곽과도 같은 것, 그러나 대체로 곰팡이 핀 지하실에 있는 것(지하실

에 장미가 만발한 정원이 있을 수 있을까?), 그리고 타인들은 가지고 있는 것으로 보이는데 나에게는 결락되어 있는 것, 그것이 자기 세계다. 마음의 위상학에서 무의식의 자리(결락분의 위치)가 항상 지하를 차지한다는 점은 차치하더라도, "남의 세계와는 다른" '고유함'만이 자기 세계의 유일한 특징을 이룬다는 사실은 다른 인물들에게서도 확인된다. 가령 한 교수의 위악적 연애, 영수란 친구의 여자 정복 같은 것들이 그것이다. 다른 작품에서도 마찬가지인데 「역사ヵ±」에 등장하는 서 씨의 기행(동대문의 성벽 바위를 밤마다 '몰래' 바꿔놓는)을 두고 액자 속 화자는 "그것이 서 씨가 간직하고 있는 자기"(p. 67)라고 말하고, 「서울 1964년 겨울」의 '안'은 '김'의 어떤 이야기를 들은 후 "그건 얘기가 됩니다. 그 사실은 완전히 김 형의 소유입니다"(p. 150)라고 말하기도 한다. 고유성에 대한 강박이라고나 할까?

하여튼 '자기 세계'는 곰팡이 핀 지하실에 있는 경우가 많은, 그리고 타인과 공유할 수 없는, 그래서 오로지 자신만의 고유함과 관련된, 그러나 나에게는 없고 주로 타인들에게만 있는 어떤 것 이상도 이하도 아니다. 김승옥의 인물들에게 자기 세계란 '절차탁마 대기만성' 유의 자기 수양과도 무관하고 장인들의 완고한 고집과도 무관하다. 자기 세계는 이토록 모호한 무엇이다.

그런데 실은 자기 세계의 이 모호함이 그것의 정체를 의심하게 한다. 모호하기 그지없는 그것의 정체는 그 세계가 어떻게 형성되는가를 살펴보면 어렵지 않게 드러난다. 김승옥 소설에서 자기 세계를 형성하는 유일한 방법은 '위악'이다. 위악이란 악인이 행하는 악행이 아니다. 그것은 악하지만은 않은 이가 악행을 악행인 줄 알면서도 저지름으로써 타인과 함께 자기 자신에게도 고통을 가하는(그러나 자신에게는 치명적이지 않은 고통이다) 가학/피학증의 일종이다. 「생명연습」의 한 교수가 연인 정순을 정복할 때, 그는 그 행위의 위악성을 알고 있었다. 「역사力土」의 화자가 가풍 좋은 집안의 물병에 흙분제를 넣을 때, 「서울 1964년 겨울」의 '안'이 외판원 사내의 자살을 예감하면서도 방조할 때, 「환상수첩」의 정우가 연인 선애를 친구 영빈에게 겁탈당하도록 넘겨줄 때, 그들은 모두 그 행위의 무의미함을 의식하면서 가학을 통한 자학을 수행한다. 정확히는 누린다.

흥미로운 점은 그런 위악이 어떤 효과를 발휘하기 위해서는 항상 타자의 시선이 필요하다는 점이다. 김승옥 소설 속에서 위악을 저지르는 이들은 하나같이 그것을 감추는 것이 아니라 떠벌리느라 바쁘다. 마치 나는 이토록 타자의 시선을 두려워하지 않는다는 것을 과시하려는 듯이. 「환상수첩」의 영빈이 그랬고 「생명연습」의 영수가 그랬다. 심지어 좀더 무거운 자기 세계를 가지고 있는 것처럼 보이는 「생명연습」의 오 선생이나 「역사力土」의 서 씨도 마찬가지다. 지인에게 혹은 이웃에게 그들은 자기 세계의 치졸한 비밀을 털어놓음으로써 그것의 소유 상태를 은연중 과시한다. 「누이를 이해하기 위하여」의 주인공이 누이에게 보낸 편지가 온통 위악에 대한 고백임은 말할 것도 없다.

요컨대 그들의 위악은 타자의 시선을 향해 있다. 그럴 때 그들의 태도에 감추어진 의도는 해석 가능해진다. '찐빵이여, 내

가 너에게 복종한 줄 알지? (흥분제를 물에 타면서) 자 이래도?'
그러니까 그들이 위악을 통해 형성하려는 자기 세계는 그 자체
로 어떤 정체가 있는 것이 아니다. 그것은 타자의 장에 복속되
면서 자신들이 잃어버렸다고 감각되는 결락분을 대신할 수 있
는 어떤 것, 혹은 그 결락당함에 대해 복수할 수 있는 것, 그것에
다름 아니다. 그리고 그것이 위악을 통해서만 형성되는 것은 바
로 그 타자의 장에 자신의 선택에 따라 복속된 것이 아님을 유
희적으로 입증하기 위한 고안물이기 때문이다.

정작 항거의 '태도'로서의 죽음을 택할 수는 없으므로, 그들
은 위악을 통해 (자기 세계를 형성한다는 구실로) 대타자에게 시
비를 건다. 그러나 그들은 그런 행위가 실은 진실로 대타자에게
타격을 입힐 거라고 생각하지는 않으면서 그렇게 한다. 타인과
자신에게 크고 작은 고통을 가함으로써 정작 더 큰 죄의식(나
스스로 자유를 포기했다)을 덮어버리는 위악…… 그것을 되풀이
하는 한 헤겔적 의미에서 그들은 영원히 노예다.

6

그런데, 내내 '결락분'에 대해 말해왔다지만, 주체로서 출현
하면서 우리는 정말 무엇인가를 잃어버렸을까? 앞서 살펴보았
듯, 그 잃어버렸다는(그래서 다시 형성하려고 기를 쓰는) 자기
세계는 좀처럼 정체를 드러내지 않는 모호함 속에서 그저 위악

을 통해 추구되기만 할 뿐이다. 그럼에도 김승옥의 주인공들은 마치 뭔가를 잃어버렸다는 듯 행동하기를 멈추지 않는다. 「누이를 이해하기 위하여」의 그 타락한 자의 회오에 찬 문체를 보라. 그런 주인공들에 대해서라면 지젝에게서 들을 말이 좀 있을 듯하다.

즉 우리가 이전에 결코 가져본 적이 없었던, 애초부터 상실된 상태였던 대상을 소유하는 유일한 방법은 우리가 아직 완전히 수중에 넣고 있는 어떤 대상을 마치 그것이 이미 상실된 것인 양 다루는 것이다. 따라서 우울증자는 애도 작업을 완수하는 것에 대한 거부를 그와 정반대의 형식으로, 즉 아직 대상이 상실되지도 않았을 때조차 그에 대해 필요 이상으로 과도한 애도를 표하는 거짓 장면을 연출하는 방식으로 하게 된다.*

지젝의 말에 따를 때, 우리가 흔히 잃어버렸다고 생각하는 대상, 가령 그 실체도 모호한 '자기 세계' 같은 것은 김승옥의 주인공들이 가정하는 것과는 달리 '애초부터' 상실된 상태였다. 가령 죄에 대한 감각이 있기 전에 '순수'에 대한 감각이 있을 리 없을 테니, 순수한 세계는 법의 도입에 의해 항상 '존재하기도 전에 잃어버린' 어떤 것으로만 나타날 수밖에 없다. 말하자면 순수한 상상적 왕국이 있고 나서 법이 그것을 훼손하는 것이 아

* 슬라보예 지젝, 『전체주의가 어쨌다구?』, 한보희 옮김, 새물결, 2008, pp. 224~25.

니라, 법의 설립이 사후적으로 잃어버린 순수의 감각을 생산한다. 마치 법도 패륜도 없는 그런 시절이 있었다는 것처럼.

그렇다면 김승옥의 주인공들이 행하는 위악이란 실은 잃어버리지도 않은 것을 필요 이상으로 과도하게 애도함으로써 영원히 소유하려는 우울증적 책략의 일환이 아닐까? 「생명연습」의 화자가 자신과 누이의 상상적 왕국을 두고 '신기루'라고 말했을 때, 실은 그 자신도 무의식에서나마 그 사실을 알고 있었던 것은 아닐까? 「환상수첩」의 정우가 선애의 "찬바람이 불어오는 뻥 뚫린 구멍"(p. 211)이란 말을 듣고 이토록 과하게 반응하는 것도 실은 같은 이유에서가 아니었을까?

"아아"

내가 여태껏 차마 입 밖에 내어 말할 수 없었던 것을, 그녀는 그때, 하늘도 무섭지 않은지 정확한 발음으로 표현하고 있었던 것이다.

"찬바람이 불어오는 뻥 뚫린 구멍, 찬바람이 불어오는 뻥 뚫린 구멍……"(pp. 210~11)

잃어버렸다고 믿기로 작정한 결락분의 자리에는 구멍밖에 없다. 실체 없는 상실감은 그저 구실일 뿐 그 구멍과 마주할 자신이 없는 자들이 연기와 위악으로 매일매일 연명한다.

어쩌면 '고향'에 대해서도 우리는 마찬가지 말을 할 수 있을 것이다. 대체로 고향은 잃어버린 순수의 은유가 되고, 삶의 피로에 대한 위안의 공간으로 표상되지만, 김승옥 소설 속에서 그런 일은 일어나지 않는다. 지친 정우가(「환상수첩」), 그리고 희중 (「무진기행」)이 무진으로 귀향한다.

더 견디어내기 어려운 서울이었다. 남쪽으로, 고향이 있는 남 해안으로 가면 새로운 생존 방법이 있을지도 모른다는 기대에 서였다.
서울에서 나는 너무나 욕된 생활 속을 좌충우돌하고 있었다. 그리고 슬프게 미쳐버렸다고나 할까. (p. 198)

그때마다 내게는 서울에서의 실패로부터 도망해야 할 때거 나 하여튼 무언가 새 출발이 필요할 때였었다. (pp. 108~09)

"새로운 생존 방법"이나 "새 출발"을 기대하며(한편으로는 기 대하지도 않으며) 귀향하는 그들, 그러나 그들이 거기서 만나게 될 사람과 풍경 들에 대해서라면 우리는 익히 잘 알고 있다. 속 물이 된 친구 조, 말 서두마다 '제가 대학 다닐 때'를 연발하며 '목포의 눈물'과 '어떤 개인 날' 사이에서 방황하는 음악 선생, 방죽가에서 죽은 창녀, 춘화를 만들어 약값을 벌거나 폐병을 돕 거나 눈멀고 고아가 된 친구들…… 그리고 그 모든 것을 부인하 며 재상경하는 부끄러움.
고향과 서울이 이제 더 이상 구별조차 되지 않는 이 세계에 그나마 위안이 있다면 죽음이랄까. '진짜'라 불렸던 선애와, 미아와의 결혼을 결심하고 생활 전선에 뛰어들기로 한 순간 어이 없는 죽음을 맞이한 윤수에게서나마, 어떤 윤리 같은 것을 발견하지 못한다면 김승옥의 소설에서 우리가 얻을 것은 허무밖에 없으리라.

라캉이 종종 '테러의 순간'이라고 불렀던 선택의 지점, 거기는 삶을 위해 자유를 버리는 것이 아니라 자유를 위해 죽음을 선택하는 결단의 지점이다. 그 내기에서 살아남은 자가 주인이 된다. 아마도 선애와 윤수가 맞은 상징적 죽음의 순간이 바로 그 테러의 순간이었다고 믿고 싶은 것은 비단 나뿐만은 아닐 것이다. 비록 그들이 영영 살아 돌아오지는 못했다손 치더라도 말이다.

7

내내 김승옥 소설 속 인물들의 주체형성과정에 대해서만 이야기했으니, 1960년대와 김승옥 소설의 관련성에 대해 몇 마디쯤은 덧붙여야겠다. 언젠가 김승옥은 1960년대가 아니었다면 자신이 쓴 소설은 단지 지독한 염세주의자의 기괴한 독백일 수밖에 없었으리라는 요지의 발언을 한 적이 있다. 작가의 본의와 무관하게 이 말은 김승옥 소설의 핵심에 육박한다. 당겨 말해 김승옥적인 인물들의 주체형성과정에서 드러나는 '강요당한 선택'의 구조가 1960년대 한국의 사회형성과정과 구조적으로 유사하다는 점 때문이다. 이 구조적 상동성은 작가에게도 한국 문학에게도 절묘한 행운이었다. 두 구조 간의 유사성이 영원한 청춘의 문학이면서 영원히 1960년대적인 소설들을 낳았기 때문이다.

1960년 스무 살의 나이에 4·19혁명을 맞이했고, 다음 해 곧장 5·16의 좌절을 경험해야 했던 김승옥과 그의 세대 작가들이 부딪혀야 했던 첫번째 질문은, 아마도 '4·19냐 5·16이냐'라는 선택지였을 것이다. 그러나 이 질문에도 역시 선택의 여지는 없었는데, 4·19는 미완의 혁명으로 끝났고 5·16은 기나긴 군사독재로 이어졌기 때문이다. 이미 훼손된 4·19는 선택의 대상이 아니었고 개발독재는 이제 비가역적으로 성가를 올리기 시작했다. 그럴 때 4·19세대는 어떤 결락분을 남긴 채 근대화의 주체로 출현해야 했다. 아마도 이 선택지로부터 다양한 선택지들이 파생되고도 남았을 텐데, 자유냐 경제냐, 문학이냐 생활이냐, 전근대냐 근대냐, 같은 양자택일의 질문들 앞에서 그 세대 작가들이 분열적인 정체성을 획득했음은 여러 논자에 의해 밝혀진 바와 같다.

그런 흔적들이 김승옥 소설 곳곳에서 발견된다는 점은 지적해둘 만하다. 가령 「다산성」의 '돼지는 뛴다' 에피소드에서 그 잘 뛰는 돼지는, 타자의 장에서 출현한 주체가 어떤 결락분에 대한 감각을 낳듯, 근대의 장에서 출현한 전근대(자연)가 낳은 결락분의 은유로 읽힌다. 돼지는 우리가 통제할 수 없을 만큼 격하게 꿈틀거리고 또 잘 뛰기도 한다는 사실을 잊은 채, 우리는 근대인이 되었다. 그랬으니 이 돼지는 기차와의 충돌을 무릅쓰고 상징적 죽음의 경계를 넘어 들판을 달리는 순간 오히려 자신을 끌고 가던 정태를 노예로 삼은 주인이 된다. 아이러니하게도 김승옥의 주인공들이 실패한 지점에서 돼지가 성공한다. 보기 드문 라캉적 돼지다.

'토끼도 뛴다'의 토끼도 마찬가지다. 토끼의 생명력마저 과학적으로 '이용'하려는 극단의 "과학은 예술을 돕는다"(p. 353) 프로젝트는 한갓 생리 현상(방귀) 한 번으로 초토화된다. 토끼도 돼지와 마찬가지로 근대화가 낳은 결락분의 재귀다. 참 보기 드문 위악적 토끼다.

그러나 21세기에 접어든 지금의 시점에서 가장 먼저 재평가되어야 할 김승옥의 작품은 아무래도 「역사力士」인 듯하다. 창신동 빈민가의 골방에서 느닷없이 가풍 좋은 양옥집으로 존재 이전한 화자가 한국의 비가역적 근대화를 증언한다. 창신동 빈민가의 어수선하지만 열띠고 활기찬 풍경이 양옥집의 질서정연한 가풍과 비교된다. 양옥집의 가풍은 이렇다.

> 할아버지의 관觀이랄까 주의主義랄까를 들었다.
> [……]
> 가풍이 없는 가정은 인간들의 모임이 아니다. 가풍이란 질서 정신에 의해서 성립되어야 한다. 우리나라의 가정은 사변 때 식구들의 생사조차 서로 모를 정도로 파괴되었다. 그래서 더욱 가정의 귀중함을 알았지 않느냐. 그러니 질서 정신에 입각해서 각

기 가정은 가풍을 만들어가야 한다. 그리하는 데 장애가 아주 많은 게 우리들이 처한 현실이다. (p. 53)

그래서 이 가족은 모두 '질서 정신'에 따라 아침 6시에 기상해서 식사를 하고, 곧바로 출근 혹은 등교를 한다. 식구들이 없는 사이 어머니와 며느리는 오전 10시에 미싱을 돌리고 12시에 라디오 음악을 듣는다. 4시가 되면 며느리가 피아노로 「엘리제를 위하여」를 연주하고, 그러다 6시 반이 되면 식구들이 귀가한다. 저녁을 먹고 10여 분 정도 잡담을 나눈 후 각자 공부. 취침은 정확히 10시다.

흥미로운 장면은 푸코의 『감시와 처벌』을 떠올리지 않을 수 없는 이 양옥집의 '규율적' 교육과 창신동 빈민가 시절 옆방 절름발이 사내의 '주권적' 교육 장면이 중첩될 때이다. 이 사내는 항상 긴 버드나무 회초리로 딸아이에게 체벌을 가하면서 뭔가를 가르친다. 김승옥은 예민하게도 이 시기에 이미 통치의 테크놀로지가 이른바 주권 권력의 방식에서 규율 권력의 방식으로 (비가역적으로) 이행하고 있음을 포착한다. 그리고 그 이행은 '자유냐 죽음이냐' 만큼이나 강요된 선택지여서 창신동 빈민가의 왁자지껄한 공동체 문화에 대한 그리움이라는 결락분의 감각을 남긴다. 그가 흥분제를 사 와 이 말끔한 병원 같은 양옥집의 질서를 어지럽히기로 작정하는 것은 바로 그 결락분에 대한 감각 탓일 것이다. 물론 그 역시 1회적인 위악으로 끝나고 말지만.

바로 이런 이유로, 1960년대가 아니었다면 자신이 쓴 소설은 단지 지독한 염세주의자의 기괴한 독백일 수밖에 없었으리라는 김승옥의 발언은 정확하다. 그는 누구보다도 주체가 형성되는 과정의 비극성을 (지식으로가 아니라 감각과 직관으로) 잘 이해한 작가였다. 주체는 '강요당한 선택'에 의해서만 타자의 장에서 출현하고, 그 과정에서 항상 결락분에 대한 감각을 남긴다. 그것이 오로지 위악을 통해서만 향수되는 '자기 세계'의 본질이었다. 그런데 1960년대 한국의 근대화 과정이 또한 구조적으로 그와 같았다. 근대화는 비가역적이어서 자연(돼지와 토끼와 염소)과 공동체와 고향을 잃어버렸다는 결락의 감각을 남긴다. 이 두 결락 감각의 구조적 상동성이 공명하자, 영원히 청춘이고 영원히 1960년대적인 소설들이 탄생한다. 김승옥 소설의 보편성은 그렇게 획득된다.

　1960년대의 몇 년 동안 그의 소설이 발표된 후, 지금까지도 그의 책을 읽은 이 땅의 모든 청춘이 그의 주인공들과 더불어 아파하고 키득댔다면, 실은 우리 모두가 바로 그런 방식으로 강요당한 선택 속에서 주체가 되고, 강요당한 근대화를 통해 근대인이 되었기 때문이다. 우리는 모두 다 선택지 없는 양자택일 속에서 어른이 되고, 신화 없는 해풍을 등진 채 어머니와 누이를 두고 무진을 떠난 적이 있는 부끄러운 주체들이었던 것이다.